폐

광

폐 광

1판1쇄 인쇄 | 2020년 7월 25일
1판1쇄 발행 | 2020년 8월 15일
지은이 | 오상근
펴낸이 | 소준선
디자인 | 성혜경
펴낸곳 | 도서출판 세시
출판등록 | 3-553호
주소 | 서울시 마포구 큰우물로 60
전화 | (02) 715-0066
팩스 | (02) 715-0033
ISBN | 978-89-98853-35-8 03810
*이 책에 실린 내용을 무단으로 복사, 전재할 수 없습니다.
값 15,000원

본 도서는 전라북도 문화관광재단 2020년 지역문화예술 육성지원사업에
선정되어 보조금을 지원받은 사업입니다

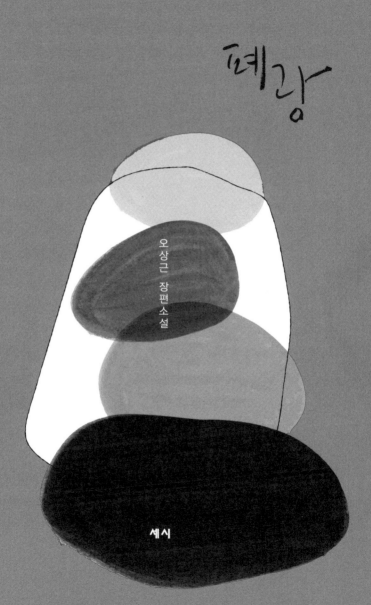

폐광

오상근 장편소설

세시

목
차

폐광

섬진강 줄기를 따라 옆으로 조성된 도로를 달린다. 계절마다 다른 얼굴을 보여주는 주변 풍경은 쌓였던 피로를 씻어내기 그만이다. 탁 트인 강지슭과 주변을 에워싸고 있는 높다란 봉우리들. 마음을 비우고 달리는 탓에 하늘을 찌를 듯 높게 솟아있는 저 산은 어느 산의 줄기이며, 산과 골짜기와 강 주변은 어떤 이야기들을 담고 있을까, 생각하지 않는다. 그저 넓은 강 둘레와 거대한 산자락에서 뿜어져 나오는 신선한 공기를 마음껏 흡입하는 데 마음을 빼앗길 뿐이다.

어느 산, 어느 강, 어느 마을 마다 가슴 아픈 사연 담지 않은 곳이 있을까. 이야기를 쓰려 자료를 찾아보다가 기분전환 삼아 달렸던 섬진강과 그 언저리를 에워싸고 있는 봉우리들, 골짜기에 담긴 많은 마음 쓰린 사연들을 알게 되었다. 아는 만큼 보인다 했던가. 담긴 사연들을 알아가면서 저 산이, 저 강이, 저 마을 골짜기가 더 내 안으로 다가오는 것을 느낄 수 있었다.

소설 쓰는 맛을 조금씩 느껴가면서, 깜냥으로 요즘은 스릴러나 미스터리 장르가 그나마 대중의 시선을 끈다는 걸 눈치로 알게 되었다. 미스터리를 써보기로 했다. 관련 소설을 읽어보고 이런 저런 매체를 통해 감을 잡아보려 했다. 생각만큼 쉽지 않았다. 평범한 일반인의 삶에서 에피소드를 끄집어내 이야기를 꾸려가는 방식은 풋내기 작가로서 무리였다. 대중의 관심을 끌어당기기에 이야기를 끌고 가는 힘이 부족한 아직은 서투른 초보이기 때문이다.

역사 속에서 소재를 찾아보기로 했다. 현재의 수명을 팔십 년으로 잡는다면, 지금도 이 땅에 발을 딛고 살아가고 있는 요십 년대 이전의 사람들은 벌거벗은 몸으로 밀려오는 역사의 수레바퀴를 날 것 그대로 견뎌야 했던 참혹한 아픔들을 가슴속 깊이 흉터로 간직하고 있다. 이후 사람들은 동 시간대에 같은 공간에서 살고 있지만 그네들이 겪어야 했던 혹독한 삶의 현장을 실감하지 못한다. 어느 집에 살게 되었든 그 집이 어떻게 만들어졌으며, 그 과정은 어떠했는지 알고 싶어 한다, 우리가 몸담고 살아가는 집이니까. 나라도 마찬가지다. 이 나라가 어떻게, 어떤 과정을 거치면서 지금에 이르렀는지 알아야 한다. 우리가 살고 있는 우리의 땅이니까. 그 시절 흉포한 삶들은 많은 형식으로 회자되어 왔고 앞으로도 이야기될 것이다.

그래도 계속 이야기 되어야 한다. 우리들 자신의 이야기 니까.

그 변주에 참여해보기로 했다. 미스터리 형식을 빌려 흥미를 유발하면서 이야기로 만들어보려 했다. 많은 자료들을 수집해 탐독했다. 공적 기관에서 만든 자료집과 각종 논문들을 읽었다. 인터넷을 통해 영상을 찾아보고 특히 신문기사들에서 많은 에피소드들을 얻었다.

소설의 배경은 감당할 수 없을 만큼 큰 사회성을 갖고 있지만, 결국은 평범한 우리의 선대 중 누군가 한 남자의 이야기를 미스터리로 꾸며보려 했다. 설익은 솜씨로 엮다보니 빈틈도 많고 제대로 꾸려졌는지 싶어 부끄러움이 앞선다. 미스터리를 표방했지만 너무 사회성을 강조한 것은 아닌가 싶어 아쉬움이 많이 남는다.

이 소설은 전북문화관광재단에서 지원하는 지역문화예술육성금으로 발간되었다. 소설 만드는데 아낌없는 정성을 드려준 도서출판 세시의 소준선 친우에게 감사드린다. 이 소설을 읽는 분들에게 작은 떨림이라도 전달되었으면 하는 소박한 바람을 가져본다.

2020년 4월
전주에서 오상근

1

폐
광

구절초 꽃밭이다. 천상에서 내려왔을까. 꽃들은 하얀 옷을 입은 선녀들이다. 바람이 불어온다. 꽃들이 바람에 몸을 맡긴다. 선녀들이 바람결 따라 가볍게 몸을 흔들며 춤을 춘다. 천상의 나라가 바로 저런 모습일까. 한없이 고요하고 한없이 평화로운 풍경. 하늘나라가 있다면 저와 같은 그림 아닐까. 아무런 상념 없이 그저 맑고 투명한 눈으로만 바라보게 되는 정경.

꽃밭 한가운데에서 노랫소리가 들린다.

나의 살던 고향은 꽃 피는 산골
복숭아꽃 살구꽃 아기 진달래
울긋불긋 꽃대궐 차린 동네
그 속에서 놀던 때가 그립습니다.

천상에서 내려온 선녀들과 똑같은 옷을 입은 내 사랑하는 가족들.
정순….
동호….
동숙….
동민….
내 사랑하는 가족들은 서로 손잡고 가볍게 고갯짓과 몸짓을 하며 노래를 부른다. 하얀 구절초와 하나가 되어 있다. 그들을 바라보는 덕수도 저들과 하나가 된다. 저들처럼 '고향의 봄'을 가만히 불러본다.

가슴에 더운 물이 따끈하고 안온하게 기쁨으로 가득 차오른다. 행복이란 이런 것인가. 정말 행복하다⋯⋯.

　더운 가슴으로 행복을 가득 채운 눈으로 아내와 아이들을 바라보는데, 어느 순간 동호 모습이 보이지 않는다. 동호는 어디로 갔나? 구절초 꽃들 사이로 숨어버렸나? 숨바꼭질하는 건가? 두리번거리며 동호를 찾고 있을 때, 이번엔 동숙이 사라졌다. 어? 동숙도 구절초 꽃과 하나가 되었나? 덕수의 눈이 동호 동숙을 구절초 꽃 사이에서 찾고 있는데, 동민이 어느새 사라졌다. 동민마저도 꽃 속에 숨었나? 구절초 향기에 취해서 꽃밭에 누워버렸나? 어라? 정순도 꽃밭에 누워버렸나? 순서를 정해놓은 것인가. 정순도 보이지 않는다. 구절초 꽃향기에 어지간히 취한 것일까.

　덕수도 정순과 아이들처럼 저 수많은 하얀 선녀들 품에 폭 안기고 싶다. 덕수는 천천히 선녀들에게 걸어간다. 하늘하늘 춤추는 선녀들을 가볍게 손으로 쓸면서 선녀들 한가운데로, 정순과 아이들이 노래 부르며 춤추던 곳까지 걸어간다. 금방이라도 정순과 아이들이 까르르 웃으며 고개를 번쩍 들고, 덕수를 놀래 줄 것 같다.

　이제 그만 꽃밭에서 일어나. 나도 같이 춤추며 노래하고 싶다고. 덕수는 그런 말을 입속으로 웅얼거리며 구절초 꽃밭 한가운데로 걸어간다. 정순과 아이들은 어디에 있을까? 정순과 아이들은 보이지 않는다. 어디로 갔을까. 구절초와 하나가 되어 춤을 추던 그들은 어디로 갔을까? '고향의 봄'을 합창하던 그들은 어디로 갔을까?

'동호 엄마…. 동호야…. 동숙아…. 동민아….'

가족들을 불렀다. 더 먼 곳에 있나? 손나팔을 만들어 입에 대고 더 크게 가족들을 불렀다. 대답이 없다. 흰 꽃들만 무더기 지어 춤을 출 뿐 아무도 대답하지 않는다. 더 크게 불렀다. 역시 정적만 구절초와 함께 춤을 출 뿐 빈 고요만 가득할 뿐이다. 덕수는 꽃밭 여기저기를 둘러본다. 가족들 이름을 부르며. 선녀들만 여전히 바람의 리듬에 맞춰 춤을 출 뿐 가족들은 모습을 드러내지 않는다. 덕수는 더 크게, 아니 소리쳤다.

'동호 엄마! 동호야! 동숙아! 동민아!'

점점 애가 타기 시작한다. 가슴이 답답해지면서 속에서 불꽃이 일어난다. 행복하게 춤추고 노래 부르던 정순과 아이들은 어디로 갔는가?

눈을 떴다. 불쑥 컴컴한 어둠이 와락 달려들었다. 온통 세상이 검은 색이다. 잠을 자고 있었나? 꿈이었구나. 하얀 구절초 꽃밭도, 바람에 춤추던 꽃들도, 가족들이 구절초 꽃밭에서 춤을 췄던 것도. 그리고 가족들이 사라졌던 것도…. 휴우…. 덕수는 저절로 한숨이 쉬어졌다. 이마와 목덜미가 식은땀으로 젖어 있다. 눈을 몇 번 깜박거렸다. 어둠이 눈과 친해지면서 주변 것들이 윤곽을 그려냈다.

몸을 일으켰다. 고개를 돌려 옆을 바라봤다. 동호가 몸을 웅크리고 곤하게 자고 있다. 동호 옆에 동숙도 편안하게 자고 있고, 그 옆에 동민도 정순의 품에 안겨 세상모르고 자고 있다. 아기 토끼들과 엄마 토끼. 토끼 가족이 오순도순 잠들어 있는 모양새다. 곤이 잠들어 있는 가족들은 덕수에게 말한다. 다들 어디 안 가고 당신 품에서 잘 자고 있으니, 염려 말고 안심하세요.

덕수는 고개를 흔들어 잔상으로 남아 있는 꿈 속 일을 털어낸다. 주변을 휘둘러본다. 검은 동굴 벽이 눈에 들어온다. 동굴 벽도 덕수에게 속삭인다. 안심해…. 걱정하지 마…. 모든 것은 평온하고 고요하게 잘 있으니 마음 푹 놓아….

동굴 벽? 그렇다. 동굴이다. 덕수 가족이 얇게 코를 골며 잠들어 있는 이곳은, 동굴이다. 동굴이라 해서 가족이 못 지낼 곳은 아니지 않는가. 최초의 인류는 동굴에서 아주 오랫동안 살았거늘. 현세 인류가 동굴에 산다 해서 기분 나쁠 것 있는가. 전혀 이상한 일이 아니다. 역시 현세 인류인 덕수 가족이 동굴에 산다 해서 시비 걸 사람 있을까. 당연히 누구도 시비 걸지 않는다.

공간은 꽤 넓다. 다섯 식구가 지내기에 넉넉한 공간이다. 가족들이 잠들어 있는 공간은, 거적을 대충 묶어 만든 가림 막으로 동굴의 다른 빈 공간과 분리되어 있다. 거적이 벽 역할을 한다고 할까. 어쨌든, 이 공간은 다섯 명 한 가족쯤은 충분히 수용할 만큼 넓고 천장은 높다.

바닥은 가마니를 대충 잘라 이어 붙인 거적을 깔았다. 거적 벽 너머 한쪽에 작은 항아리와 밥그릇이 잘 정돈되어 포개져 있다. 그 옆 돌화덕 위에 작은 솥이 얌전히 웅크리고 앉아 식구들에게 원하면 언제든지 밥을 해줄 수 있다는 표정으로 잠들어 있는 가족들을 지켜보고 있다.

정순과 아이들 머리맡 거적에 그림이 붙어 있다. 손으로 대충 찢은

창호지에 호랑이 면상인지 살쾡이 얼굴인지 아니면 고양이 두상인지, 정체를 구분하기 어려운 육식동물의 그것이 그려져 있다. 언뜻 보면 검은 빛이지만 눈을 비비고 자세히 들여다보면 붉은 색을 띤 것이다. 붉은 것으로 그림을 그려 붙였다는 얘기다. 어떤 임무를 부여받고, 거적 벽에 붙어 있는 게 분명해 보인다. 저들은 무슨 사명을 띠고 저 벽에 붙어 있는 것인가.

"벌써 일어났어요?"

더 잠이 오지 않고 눈이 말똥말똥해서, 생각 없이 동굴 저 편을 멍하니 바라보고 있는데, 정순의 목소리가 들렸다. 동민을 품에서 밀어내 반듯이 눕힌 후 정순이 몸을 일으켰다. 정순은 일어나 고무신을 꿰신고 부엌으로 공간 지어놓은 곳으로 천천히 걸어갔다. 정순은 나무 양동이를 들었다.

"어딜 가려고?"

"물 뜨러 가려고요."

살림하는 아낙이 물을 뜨러 간단다. 당연히 갔다 오라 하는 게 맞다.

"놓아둬. 물은 내가 떠올게. 아이들하고 자네는 절대 샘물로 가지 말라고 했잖아."

"왜 샘물로 가지 말라고 그러는 거예요?"

주부가 부엌일하는데 가장 기본이 되는 게 물이거늘. 그 물을 뜨러 가지 말라니. 정순은 덕수가 이해되지 않는다. 평범하기 짝이 없는 물

뜨러 가는 걸, 가지 말라고 하는 사람을 이해하겠는가.

"처음부터 내가 가지 말라고 했잖아. 어두워서 잘못하면 물에 빠져. 잘 안 보여서 그렇지 깊은 곳이 많아. 아주 위험하다고. 자네도 마찬가지지만 아이들도 샘물로는 절대 가지 못하게 해야 해."

덕수가 돌멩이같이 굳은 얼굴로 하는 말이니, 정순은 양동이를 가만히 내려놓을 수밖에 없다. 이유가 있으니 그러겠지. 덕수가 어느새 몸을 일으켜 양동이 쪽으로 다가왔다. 정순은 가만히 물러섰다. 덕수가 양동이를 가로채듯 들었다. 양동이를 그대로 놓아두면 정순이 그걸 들고 내빼듯 샘물로 달려가기라도 한다는 듯.

덕수는 양손에 양동이를 들고 어두운 동굴을 걸어갔다. 동굴에서 며칠 지내다보니 어느새 박쥐가 다 되었다. 불을 켜지 않아도 봐야 할 것은 다 보였다. 이것은 이것이고 저것은 저것이라 구분할 만큼은 눈에 들어온다. 이 동굴 안에서 움직이는데 별 지장은 없다. 덕수는 어둠을 가르며 샘물로 천천히 걸음을 옮겼다.

동굴은 덕수에게 새로운 세상을 안겨줬다. 살아왔던 세상과는 전혀 다른 세계가 덕수 앞에 펼쳐진 것이다. 먼지와 진흙덩이가 여기저기 잔뜩 끼었던 삶을 몽땅 깨끗이 쓸어 내버리고, 새순 돋듯 새롭게 태어나게 하는 힘이 이 동굴 안에 있다. 덕수는 이 동굴이 좋다. 세상만사 시름도 아픔도 모두 잊게 해주는 이 동굴 안이 좋다. 이 동굴과 궁합이 맞다고나 할까. 오랜 친구와 함께 있다는 편안함이라고 할까. 그래서 동굴 어둠이 더 빨리 익숙해지는지 모른다. 덕수가 특별해서 그런 건 아닐 게다. 인간은 누구나 동굴과 친한 유전자를 갖고 있다. 기본적으로 동굴에서 오랫동안 살아온 유전자를 인간이라면 누구나 간직하고 있지 않는가. 덕수는 그걸 좀 더 가까이 느낄 뿐이다.

가족과 처음 이 동굴 안에 들어왔을 때, 덕수는 동굴 밖에서 살아왔던 삶이 일시에 뭉개져버렸다. 차례차례 줄을 세워두었던 것들이 일시에 순서를 잃어버리고 제 마음대로 뒤죽박죽 된 느낌이라 할까. 벽돌 쌓이듯 세월의 틀에 견고하게 쌓여 고착된 기억들이, 단단히 봉인된 시간의 틀을 깨버리고 튀어나와 아무렇게나 재배열된 상태라고 할까. 더불어 합리적으로 생각하는 뇌의 촉수나 정해진 틀을 흐르던 뇌수가 길을 벗어나버렸다. 게다가 질서 있게 뇌수가 흘러가는 통로를 죄다 코르크 마개로 단단히 봉해버렸다고 할까. 한 마디로, 무질서에 빠졌다고 할 수 있겠지만 딱 그렇다고 할 수도 없다. 아무튼 그래서 덕수는 오히려 편하게 되었다. 모든 걸 마음대로 할 수 있으니까. 모든 것을 여반장 하듯 마음대로 재배열 할 수 있으니까.

샘물은 삼거리를 세 개나 거친 후에야 만날 수 있다. 가족들이 샘물을 찾을 수 없도록 덕수는 일부러 샘물에서 멀리 떨어진 곳에 보금자리를 잡았다. 동굴 안의 샘물은, 산의 지층에서 흐르는 물이 인위적으로 동굴을 뚫는 과정에서 물길을 잃고 쏟아져 나온 일종의 지하수다.

샘물에 도착했다. 덕수 얼굴이 샘물 안에서 잠시 일렁였다. 덕수는 샘물에 손을 푹 담갔다. 물이 심하게 일렁였다. 물이 일렁이면서 물에 비친 덕수 얼굴도 더 고약하게 일그러졌다. 저게 사람의 얼굴인가 싶게 비틀리고 꼬이면서 전후좌우로 흩어져 출렁거렸다. 덕수는 동요 없이 고요해진 샘물에 비친 자신의 온전한 얼굴은 가급적 보고 싶지 않다. 출렁이는 물결에 비친 덕수의 얼굴처럼 뒤틀린 대로, 꼬인 대로, 덕수가 접하는 시간과 공간도 그렇게 뒤틀리고 꼬이는 것이 마음에 든다. 아이러니하게도 그게 오히려 덕수에게 새로운 힘을 준다. 온전하고 올바른 덕수의 모습은 덕수를 과거의 암담한 세상으로 다시 돌려보내는 것 같아, 덕수는 싫다. 꼬인 대로 출렁이는 대로, 지금의 시간이, 지금의 덕수 얼굴이 좋다.

덕수는 출렁이는 물결에 덩달아 파장을 일으키는 자신의 얼굴을 잠시 바라봤다. 자유롭게 모양을 바꿔가는 자신의 얼굴에 덕수는 뭐라고 말을 걸었다. 샘물에 비친 덕수가 샘물 밖에 있는 덕수에게 대답하는 듯 말을 해왔다. 잘 있는 거냐고…. 아무 일 없는 거냐고…. 그렇다고. 잘 있다고…. 아무 일 없다고…. 정말 아무 일 없이 잘 있는 거냐고…. 정말 그렇다고….

퍼뜩 생각난 듯 덕수는 양동이 두 개를 샘물에 깊이 담가 물을 가득 채워 들어올렸다. 물이 가득 담긴 양동이를 옆에 놓고 손바닥을 펴 샘물을 떠서 마셨다. 물맛이 비릿하다. 덕수는 습관처럼 옆구리 부분으로 손이 갔다. 갈비뼈가 만져졌다. 사포로 문지르기라도 한 것인가. 피부가 우둘투둘 거칠다. 오랜 시간, 손톱으로 긁은 흔적이다. 지워진

I

기억들이 층층이 쌓인 지층처럼 이 우둘투둘한 피부에 곱게 쌓여 있는 것일까. 몹시 옆구리가 가려웠던 때가 있었던가보다. 그때가 언제였는지 더듬어보려 했지만, 단단하게 봉인된 기억 주머니는 미동도 하지 않는다. 물이 가득 채워진 양동이 두 개를 양손에 들고 가족들 거처로 움직였다. 이 물로 정순은 밥을 지을 것이고, 아이들은 세수를 할 것이다. 덕수는 마음 뿌듯하다.

거처에 다다르자 불빛이 보였다. 정순이 남포등에 불을 켠 모양이다. 주황빛으로 부드럽게 일렁이는 불빛은 정순과 아이들의 따스한 앙가슴처럼 온기가 넘친다. 덕수는 정순이 켜놓은 저 남포등 불빛이 좋다. 저절로 덕수의 눈에서 행복한 웃음이 번진다.

정순은 덕수가 떠온 물로 쌀과 보리를 씻어 밥을 안치고 삭정이에 불을 지폈다. 정순은 솔가지나 고춧대는 싫어한다. 정순뿐만 아니라 아이들도 솔가지나 고춧대를 싫어한다. 불 지피는데 흔하게 썼던 것들인데 말이다. 덕수는 일부러 망개나무를 찾아 그 나무만을 해왔다. 망개나무는 다른 땔감에 비해 연기가 적게 피어오른다.

정순이 돌화덕에 불을 지펴 밥을 하는 사이, 덕수는 남포등을 하나 더 켜들고 거처를 나서 동굴 안으로 향했다. 불빛이 필요한 일이라도 하러 가는 것일까. 흔들리는 남포등 불빛이 동굴 벽을 감고 있는 어둠을 밀어낸다. 불빛이 닿지 않는 어둠 속은 무한한 상상의 세계로 통하는 통로처럼 보인다. 얼마쯤 걸어가자 삼거리 모퉁이에 닿았다.

손바닥 크기의 차돌이 제법 쌓여 있다. 동굴에 들어와 작업해 놓은 돌들이다. 덕수는 큰 망치를 집어 들었다. 바닥에 앉아 익숙한 동작으로 석영이 입사된 차돌 조각을 깬다. 망치를 맞은 차돌이 아픈지 텅텅 소리를 내며 깨진다. 덕수는 깨진 돌을 더 잘게 깨서 한쪽으로 쌓아 모아놓는다.

"아버지, 진지 잡수세요!"

한참 돌을 깨는데 정신을 팔고 있는데 동숙의 목소리가 동굴 저편에서 들려온다. 아침밥이 준비된 모양이다. 덕수는 망치질을 멈추고 이마의 땀을 손으로 쓱 닦았다. 몸을 움직인 지 몇 분 지나지 않았는데도 이마에 땀이 송골송골 맺혔다. 이렇게 일을 하면서 땀을 흘리는 게 좋다. 덕수는 남포등을 들고 거처가 있는 곳으로 걸어왔다.

동호는 일어나 이불을 개고 있고, 동숙은 정순이 차리는 아침상을 거들고 있다. 아이들은 어느새 동굴 생활에 익숙해져 있다. 막내 동민은 아직 꿈나라에서 떠나오기 싫은지 앙증맞은 볼기짝을 옆으로 내밀고 팔을 앞으로 모은 채 자고 있다.

상도 없이 깔고 자던 거적 위에 밥그릇이 놓여있다. 사기그릇에 고봉으로 담긴 밥이 김을 모락모락 피워 올린다. 김치와 마른 멸치, 저린 깻잎이 주변에 포진해 있다. 거칠고 투박하지만, 이 정도면 덕수 가족에게는 진수성찬이다.

"동민이도 깨워라."

동호가 동민을 흔들어 깨웠다. 잠을 떨치기 싫은지 녀석은 얼굴을 찡그리며 곧 울 것 같다.

"우리끼리 밥 다 먹는다!"

덕수가 위협 아닌 위협을 하자 그때서야 녀석이 눈을 번쩍 뜨고 일어나 냉큼 밥 그릇 앞으로 조르르 무릎걸음으로 다가온다.

동숙이 동민에게 숟가락을 쥐어준다. 여섯 살이지만 제 손에 쥐어진 숟가락을 야무지게 쥐고 제 앞에 밥그릇에 숟가락을 힘있게 꽂는다. 밥을 한 숟가락 가득 떠서 입을 하마만하게 벌리고 우겨넣는다. 자식 입에 밥 들어가는 것만 봐도 부모는 배부르다고 했던가. 덕수는 수저질을 멈추고 동민이 밥을 퍼서 입에 몰아넣는 광경을 흐뭇하게 바라본다.

"아버지께 안녕히 주무셨냐고 인사도 안 하고 밥부터 먹는 거야? 인사드리고 밥 먹어야지!"

정순이 얼굴을 엄하게 하고 말했다. 동민이 숟가락질을 멈추고 앉은 자리에서 벌떡 일어나 고개를 넙죽 숙였다.

"아버지, 안녕히 주무셨어요?"

"오냐! 허허허."

덕수가 동민의 뒷머리를 쓰다듬어주면서 웃는다.

"동민이도 잘 잤냐?"

동민이 덕수의 물음에 금방 대답을 못하고 얼굴을 시무룩하게 구긴다.

"왜, 잘 못 잤어?"

"너무… 추워…."

동민이 슬금슬금 눈치를 보며 말했다. 덕수도 정순도 할 말이 없다. 잠시 어색해지면서 숟가락이 밥그릇에 부딪치는 소리만 났다.

"오늘부터는 엄마가 더 꼭 껴안고 잘게."

정순이 동민을 뒤에서 안아 무릎에 앉히며 말했다.

"너무 심심하고…. 너무 답답하고…. 밝은 데 가서 놀고 싶은데…."

엄마가 제 편을 들어주자, 녀석은 쌓였던 불만을 털어놓는 것인가. 하기야, 여섯 살짜리로서는 당연한 말이다. 녀석이 뛰어놀기에 이 어두운 동굴은 좁고 답답할 것이다. 제 입으로 말해놓고는 괜히 어른들 심기를 불편하게 해서 혼쭐이 나나 싶은지 녀석이 숟가락을 든 채 입술을 삐죽 삐죽거린다. 곧 닭똥 같은 눈물을 쏟으며 이 동굴이 떠나가도록 울어버릴 것 같다.

"엄마가 데리고 나갈게. 엄마가 데리고 나갈게."

정순이 무릎 위에 녀석을 둥개둥개 어르면서 진정시켰다. 녀석도 얼른 눈을 찔끔 감고 눈물을 삼킨다. 녀석을 보는 덕수도 어찌 마음 편할까. 녀석이 원하는 대로 당장 신통한 방법을 내놓을 수 없으니 더 가슴이 따끔거린다. 동호 동숙도 슬쩍슬쩍 덕수 눈치를 보는 걸 보니, 말은 안 해도 내심 동민과 같은 마음인 게다.

"땔 나무가 다 떨어져 가는데, 아이들 데리고 밖으로 좀 나갔다 왔으면 하는데……."

정순이 덕수를 힐끔 쳐다보며 주눅 든 목소리로 말했다. 덕수는 아무 대꾸없이 표정이 굳은 채 숟가락질을 했다. 정순은 더 말을 잇지 않는다. 밖으로 나갈 수 없다는 걸 정순도 알고 있기 때문이리라. 사람들에게 들키는 날에는 산통 다 깨진다는 걸 어찌 모르겠는가. 덕수도 정순과 아이들의 마음을 잘 알고 있다. 어둡고 좁은 이 동굴에서 살아가는 것이 얼마나 답답하고 힘든 일이라는 것을.

"내일 밤에 나무하러 같이 나가자."

묵묵히 밥을 떠 넣던 덕수가 조용히 말했다. 정순과 아이들은 제 귀를 의심한다는 듯 서로의 얼굴들을 쳐다보다가 일제히 의아한 표정으로 덕수를 쳐다봤다. 이내 덕수가 한 말을 이해했는지 곧 얼굴들이 헤실헤실 풀어졌다.

"꼭 밤에만 나가야 돼요? 캄캄하면 재미없는데……."

동민은 성에 안 차는 모양인지 다시 뾰로통한 얼굴로 돌아갔다. 아직 어린 동민이 성이 찰리 있겠는가. 밝은 대낮에 거리적 거리는 것 없이 고삐 풀린 망아지처럼 천방지축 뛰어 다녀야 직성이 풀릴 텐데 말이다. 아무 것도 보이지 않는 밤에 나가봐야 이 동굴에서 노는 것이나 매한가지 아닌가.

"그러면 동민이는 안 나갈 거야?"

정순이 슬쩍 퉁겼다.

"아니야, 아니야…. 나갈 거야…."

동민이 도리질을 하며 제 엄마 품을 파고들었다.

"밤에만 동굴 밖 바로 입구에 나가서 놀면 안돼요?"

겨우 동민을 달래놓았더니 이번에는 큰놈 동호가 발동을 건다. 말

귀를 알아들을 만 한 놈이 발동을 거니 덕수는 짜증이 일었다.

"안 된다고 했잖아! 나갔다가 사람들에게 들키면 큰일 나. 우리 모두 무사하지 못할 거야. 모두 잡혀간다고 몇 번이나 말했냐!"

덕수 목소리가 커지면서 짜증이 묻어나온다. 동호가 자라목을 하고 고개를 푹 숙였다. 다들 주눅이 든 표정으로 고개를 떨어뜨렸다.

"아버지, 죄송해요…."

동호가 기어들어가는 목소리로 말했다. 덕수는 한숨을 길게 내쉬었다. 자신도 모르게 목소리가 커진 것이다. 가족들에게 미안하다. 이 동굴에 들어와 살 수밖에 없는 상황을 가족들에게 떠안긴 게 미안하다.

"조금만 참자. 조금만 참으면 밖으로 나가 살 수 있는 날이 곧 올 거야."

덕수는 짜증을 누그러뜨리고 정순과 아이들을 달랬다. 가족들은 고개를 숙인 채 덕수의 말을 묵묵히 들었다.

"나도 오늘부터는 아버지 돌 캐는 일을 도와드릴 거예요."

동호가 결연한 표정으로 좌우를 돌아보며 말했다. 역시 큰놈이라 의젓하다. 괜한 말로 아버지 심기를 불편하게 했다는 생각이 든 것인가.

"아직은 아니다. 네가 하기에는 너무 위험한 일이야."

"아버지, 저도 할 수 있어요. 작은 돌은 저도 들 수 있다고요."

녀석이 눈을 크게 뜨고 자신감을 내보였다. 녀석이 대견했지만 아직은 덜 여물었다. 뱃가죽에 살이 붙고 어깨와 팔뚝 근육이 단단해져야 덕수가 하는 일을 감당할 것이다.

"돌을 다루는 일은 위험하다. 잘못하면 다칠 수 있어. 돌을 캐고 운반하는 일은 아무나 하는 일이 아니다."

녀석 표정이 시들어가는 꽃잎처럼 금세 시무룩해졌다. 그러다 뭔가 좋은 생각이 났는지 활짝 핀 꽃잎처럼 얼굴 가득 햇살이 퍼졌다.

"그러면 어머니라도 도울 게요. 금광석 깨는 일요."

하여튼 녀석은 말릴 수 없다. 덕수의 자식 아니랄까봐. 미안하면서도 한편으로 마음이 따뜻해진다. 덕수는 고개를 끄덕였다. 정순이 흐뭇한 표정으로 동호의 머리를 쓰다듬었다. 정순 도와주는 일마저 하지 못하게 하면 녀석에게 가혹한 일일 것이다. 그렇지 않아도 이 컴컴하고 좁은 동굴에서 견디기 힘들 텐데, 아무 일도 하지 않고 있으면 얼마나 몸이 근질근질하겠는가. 그런 일이라도 주워지면 덜 답답해 할 것이다.

"동민이는 내가 잘 볼 게요. 히히히."

동숙이 정순 무릎에 앉아 있는 동민을 껴안아 제 품으로 안아가며 말했다.

"동민아, 나랑 소꿉놀이도 하고 놀자. 노래도 가르쳐 줄게."

덕수는 가슴이 따끔거리면서도 따끈한 온수가 차오르는 것을 느낀다. 얼굴에 엷은 미소가 피어오른다.

"내일 밤에는 다 같이 나가서 놀자."

덕수가 아이들의 등을 툭툭 쳐주며 다정하게 말했다. 이곳에 들어와 사는 것도 다 이 녀석들을 위해서 아니겠는가. 녀석들이 원하는 것은 무엇이든 할 수만 있다면 다 해 줘야 한다.

"야, 신난다. 하하하."

동민이 심통 부리던 것은 다 잊고 활짝 꽃 웃음을 날리며 다시 숟가락으로 밥을 듬뿍 퍼 입을 한껏 벌리고 밀어 넣었다. 저 천진난만한 얼굴을 보라. 덕수는 다짐한다. 저 녀석을 행복하게 해줘야 한다. 저 녀석의 얼굴에 항상 웃음이 머물도록 해줘야 한다. 녀석의 저 얼굴을 보는 지금이 얼마나 행복한가.

덕수는 남포등을 들고 일어섰다. 오늘도 할 일을 해야 한다. 남포등 불빛으로 어둠을 밀어내며 동굴 안으로 걸어갔다. 아침 먹기 전, 일을 했던 돌 깨는 작업 터에 받쳐 있는 지게를 짊어졌다. 지게 안에 작업 도구들이 담겨 있다. 도구라고 해야 별 게 없다. 크기가 다른 망치 두 개와 역시 크기가 다른 정이 세 개. 작업은 이 도구들과 덕수의 눈과 몸에서 나오는 힘과 요령으로 하는 것이니까.

한 손에 작대기를, 다른 손에는 남포등을 들고 동굴 안으로 더 깊이 들어갔다. 습한 공기가 얼굴을 부드럽게 터치하면서 흘러갔다. 물기 머금은 공기는 늘 가까이 해왔던 것들이라 친구처럼 다정하게 느껴진다. 물기 섞인 습하고 눅눅한 공기가 좋은 건가? 그렇다. 적어도 덕수에게는 그렇다. 덕수는 이 동굴에서 묘한 향기를 느낀다. 오랫동안 동굴에서 일해 온 자들의 코끝에 닿은 향내라고 할까. 습한 공기는 오랜 만에 맡아보는 그윽한 향수 같은 것이다. 덕수에게 만큼은 향내 나는 향수와 같은 것이다. 동굴 길은 약간의 오르막과 내리막이 반복된다. 돌 파쇄 작업터에서 200여 미터를 더 들어갔을까. 길이 좁아지면서 덕수가 어제 작업했던 일터가 나왔다.

덕수는 돌을 괴어 남포등을 고정시키고, 망치와 정을 들고 어제 작업을 마쳤던 곳에서부터 일을 시작한다. 망치질을 시작할 곳을 조심스럽게 살펴 정을 댔다. 흑석 띠에 가려진 하얀 금맥이 유선으로 흐르고 있는 석영 부분을 가위로 오려내듯 조심스럽게 쪼아내야 한다. 저게 바로 황금을 품고 있는 금광석이다.

경계부분에 정 부리를 대고 망치로 힘껏 내려쳤다. 텅! 쇠가 돌을 옹골지게 두드려 패는 소리가 동굴 안을 울렸다. 첫 망치 소리가 경쾌하게 일의 시작을 알린다. 망치를 쥔 손에 힘을 더한다. 저절로 흥겨운 신경물질이 덕수의 온몸을 감싼다. 덕수는 박자를 맞추듯 망치를 쥔 손목에 힘을 조절하면서 조심스럽게 망치질을 한다.

'꼭 황금을 찾아야 한다. 그 황금을 찾아오면 네가 하고 싶은 대로 할 수 있다. 꼭 황금을 가져와야 한다. 황금만 있으면 모든 것을 다 할 수 있어. 알았지? 꼭 황금을 찾아와야 해!'

복면을 뒤집어 쓴 어떤 자가 덕수의 귀에 대고 속삭였다. 누구일까? 누가 덕수에게 명령하듯 말하는 것인가. 누구의 목소리인들 무슨 상관이랴. 황금을 찾으면 만사형통인 것은 당연한 일 아닌가. 설령 지옥에서 들려오는 악마의 음성이라도 상관없다. 지당한 말씀이었음으로. 황금을 찾으면, 아니 황금을 캐면 세상 부러울 것이 무엇이 있겠는가. 황금을 얻으면 부자가 되기 때문에? 노다지를 캐면 벼락부자로 새롭게 태어나니까? 아니다. 덕수는 당장 벼락부자가 되려고 금을 캐는 게 아니다. 금은 덕수에게 삶 그 자체다. 금은 덕수에게 공기이며 물이며, 식량이다. 금은 덕수에게 생활이다. 덕수 만의 금에 대한 철학이 있다.

덕수는 문득 황금을 찾아와야 한다는 목소리의 정체를 기억해내려했다가, 기억의 촉수가 뻗어나가려는 것을 일부러 멈췄다. 기억을 되살려 그 정체를 알아낸다면 오히려 금을 찾는데 방해가 될 것이란 생각이 불현 듯 떠올라서일까. 아니면 다른 뭔가가 있는 것일까. 하여튼 덕수는 기억의 문이 열리지 않도록 단단히 자물쇠로 잠갔다. 덕수는 가급적 생각은 멀찌감치 버리고, 몸의 정직함에 기대기로 한다. 이제부터 열심히 움직여야 한다. 열심히 몸을 놀리면 놀리는 대로 얻고자하는 만큼의 황금은 더 가까이 다가올 터이다.

덕수는 금광석만을 겨냥해 조심스럽게 강약을 조절하며 망치질을한다. 집중하지 않으면 헛심을 쓸 수밖에 없다. 금광석은 주로 흰색을띤다. 석영 안에 검은 띠가 진하면 진할수록 금 함량이 많고 품위도높다. 그런 석영맥을 찾아 도려내듯 금광석을 잘라내야 한다. 텅! 텅! 정을 때리는 망치소리가 동굴 안에서 힘차게 공명했다.

꼭 황금을 찾아야 한다. 그 황금을 찾아오면 네가 하고 싶은 대로할 수 있다. 꼭 황금을 가져와야 한다. 정을 내려칠 때마다 조금 전 귓가에 들렸던 음성이 다시 메아리치듯 들려왔다. 어떤 해악을 끼칠 음성이라는 느낌이 들었다. 기억 속에서 목소리의 주인을 찾아야 하는가? 머리를 도리질해서 무시한다. 목소리가 들려올 때마다 오히려 금광석을 겨눈 정과 망치에 신경을 더 집중한다.

그렇다. 덕수는 광부다. 덕수는 태어날 때부터 천생 금을 캐는 광부로 살아가도록 운명 지어졌다. 천생 금을 캐는 광부다. 열세 살 때부터 금광에 들어와 금을 캤으니 말이다.

덕수가 한창 광부로 성장해가던 시절, 광산은 무지막지했다. 갱도 작업은 오직 사람의 힘으로만 이뤄졌고, 일하는 광부의 안전을 담보할 아무런 장치도 없었다. 물론 지금이라고 별로 변한 것은 없지만.

통로 확보를 위해 동발이라 부르는 나무기둥을 사람 키 정도 간격으로 세우고, 바닥에는 광석 운반용 광차鑛車가 움직일 수 있도록 레일을 깔아 광차로를 만들었다. 이런 일들은 오직 망치와 정과 괭이 그리고 사람의 힘으로만 이뤄졌다. 온전히 사람의 뼈와 근육에서 나온 인력으로만 굴진작업을 했던 것이다. 지하와 지상으로 뻗어있는 금맥을 찾으려면 역시 사람이 드나들며 작업할 수 있는 공간을 확보해야 했는데, 이 또한 인력으로 굴진작업을 진행하고 나무사다리와 나무발판을 설치하여 통로를 확보했다. 그 확보된 통로를 이동하면서 지금 덕수가 하는 것처럼 정과 괭이와 망치만으로 금광석을 캤다.

그래도 그때가 행복한 시절이었다. 먹고 사는 것과 돈벌이에서 만큼은 말이다. 금광 광부 일은 다른 일에 비해 고정되면서도 좋은 품삯을 받을 수 있었다. 일은 힘들었지만, 힘든 만큼 주머니가 두둑했다.

게다가 금광 광부는 징용이 면제되었다. 허벅지와 팔뚝이 굵어지는 나이가 되면 만만한 놈은 누구나 징용이나 군대에 끌려가던 시절이었다. 금광 광부였던 덕수는 징용을 면제받았다.

덕수는 남포등 불빛 하나에 의지해 망치와 정으로 돌을 깬다. 금광은 단단한 암석층이 대부분이라 다른 갱도에 비해 비교적 붕괴 위험이 적다. 돌을 내리치는 굉음이 규칙적인 화음을 만들어 낸다. 좁은 공간이라 몸을 쪼그리다보니 여기저기 불편하면서 힘이 더 든다. 자연히 팔과 어깨와 등 그리고 다리가 아프다. 돌먼지가 날려 호흡이 쉽지 않다. 망치와 정을 잡은 손마디 마다 굳은살이 박혀 있다. 광부로 살아온 덕수가 몸에 얻은 훈장이다.

습도가 높은 터라 어느새 땀범벅이다. 서서히 피로가 몰려온다. 아직은 예전 광부시절만큼의 기량이 올라오지 않아, 몸이 노동을 온전히 받아드리지 못하는 탓일 게다. 망치질이 가해질수록 부서진 암석이 갱도 바닥에 쌓인다. 온몸 모든 땀구멍에서 폭포처럼 땀을 쏟아낸다. 땀으로 목욕을 하고 있다. 입은 옷이 물에 담갔다 꺼내 입은 것처럼 척척하다.

얼마나 망치질을 했을까. 덕수는 망치질을 멈추고 바닥에 떨어진 돌 조각들을 한 곳으로 모은다. 금을 함유하고 있는 금 함유석만 골라 바지게 발채에 조심스럽게 올린다. 너무 많이 금광석을 발채에 올리면 이동도 쉽지 않고, 울퉁불퉁한 바닥 때문에 균형을 잃고 넘어질 수 있다. 한쪽으로만 쏠려서 쌓으면 지게가 아이고 죽겠네, 벌러덩 뒤집어질 것이다. 지게가 나자빠지지 않도록 살살 달래며 금광석을 쌓는다.

I

덕수의 모든 꿈과 희망이 지금 이곳, 금광에 있다. 품위가 높은 금이 많이 나왔으면 싶다. 다 정순과 아이들을 위해서다. 아이들을 학교에 보내주고, 정순에게도 고운 치마저고리를 사주고 싶다. 오랜만에 만족스러운 일을 하고 있는 자신을 발견한 것인가. 덕수는 줄줄 땀을 흘리면서도 흐뭇한 미소가 절로 나온다. 몸은 고되고 힘들지만, 마음은 날아갈 것처럼 가볍다. 비록 가족들을 이 어두컴컴한 동굴에 데려와 살지만, 덕수는 몹시 행복하다. 얼마 만에 누려보는 행복인가.

지게를 짊어지고 조심스럽게 일어섰다. 작업하던 데가 좁은 터라 발채가 동굴 벽에 부딪칠 수 있다. 덕수는 조심스럽게 방향을 틀면서 남포등을 들고 아침에 작업했던 일터로 이동한다. 한 손에 남포등을 들고, 다른 손에 작대기를 받쳐 들고 가려니 불편하다. 머리에 쓰는 전등이 있었으면 좋으련만. 금을 모으면 장에 나가 하나 사오리라.

아침에 일했던 작업 터에 가까워 가자 텅텅 망치소리가 들린다. 덕수가 아침에 작업하던 것을 정순이 이어서 금광석을 잘게 깨고 있을 터이다. 망치소리는 하나가 아니라 망치 두 개가 작업하는 소리다. 아침에 동호가 엄마를 거들겠다고 하더니 정순과 같이 망치질을 하고 있는 모양이다. 이제 열한 살에 불과한 녀석이 대견하다. 한편으로 미안하기도 하다. 몸도 아직 여물지 않은 녀석이 벌써부터 험한 일을 하다니.

"너는 동생들이나 봐줘라."

덕수가 지게를 받치면서 동호에게 말했다. 동호의 벌게진 얼굴에서 땀이 주르륵 흘렀다. 저리 고생시키려고 이 동굴에 데려온 게 아닌데.

"동민이는 동숙이가 있으니까, 괜찮아요. 어머니를 도와주는 게 좋아요. 헤헤헤."

동호가 땀범벅인 얼굴을 활짝 펴며 웃는다. 녀석의 얼굴에서 즐거움이 날개를 활짝 펴고 날아오른다. 녀석의 해맑게 웃는 얼굴을 누가막으리오. 덕수는 녀석의 즐거운 의욕을 더 이상 막을 수 없다.

"너무 힘들게 하지 마라. 아버지가 다 알아서 할 테니까…."

"어서 빨리 금을 모아야지요. 그래야 얼른 부자가 되고 이 동굴에서 나갈 수 있잖아요."

험한 세상을 살다보니 어린 저 녀석도 이미 철이 들어버린 것이다. 지악스런 세상이 어리광이나 부릴 녀석을 어른으로 만들어버린 것인가. 동호가 대견하면서 고마웠다. 투정부리지 않고 꿋꿋하게 큰아들노릇을 하는 녀석이 믿음직스럽다. 다른 한편 덕수 자신처럼 어려서부터 힘든 세상을 감당하며 살아야 할 녀석이 안타깝고 또 미안하다.

시간을 가늠해보니 대충 하루가 다 간 것 같다. 햇빛은 볼 수 없지만 느낌으로 하루해가 저물었음을 알 수 있다. 일을마쳐야 할 것 같다. 정순과 동호를 먼저 거처로 보냈다. 덕수는 남아서 지게와 망치, 정 등 작업도구를 정리했다. 일을 마치고 나니 온몸이 땀범벅이라 샘물에서 씻고 가야 할 것 같다. 샘물에 가는 게 꺼려지고 같이 씻지 못하는 정순과 동호에게 미안했지만, 끈적끈적한 몸으로 거처로 돌아가는 게 영 찜찜하다.

I

샘물에 가서 덕수는 옷을 벗고 몸을 씻었다. 물 흐르는 소리는 시간이 멈춰 있는 듯 깊은 정적에 싸인 이 동굴에서 살아 있는 뭔가를 느끼게 한다. 샘물에 덕수 모습이 비친다. 아침에도 그랬지만 멈춰 있는 물에 자신의 고요한 얼굴이 비치는 것을 덕수는 싫어한다. 이유는 모르겠다. 샘물에 비친 덕수가 곧 여러 명의 덕수로 변한다. 똑같은 얼굴에 똑같은 손과 발을 가진 덕수들이다. 피로 때문에 착시가 일어난 걸까. 아찔해지면서 다른 세상에 와 있는 기분이다. 덕수는 샘물에 얼른 손을 담가 물을 떠 몸에 끼얹는다. 땀을 씻어내자 기분이 한결 가벼워졌다.

덕수는 가족들이 있는 거처로 천천히 걸음을 옮겼다. 콧노래라도 부르고 싶다. 여유가 생긴 것일까. 남포등 불빛에 비치는 동굴 안 풍경이 눈에 들어온다. 여기저기 거적때기와 옷가지들이 널려있다. 게다가 사람의 발에 채인 듯 찌그러진 양재기와 뚜껑을 잃어버린 양은 주전자가 형편없는 몰골로 널브러져 있다. 꼴이 엉망인 그것들은 버려진 지 그리 오래 되어 보이지 않는다. 얼마 전까지 사람과 함께하면서 사람의 훈김을 받던 물건들 같다.

덕수가 가족들과 사는 거처에 만든 것처럼 여기저기 돌화덕도 만들어져 있다. 이 동굴에 덕수 가족 말고 다른 사람들이 살았단 말인가. 덕수는 눈길을 얼른 돌린다. 기억과 생각이 확장되는 것을 덕수는 막는다. 다른 생각이나 기억이 끼어드는 게 싫다. 덕수는 손을 내저으며 부리나케 걸음을 재촉한다.

"이보시오!"

누군가 뒤에서 덕수를 부른다. 덕수는 멈춰 섰다. 고개를 돌리고 뒤를 돌아봤다. 남포등 불빛 안에는 빈 허공 뿐 아무도 없다. 불빛의 밖에 있는 것일까. 일부러 남포등을 높이 올려서 불빛 안으로 사물을 더 끌어당긴다. 역시 움직이는 것은 없다. 울퉁불퉁한 바위만 막막하게 벽을 치고 있을 뿐이다. 잘못 들었나? 덕수는 다시 돌아서서 걷기 시작한다.

"이보시오!"

다시 같은 목소리가 들려왔다. 덕수는 역시 멈춰 섰다. 재빨리 뒤돌아서서 남포등을 앞쪽으로 더 밀었다. 누구요? 물어볼만 한데, 덕수는 그냥 남포등을 들고 어설프게 서 있다. 역시 움직이는 사물은 없다. 막막한 동굴 벽만 덕수를 바라본다. 덕수는 고개를 좌우로 흔들고 다시 돌아서서 가던 길을 걷는다. 걸어가면서 덕수는 머리를 더 세차게 좌우로 흔들면서 아무것도 아니라는 투로 조금 전 들렸던 목소리를 지우려 한다. 덕수를 부르는 목소리는 더 이상 들리지 않는다.

그때였다. 서늘하면서 둔탁한 손이 덕수 어깨를 덥석 잡아챘다. 덕수는 이번에는 멈추지 않았다. 뒤돌아보지도 않았다. 누구냐고 물어보지도 않았다. 그냥 무시했다. 아무것도 아니라고. 고개를 좌우로 흔들지도 않고 꼿꼿이 들고 똑바로 거처를 향해 걸어갔다. 덕수에게 아무런 일도 일어나지 않았다.

푸른 하늘 은하수 하얀 쪽배에

계수나무 한 나무 토끼 한 마리

돛대도 아니 달고 삿대도 없이

가기도 잘도 간다 서쪽 나라로

거처가 가까워 올수록 나지막하게 여자 아이의 노랫소리가 들려온다. 지금 학교를 다니면 국민학교 2학년이나 3학년이 되었을 동숙의 음성이다. 아련하게 들려오는 동숙의 노래 소리가 덕수를 까마득한 어린 시절로 이끌었다. 주마등처럼 어린 시절 즐겼던 놀이들이 머릿속에서 흘러간다. 윷놀이…, 팽이치기…, 자치기…, 땅따먹기 그리고 연날리기….

거처에도 덕수가 들고 있는 똑같은 남포등이 아스라이 빛을 내뿜는다. 따스한 온기가 덕수의 피로를 말끔하게 씻어준다. 저곳에 내 가족들이 있다. 투박하지만 근면하고 성실한 아내 정순과 맏아들 노릇을 똑소리 나게 하는 동호와 아내를 닮아 정이 많은 동숙과 막내둥이 동민.

더 다가가면 저들의 훈훈한 온기가 더 포근하게 느껴질 것이다. 덕수는 걸음을 재촉했다. 덕수가 들고 있는 똑같은 모양의 남포등 빛이 덕수를 맞이한다. 정순은 저녁을 준비하는지 뭔가를 손질하고 있고, 동호는 땔감으로 쓰는 망개나무를 불 때기 좋게 작게 분지르고 있고, 덕수가 들었던 그 음성으로 동숙은 동민에게 노래를 불러주고 있다. 순간 덕수는 울컥 눈물이 나려고 한다. 가족들이, 내 사랑하는 가족들과 이렇게 이곳에 모여 함께 살 수 있다니 얼마나 행복한가.

"동굴 입구가 새소리로 소란스러워서 나가봤더니 글쎄 꿩이 죽어 있지 뭐예요, 호호호."

정순이 털을 반쯤 뽑은 새의 몸뚱이를 들어 보였다.

"그래? 그거 잘 되었네. 그렇지 않아도 아이들 고기를 먹여야 했는데 말이야."

덕수도 반가웠다. 그동안 먹을 게 변변치 못해 아이들에게 미안했다. 덕수의 마음을 하늘이 알아준 것인가. 오늘 저녁은 새 고기를 아이들에게 먹일 수 있다니 고마운 일이다. 뽑힌 털들이 쌓여 있는 게 눈에 들어왔다. 검은색 일색이다. 검은 색 털을 가진 날짐승이라. 꿩은 아닌 듯한데…. 덕수는 아무렴 어떠랴 싶었다. 아이들에게 고기를 먹일 수 있지 않은가.

고기 비린내를 잡을 마늘도 고춧가루도 없지만, 아내는 새 고기로 먹을 만하게 국을 끓여냈다. 오랜 만에 기름기가 들어간 음식을 먹었다. 아이들 배를 빵빵하게 채우기에는 역부족이지만. 금을 제련하면 장에 가서 고기를 두 세근 끊어다 아이들에게 실컷 먹여야겠다고 덕수는 생각을 다잡았다.

저녁 식사가 끝나고 뒷설거지를 한 뒤, 정순이 몸을 씻었으면 한다고 말했다.

"동호도 내내 땀을 흘려서 씻어야 하고……."

덕수는 아무 말없이 양동이를 들고 일어섰다.

"아버지, 샘물에 가서 씻으면 안 돼요? 아버지가 물을 떠오는 것보다 차라리 가서 씻는 게 훨씬 편할 텐데……."

동호가 불만 섞인 표정으로 말했다. 동호의 말은 하등 이상할 게 없다. 자연스런 말이다. 당연히 물가에 가서 씻는 게 훨씬 낫지 않겠는가. 동호의 말을 반박할 마땅한 변명거리를 덕수는 준비하지 못한다.

"안 된다면 안 돼! 내가 안 된다고 했잖아!"

덕수는 음성을 높였다. 합당한 이유를 찾을 수 없을 때, 어른들이 내놓을 적절한 무기가 바로 버럭 역정을 내는 것 아니던가. 덕수의 역정은 먹히지 않는다. 동호가 수그러들지 않고 고개를 쳐들었다.

"왜 안 된다고 하시는 거예요? 왜요? 아버지 말고 우리가 가면 안 되는 이유가 있어요?"

덕수는 딱히 적절한 답을 찾을 수 없다. 더 역정을 내는 수밖에.

"이놈의 자식이… 아버지가 안 된다면, 안 되는 것으로 알면 되지, 뭘 그렇게 알려고 그래!"

덕수의 음성이 터무니없이 올라챘다. 덕수가 위압적으로 변하자 표정이 굳어져버린 동호가 고개를 숙였다. 다른 가족들도 일제히 동호처럼 고개를 숙이고, 덕수와 눈이 마주치지 않으려 한다. 아버지가 정해 놓은 이해할 수 없는 규칙이 마음에 들지 않지만, 막무가내인 아버지의 명령을 어길 수는 없고, 그저 말없는 침묵으로 덕수에게 저항의 표시를 하는 것일 게다. 한동안 어색한 침묵이 흘렀고 가족들은 아무도 움직이지 않았다.

덕수는 정순과 아이들에게 미안하다. 역정을 냈지만, 정말 덕수가 화가 나서 역정을 낸 건 아니다. 다만 덕수의 의지를 관찰시키기 위해 억지로 낸 역정 아니던가. 가족들이 싫어하는 짓을 해서는 안 된다. 역정 내는 걸 가족들이 당연히 좋아할 리 있겠는가. 얼마나 소중한 아내와 아이들인가.

"미안하다. 나중에 다 말해줄 게……."

덕수는 풀 죽은 목소리로 말했다. 그제야 정순과 아이들이 하나둘 고개를 들었다.

"얼른 가서 물 떠올 게."

덕수는 일어나서 양동이를 들었다. 한 번에 두 동이씩밖에 들고 올 수 없지만, 덕수는 마다하지 않고 정순과 아이들이 다 씻을 때까지 몇 번을 양동이를 들고 샘물로 왕복을 했다.

모두 몸을 씻고 나자 정순과 아이들은 덕수가 역정을 냈던 건 깨끗하게 잊고 다시 밝은 얼굴들로 원위치 했다.

"아버지, 전에 여기서 사람들이 많이 살았던가 봐요. 사람 살았던 흔적이 많이 남아 있잖아요. 여기서 전에 사람들이 많아 살았어요?"

동호의 질문에 덕수는 선뜻 답을 내놓을 수 없다. 덕수도 알 수 없으니까. 왜, 이곳에 사람들 살았던 흔적이 많을까. 그 사람들은 다 어디로 간 것일까. 덕수도 궁금하기 짝이 없지만, 그걸 알려고 이 동굴에 가족들을 데리고 들어와 사는 것은 아니지 않는가. 이곳에 살았던 그 사람들도, 덕수와 같은 생각을 가지고 들어왔던 사람들 아닐까. 그런 추측만 할 뿐.

"사람들이 여기 들어와 많이 살았을 수도 있겠지. 세상살이가 험하니까, 집도 없고 가난한 사람들이 잠깐씩 들어와 살 수도 있고."

무성의하지만 덕수는 이 대답밖에 내놓을 말이 없다. 정순의 품에 안겨 있던 동민이 고개를 빠끔히 쳐들고 물었다. 호기심이 도진 것일까.

"아버지, 왜 우리가 여기 들어와 살게 된 거지요?"

"바보야, 그것도 몰라? 아버지가 금을 캐서 우리가 부자가 되려고 그러는 거지."

동숙이 잽싸게 말했다. 틀린 말은 아니다. 덕수가 가족을 데리고 이 동굴에 들어온 것은 금을 캐기 위해서가 아니던가.

"금을 캐려고 들어왔다면, 아버지만 혼자 들어오면 될 텐데, 우리까지 다 들어온 것은 왜 그런 거야?"

동민에게 답을 줬던 동숙이 이번엔 되레 덕수에게 묻는다. 동숙의 말도 맞는 말이다. 금을 캐려면 광부 일을 하는 덕수만 들어와 살면 될 텐데, 굳이 가족 모두를 데리고 들어온 이유는 무엇인가. 정순과 동호는 그 답을 알고 있는 듯하지만, 입을 열지 않고 덕수 눈치만 슬쩍 본다. 덕수는 뭐라고 대답을 해야 하나 잠시 망설인다. 사람들 몰래 금을 캐기 위해서란다. 금 캐는 것을 사람들에게 들키면 도둑으로 몰리기 때문이지. 그래서 한꺼번에 가족이 이곳 동굴에 숨어버린 거란다. 이런 대답을 해줘야 하는데, 그런 대답을 천진난만한 아이에게 들려줘야 하는 건가. 덕수는 난감해진다.

"그건 아버지가 동굴 밖 집에까지 왔다 갔다 하는 게 힘드니까 그렇지. 아예 우리가 모두 이 동굴에 들어오면 아버지가 왔다 갔다 하지 않아도 되잖아. 또 우리가 아버지를 도와줘야 하고. 가족 모두가 힘을 합하면 더 빨리 금을 많이 캘 수 있잖아."

정순이 답을 내놓는다. 정답을 찾지 못하고 우물거리고 있는 덕수를 대신해 위기를 모면해준다. 정순이 한 말이 맞는 것일까. 덕수는 그럴 지도 모른다 생각한다. 덕수와 가족이 이 동굴에 들어와 사는 것은 금을 찾기 위한 거라고. 황금을 찾아 부자가 되기 위한 것이라고.

이 금광은 작년인가 재작년인가 폐광되었다. 폐광은 진짜 폐광이 아니다. 이 광산에서 나올 금이 없어서 폐광된 것이 아니다. 물론 파낼 금맥이 더 이상 나오지 않았던 점도 폐광의 원인이긴 하지만 꼭 그것만은 아니다.

덕수는 이 광산에서 머리가 굵어졌다. 청춘을 이 광산에서 보냈다고 해도 과언이 아니다. 꿈과 희망이 모두 이 광산에 있었다. 광산은 문을 닫았지만 덕수는 광부의 꿈을 접은 것은 아니었다. 덕수는 숨겨진 금맥을 알고 있었다. 다른 사람들은 발견하지 못한 금맥을 알고 있었던 것이다. 언젠가 기회가 되면 꼭 다시 이 금광에 들어와 그 금을 캐고야 말겠다는 의지를 가슴 한 곳에 황금덩어리처럼 숨겨놓고 세월을 보냈다.

정순의 말대로 덕수는 가족을 데리고 그 노다지를 찾기 위해 이 폐광에 들어온 것이다. 남들이 눈치 채지 못하도록 아예 가족 모두를 데리고 이 폐광에 들어온 것이다. 다른 사람들 눈을 피해 동굴에 사는 박쥐처럼 몰래 이 금광에 들어와 덕수가 이 폐광에서 찾을 수 있는 금맥을 찾아 몽땅 캐내고 싶다는 의지 때문에 가족 모두를 데리고 이 금광에 들어온 것이다. 맞다. 그 이유다. 적어도 덕수는 그 이유 때문에 가족과 이 폐광에 들어와 사는 거라고 매조지 한다.

갑자기 남포등이 꺼졌다. 동굴 안 전체가 먹물을 흠뻑 집어쓴 듯 칠흑 같은 어둠이 덕수 가족을 덮친다. 가족 사이에 흐르던 온기가 삽시간에 사라져버리고 서늘한 냉기가 퍼진다. 어둠 속에 숨어 있던 뭔가가 기운을 얻어 덕수 앞에 모습을 드러낼 것 같다. 일을 마치고 거처로 돌아오면서 느꼈던 느낌 같은 것과 비슷한 것이라 할까. 덕수는 머리를 흔든다. 스스로 생명을 얻어 일어서려는 그 무언가를 얼른 머리에서 지워버린다. 잠시 침묵이 흐른다. 하기야 어차피 잠자리에 들어야 할 시간이다.

"등불이 나갔어요. 불을 켜면 안 될까요?"

어둠 속에서 동숙의 목소리가 들려온다.

"이제 자야지. 잘 시간인데……."

덕수가 말했지만 가족들은 자리에 누울 마음이 없는 모양이다.

"갑자기 불이 나가니까, 이상하네……."

정순이 묘한 말을 한다.

"애들 있는 데서 별 소리를……."

덕수가 작지만 위압적인 음성으로 얼른 사태를 진정시키려 한다.

덕수는 제지하려 했지만 분위기는 어쩐지 가늠할 수 없는 곳으로 흘러가고 있는 듯하다. 컴컴한 곳에서 묘하게 피어나는 이상한 상상들이 있지 않는가.

잠시 후 어둠이 익숙해졌다. 그럭저럭 서로의 윤곽이 보여 대화를 하는데 별 지장이 없어 보인다.

"아버지한테 이야기하려고 했는데……."

동호가 더 말을 하기 바라며 덕수는 어둠 속에서 동호를 쳐다본다. 동호는 머뭇거린다. 말을 던져놓았지만 잘못 입을 열었나 싶은 모양인가. 이미 입을 떠난 말이다. 동호가 이야기하려는 게 무엇인지 안다는 듯 동숙이 조심스럽게 덕수와 정순을 돌아보며 입을 열었다.

"아까 동민이랑 같이 엄마랑 오빠랑 일하는데 가는데, 뭔가 이상한 게 보였어요."

뭐가 보이다니. 대체 뭐가 보였단 말인가.

"뭐가 보여?"

"사람 같기도 하고……."

"사람?"

사람이 이 동굴에 있을 리 없다. 며칠 동안 덕수는 이 동굴에서 덕수나 덕수 가족처럼 살아서 숨 쉬는 자를 발견하지 못했고 또 만나지 못했다. 눈에 물리적으로 보이는 사람은 없었다. 이 동굴에 사람은 없다고 결론을 내린 터였는데 사람을 봤다니. 그 사이에 다른 누군가가 이 동굴에 들어왔단 말인가. 누군가 이 동굴에 들어왔다면 큰일이다. 덕수 가족이 이 동굴에 살고 있다는 걸 사람들이 아는 날에는 산통 다 깨지는 거다.

"정말 사람이든?"

"꼭… 그런 것은 아니었어요. 그냥 사람처럼 보였다는 것이지요."

"어떻게 생겼는데?"

"잘 모르겠어요. 하여튼 이상했어요. 근데 지금까지 말을 안 했지만, 그런 걸 가끔 봤어요. 어제도 그제도…. 혹시… 귀신?"

어둠 속이지만 귀신이란 말에 정순도 동호도 동민도 어깨를 부르르 떠는 게 느껴진다.

"아니다. 아니야. 귀신은 무슨…. 그런 건 절대 없어!"

덕수는 장작을 패듯 단호하게 말했다. 아이들이 겁을 먹으면 큰일이다. 이 동굴에서 계속 머물 수 없다. 덕수도 느껴왔던 것을 가족들도 느낀단 말인가. 게다가 아이들이 이상한 것을 본다니 큰일이 아닐 수 없다. 더군다나 사람이라니…. 그동안 말을 하지 않고 견뎌왔다니 역시 심지가 깊고 대견한 아이들이다. 덕수는 아이들에게 어쩔 수 없이 또 미안하다.

"그걸 왜 이제 말하는 거냐?"

덕수나 정순이 걱정할 것이라는 걸 알기에 말하지 않았을 것이다. 아이들이 그런 것을 보지 못하도록 뭔가 방법을 강구해야 한다.

"여기서는 어떠냐? 여기서도 그런 게 보이든?"

"아니요. 여기서는 안 봤어요."

벽에 붙인 짐승 얼굴 그림이 나름 제 역할을 하는 것인가. 효험이 있는 모양이다. 덕수는 거적에 붙인 육식동물의 얼굴 그림을 쳐다봤다.

"내일부터는 동호는 일하지 말고, 동생들하고 같이 있어라. 알았지?"

"…예."

덕수는 일어나서 남포등에 불을 켰다. 아이들이 나쁜 것을 보지 못하도록 아무래도 방법을 강구해야 할 것 같다. 남포등 불빛으로 구석에 놓아둔 붉은 피가 담긴 그릇을 찾았다. 부적을 그려 거적 벽에 붙인 뒤에 남겨놓은 조류의 피다. 닭 피를 써야 했으나 닭을 구할 형편이 되지 않아 저녁에 먹었던 새와 같은 것의 피로 부적을 그렸고, 남은 피를 버리지 않고 남겨놓았던 것이다. 종이가 될 만한 것을 찾다가 종이포대를 찾아 작게 세 도막으로 찢었다. 그 종이에 붉은 피로 육식 동물의 얼굴을 그렸다. 조잡스럽기는 하지만 얼추 짐승의 얼굴 모습은 갖췄다.

"이걸 한 장씩 품에 넣고 있어라. 이걸 갖고 있으면 나쁜 것이 안 보일 거야."

덕수는 짐승 얼굴 그림이 그려진 부적을 한 장씩 나눠준다. 아이들은 신기한 표정으로 부적을 이리저리 보면서 재미있다는 얼굴을 한다.

"잘 접어서 간직하고 있거라."

덕수의 마음을 잘 아는 정순이 아이들을 단속한다.

"어둡고 불편해도 조금만 참아라. 아버지가 여기서 금을 많이 캐면 나갈 수 있으니까."

"아버지가 여기서 노다지를 찾으면 우리는 부자가 되는 거예요?"

막내 동민의 입에서 노다지란 말이 나왔다.

"노다지? 네가 노다지는 어떻게 알아?"

하기야 광부의 아들이니, 왜 그걸 모르겠는가. 가족이 이 폐광에 들어와 사는 목적이 노다지를 캐는 거라는 걸 저 어린 것도 알고 있는 것을. 당연히 알 것이다.

"동호 형이 알려줬어요. 히히"

덕수도 할 말이 없어 그냥 웃는다. 어쨌든 나쁜 것을 봤다는 동숙의 말로 촉발된 어색하고 이상한 분위기가 말랑말랑 부드러워졌다.

"아버지가 여기서 노다지만 찾으면 우리는 금방 부자가 되는 거네요?"

"그럼, 당연하지. 우리가 금을 많이 찾을 때까지만 참자. 금을 많이 캐면 동민이가 좋아하는 거 다 사줄게."

"그러면 그때 우리는 여기서 나가는 거예요?"

"그렇지."

"야, 신난다."

녀석이 한껏 고무되었는지 두 팔을 높이 올려 만세를 부른다. 덕수는 저 막내 녀석을 더 기쁘게 해주고 싶다.

"내일 저녁에 나무하러 나가니까, 그때 다 같이 밖으로 나가자."

녀석은 박수를 치면서 환호한다. 막내가 행복해 하는 모습을 보니 마음 뿌듯하다. 저 환호하면서 박수치는 동민의 행복을 덕수는 영원히 지켜주고 싶다.

사람들이 남루한 꼴로 모여 있다. 며칠 굶은 사람들처럼 맥이 풀린 채 힘이 없어 보인다. 다들 겁에 질린 황소 눈을 하고 애원하는 표정으로 덕수를 응시하고 있다. 사람들 속에 정순과 아이들이 있다. 정순이 세 아이들을 꼭 끌어안고 다른 사람들처럼 겁 실린 눈으로 애원하듯 덕수를 응시하고 있다. 애처롭기 짝이 없다.

사람들 사이에서 불길이 치솟아 올랐다. 불길은 뱀의 혓바닥처럼 널름거렸다. 사람들을 집어 삼키려는 것인가. 불덩이는 부피를 키워가며 너울거렸다. 사람들이 화마 속에서 아우성쳤다. 목을 부여잡고, 가슴을 움켜잡고, 입을 틀어막고 괴로워한다. 얼굴이 벌게지고, 눈은 피가 쏟아질 것처럼 붉게 충혈되었다. 지옥이 저런 모습일까. 저 지옥에 정순과 아이들이 있다. 정순과 아이들도 다른 사람들 표정과 다르지 않다.

탕! 탕! 총소리가 들렸다. 불에 타 죽어가는 사람들에게 총을 쏘고 있다. 제복 입은 자들이 그들을 향해 총을 난사하고 있다. 덕수의 손에도 총이 들려 있다. 덕수도 그 사람들을 향해 총을 쏘고 있다. 정순과 아이들을 향해. 정순이 붉은 피가 흘러내리는 눈으로 덕수를 똑바로 쳐다보며 말한다.

"왜, 우리를 그냥 두고 갔지요? 왜, 우리가 이렇게 되도록 놓아두었느냐고요?"

덕수는 번뜩 정신을 차린다. 덕수는 들고 있던 총을, 정순과 아이들을 향해 겨누고 있던 총을 던져버린다. 정순과 아이들을 향해 달려간다. 덕수는 정순과 아이들을 안았다. 덕수는 가족 모두를 안고서 무작

폐광

정 그곳에서 달려 나온다. 동호가 말한다.

"아버지가 죽은 줄만 알았어요. 아버지가 없어서 얼마나 무서웠는 지 알아요?"

"이제 괜찮아. 이제 괜찮아. 이제 다 살았어!"

덕수는 정순과 아이들을 꼭 안았다.

덕수는 눈을 떴다. 이마에 식은땀이 맺혀 있다. 황급히 옆을 돌아봤다. 정순과 아이들이 곤히 자고 있다. 휴우, 한숨을 쉬었다. 무사해서 다행이다. 꿈은 현실처럼 느껴졌다. 사람들이 불길에 휩싸였고, 그곳에 정순과 아이들이 있었다. 그들을 향해 덕수는 총을 쏘고 있었다. 어떻게 그런 꿈을 꿀 수 있는가. 내가 가족들에게 총을 쏘다니. 그나마 다행이다. 총 쏘는 것을 멈추고 가족들을 구출해서 나왔지 않는가. 가족들을 데리고 이 동굴에 들어온 다행스런 일을 꿈으로 꾼 것인가.

덕수는 한숨을 몰아쉰 뒤 주전자를 들고 물을 마셨다. 비릿한 물이 목을 타고 넘어갔다. 주전자를 놓고 다시 누웠다. 인기척이 들렸다. 정상적으로 걸어오는 소리가 아니다. 뭔가에 질질 끌려오는 소리다. 사람을 끌고 오는지 아니면 짐승을 끌고 오는지 알 수 없다. 상체를 일으켜 소리 나는 쪽을 바라봤다. 덕수는 얼음을 뒤집어 쓴 것처럼 얼어버렸다. 이 동굴 안에 덕수 가족 말고 또 다른 자가 있단 말인가?

소리를 내던 물체의 윤곽이 서서히 잡혀왔다. 사람이다. 제복을 입은 사람이다. 제복 입은 자는 걸어온 게 아니었다. 엎드려서 기어오다시피 몸을 바닥에 질질 끌며 다가왔다. 제복은 뜯겨지고 찢어지고 몸은 온통 흙 범벅이다. 얼굴은 피로 범벅이 되어 있다. 얼굴을 알아볼 수 없어 누구인지 알 수 없다. 누구냐고 물어야 했지만 덕수는 입이 얼어버려 아무 말도 못하고 제복을 응시했다. 제복이 천천히 입을 열었다.

"사람들을, 무고한 사람들을 너무 많이 죽였어. 나는 사람이 아니야. 악마야, 악마……"

그 말을 남기고 그는 천천히 한손에 들고 있던 총을 들어올렸다. 무슨 말이든, 무슨 행동이든 취해야 했지만, 덕수는 시베리아의 얼음처럼 뻣뻣하게 얼어버려 미동도 할 수 없다. 제복이 하는 움직임을 목석처럼 지켜보고 있다. 제복은 총구를 자신의 입으로 가져갔다. 피가 묻은 입술로 그는 총구를 단단히 물었다. 그리고는 한 손을 방아쇠로 가져갔다. 사내가 덕수를 쳐다봤다. 희미한 미소가 얼굴에 어렸다. 편안한 얼굴이다. 절망적인 세상을 벗어나는 자의 평온한 얼굴이다. 그는 방아쇠를 당겼다. 탕!

"안 돼!"

덕수는 눈을 번쩍 떴다. 얼른 상체를 일으키고 주변을 두리번거렸다. 고요한 평화가 덕수가 누워 있던 자리에 드리워져 있다. 아이들과 정순도 평온한 표정으로 잠들어 있다. 꿈이었나? 덕수는 알 수 없다. 지금 보고 있는 것들이 현실인지, 꿈인지. 꿈 속 일들이 현실인지 아니면 지금도 꿈속을 헤매고 있는지.

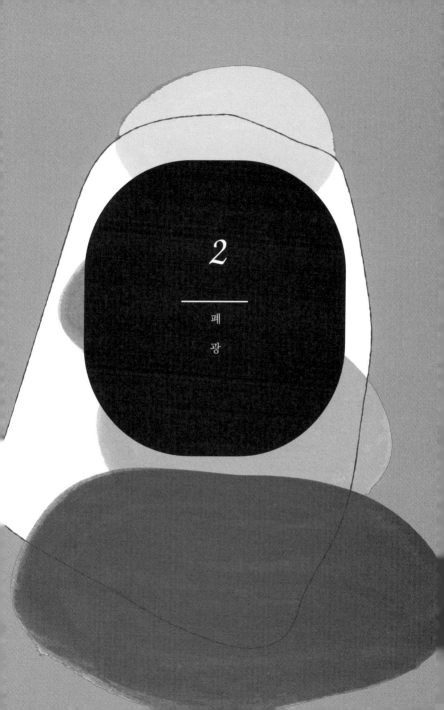

2

———

폐
광

오늘도 덕수는 일어나자마자 어제처럼 아침을 먹고 일터로 향한다. 동호는 동숙 동민과 같이 있으라 했고, 정순만 덕수가 모아놓은 금광석을 잘게 깨는 일을 하기로 했다. 남포등을 들고 지게를 지고, 덕수는 어제 금광석을 캐던 곳으로 걸어갔다. 사람들이 살았던 흔적들이 눈을 불편하게 했지만, 덕수는 의식적으로 무시했다. 그런 것들에 마음을 빼앗기면 아무 일도 할 수 없으니까. 어제처럼 알수 없는 뭔가가 덕수를 부르고 덕수의 어깨를 낚아챈다 해도 역시 어제처럼 무시하기로 했다. 그런 것들은 실체가 없는 허상일 뿐이며, 덕수 마음에서 만들어진 가공일 뿐이므로. 덕수 일에 방해만 될 뿐이므로 냅다 발로 차버리기로 했다.

덕수는 어제 하던 대로 하얀 띠에 검은 돌이 입사된 석영 부분을 골라 조각칼로 새겨내듯 조심스럽게 정을 대고 강도를 조절하면서 쪼아냈다. 금을 함유한 석영맥의 줄기가 끊어지면 또 다른 금맥을 찾아야 할 것이다. 지금 금광석을 캐는 자리는 예전에 덕수가 오랜 경험으로 찾아낸 금맥이다. 쉽게 눈에 띠지 않는 곳이라 그동안 아무도 손을 대지 않은 곳이다. 아마 만족할 만한 양은 나올 것이라 예상하고 또 그렇게 될 것을 기도하면서 덕수는 망치를 놀린다. 이 금맥이 끝나면 다른 금맥을 찾아 다이너마이트를 사용해야 할 때가 올지도 모른다. 광산용 다이너마이트를 구하는 게 쉽지 않겠지만, 그 일은 또 그때 닥치는 대로 해결해볼 참이다.

금맥이 입사된 석영 조각이 떨어질 때마다 차곡차곡 곡간에 쌓여 가는 곡식인 듯 덕수는 배가 부르고 부자가 되는 기분이다. 조만간에 금광석에서 추출한 금으로 아이들이 좋아하는 것들과 생필품을 사야겠다고 계획을 세워본다. 덕수는 구슬땀을 흘려가며 연신 망치질을 해서 노다지를 캤다. 금을 품은 돌조각들을 다듬어서 바지게에 올렸다. 어느새 옷이 흠뻑 땀으로 젖었다.

일을 마치고 저녁을 먹은 뒤 덕수는 조심스럽게 동굴 입구로 걸어 나갔다. 동굴로 들어온 이래 동굴 입구에 가보는 것은 처음이다. 동굴이 컴컴하고 답답하긴 해도 덕수와 가족이 평화롭게 지내기에는 그만이다. 어지러운 세상에서 덕수가 가족과 평온한 나날을 보낼 수 있다는 것은 복이다. 그 복을 컴컴하고 답답하지만 동굴이 제공하고 있다. 그러나 아이들이 원한다면 동굴 밖으로도 나가야 한다. 물론 안전을 보장 받을 수 있어야 한다. 아이들이 원하는 바를 가급적 들어주고 싶은 것이 덕수 마음 아닌가.

덕수는 동굴 입구로 발걸음을 옮기면서 혹시 동굴 밖에서 사람과 조우하지 않을까 걱정됐다. 입구가 가까워지면서 새들이 우는 소리가 들려왔고, 사람들이 살았던 흔적도 더 흔하게 보였다. 역시 그런 것들은 무시했다. 오직 가족만 생각하기로 하지 않았던가. 다행이 동굴 입구까지 나왔지만 요망스러운 것들과는 만나지 않았다. 산짐승들도 보이지 않는다. 검은 새들만이 동굴 입구에서 선회하며 울고 있다. 저 새까맣게 검은 새들은 어떤 새일까.

덕수는 동굴의 가족 거처로 복귀해 정순과 아이들을 동반하여 조심스럽게 동굴 밖으로 나왔다. 어두운 밤이지만 동굴 밖은 제법 달빛 때문에 밝다. 입구에서 하얀 달빛이 쏟아져 들어오는 것을 본 아이들은 금세 환하게 웃으며 동굴 밖으로 달려 나갔다. 사람은 본래 빛을 쐬어야 하는 법인가. 컴컴한 동굴보다는 달빛에 불과하지만 빛이 있어 밖은 훨씬 환하고 밝다. 덕수와 가족의 눈에는 대낮처럼 환한 세상이라고 할까.

"야, 달이다!"

동민이 상현달을 보며 외쳤다.

"쉿!"

덕수가 얼른 동민 코앞으로 몸을 낮추고, 자신 입술에 검지 손가락을 세워 붙였다. 근처에 누군가 있어 덕수 가족의 인기척을 듣는다면 산통 다 깨지는 것이다. 동민이 얼른 두 손으로 제 입을 짓뭉개듯 봉했다. 녀석도 실수했다는 자각이 번개 불처럼 튀었으리라. 덕수는 양손을 뻗어 가족들에게 자리에 앉으라는 신호를 보냈다. 정순과 아이들이 밖으로 나온 기쁨을 감추고 일제히 몸을 낮췄다. 조심스럽게 주변을 살폈다. 아무런 인기척도 없다. 다행이다.

남녘하늘에 추석 송편 같은 반달이 은은한 빛을 온 천지에 뿌리며 온화하게 미소 짓고 있다.

푸른 하늘 은하수 하얀 쪽배에

계수나무 한 나무 토끼 한 마리

돛대도 아니 달고 삿대도 없이

가기도 잘도 간다 서쪽 나라로

동굴 안에서 동숙이 동민에게 불러줬던 동요가 저절로 입에서 흘러나온다. 아이들은 신천지를 발견한 탐험가들처럼 얼굴의 구멍이란 구멍은 모두 커다랗게 열고 기쁜 표정을 감추지 못한다. 사람은 역시 어두운 것보다 밝은 걸 좋아하는 게 본성 아니겠는가.

밖으로 나온 날을 잘 잡은 것일까. 밤하늘은 구름 한 점 없이 맑았다. 하늘에 촘촘히 박힌 무수한 별들이 가을바람에 춤추듯 반짝인다.

"큰곰자리가 어느 것인지 알아?"

동숙이 하늘을 쳐다보며 저는 알고 있다는 듯 의기양양한 표정으로 모두에게 물었다. 동호가 손가락을 곧장 하늘로 가져가더니 국자 모양의 일곱 개의 별을 가리켰다.

"저 거잖아. 국자같이 생긴 거."

당당한 목소리다. 동숙은 맥이 풀렸는지 심드렁해졌다가 좋은 생각이 났는지 다시 눈을 반짝이며 퀴즈를 낸다.

"그럼, 작은 곰 자리는?"

"작은… 곰 자리?"

이번에는 동호가 자신 없는지 고개를 갸우뚱하면서 무수한 별들만 쳐다봤다. 덕수도 정순도 알 듯 했지만 녀석들의 퀴즈놀이에 훼방을 놓고 싶지 않다. 잠시 정적이 흐르더니 동숙이 의기양양하게 말했다.

"작은 곰 자리는 말이야. 저 큰 곰 자리. 음, 북두칠성이라고도 하지. 국자모양의 물을 뜨는 그릇 끝 위아래 별자리의 길이의 일곱 배를 국자 끝 쪽으로 가면, 보이는 별이 작은 곰 자리야, 북극성이라고도 하지, 히히."

"우와! 동숙이는 어떻게 그걸 알았어?"

동호보다도 덕수가 더 놀랐다. 국민학교 2, 3학년에 불과한 어린 것이 저리 잘 알다니. 딸이 기특하다. 덕수도 잘 모르는 것을. 늘 봐오는 하늘의 별이지만 이렇게 한가롭게 별자리를 가늠하며 낭만을 즐겼던 적이 언제였던가. 아이들이 별을 보며 퀴즈놀이를 하는 동안 반딧불이가 꽁무니에 연녹색 불을 깜박거리며 쓰르라미 우는 소리에 맞춰 춤을 추며 날아다녔고, 신선한 가을바람이 부드럽게 덕수 가족을 감싸며 휘돌았다.

"매운 연기 냄새가 나!"

동민이 코를 쥐고 얼굴을 찡그린다. 덕수 코에는 맑은 공기만 가득하고 아무런 냄새도 나지 않는데, 매운 냄새라니.

"어디서 나는데? 아무 냄새도 안 나는데……."

덕수가 동민을 바라보며 말했다. 그런데 웬일인가. 덕수를 빼고 다들 동민처럼 코를 움켜쥐고 이마를 찡그렸다.

"고춧대랑 솔가지 타는 냄새가 나요."

동숙도 동민 편을 들며 말한다.

"내 코에는 아무런 냄새도 나지 않는데…, 이상하네. 어서 가자!"

덕수는 고개를 갸우뚱했다. 덕수는 아무렇지도 않았지만 다들 이상하다 하니 이곳에 그대로 머물 수 없다. 걸음을 재촉했다. 땔감나무를 구하러 나오지 않았는가. 덕수와 가족들은 조심스럽게 걸음을 옮겼다.

걸음을 옮길수록 한두 마리씩 보이던 검은 새가 점점 늘어났다. 검은 새들은 하늘을 선회하기도 하고 땅에 내려앉기도 했는데, 어디서 먹을 게 있다는 소식을 듣고 작정을 하고 날아온 모양이다. 하늘에 떠 있는 별들을 다 감출 만큼 검은 새들은 하늘을 가득 메웠다. 검은 새는 떼를 이뤄 이리저리 날아다녔다.

검은 빛을 띠는 하늘과 달리 산 아래는 무더기로 하얗게 핀 꽃들이 꽃 잔치를 벌이고 있다. 하얀 꽃들이 바람결을 따라 하늘하늘 넘실거렸다. 갈대꽃과 하얀 구절초다. 그런데 자세히 보니, 바람에 한들거리며 춤을 추는 하얀 꽃들은 갈대꽃과 구절초가 아니다. 넘실거리는 모양새지만 무명옷을 입고 바닥에 누워 있는 것 같기도 하고 엎드려서 뭔가를 추수하는 농군들 같기도 하다. 이 밤에 농군들이라니. 덕수는 의아해하면서 놀랐다. 이 밤에 저 사람들이 다들 무엇을 하고 있을까. 덕수는 눈을 깜박거리며 다시 하얀 색으로 물 든 산 아래를 굽어다 봤다. 덕수는 이내 피식 웃고 말았다. 잘못 봤다. 역시 처음에 봤던 그대

2

로 하얀 구절초와 갈대꽃밭이다.

조심스럽게 걸어가면서도 천진난만한 아이들은 가만히 있질 않는다. 동호와 동민은 반딧불이를 잡고, 동숙은 중간 중간에 피어 있는 구절초를 꺾어 머리에 꽂았다. 녀석들이 이렇게 좋아하는데 자주 데리고 나오면 좋으련만. 모처럼 아이들의 밝은 표정을 보면서 덕수도 마음 뿌듯하다.

저 아래 덕수가 살던 동네가 눈에 들어온다. 언제 봐도 어머니의 품속 같은 포근함이 가득한 곳이다.

"왜 우리 마을에 불빛이 하나도 없어요?"

동호도 덕수가 보던 마을을 본 모양이다. 덕수는 전혀 느끼지 못했는데 동호는 뭔가 호기심이 발동한 것일까. 동호 말대로 다시 보니 정말 마을에 불빛이 없다. 늦은 저녁도, 다들 잠들어 있는 새벽도 아닌데, 집에서 새어나오는 불빛이 전혀 없다. 덕수도 고개를 갸우뚱했다. 그게 대수인가. 다들 어려운 시기이니 기름을 아끼려고 호롱불을 끄고 잠이 들었겠지. 아니면 다들 출타중이거나.

"기름 아끼느라 불 끄고 잠자겠지 뭐."

덕수의 답이 수긍 안 가는지 연신 동호는 고개를 갸우뚱했지만, 동호도 덕수와 같은 마음을 먹었는지 이내 걸음을 재촉한다. 마을이야 불이 꺼졌건 말건 그게 무슨 상관이랴.

덕수는 주변을 더듬어 망개나무를 찾았다. 연기가 비교적 적은 망개나무는 동굴 안에서 땔감으로 쓰기 적당하다. 감잎 크기의 잎 옆에 빨간색 작은 열매가 뭉텅이씩 달려 있는 망개나무는 주변에 많다. 나무하는 걸 거들던 정순이 말했다.

"망개나무 잎을 보니까, 망개떡이 생각나네."

안정되고 평화로운 시절이라면 떡을 해서 아이들 배를 볼록하게 만들어줄 수 있었을 것이다. 부디 그런 시절이 꼭 오기를 기대해본다. 덕수가 황금을 많이 모으는 날이면 그런 날이 올 것이다.

"조금만 참자고. 망개떡 해먹고 살 날이 올 거야."

덕수는 톱질을 하면서 다부지게 말했다.

"아버지!"

동호가 나지막하지만 겁이 실린 긴박한 목소리로 덕수를 불렀다. 동호의 음성만으로도 충분히 동호가 감지한 위험 같은 것을 덕수도 눈치 챘다. 톱질을 멈추고 자세를 낮췄다. 낮은 자세로 고개를 돌려 동호를 쳐다봤다. 덕수를 돕고 있던 정순도 덕수와 같은 모양새로 동호를 쳐다봤다.

"바, 방금, 저, 저기 어떤 사람이 보였어요."

"어떤 사람이라니?"

동호가 가리키는 쪽으로 시선을 옮기며 덕수가 물었다.

"저, 저쪽 말이에요. 저기서 어떤 어른이 고개를 내밀고 우리 쪽을 쳐다봤어요."

덕수는 동호가 가리키는 쪽을 유심히 관찰했다. 정순과 아이들은 이미 바닥에 납작 몸을 낮춘 상태다. 달빛이 있다고는 하지만 어둠 속이고, 그 어둠 속에서 나무와 풀들이 가을바람에 흔들리고 있어 잘 분간되지 않았다. 흔들리고 있는 것이 사람인지 짐승인지 아니면 그냥 나무나 풀숲인지를. 동호가 봤다고 하니, 덕수도 더 유심히 동호가 가리키는 쪽을 살폈다. 사람인지 구분할 수는 없지만 뭔가가 어른거리는 것 같기도 하다. 정순도 덕수가 바라보는 곳을 덕수처럼 조심스럽게 살폈다.

"우리를 찾는 게 아닐까요?"

동호의 말에 홀린 것일까. 정순은 동호가 가리키는 곳에 사람이 있다는 걸 단정하고 말했다. 정순 눈에 사람이 보였단 말인가.

"사람이 있긴 한 거야?"

덕수는 의심스러워 나직하게 정순에게 물었다. 덕수 눈에는 사람이 있다고 확신할 수 없었다.

"뭔가 움직이는 게 있긴 있었어요. 하여튼 조심해야지요."

정순의 말이 맞긴 하다. 사람인지 아닌지 지금 확신할 수는 없지만, 조심해서 안 좋을 일은 없을 테니까.

"그때 그 사람들 아닐까요?"

정순이 말하는 사람들이 누구인지 덕수도 번개 맞은 듯 생각났다. 아니었으면 좋겠지만 혹시 모르지 않는가. 그들이 아직까지도 덕수 가족을 감시하면서 이곳을 떠나지 않고 있는지를. 그들이 덕수가 폐광에서 금을 캐고 있는 사실을 알고 있는지를. 감시하고 있다가 덕수가 금을 캐서 나오는 날, 덕수를 덮쳐서 금을 빼앗으려 감시하고 있는지를.

덕수가 고향 마을에 도착했을 때, 덕수는 마비된 듯 손발이 굳어버렸다. 몸도 마음도 지쳐 있었다. 모든 게 걸레 조각처럼 지쳐 있는 상태에서 극도로 긴장한 탓이었다. 걸음이 제대로 내디뎌지지 않았다. 오랫동안 살아온 곳인데도, 자신의 고향 마을이라 단정 짓고 찾아온 이곳이, 정말 고향 마을인지 확신할 수 없었다. 긴장 탓에 잠시 정신이 제자리를 찾지 못했을 수도 있었다.

다행이 사람들은 눈에 띠지 않았다. 마을은 텅 빈 항아리처럼 고요했다. 꼭 비어 있었던 것은 아닐 것이다. 덕수가 사람들 눈에 띠지 않도록 움직였으니까. 마음에 걸리는 많은 것들이 덕수를 힘들게 했다. 사람들 눈을 피해야 했고, 또 가족의 안위가 너무 걱정되었다. 가족들은 잘 지내고 있을까. 가족들에게 무슨 해는 없었을까. 아니, 가족들은 살아있기나 한 것인가. 먹을 것도 다 떨어졌을 텐데, 어떻게 양식을 구했을까.

정순은 심지가 곧은 사람이니 잘 견디고 있겠지. 막내 동민은 그동안 많이 컸을까. 큰놈 동호는 듬직하니까 동생들을 잘 돌봐줬겠지. 동숙도 제 엄마를 도와줬을 것이고. 내가 없는 사이 아내가 얼마나 힘들었을까. 별 탈이 없어야 할 텐데. 그런 걱정들 때문에 온몸에 마비가 온 것이었을까.

멀리서도 덕수의 초가집은 한 눈에 들어왔다. 2년 전 가을, 가을걷이가 끝나고 새로 수습한 볏단을 추려 새롭게 지붕을 입힌 초가였다. 어느새 색이 많이 바랬다. 언제나 다정하고 따뜻하면서 보기만 해도 배부른 내 집이었다. 가족이 있어서, 정순과 아이들이 있어서 그럴 것이다. 부디 아내와 아이들이 무사히 덕수를 기다려주기를 기도하고 또 기도하는 심정으로 바랐다.

덕수는 집 앞에 당도하였지만 잠시 망설였다. 한참 동안 눈을 감고 있었다. 다시 마음속으로 기대했다. 부디 가족들이 아무 탈 없이 그대로 집에 있어주기를. 용기를 냈다. 사립문을 잡았다. 천지신명께 가족의 무사를 기원하면서 문을 열었다. 마당은 고요했다. 여기저기 잡풀들이 자랐다가 가을 햇볕에 말라가고 있었다.

천천히 조심스럽게 마당을 걸었다. 사립문을 열었을 때 동호를 불러야 했으나 입이 열리지 않았다. 매번 그렇게 해왔던 것인데, 너무 오랜만이라 차마 용기가 나지 않았다. 몇십 년을 밖에서 헤매다가 돌아오는 것처럼 너무 낯선 느낌도 들었다. 마치 남의 집에 잘못 들어온 것 같은 느낌이 나서 마당을 걷는 걸음이 어색하기 짝이 없었다. 그때까지도 안에서는 아무런 인기척이 없었다. 몰려온 불안이 심장에 방망이질을 해댔다. 터질 것처럼 가슴이 두근거렸다. 덕수는 마당에 잠시 서서 귀를 세웠다. 혹시 방안에서 말소리가 나지 않을까 기대하면서.

그 순간 지진이 난 듯 마당이 무너지면서 덕수 몸뚱이가 천길 땅속으로 꺼져버리는 착각이 일었다. 어떤 질서가 무너지는 그런 느낌이라고 할까. 그러나 그건 아주 짧은 순간이었고 잠시였다. 극도의 긴장으로 발현된 일종의 현기증이라고 할까.

눈을 잠시 감았다가 떴다. 집안을 휘 둘러봤다. 집안이 깨끗해져 있다. 마당도 지붕도 예전에 덕수가 살았던 그때와 마찬가지로 깨끗했다. 지붕도 갓 초가지붕을 새로 얹힌 듯 말끔했다. 방금 전에 봤던 마당에 말라버린 잡풀은 보이지 않았다. 잘못 본 것일까. 집에 올 때 극도의 피로감 때문에 눈이 제 임무를 충실히 완수하지 못한 것일까. 덕수는 머리를 가볍게 흔들었다. 지금, 집이 중요한 게 아니지 않는가.

덕수는 동호를 불러볼까 했지만 역시 용기가 나지 않아 그대로 마당을 가로질러 가서 마루로 올라갔다. 여전히 아무런 기척이 없었다. 아무도 없는 것일까. 기대가 자꾸 실망 쪽으로 추를 내려뜨리려 했다. 점점 몰려오는 먹구름이 덕수의 마음을 가득 채워, 어느새 무겁고 착잡한 상태가 되어 갔다.

덕수는 조심스럽게 문고리를 잡았다. 덕수는 심호흡을 하고 힘을 줘 문고리를 잡아당겼다. 문은 덕수가 열어주길 기다렸다는 듯 자연스럽게 열렸다. 덕수는 질끈 눈을 감았다. 눈앞에 나타날 어떤 운명을 감당할 수 없어 잠시 회피하고 싶었던 것일까. 깜박이듯 눈을 감은 순간 마당에서 느꼈던 어떤 현기증 같은 느낌이 잠시 일었다.

"아버지!"

덕수가 눈을 뜨기 전에, 덕수의 귀를 붙잡듯 와락 달려든 소리였다.

그건 당연히 사람의 목소리였다. 아이의 목소리였다. 아들의 목소리…. 아니, 딸의 목소리…. 그렇게도 듣고 싶었던 목소리였다. 덕수는 얼른 눈을 떴다. 가족이, 덕수의 가족이 모두 덕수를 쳐다보고 있었다. 정순, 동호, 동숙, 동민. 네 명 모두가 아무도 이상 없이. 부재한 자 아무도 없이. 울컥 눈물이 솟으려 했다. 이렇게 무사하거늘. 이렇게 다 살아 있거늘. 이렇게 모두 나를 기다렸거늘. 이렇게 나를 반기거늘. 무얼 그리 걱정했단 말인가. 무얼 그리 가슴 졸였단 말인가. 천지신명이시여 감사하고, 또 감사합니다.

"동호 아버지!"

이번엔 정순이 덕수를 불렀다. 덕수는 신발도 벗지 않고 그대로 안으로 빨려 들어갔다. 정순과 아이들을 덥석 두 팔로 안았다. 두 팔을 있는 힘껏 벌려 가족들이 모두 덕수 가슴 안으로 들어오도록 꼭 끌어안았다.

덕수와 가족 간의 애틋한 상봉의 실황은 생략하기로 하자. 가족은 피와 피가 섞인 피가 하나인 사람들의 관계 아니겠는가. 얼마나 기쁘고 또 기뻤을까. 얼마나 가슴 벅차고 감격스러웠을까. 얼마나 행복할까.

얼마간의 상봉의 시간이 지난 뒤 덕수는 정신을 차렸다. 이렇게 마냥 상봉의 기쁨만 나누고 있을 때가 아니었다. 덕수가 가족을 만나면 실행에 옮기려던 계획을 지금 바로 실천에 옮겨야 했다.

"어서 짐을 싸자고, 여기를 떠나야 해!"

정순과 아이들이 의아한 눈으로 쳐다봤다. 덕수는 정순과 아이들에게 집을 떠나지 않으면 안 될 상황을 설명했고, 피신할 장소는 바로 동굴임을 알렸다. 동굴이 지금 시국에 가장 안전한 곳이라는 것도. 정순과 아이들은 덕수를 만난 기쁨 때문인지 다른 이의를 제기하지 않았다. 덕수가 시키는 대로 명령 잘 듣는 병사들처럼 일사불란하게 움직였다.

해가 지고 으슥한 밤이 되었다. 달은 초승달로 한껏 몸을 웅크리고 있었으므로 세상은 검은색으로 도배되어 있었다. 옷가지와 이불, 식량이 될 만한 것들 그리고 동굴에 들어가서 사용할 장비들을 헛간에서 찾아 머리에 이고 등에 졌다.

덕수의 재촉에 정순과 아이들은 출애굽 하는 이스라엘 백성들처럼 선지자인 덕수의 말을 아무런 불평 없이 따랐다. 그만큼 정순과 아이들은 험하고 험한 세상을 살아왔고, 이 위험천만한 곳을 어떤 수를 쓰든 빠져나가야 했는데, 그 길을 모세 같은 선지자 덕수가 물꼬를 터준 것이리라.

다행이 덕수 가족이 몸을 움직일 때 사람들을 만나지 않았다. 가족들이 밤봇짐을 싸 도망하듯 집을 나왔을 때도 동네는 쥐죽은 듯 조용했다. 조용하다기보다는 고요했다고 보는 게 더 나을까. 하여튼 그들을 쳐다보는 사람은 없었다. 그것만으로도 큰 다행이었다. 옮겨야할

짐이 많았음으로, 가족은 두세 번 왕복하면서 생필품을 집에서 산 아래까지 가져갔다. 장아찌가 담긴 항아리나 그릇들을 산 아래까지 옮겨놓고 다시 이불이나 옷가지를 옮기는 식이었다.

그렇게 덕수와 가족들이 하나가 되어 짐을 산 아래로 옮긴 뒤에 산 중턱에 있는 동굴까지 이동할 때였다. 정순이 덕수의 손을 붙잡더니 낮고 작은 목소리로 덕수를 불렀다.

"동호 아버지!"

덕수는 대답 대신 움직임을 멈추고 정순을 뒤돌아봤다. 정순은 말 없이 집게손가락으로 마을 쪽을 가리켰다. 집게손가락 끝에 산으로 올라오는 길옆 커다란 버드나무 한 그루가 걸려 있었다. 버드나무 몸체 옆으로 두 개의 그림자가 어른거렸다. 덕수는 순간 간담이 서늘했다. 그림자는 분명 사람의 그림자였다. 누군가 덕수의 움직임과 가족들을 감시하고 있단 말인가.

덕수는 부리나케 양손으로 바닥 공기를 누르며 가족 모두를 그 자리에 앉게 했다. 덕수도 가족과 함께 상체를 숲 아래로 숨겼다. 그리고 빠끔히 고개를 들고 버드나무에 몸을 숨기고 있는 자들을 가늠했다. 정순 또한 덕수와 같은 포즈를 취했다. 덕수는 일단 그들이 먼저 움직여주길 바랐다. 이쪽에서 움직임이 없으면 그들이 움직임을 보일 것이다. 그들의 움직임을 보고 가족들의 이동을 선택하려고 했다.

덕수의 예측대로 덕수 가족이 미동도 하지 않자, 나무 둥치에 몸을 낮추고 있던 그림자들이 움직이기 시작했다. 덕수는 먹이를 쫓는 올

빼미처럼 그들을 유심히 살폈다. 그들은 분명 덕수와 덕수 가족을 목표로 하고 저 버드나무에 몸을 숨기고 있었던 게 확실했다. 그렇지 않으면 저렇게 움직일 리 없다. 만약 저들이 다른 사람이나 다른 목적이 있다면 여기 덕수 가족의 움직임과는 상관없이 저들의 목적을 위해 움직여야 한다. 그런데 어떤가. 저들은 분명 덕수 가족이 움직임을 멈추자 행동을 개시하지 않는가. 저들의 목표물이 움직임이 없자, 그 목표물의 행방을 찾기 위해 자신들이 움직이고 있지 않는가. 저들이 노리는 대상은 덕수와 덕수 가족이 분명했다.

덕수는 잠시 어찌해야 할지 망설였다. 망설이는 도중 덕수의 눈에 그들의 얼굴이 들어왔다. 가시에 눈이 찔린 듯 통증 같은 충격이 눈에 전해졌다. 눈이 번쩍 뜨였다. 낯익은 얼굴이었다. 확실하게 누구라고 콕 집어 말할 수는 없지만 분명 언젠가 과거 어느 시점에 덕수와 면식이 있는 자들이었다. 누구일까. 덕수는 머릿속 기억창고를 재빨리 둘러봤다. 기억창고에 담겨 있는 자들 중, 저 앞에 있는 자들을 찾았다. 기억창고는 엉망이었다. 모든 것이 두서없이 섞여 있었다. 안개가 자욱해서 사물의 분간이 어려웠다. 기억창고에서 저들의 확실한 정체를 찾을 수 없었다.

저 앞에 있는 자들이 누구인지 분명하지 않았다. 다만 어렴풋이 저들 모습이 과거의 어떤 자들과 매치되고 있었다. 그들은 덕수를 쫓던 일본 정보계 형사 마쓰시마와, 그 밑에서 조수로 따라다니는 조선인 끄나풀 순사보 김광섭이었다. 저 앞에 있는 자들과 덕수의 기억 속에서 퍼 올린 자들이 매치되자, 덕수는 더 따질 것도 없이 저 앞에 보이는 자들을 바로 마쓰시마와 김광섭으로 도장 찍어버렸다. 이제 저들은 마쓰시마와 김광섭이다.

저들이 언제 덕수를 좇아왔을까. 끈덕지게 따라붙더니 결국 여기까지 뒤를 밟았군. 낭패가 아닐 수 없었다. 저놈들의 손아귀에서 벗어나지 못했다니. 저자들은 덕수가 황금을 캐려고 이곳 동굴로 움직이고 있다는 걸 이미 알고 있었단 말인가. 어떻게 그걸 알았을까. 그나저나 이제 어떻게 해야 하나.

어쨌든 정순이 저 살쾡이 같은 놈들을 먼저 발견한 것이 천만다행이었다. 만약 발견하지 못하였다면 저놈들은 분명 덕수가 최종 목적지인 폐광으로 향하는 것을 추적할 것이고, 내내 저들의 감시에서 벗어나지 못할 것이다. 결국 덕수의 목적을 망쳐버리고 마지막에는 덕수가 얻고자 했던 것을 손가락 하나 까딱하지 않고 저 살쾡이 같은 놈들이 빼앗아가버릴 것이다. 덕수로 하여금 실컷 재주를 부리게 하고 나중에 나타나 덕수의 금을 갈취하려는 목적이 분명해 보였다.

일단 저들을 따돌려야 했다. 먼저 저들을 속여야 했다. 속이려면 움직이지 말아야 했다. 이 자리에서 돌처럼 움직이지 말아야 했다. 저들이 포기하고 이곳을 떠날 때까지. 덕수는 동굴로 올라가는 것을 보류하고, 수풀 속으로 가족을 숨겼다. 그러면서 저 쥐새끼 같은 놈들의 움직임을 놓치지 않았다.

덕수 가족이 시야에서 사라지자 놈들은 순간 당황하는 듯 했다. 좇던 먹잇감이 사라졌으니 당황하지 않을 수 없을 것이다. 놈들은 두리번거리며 이쪽으로 방향을 잡아 올라왔다. 사복차림에 도리우치따개 비모자를 쓴 것이 정순이 봤던 대로 마쓰시마와 김광섭이 분명했다. 마쓰시마와 김광섭은 한참을 서성거리더니 산 아래로 방향을 잡아 내려갔다. 덕수가 아래쪽으로 내려가 그들이 사라졌음을 확인한 뒤에 다시 가족을 이끌고 폐광으로 올라갔던 것이다.

"우리가 동굴에 들어오던 날, 우리를 감시하던 그 사람들이 아닐까요? 우리가 이 동굴에 살고 있다는 걸 알고 있는 사람은, 그날 우리를 쫓던 그 일본 형사라는 사람과 끄나풀이었잖아요. 그 사람들이 아니면 누구겠어요."

정순은 확신에 차서 말했다. 정순의 말은 분명 일리가 있다. 지금 덕수와 덕수 가족을 감시하는 사람이 있다면 분명 그날 처음 동굴에 들어오던 날, 감시의 눈을 번뜩였던 그들 말고 누가 또 있겠는가. 그 승냥이 같은 놈들이 아직도 탐욕의 흑심을 뻗치고 있다니. 보통 일이 아니다. 어찌해야 하나.

덕수가 광부로 입문하던 무렵, 조선팔도는 화산 폭발하듯 금광 열풍으로 들끓었다. 산을 뚫어 돌과 흙 1톤당 10그램의 금이 함유된 것으로 판단되면 가차없이 산을 파고 들어갔다. 위로 아래로 옆으로 거미줄처럼 구멍을 뚫고 금을 캐내는데 혈안이 되었다. 덕수가 광산에 들어가기 4년 전부터 왜놈들은 산금개발정책을 펴기

2

폐 광

시작했다. 전국에 금광 3,000여 곳이 난립하였다. 방방곡곡 금만 보인다 싶으면 깡그리 금을 캐서 왜놈들은 전쟁비용 마련하는데 사용하였다. 국제 결제수단인 금으로 미국과 구라파에서 무기 등을 구입할 수 있었기 때문이다.

전국은 그야말로 노다지 열풍에 휩싸였으며, 노다지 도둑놈, 노다지 사기꾼 등 폐해도 많았다. 규폐증이나 진폐증으로 고생하다가 저세상으로 넘어가버리는 조선 광부들도 역시 숫하게 많았다.

'덕대' 는 왜놈 자본가로부터 자금을 융통받아 덕수 같은 수십 명의 광부를 고용하여 광산을 개발하고 금을 캐서 그 금을 팔아 왜놈들에게 돈을 갚고 나머지로 제 배를 채우는 일종의 광산경영인이었다. 지방에 따라 또는 사람의 질에 따라 덕대는 광부들에게 인심을 얻기도 하고 때론 악덕 경영인이기도 했다. 덕대는 광부들에게 의식주 등을 제공하면서 몇 푼의 돈을 주기도 하지만, 채굴하고 난 광상鑛床의 금맥석 일부를 주어 거기에서 얻는 금 찌꺼기로 임금을 대신하기도 했다.

탐욕의 상징인 노다지를 얻으려는 덕대의 인심이 넉넉하기를 바랄 수는 없는 법. 대개의 덕대는 덕수같은 광부의 단 한 방울의 땀이라도 뽑아 먼지만한 금이라도 얻으려는 자들이 수두룩했다.

덕수는 광부로 익어갔다. 나이 열세 살에 처음 배운 일이 광산에서 금을 캐는 일이었다. 금 캐는 일은 다른 일에 비해 꽤 괜찮은 밥벌이였다. 금광 광부로 입문한 지 7년 만에 생활이 안정되면서 정순을 만나 결혼했고, 동호를 낳았다. 덕수는 광부로서 성숙해갔지만 광산 내부는 여기저기 고름이 흐르는 썩은 곳이 많았다. 횡포를 부리는 감독자들과 덕대, 그리고 그들을 주무르고 있는 왜놈 자본가들이 썩은 고름들이었다.

광부로 익어가면서 덕수도 광산의 어두운 그늘에서 어떤 일이 벌어지는지 알게 되었다. 감독자는 생산되는 금을 빼돌렸는데, 덕대는 이를 눈 감아줬다. 대신 감독자는 생산량을 늘려 덕대의 비위를 맞췄다. 덕대는 이를 알면서도 모른 체했다. 죽어나는 자들은 시커먼 동굴에 들어가 돌먼지 마시며 금을 캐는 광부들이었다. 생산량을 늘리기 위해서는 작업시간을 훌쩍 넘겨 일을 하게 했다. 수당으로 지급될 돈이 여러 명목으로 깎여서 지급되었다. 하루 12시간 이상을 금광석을 캐느라 동굴에서 지내다 보니, 필연적으로 사고가 빈발하였다. 감독자들은 갱도에서 다치는 광산 노동자들을 등한시하였다.

필연적으로 덕수가 일하는 광산에서도 결국 대형 사고가 나고 말았다. 폭발 사고였다. 갱도를 개척하거나 새로운 금맥을 찾기 위해서는 발파는 필수다. 늘 하는 일이라 안전수칙을 지키면 그럭저럭 할만한 일이지만, 폭약을 다루는 일이라 항상 위험이 도사리고 있었다. 덕수가 일하던 갱도 옆에서 새로운 루트를 개척하면서 발파작업이 이뤄졌는데, 맥을 잘 못 짚어 갱도가 무너지고 말았다. 나올 사람은 나왔지만, 막힌 갱도 안에 광부 다섯 명이 갇혔다.

덕수를 비롯한 광부들은 작업을 중단하고 갱도에 갇힌 광부들을 구출하는데 모든 광부들을 투입하였으면 하였다. 당연히 그렇게 해야 했다. 덕수도 물론 적극적으로 나섰다. 감독자는 처음에는 별다른 제재 없이 광부들이 구출작업을 하도록 내버려 두었다. 그러나 하루가 지나자 감독자는 어떤 놈의 지시를 받았는지 구출작업 인원을 대폭 줄이고, 광부들을 금광석 캐는 일에 투입시켰다.

광부들 전체가 조금만 힘을 더 쓰면 갇힌 광부들을 충분히 구출할 수 있을 것이라 예상 했었다. 장비와 인력을 빼가자 비지땀을 흘리던 광부들은 어처구니가 없었다. 구출작업은 흐지부지되어가고 있었다. 결국 금광석 캐는 일에 내모는 감독자에게 대항하였는데, 덕수를 비롯한 광부들 몇몇은 태업에 들어갔고, 그 태업 동안 구출작업을 진행했지만, 감독자의 꾐에 빠진 지각없는 광부들에 의해 좌절되고 말았다. 구출작업은 더디었고 안에 갇힌 광부들은 갇힌 자리가 무덤자리가 될 판이었다. 가족들은 광산으로 몰려와 나뒹굴며 오열했고 선량한 광부들은 기가 꺾였다.

덕수가 나섰다. 덕수는 광차가 갱도 안으로 진입하지 못하도록 갱도입구 레일에 자신의 몸을 밧줄로 묶어버렸다. 묶인 몸으로 갱도 앞에서 하룻밤을 꼬박 세우자, 감독자와 덕대는 덕수에게 손을 들었다. 다시 구출작업이 재개되었고, 혼신을 다한 작업으로 갱도에 갇힌 다섯 명 전원이 햇빛을 보는 쾌거를 이뤄냈다. 감독자와 덕대는 덕수를 고운 눈으로 보지 않았다. 덕수는 지서에 끌려가 조사를 받았고, 재판에 넘겨져 일주일의 구류처분을 받고, 경찰서 유치장에서 콩밥을 먹어야 했다.

그때 덕수를 조사했던 일본 형사가 바로 마쓰시마였고, 덕수를 잡아갔던 자가 경찰 끄나풀인 순사보 김광섭이었다. 이후에도 덕수는 광부들의 이익을 위해 서슴없이 감독자를 만나 의견을 전달하는 창구역할을 했다. 대놓고 말하지는 않았지만 결국 덕수는 광산에서 적색분자로 낙인 찍혔으며, 마쓰시마와 김광섭은 덕수를 그림자처럼 미행하고 따라붙었다.

눈에 가시 같은 덕수를 내쫓을 수도 있었으나 감독자나 덕대는 그렇게 하지 않았다. 덕수를 내쫓지 않은 데는, 덕수가 광부들의 대표를 자처했다는데 있는 게 아니었다. 금을 캐는 광부로서 덕수의 실력이었다. 덕수는 금맥을 정확히 짚었으며 금이 삽입된 금광석을 찾아내는데 귀신같은 신통력을 갖고 있었다.

조선 땅에서 금을 캐는 광산 붐은 덕수가 결혼하고 동호를 얻은 해부터 조금씩 내리막길을 걷기 시작했다. 왜놈들이 하와이를 기습공격하면서 태평양전쟁을 일으키는 바람에 적국인 미국 등에 금을 주고 전쟁 물자를 구입할 수 없게 된 것이다. 금광산은 점점 사양길에 접어들었다. 텅스텐이나 구리, 철 같은 원자재 광물이 각광을 받았고, 그쪽 방향으로 광산 산업의 길을 트기 시작했다. 그렇다고 금광산에서 금이 완전히 맥이 끊긴 것은 아니었다. 다만 금을 캐지 않을 뿐. 동호가 두 살 되던 해에 결국 금산정비령이 내려졌고, 덕수가 일하던 금광산은 문을 닫았다.

폐광되었다 해서 금광이 없어진 것은 아니었다. 금을 캐지 말라는 것이지 금이 없으니까 캐지 말라는 의미는 아니었으니까. 겉으로는 문을 닫아 광산 부대시설 등이 폐쇄된 것으로 보였지만 사실은 그렇지 않았다. 금광이 폐쇄된 후에도 감독자와 덕대는 몰래 금을 찾아 광산을 돌렸고, 덕수가 크게 한 몫 해주길 바랐다.

덕수 뒤를 그림자처럼 감시했던 김광섭과 그 보고를 받는 마쓰시마가 가만히 있을 리 없었다. 금산령을 어기고 금 광산을 돌리는 덕대를 잡아 족쳐야 하는데, 그쪽은 손도 대지 않고 밑에서 뭣 빠지게 일하는 덕수만 건드렸다.

"덕수, 자네 요즘 광산에서 일을 한다며? 금산령을 어기면 어떻게 되는 줄 알지? 징역을 살아야 해."

그러면서 뒷구멍으로 뭔가를 요구했다. 숨겨주고 모른 채 해주는 대신 그 대가를 요구하는 것이다. 그놈들이 덕수뿐만 아니라 덕대나 감독자들에게도 엄포를 놓아 뭔가 받아쳐먹는다는 걸 눈치로 알 수 있었다. 덕수는 가급적 그들의 눈을 피하려 했고, 교묘하게 그들 감시를 피해서 광산에서 작업을 했다. 새벽녘이나 오밤중이면 그들도 잠을 자야 했으므로 그들의 감시를 피할 수 있었다.

덕수와 덕수 가족은 결국 일본 형사 마쓰시마와 순사보 김광섭을 피해 이 동굴에 들어온 것인가. 이곳은 이미 문을 닫았지만, 이 폐광에서 금을 찾는 이가 있고, 그가 바로 덕수라는 것을 알고, 그 덕수를 뒤쫓고 감시하는 자들이 있다면, 그 감시하는 자들이 누구겠는가. 바로 마쓰시마와 김광섭밖에 더 있겠는가. 여우같은 놈들이 끈질기게 따라붙었다. 저놈들에게 노출되어서는 안 된다. 노출되어봐야 손해만 있을 뿐 이익이라고는 쌀 한 톨만치도 없는 것이다. 저들은 분명 재주넘는 덕수 곁에서 구경만 하다가 되놈처럼 덕수가 캐낸 노다지를 한 몫 단단히 챙기려는 사악한 심보가 있는 게 분명하다. 그런 시커먼 속을 가지고 저렇게 감시를 하는 것이지. 조심해야 한다. 저들에게 들키는 날에는 산통 다 깨진다.

"그럼 우리 가족이 지금 동굴에 사는 이유는 일본 순사를 피해서 들어온 것이란 말인가요?"

덕수와 정순의 경계하는 움직임을 보면서 동호가 물었다. 덕수도 정순도 답을 주지 않았다. 괜한 이야기를 해서 아이들에게 겁을 주고 싶지 않다.

덕수는 조심스럽게 움직였다. 가족을 다 데리고 나오는 게 아니었는데. 후회가 되었다. 아이들이 보채는 바람에 데리고 나왔지만, 잘못하면 모든 일이 수포로 돌아갈 뻔했다. 일단 가족 모두 몸을 바닥에 납작 엎드리게 했다. 자라 보고 놀란 가슴 솥뚜껑 보고도 놀란다고, 저 앞에 것들이 자라인지 솥뚜껑인지는 모르겠지만 조심해서 나쁠 것은 없다. 동민이 가만히 있는 걸 참지 못하고 몸을 비틀고 움직이는 바람에 약간의 소동이 있긴 했지만, 동호나 동숙은 비교적 덕수의 말을 잘

들었다. 한참을 그렇게 있었다. 다행인지 어쩐지 저 앞에서 어떤 다른 움직임은 없다.

산을 내려온 멧돼지나 살쾡이인지 모른다. 아니면 다른 산짐승이거나. 덕수가 착각할 수도 있다. 덕수는 먼저 몸을 일으켰다. 상현달만이 부끄러운 얼굴로 덕수를 쳐다보고 있고, 저 앞에서 갈대꽃과 구절초가 가을바람에 세월아 네월아 몸을 맡기고 하늘거릴 뿐이다. 아직 의심을 풀 때는 아니지만, 지금 상황을 봐서는 몸을 움직여도 될 듯싶다.

덕수는 천천히 정순과 아이들을 일으켜 조심조심 걸음을 재촉하여 동굴로 향했다.

"우리들이 여기 살고 있는 걸 일본 순사들이 알면 어떻게 하지요?"

아이들이 앞서 가는 사이에 정순이 조심스럽게 낮은 목소리로 덕수에게 말했다.

"걱정하지 마. 아직은 모르고 있는 것 같으니까."

그러나 정순은 걱정을 쉬 가라앉히지 못하는 모양이다.

"어떻게 그걸 알아요? 벌써 알아챌 수도 있잖아요."

"알아챘다면 이미 놈들이 여기 동굴에 들어왔을 거야."

"그놈들이 노리는 것은 아마도 동호 아버지가 캐려는 금 아니겠어요. 그 금을 노리는 놈들이라면 동호 아버지가 얌전히 금을 캘 수 있도록 그냥 감시만 하다가 나중에 금을 캐고 나면 그때 들어와서 빼앗을 수도 있잖아요."

정순의 말은 일단 수긍이 가는 말이다. 놈들은 감시하지 않고 있는 척하다가 나중에 여기를 급습할지도 모른다. 충분히 그럴 수 있는 야비한 놈들이다. 미리 대비 해둬야 한다. 놈들이 급습했을 때 피할 수 있는 공간과 여차하면 동굴을 빠져나갈 방도를.

덕수는 걱정하지 않는다. 여기 동굴은 덕수가 손바닥 보듯 빤하기 때문이다. 게다가 여기 동굴은 그 입구만 해도 서른 개가 넘는다. 그 입구를 다 봉쇄할 수 있겠는가. 그들이 무슨 수로 서른 개가 넘는 입구를 다 알겠는가. 덕수는 그 서른 개가 넘는 입구를 다 알고 있다. 모든 입구를 다 알고 있다는 것만으로도 이미 놈들과의 게임은 끝난 것이나 진배없는 일이다. 놈들이 쫓는다면 서른 개가 넘는 입구 중 하나를 선택해 동굴을 빠져나가면 되니까.

"자네는 걱정하지 말고 아이들이나 잘 다독여줘."

"어디 믿는 구석이라도 있어요?"

"여기 동굴은 내가 손바닥 보듯 환한 곳이야. 걱정하지 마. 자네나 아이들은 내가 꼭 지킬 것이니까."

덕수의 말이 효과가 있는 것일까.

"우리는 아버지만 믿으면 돼요?"

동호가 언제 덕수와 정순의 대화를 들었는지 뒤돌아보며 참견했다.

"그럼, 걱정하지 마라. 여기 동굴은 아버지 손바닥 안에 있단다. 동굴에 들어오고 나갈 수 있는 입구가 서른 개가 넘어. 그 입구를 이 아버지가 다 알고 있거든. 만약 일본 순사 놈들이 동굴로 들어오면 잽싸게 빠져나가면 되니까. 아버지만 믿어라."

"정말요?"

이번엔 동숙이 눈을 초롱초롱 빛내며 물었다. 덕수는 미소 띤 얼굴로 고개를 크게 끄덕이며 동숙의 머리를 쓰다듬어줬다. 이 해맑은 웃음이 동숙의 얼굴에서 떠나지 않도록 꼭 지켜줄 것이다. 덕수는 그렇게 다짐한다.

"그래도 오늘은 밖에 나가서 들국화도 보고 반달도 보고 갈대꽃도 보고 기분 좋은 저녁이었다. 히히히."

동민 녀석이 얼굴에 함박웃음을 올리며 기분 좋게 말했다. 다음에 또 기회가 되면 데리고 나갈게. 그렇게 말해야 했지만 덕수는 쉬 그런 말이 나오지 않는다. 오늘 저녁처럼 또 누군가에게 들키는 날에는 볼장 다 보는 것 아니겠는가.

"조금만 참으렴. 아버지가 금을 많이 모으면 여기서 나가서 잘 살수 있을 테니까."

덕수는 가족들을 위로했다. 금광석을 캐기 위해 돌과 싸우느라 힘들었던 하루였다. 게다가 밤에 나가 나무를 하다 그런 위험한 꼴을 당하고 동굴로 복귀한 터라 긴장이 풀리면서 잠이 쏟아졌다. 거처로 돌아와 남포등도 켜지 않고 다들 그대로 자리에 쓰러져 잠이 들었다.

정순과 아이들이 트럭에 타고 있다. 가족들 뿐만 아니라 다른 사람들도 여럿 타고 있다. 양 옆에 총을 꼬나잡은 제복들이 트럭에 탄 사람들을 감시했다. 일본 순사인지 왜놈 군인인지 분간되지 않는다. 트럭은 들판을 달리다가 산길로 접어들었다. 산길을 달리던 트럭은 길이 좁아지는 지점에서 멈춰 섰다. 사람들은 트럭에서 내렸다. 정순과 아이들도 제복들에 의해 트럭에서 내려졌다. 제복들은 정순과 아이들을 비롯해 트럭에서 내린 사람들에게 총을 겨누며 앞으로 가라고 윽박질렀다. 산길을 타고 올라갔다. 어린 아이를 등에 업은 여자도 있고, 양복쟁이도 있고, 두루마기를 차려 입고 중절모를 쓴 자들도 있다. 그들은 한참을 산길을 따라 올라가다가 계곡 쪽으로 방향을 틀었다.

덕수는 활동사진 보는 관객처럼 그 장면을 바라봤다. 어디로 무슨 일로 가느냐고 묻고 싶었지만 본래부터 덕수에게는 말을 할 수 있는 입이 붙어 있지 않은지 아무 말도 할 수 없다. 계곡 어디쯤에 당도했을 때다. 데려간 사람들을 한 곳으로 모아놓더니 제복들이 들고 있던 총을 꼬나잡았다. 제복 중 지휘자가 호루라기를 획 불었다. 제복들의 총구는 불을 품기 시작했다. 탕! 탕! 총성이 울렸고 한 곳에 몰려 있던 사람들은 피를 뿌리며 그 자리에서 무너졌다. 안 돼! 덕수는 외쳤으나 말로 나온 게 아닌 날카롭게 살아 있는 생각뿐이다. 총을 맞은 자들 안에 정순과 아이들이 있다. 총을 맞은 사람들은 악마의 아가리에서 품어져 나온 몹쓸 바람에 힘없이 꺾여 날아가는 꽃대궁처럼 계곡 아래로 떨어졌다. 정순과 아이들도 찢어진 꽃잎이 되어 계곡 아래로 추락해 갔다.

'동호야!'

덕수는 눈을 떴다. 이마에서 땀이 귀밑으로 주르륵 흘러내렸다. 부리나케 상체를 일으켜 옆을 바라봤다. 덕수 옆에 동호가, 그 옆에 동숙이, 그 옆에 동민을 꼭 끌어안은 정순이 아무 일 없이 평화롭게 자고 있다. 그들은 말하고 있다. 아무 일 없으니 염려하지 말아요. 꿈일 뿐이에요. 덕수는 고개를 흔들었다. 단지 꿈일 뿐이다. 머리를 더 세차게 흔들어 꿈의 잔상들을 머릿속에서 털어버리려 했다.

밤마다 이상한 꿈을 꾸고 있다. 왜 밤마다 꿈에서 가족들에게 안 좋은 일이 일어나는 것일까. 왜 이런 꿈을 꾸는 것일까. 불길한 꿈은 무엇을 말해주려 하는 것일까. 마음이 심란했다. 덕수는 누워 있던 자리에서 일어났다. 동굴 입구로 가서 밖의 동정도 살피고 바람 좀 쐬어야겠다. 남포등도 켜지 않고 입구 쪽을 향해 걸어갔다. 어두운 곳에 오래 있으면 저절로 눈이 밝아지는 법이다.

두 다리로 몸을 지탱해서 천천히 걷고 있자니 평온한 현실이 그대로 느껴졌다. 불길한 꿈 때문에 혼란스러웠던 마음이 차분히 가라앉았다. 정체 모를 일들이 일어나긴 하지만 그건 다 악몽을 꾼 것처럼 혼탁해진 마음에서 비롯한 것들이 아닐까 싶다. 동굴 입구에 다다랐다. 상현달도 일을 마치고 퇴근했는지 교교한 달빛은 보이지 않는다. 어슴푸레한 빛이 동굴 안으로 잔잔한 물결처럼 스며들어 찰랑거렸다.

차분히 가라앉은 느긋한 마음으로 동굴 입구로 나갈 때였다. 느닷없이 사람의 말소리가 어디선가 들려왔다.

"이…보시오!"

대체 이건 또 무슨 일인가. 목소리는 작았지만 몹시 고통스러운 듯 도움을 호소하는 음성이다. 죽음의 문턱에 서 있는 사람처럼 목소리는 절박했다. 덕수는 그 자리에서 멈춰 섰다. 아무도 없었던 이 동굴에 누가 있었단 말인가? 다시 귀를 활짝 열어 어디에서 누가 부르는지 가늠했다. 소리는 다시 들리지 않았다. 덕수는 부리나케 두리번거리며 목소리의 주인을 찾았다. 두리번거리다가 한쪽 구석 벽에 상체를 기대고 반쯤 누워 있는 사람을 발견했다. 와이셔츠에 신사복 바지를 입은 자다. 가슴과 배에서 피가 흐르고, 머리에 상처가 있는지 이마에 핏덩이가 엉켜 붙어있다. 호흡이 몹시 거칠었고 곧 숨을 멈출 것 같다. 덕수는 얼른 그자의 곁으로 다가갔다.

"어찌된 일입니까? 어떻게 이렇게 되었소?"

혹시, 방금 밖에서 무슨 일을 당한 뒤에 이 동굴로 피신한 것일까. 방금까지도 동굴 입구에서 어떤 소란도 없었다. 대체 어떻게 된 일일까.

"어…떻게 되다니요? 당신이 나에게 총을 쏴놓고는, 어떻게 되다니요?"

사내는 절망적이면서 원망 가득한 눈으로 덕수를 쳐다보며 힘없이 말했다.

"내, 내가 당신을 쏘다니요? 대, 대체 그게 무슨 말이요?"

이런 황당한 일이 있는가. 잠을 자다 이상한 꿈을 꾼 후, 일어나 바람을 쐬러 동굴 입구로 나오고 있지 않았는가. 저 사내를 총으로 쏜

폐광

일이 없다. 총도 갖고 있지 않다. 어떻게 내가 저 자를 총으로 쏠 수 있단 말인가. 대체 이게 어떻게 된 일인가.

"당신이 방금 동굴 밖에서 나를 쏘지 않았소? 당신이 쏘고도 모른 다니, 정말로 당신은 인면수심이구려."

도대체 이 자는 무슨 말을 하고 있는가. 도저히 납득 안 되는 말을 한다. 대꾸할 말이 없다. 당신을 총으로 쏜 일이 없소. 뭔가 잘못 알고 있소이다. 대체 어떻게 된 일이오. 사내에게 이런 말로 되물어야 했으나, 덕수는 사내를 다그치지 않았다. 그는 이미 절명에 다다랐다. 이런 자에게 뭘 따진단 말인가. 사내는 거친 호흡을 하면서 원망 섞인 눈으로 덕수를 노려보며 말을 이었다.

"대체… 내가 무슨 잘못을 했다고 총을 쏘는 거요. 나는 무고한… 사람이요. 나는 사람을 해친 일도, 누구에게… 해코지한 일도 없는 선량한 사람이오. 그런데 왜… 나에게 총을 쏘는 거요?"

사내의 입에서 흘러나오는 말들이 순간 덕수 머릿속에서 촉매처럼 작용했다. 모양을 갖추지 못한 어떤 기억이 물처럼 덕수 머릿속으로 흘러들어오려 했다. 재빨리 머리를 좌우로 흔들었다. 덕수가 자의로 흔든 게 아니다. 누군가 덕수 머리를 잡고 흔드는 것 같다. 누군가 덕수 머리를 잡고 일부러 세차게 흔들어 모양을 갖추고 덕수의 머리로 들어오려는 어떤 날의 기억을 단단히 막아서고 있다. 기억을 되살리는 대신 덕수는 절망적인 목소리로 사내에게 외쳤다.

"아니요! 난 아니요! 난 당신에게 총을 쏘지 않았소!"

덕수의 말을 고통스러운 표정으로 듣고 있던 사내가 희미한 웃음을 입가에 올리면서 마지막 말인 듯 뱉어냈다.

"당, 당신도 나처럼 불, 불쌍한 사람이구려……."

불쌍한 사람이라니. 대체 무슨 말인가. 이 자는 이해할 수 없는 말을 한다.

"내가 불쌍한 사람이라니, 무슨 일인지 이해가 안 되는군요."

문득, 덕수는 이것이 현실인가 싶다. 여전히 꿈을 꾸고 있는 건가. 아직 꿈속에서 깨어나지 않은 것인가. 묘한 꿈속에 빠져 들어와 겪고 있는 이상한 일 아닌가. 덕수는 고개를 떨궜다. 혼탁해져버린 지금이 살아 있는 현실인지 아니면 꿈인지 분간 되지 않는다. 아무도 없던 이 동굴에 총상을 입은 자가 누워 있는 것도, 총상 입은 자가 덕수가 자신에게 총을 쐈다는 말도 이해되지 않는다. 게다가 덕수에게 불쌍한 사람이라니. 내가 왜 불쌍한 사람이란 말인가. 대체 어찌된 일인가.

덕수는 고개를 들어 사내를 봤다. 사내는 없다. 사내는 사라졌다. 아예 처음부터 그 자리에 사내는 없었다는 듯 휑했다. 덕수가 고개를 숙이고 있는 순간, 누군가 싸리비로 싹 쓸어낸 듯 말끔했다. 빈 공간은 덕수에게 말하고 있다. 원래 사내 같은 건 아예 없었어….

꿈 때문에 붕 뜬 마음을 가라앉혀보려 바깥바람을 쐬려다 오히려 혼탁한 먹구름만 품에 안은 격이다. 덕수는 허청허청 다시 가족들이 있는 거처로 돌아왔다. 지금 겪은 일을 정순에게 이야기해야 하는 것인가. 가족들은 여전히 곤히 자고 있다. 덕수는 가족들 옆에서 한참을 앉아 있었다.

"아버지."

어느새 잠이 들었던가. 덕수를 부르는 소리에 잠이 훌쩍 빠져나갔다. 다시 덕수를 부르는 소리가 들렸다. 동숙의 목소리다. 덕수는 얼른 눈을 떴다. 가운데에서 잠을 자던 동숙이 덕수 머리맡에 와 있다. 덕수는 몸을 일으켰다.

"아버지, 오줌을 싸러 갔다가 사람을 만났어요."

"그게 무슨 말이냐? 사람을 만나다니?"

동숙은 대체 무슨 말을 하고 있는 건가. 이 동굴에는 덕수 가족 말고는 아무도 없다. 며칠 동안 생활하면서 알게 된 사실 아닌가. 그런데 동숙이 사람을 보다니.

"오줌이 마려워서 일어나 소피통으로 갔는데, 사람이 누워있었어요."

덕수는 동숙의 어처구니없는 말을 막지 않았다.

"어떤 아주머니였어요. 많이 다친 것 같았어요. 피를 흘리면서 구해달라고 했어요. 너무 놀라서 소리도 못 지르고 눈을 감아버렸는데, 아무 소리가 나지 않아 눈을 떴더니 그 아주머니가 어디론가 가버리고 없었어요."

덕수가 조금 전 동굴 입구에서 경험했던 일과 같은 일을 동숙도 경험한 것인가. 조금 전 동굴 입구에서 총을 맞은 사내를 만나지 않았는

가. 그자도 역시 동숙이 만났다는 사람처럼 어디론가 사라져버렸다. 덕수가 경험한 환영을 동숙도 본 것일까. 덕수도 동숙에게 당장 답을 내놓을 수 없다. 덕수도 이해되지 않는 일인데, 어찌 동숙이 그걸 이해하겠는가. 덕수도 두려운데 동숙은 얼마나 무서울까. 동숙에게 두려움을 갖게 해서는 안 된다. 지금 당장 덕수가 동숙에게 답을 줄 수는 없지만, 동숙 마음에 두려움이 고착되지 않도록 노력해 줄 수는 있지 않은가. 지금은 그게 가장 현명한 처신이다.

"동숙이가 잘못 본 것일 거야. 이 동굴 안에는 우리 말고는 아무도 없어. 아까 초저녁에 동굴 밖으로 나갔다가 쫓겨 들어오는 바람에, 그게 기억이 나서 동숙이가 잘못 본 것일 거야."

덕수는 동숙을 안고 등을 토닥거려줬다.

"맞아요, 아버지. 잘못 본 거예요. 어두운 곳에서 있다 보니 바위가 사람으로 잘못 보인 걸 거예요. 그렇지요, 아버지?"

"그럼!"

덕수는 안고 있던 팔을 풀고 동숙을 똑바로 보면서 다짐시키듯 대답해줬다.

"괜히 아버지한테 말했네. 아버지 너무 걱정하지 마세요. 히히히."

덕수는 얼굴에 미소를 띠고 고개를 크게 끄덕였다. 대견한 녀석이다. 덕수는 다시 동숙을 꼭 안았다.

"아버지 죄송해요."

느닷없이 동호의 목소리가 들려왔다. 덕수는 동호와 걷고 있다. 동굴 안인지 아니면 밖인지 알 수 없다. 어느 공간을 걷고 있다.

"뭐가?"

동호가 느닷없이 죄송하다는 말을 하다니, 뭐가 죄송한 일이 있을까. 동호는 쭈뼛거리며 쉽게 입을 열지 못한다.

"뭐가 죄송하다는 거냐? 괜찮으니까 말해 봐."

덕수는 일부러 동호 머리를 쓰다듬어주며 용기를 돋우었다.

"아버지가 순경에게 끌려간 날 말이에요."

"순경에게 끌려간 날? 언제를 말하는 거냐?"

덕수가 경찰에게 끌려간 날이라니. 대체 어느 때 이야기를 하려는 것일까. 일본 순경에게 끌려간 날을 말하는 것인가. 그때는 동호가 두 살밖에 안 된 아기였는데.

"군인이랑 순경이랑 와서 아버지를 끌고 갔잖아요."

덕수는 기억이 나지 않는다. 덕수는 더 되묻지 않고 동호가 계속 이야기하기를 바랐다.

"그날 사실은 내가 아버지가 집에 계신다고 말을 했어요. 그날 내가 아버지가 집에 있다고 말만 하지 않았어도 아버지는 끌려가지 않았을 거예요."

동호는 슬쩍 덕수의 눈치를 살피며 말했다. 아버지를 순경과 군인에게 넘긴 죄스러움을 저 어린 동호가 갖고 있었던 것이다. 까마귀똥 같은 눈물을 뚝뚝 흘리며 울 것처럼 동호의 눈이 벌게졌다. 저 때문에 아버지가 죽을 고비를 맞았다는 죄책감에 시달리는 모양이다. 덕수는 걸음을 멈추고 동호를 꼭 끌어안았다.

"괜찮아. 네가 아니었더라도 아버지는 그 사람들에게 끌려갈 수밖에 없었을 거야. 그렇게 정해진 것을. 네 탓이 아니다. 너무 미안하게 생각하지 말거라."

"흐흑… 어엉… 어엉!"

동호 녀석은 결국 울음을 터뜨리고 말았다. 속에 담고 있는 동안 얼마나 그 일이 녀석을 괴롭혔을까. 한번 울음을 터뜨린 동호는 쉽게 울음을 그치지 않는다. 덕수는 난감하기 짝이 없다.

"이제 그만 울어라. 아버지가 이렇게 살아 있지 않니."

덕수는 팔을 뻗어 동호의 등을 두드렸다. 그러나 동호는 긴 장마 끝에 터진 저수지 둑처럼 울음을 쉬 그치지 않는다. 녀석은 앞에 살아 있는 제 아비가 죽기라도 했다는 듯 울었다. 녀석의 울음을 어떻게 멈추게 해야 할지 실로 난감하다. 덕수는 목소리를 높여 동호에게 울음을 그치라고 말했지만 쇠귀에 경 읽기다. 동호는 태어날 때부터 우는 것밖에 할 줄 아는 게 없다는 듯 계속 울어재꼈다. 슬슬 화가 올라왔지만 어쩔 도리가 없다. 이러다간 덕수마저 울음보가 터지고 말 지경이다.

덕수는 눈을 번쩍 떴다. 또 꿈이었다. 오늘 따라 왜 이럴까. 불길하고 서늘한 일들이 연이어 덕수 곁에서 장난질을 해대고 있다. 동굴에서 생활한 날부터 흉몽은 계속되었다. 대체 왜 이러는 것일까. 고개를 돌렸다. 동호 녀석은 어린 녀석 답지 않게 코를 드르렁거리며 한참 잠에 빠져 있다.

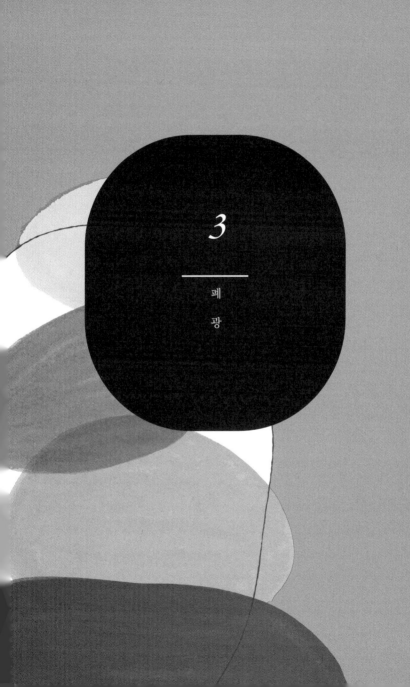

3

———

페
광

오늘부터는 캐다 놓은 금광석을 잘게 부수기로 했다. 덕수가 금광석을 캐는 사이 정순이 덕수가 모아다 놓은 금광석을 잘게 부수는 일을 했지만, 덕수가 본격적으로 나서야 작업 속도가 날 것 같다. 잘게 부순 다음 돌절구에 부서진 돌을 넣고 빻아 돌가루로 만들어야 할 것이다.

덕수는 남포등을 켜들고 금광석을 쌓아놓은 작업터로 향했다. 동굴에서 마주치는 정체 모를 것들에게 마음을 빼앗기지 않으려 한다. 다 헛것이며 다 덕수의 마음에서 발현된 것이라, 마음을 빼앗겨봐야 결국 마음의 상처로 되돌아온다는 걸 알기 때문이다.

캐온 금광석을 단단한 돌판에 올려놓고 망치로 두드린다. 힘을 적절하게 가해야지 무작정 힘만 썼다가는 돌조각이 이리저리 튈 수 있다. 아무리 작은 돌조각이라도 그 안에 금이 섞여 있을 수 있다. 허투루 돌조각을 날려버릴 수 없다. 한손으로 금광석을 잡고 다른 손으로 망치질을 한다. 집중하지 않으면 금광석 잡은 손을 망치로 가격할 수 있다. 망치질을 하다가 힘에 부친다 싶으면 쉬어야 한다. 그렇지 않으면 힘을 잃은 손 탓에 망치가 원하는 방향으로 나가지 못하고 다른 방향으로 나아가기도 하고, 때론 금광석 잡은 손등을 쳐버리는 불행한 일이 발생한다.

단지 몇 차례 망치를 들고 손을 놀렸는데도 벌써 이마와 가슴으로 땀이 흐르기 시작한다. 이렇게 흐르는 땀은 반드시 성과가 있으리라. 망치질 하면서 땀을 흘리는 지금 이 시간이 덕수가 가장 행복을 느끼는 순간이라는 것을 덕수는 잘 알고 있다. 땀의 정직함. 땀의 기쁨. 땀의 행복감. 기분 좋은 땀이다. 흐르는 땀이 덕수 내부에 있는 어떤 응어리를 모두 걷어서 밖으로 배출시키는 것 같다.

오후부터는 정순이 덕수를 따라와 같이 손을 맞추며 돌을 깼다. 돌 깨는 일은 힘든 일이라, 정순이 땀을 흘리며 애쓰는 것이 딱해 보인다. 정순을 말렸지만, 그녀는 조금이라도 힘을 보태 어서 빨리 노다지를 캐 여기를 떠나자고 말한다. 저렇게 지악스럽게 달려드니, 덕수도 더 뭐라 할 말이 없다.

아이들도 없는 지라 오랜만에 부부간 운우지정을 쌓아볼까 싶어 일을 하다 말고 덕수는 정순의 팔목을 잡아끌었다. 정순은 못이기는 척 따라왔다. 정순이 좀 더 깊은 곳으로 가자는 통에 작업장에서 멀찌감치 떨어진 후미진 곳으로 둘은 이동했다. 혹시 만나지 말아야 할 몹쓸 것들을 만나나 걱정하면서도 부부간 운우지정을 나누는데 나타나서 훼방이야 놓을까, 배짱을 튕기며 덕수는 정순을 안았다. 참으로 오랜만에 맡아보는 정순의 살 냄새였다.

정해진 시간은 없지만 얼추 하루 일을 마치고 덕수와 정순이 거처로 돌아왔다. 왠지 거처가 허전하다. 거처에는 동숙만 보이고 동호와 동민이 보이지 않는다. 아무래도 이상하다.

"동호랑 동민이는 어디 갔냐?"

동숙이 쭈뼛거리며 말을 하지 못한다. 무슨 일이라도 일어난 것일까. 덕수는 당황스러웠다. 덕수 주변에서 이해할 수 없는 일들이 자주 일어나고 있지 않는가. 조류의 피로 부적을 만들어 벽에 붙였고, 아이들 품에 넣어주었다고는 하지만, 서서히 밀려오는 파도의 물결처럼 기이한 일들은 쉼 없이 일어나고 있다. 아이들에게 무슨 일이라도 생긴 것일까. 동숙이 입을 열지 못하고 있는 것을 보니 필시 안 좋은 일이 발생한 게 틀림없다. 동호 동민에게 무슨 일이 있는 건가.

"말해 봐? 무슨 일 있는 거냐?"

동숙이 겁을 먹지 않도록 덕수는 조심스러우면서도 간절하게 물었다.

"아버지랑 어머니랑 오기 전에 돌아온다고 했는데……."

동숙이 자꾸 덕수의 눈치를 보면서 무슨 비밀이라도 숨기는 것처럼 말을 얼버무렸다.

"동호하고, 동민이가 어디를 갔다는 말이냐?"

어디를 갔다는 것인가. 동굴 여기저기에서 알 수 없는 것들이 출몰한다. 만약 그런 것들과 만난다면 얼마나 놀라겠는가. 대체 어디를 갔을까.

"샘물가에 가거나, 동굴 밖으로 나간 것은… 아니겠지?"

샘물과 동굴 밖은 덕수가 가족들에게 넘지 말아야 할 선으로 그어놓은 금기 선이다. 그곳들은 덕수도 감당할 수 없을 정도로 가족들에게 위험한 곳이다.

"그, 그게……."

동숙이 안절부절 똥마려운 강아지처럼 허둥댔다. 동숙의 태도로 봐서 아이들이 금기로 정한 곳으로 갔다는 말인데. 아이들이 샘물가나 동굴 밖으로 나갔단 말인가. 이거 보통 큰일이 아니다.

"어서 말을 해봐라. 그래야 얼른 대책을 세우지."

조바심치는 덕수 가슴은 방망이질로 쿵쾅거렸다. 동숙도 덕수가 자신을 나무라는 것이 아니라는 것을 알 것이다. 동숙이 쥐구멍 찾아 들어가는 목소리로 조심스럽게 말했다.

"집, 집에 간다고 갔어요. 팽이랑 연 가지러 간다고요."

"뭐? 집에 갔다고? 동굴 밖으로 나갔단 말이냐?"

동숙이 움찔했다. 동호 동민의 잘못이 제 잘못이라도 되는 듯 고개를 숙이고 힐끔힐끔 덕수의 눈치를 봤다.

"언제 나갔냐?"

"한참 되었어요."

"무슨 일이 있으면 큰일인데⋯⋯."

덕수 가슴에서 거친 엔진 음을 토해내며 트럭이 달려갔다. 가슴이 거칠게 쿵쿵 뛰었다. 진정시키느라 한숨을 길게 내쉬었다. 이거 보통 일이 아니다. 녀석들이 거기가 어디라고 갔을까.

"밖에는 왜놈 순사들이 우리를 감시하고 있잖아요. 만약 그 놈들에게 들키기라도 한다면 큰일이잖아요."

정순이 두 손으로 가슴을 꼭 움켜쥐고는 부르르 떨며 걱정했다.

"그러게 말이야. 놈들에게 걸리는 날에는 모든 일이 수포로 돌아갈 텐데 말이야."

"어떻게 해야 돼요?"

정순이 걱정이 뚝뚝 떨어지는 눈으로 덕수에게 물었다. 별 다른 방법이야 있을 수 있겠는가. 일단 나가서 집으로 가보는 수밖에.

"내가 집으로 가볼게. 움직이지 말고 동숙이랑 여기 있어. 다른 데 가면 큰일 나니까."

덕수는 정순과 동숙을 번갈아 보며 당부하듯 말했다.

"조심하세요."

정순의 걱정 실린 목소리가 동굴 입구로 달려가는 덕수 등에 달라붙었다.

덕수는 정신없이 동굴 입구로 달려갔다.

'나를 제발 데리고 가줘요!'

달려가고 있는 덕수의 뒷덜미를 움켜잡는 누군가의 목소리가 날카롭게 들려왔다. 가족의 목소리는 아니다. 낯선 목소리다. 순간 등골이 서늘했지만 충격은 적었다. 몇 번 겪어 본 게 적응이 된 것인가. 모른 체 했다. 또 환청이 들려온 것이라 치부했다. 지금 저것들과 상대할 시간이 없다. 아이들이 걱정되었다. 아이들이 만약 왜놈 순사 마쓰시마와 김광섭에게 발각되기라도 한다면 보통 큰 일이 아니다.

다행이 밖은 조금씩 어둠이 뿌려지고 있다. 상현달이 동쪽에서 슬쩍 고개를 내밀었고, 가을바람에 구절초와 갈대꽃이 넉넉하게 한들거렸다. 조심스럽게 동굴 입구를 벗어나 마을 쪽 길을 택해 내려갔다.

혹시 사람이라도 만날까봐 고양이 걸음으로 천천히 길을 내려갔다. 몸은 조심스럽게 움직여도 마음은 조급하고 바쁘기 짝이 없다. 어제, 음흉한 놈들이 덕수 가족을 감시하는 것을 보지 않았던가. 왜놈 순사 마쓰시마와 순사보 김광섭, 그놈들이 여전히 촉각을 세우고 덕수를 쫓고 있다면 큰일 아닌가. 아이들이 그놈들의 안테나에 걸리지 않았다고 보장할 수 있겠는가.

마을까지 내려오는 동안 사람을 만나지 않았다. 그것만도 다행이다. 덕수 가족을 감시하고 있을 왜놈 순사 놈과 끄나풀을 만나지 않은 게 얼마나 다행인가. 조심스럽게 마을로 들어갔다. 가급적 사람들 왕래가 빈번한 길은 피하고, 뜸한 한적한 길로 신중하게 마을로 들어갔다. 마을은 역시 조용했다.

동호는 하루가 지루했다. 아무것도 하지 않고 넋놓고 앉아 있어서 지루한 게 아니었다. 하는 일이 워낙 혈기왕성한 십대 아이에게 어울리지 않아 지루했다. 아버지가 동생들과 같이 있으라는 통에 거처에서 계집애들이나 하는 공기놀이를 하거나, 땅에 줄을 그어놓고 돌멩이를 튕겨 땅을 넓히는 땅따먹기놀이를 하면서 하루를 보냈으니 지루하지 않겠는가. 싱겁기 짝이 없는 이런 놀이를 하면서 시간을 죽이고 있자니 등짝이 간지러워서 혼났다. 뭔가 더 액티브한 놀이가 없을까 고민하다가 지난 겨울 소나무를 정성 들여 깎고 다듬고 뒤꽁지에 어렵사리 구한 작은 쇠구슬을 박아 만든 팽이가 생각났다.

폐 광

게다가 하늘 높이 날렸던 연도 그리웠다. 바람을 타고 하늘 높이 날아오르는 연을 보면, 마치 연과 한 몸이 되어 저 하늘 높이 날아오르는 기분을 만끽하지 않았던가. 그 연이 사무치게 그리웠던 것이다.

그 귀여운 것들을 머리에 떠오르게 만든 녀석은 다름 아닌 동민이었다.

"형아, 팽이치기 하면 재미있을 텐데…. 연날리기도 좋고…. 그렇지 형아?"

동민의 발언은 그렇지 않아도 사무치게 그리운 헤어진 애인을 상기시키기에 충분했다. 동민이 팽이와 연을 떠올리게 하는 바람에 그렇지 않아도 심드렁하던 놀이가 더 싱거워지고 말았다. 그리움은 상사병만 낳는 법. 결국 일을 저지르기로 했다.

동민과 작당을 했다. 아버지 엄마가 일을 간 사이 조심해서 밖으로 나가면 1시간 안에 다시 동굴로 돌아올 수 있으리란 계산이 섰다. 동숙이 걸림돌이었지만, 동숙만 눈감아 주면 될 일이었다. 동굴 밖이 두렵기는 했지만 오히려 낮에 나가면 차라리 더 용이하지 않을까 싶었다. 동굴은 지대가 높은 곳이라 산 아래가 잘 보이고 혹여 동굴 동태를 살피는 사람이 있으면 훨씬 더 빨리 알아볼 수 있어 오히려 낮이 낫겠다는 아전인수 해석을 해버렸다.

동호는 동숙의 강한 만류에도 불구하고 동민을 데리고 조심스럽게 동굴을 빠져나왔다. 걱정이야 되었지만 동호 나이에 부모 말 안 듣고 불장난 한번쯤 안 해보는 게 오히려 이상한 아이 아니겠는가. 동민도 막상

형을 따라 동굴을 나왔지만 얼굴이 굳어 있는 게 몹시 긴장하는 것 같고, 일을 저지르고 보니 감당이 안 되는지 자꾸 동굴 쪽을 돌아봤다.

동호는 동민을 데리고 풀과 나무를 은폐물 삼아 조심스럽게 마을로 내려왔다. 밝은 태양을 오랜만에 보니 눈이 부셔서 한동안 눈을 뜰 수 없을 정도였지만, 이내 익숙해졌다. 운 좋게도 사람은 그림자도 보이지 않았다. 오히려 아주 잘 되었다. 골목길을 조심스럽게 접어들어 집으로 들어갈 때까지 동네사람을 만나지 않았다. 아주 다행스런 일이 아닐 수 없다. 상민이네 집을 지나가면서 친구 상민이가 보고 싶었지만 친구를 만나는 무모한 짓은 포기했다.

사립문을 열고 집으로 들어섰다. 집을 떠난 지 며칠 안 되었는데도, 집 마당은 언제 자랐는지 잡풀들이 온 마당을 다 점령해서 한판 신나게 살풀이를 한 뒤 가을 햇볕에 말라가고 있었다. 오랜 시간 사람의 손을 그리워했다는 듯 마루는 하얀 먼지를 뒤집어쓰고 새침한 표정을 짓고 있다.

집안 풍경을 갑론을박할 시간 없다. 동호는 동민과 함께 부산스럽게 신발을 벗고 마루로 올라갔다. 마룻바닥이 심하게 삐걱거렸다. 집안 전체가 사람의 훈김을 쐬어 본 지 몇 년은 지난 듯 낡고 을씨년스러웠다. 어쨌든 지금은 집안 분위기나 감상할 때가 아니다. 얼른 방으로 들어갔다. 뽀얀 먼지가 동호 동민을 영 반갑지 않게 맞았다.

팽이와 연을 고이 모셔놓은 나무상자를 찾았다. 상자를 열자 동호가 작년 겨울에 정성스럽게 풀을 먹여 만든 방패연이 넓은 가슴을 활짝 열고 동호를 맞았다. 연은 동호를 기다리고 기다리다 늙어버렸는지 얼굴이 노랗게 변했다. 방패연과 연자새에 감긴 무명실 연줄도 나이를 곱으로 먹은 듯 색이 많이 바랬다. 녀석, 얼마나 보고 싶었으면 이렇게 색이 노랗게 바랬을까. 동호는 오랜만에 녀석을 찾아온 것이 미안했다.

"연 색깔이 많이 변했네. 형이 안 놀아주니까 삐졌나봐. 헤헤헤"

동민이 말했다.

"그러게 말이다. 이제 가지고 가서 자주 놀아줘야지. 밤에 이녀석을 날리면 아주 재미있을 거야."

방패연 밑에 소나무로 정성스럽게 깎아 만든 팽이가 너무나 오랜만에 만난 주인이 반가워 수줍은 듯 슬며시 미소를 띠고 다소곳이 동호를 바라보고 있다. 팽이는 잘 간직했다가 나중에 동민에게 물려줄 참이다.

동호는 만족스러웠다. 팽이와 연을 챙긴 뒤에 더 가져갈 게 없나 방안 여기저기를 둘러보고 있는데, 반갑지 않은 기척이 느껴졌다. 집 밖에서 부스럭거리는 소리가 들렸다. 동호는 움직임을 멈추고 귀를 높이 세웠다. 이게 무슨 소리지? 사람 소리인가? 동굴에서 나와 마을로 내려오고 집까지 오는 동안 재수 좋게도 사람은 만나지 않았다. 물론 동물과의 미팅도 없었다. 그런데 저 들리는 소리는 대체 무슨 소리지? 밖에서 나는 소리가 사람 소리인가, 아니면 짐승 소리일까?

"형, 방금 무슨 소리 들리지 않았어?"

동민도 동호처럼 무슨 소리를 들은 모양이다. 눈을 동그랗게 뜨고 동호처럼 동작을 멈춘 채 동호를 쳐다봤다. 동호는 재빨리 집게손가

락을 펴서 입술로 가져갔다. 동민이 놀란 눈으로 몸을 움츠렸다. 동호
는 얼른 동민을 껴안았다. 동민이 작은 목소리로 속삭이듯 말했다.

"형, 누가 우리를 쫓아온 것일까? 순사들이 우리를 감시하고 있다
면서. 우리를 잡으러 왔으면 어떻게 해…. 무서워…."

동민은 겁을 잔뜩 먹고 금방이라도 울어버릴 것처럼 목소리를 떨
었다.

"쉿, 조용히 해. 별 일 없을 테니까, 걱정하지 마. 사람인지 아닌지
도 모르잖아."

동호도 겁이 나긴 마찬가지였지만 동민 앞에서 형의 체면을 구길
수는 없다. 동호는 동민을 가만히 자리에 앉힌 뒤 조심스럽게 문으로
다가갔다. 집게손가락에 침을 묻혀 문창호지에 살며시 구멍을 뚫었
다. 뚫린 구멍에 눈을 가져갔다. 고개를 꺾은 키 큰 잡풀들이 우거진
마당과 사립문이 눈에 들어왔다. 사립문 너머로 골목길이 보였지만
개미 한 마리 보이지 않았다. 잠시 그렇게 눈을 문창호지 구멍에 박고
밖의 동정을 살폈다. 움직이는 것은 아무것도 없다. 잘못 들은 것일
까. 동민이도, 나도?

"형…, 누가 있어?"

문창호지에 눈을 박은 채 한참을 있자, 동민이 궁금했는지 낮은 목
소리로 물었다. 동호는 대답 대신 손을 등 뒤로 뻗어 좌우로 흔들었
다. 아무것도 없다는 신호를 보냈다.

"아무도 없어?"

동민이가 다시 물어왔다. 동호가 문창호지에서 눈을 뗀 뒤 동민을 돌아보며 말했다.

"아무도 없어…. 동네 개가 지나가거나, 노루 같은 짐승이 걸어가 다가 사립문을 건드렸나봐. 얼른 챙겨서 나가자."

한참 동안 문창호지 구멍으로 바깥 동정을 살핀 뒤에 동호가 내린 결론이다. 동호는 다시 연과 팽이를 챙기고 다른 챙길 것이 없나 상자를 이리저리 살폈다. 종이 딱지가 상자에 담겨 있었다. 가져갈까 망설였다. 그때였다. 다시 소리가 났다. 놀랍게도 이번에는 사립문이 열리는 소리가 났다. 동호는 뱀이라도 밟은 것처럼 등골이 오싹했다. 대낮에 사립문 열리는 소리가 뭐 그리 겁이 나는 소리겠는가. 그런데도 동호는 사립문 열리는 소리가 동굴에서 유령을 만난 것만큼이나 무서웠다. 동민도 얼굴이 흑색이 되었다.

다시 무슨 소리가 나기를 기다리는 것인지 아니면 앞으로 다가올 일에 속수무책으로 당하고만 있을 수밖에 없다는 운명을 수긍하는 것인지, 동호와 동민은 동짓달 장바닥에 나와 있는 동태처럼 얼어버린 채 그대로 앉아 있다. 기다렸지만, 사립문 열리는 소리 말고는 아무런 소리도 나지 않는다. 동호는 지남철에 끌려가는 쇠조각처럼 얼른 무릎걸음으로 문창호지 구멍으로 다가갔다. 조심스럽게 눈을 구멍에 밀어붙였다.

헉! 이럴 수가…. 누군가 있다. 문 밖에 사람이 있다. 어른이다. 얼굴은 보이지 않는다. 철모를 쓰고 진녹색 군복을 입고, 손에 소총을 들고 있다. 동호는 하마터면 오줌을 지릴 뻔했다. 그 자리에서 얼어버린 채 문 밖에 서 있는 군인을 바라봤다. 군인은 사립문 앞에서 집안을 기웃거리며 여기저기를 둘러봤다. 저 군인은 누구일까. 동호는 저자가 군인이라는 것만 알뿐이다. 어느 나라 군인인가. 어디에 소속된 군인인가. 아니다. 그게 중요한 게 아니다. 왜 저 군인이 우리 집 앞에 있는 건가. 아니, 왜 우리 집을 기웃거리는 걸까. 집안을 기웃거리고 있는 걸 보니 우리 집을 감시하는 게 틀림없다. 대체 무엇 때문인가.

저 군인이 사립문을 열고 집안으로 들어오면 어떻게 하지? 집안으로 들어와 이 문을 벌컥 열면 어떻게 하지? 고개 숙여 인사한 뒤, 무슨 일로 누추한 우리 집을 방문하셨나요, 이렇게 물어봐야 할까? 동호 등에서 식은땀이 주르륵 흘렀다. 우리 가족은 사람들의 눈을 피해 동굴에 들어가 숨어 살고 있다. 일본 순사들을 피해서 들어왔다. 일본 순사들, 그들에게 들키는 날에는 모든 게 물거품이 된다고 아버지가 말했다. 아버지는 우리 가족이 동굴에 숨은 것은 사람들 몰래, 일본 순사들 몰래 황금을 캐기 위해서라고 했다. 노다지를 캐서 우리 가족이 부자가 되는 꿈을 안고 사람들, 일본순사들 눈을 피해 동굴에 숨어 있다고 했다. 그런데 이렇게 동굴 밖으로 나왔다가 사람들에게 그것도 일본 순사나 군인에게 들키는 날에는 아버지의 꿈이, 아니 우리 가족의 꿈이 모두 산산조각이 나는 것이다. 절체절명의 위기에 봉착했다. 동호는 감당할 수 없는 이 사태에 그만 아무것도 하지 못하고 엉엉 울어버리고 싶다. 이제 열한 살에 불과한 아이가 할 수 있는 일이란 우는 것밖에 더 있겠는가. 동호는 울어버리는 대신 이빨을 악물었다. 역시 뚝심있는 광부 박덕수의 큰아들이다.

"누가 있어?"

철딱서니 없기는 마찬가지인 동민이 또 물어왔다. 지금 얼마나 위험한 순간이라는 걸 안다면 저리 물어보지 않을 텐데. 동호는 재빨리 손을 등 뒤로 돌려 태풍을 일으킬 것처럼 거세게 팔랑거렸다. 사태의 심각성을 동민도 즉시 알아챘다. 말을 더 하려다가 제 손으로 입을 뭉개버릴 것처럼 급히 막고 숨을 죽였다. 이제 이를 어찌한다. 동호는 그 자리에 몸뚱이가 대못이 되어 방바닥에 박혀버린 듯 움직일 수 없다. 어떻게 이 상황에서 빠져나갈까. 동호는 그러면서도 여전히 문창호지 구멍에서 눈을 떼지 않았다. 몸은 마비되었지만 머릿속은 저 군인의 행동에 대처할 방도를 찾아 쉼 없이 바빴다.

그때였다. 동호의 기대를 저버리면 섭섭하다는 듯 총을 든 군인이 사립문을 조심스럽게 열었다. 잡풀이 우거져 있는 마당을 짐승의 눈으로 천천히 살폈다. 먹을 것을 찾으러 들어온 곰의 눈으로. 제발 집 안으로 들어오지 말아야 할 텐데. 불청객은 신고 있는 군홧발로 동호의 바람을 짓밟아버렸다. 열린 사립문을 옆으로 밀고는 군홧발을 마당으로 슬쩍 디밀었다. 군화는 몹시 낡고 거칠어보였다. 입고 있는 군복 또한 오랫동안 빨래터는 구경해본 지 오래라는 듯 남루해 보였고, 철모 또한 몹시 낡았다. 얼굴도 거칠어서 긴 전투를 치루고 온 군인처럼 보였다.

이제 더 이상의 행운은 없으리라. 마당으로 들어왔다면 동호 동민이 있는 이 방에도 서슴없이 들어올 수 있으리라. 이제 어떻게 해야하나. 동호는 순간 머리에서 호롱불이 켜졌다. 하늘이 무너져도 솟아날 구멍이 있다고 했던가. 문득 방 아랫목 벽에 벽장이 생각났다. 동호가 가끔 올라가 혼자 시간을 보내곤 하던 곳이다. 조청이나 엿 같은 것을 보관하던 곳인데, 동호나 동민이가 들어가 있을 만한 공간은 충분히 있다.

동호는 얼른 움직여야 했다. 저 밖에 있는 곰이 마당을 지나 이 방문 앞까지 오는 데는 오랜 시간이 걸리지 않을 것이다. 만약 굶주린 곰이 이 방으로 들어와 벽장문을 연다면…. 그것은 또 그때 가서 생각할 일이다. 동호는 신속하게 움직였다. 바닥에 납작 앉아 있는 동민의 팔목을 잡고 벽장 쪽으로 잽싸게 이동했다. 벽장 앞에 다다랐으나 또 문제에 봉착했다. 동호는 그런대로 뜀뛰기를 하면 벽장 안으로 몸을 우겨넣을 수 있지만, 동민은 키가 거기까지 닿지 않는다.

동호는 잽싸게 엎드렸다.

"동민아, 얼른 내 등을 밟고 올라가!"

작지만 엄중한 음성으로 말했다. 동민도 사태를 파악했는지 신속히 동호의 등에 발을 올리고 성큼 올라서더니 벽장 턱을 잡고 매달렸다. 동호는 급히 일어나 동민의 엉덩이를 받쳐서 떠밀 듯 벽장 안으로 동민을 우겨넣었다. 그리고 벽장 문턱을 손으로 집고 몸을 훌쩍 날려 벽장 안으로 몸을 집어넣었다. 얼른 손을 뻗어 벽장문을 닫았다. 삽시간에 어둠이 밀려왔다. 어둠이야 익숙한 터였다. 어두웠지만 웬일인지 안도가 되었다. 역설적이지만 어둠이 동호를 편안하게 했다. 마치 동굴에 복귀한 듯 안심이 되고 마음이 느긋해졌다.

동호는 귀를 벽장 문 가까이 댔다. 밖의 동정을 살펴야 한다. 군인이 방안까지 들어오려나 싶기도 하고, 또 방안으로 들어와 이 벽장문을 열고 안을 살핀다면 어쩌나 싶어 여전히 긴장의 줄을 놓을 수 없다.

동호의 귀에 말라비틀어진 잡풀이 군홧발에 힘없이 꺾여 짓눌리는 소리가 들렸다. 군인이 집 안으로 들어오고 있는 것이다. 군인이 도둑고양이처럼 아주 조심스럽게 집안으로 들어오겠다는 의지가 군홧발 소리에 내포되어 있다. 동호 귀에 들려오는 군홧발에 짓눌려 꺾이는 잡풀 소리는 천둥소리만큼이나 선명하고 컸다. 군인은 도둑고양이가 아니라 커다란 한 마리 곰이다. 저 곰이 코딱지만한 마당을 지나 이 방 앞에 당도하는 건 순간일 것이다.

군홧발은 결국 당도할 곳에 당도하고 말았다. 군홧발이 멈춰 섰다. 방문 앞이다. 군홧발은 잠시 움직임이 없다. 뭔가 고민하는 것일까. 아니면 벽장 안에서 동호가 귀를 세우고 바깥 동정을 살피듯, 군홧발도 밖에서 방안 동정을 귀를 세우고 살피고 있을까. 동호는 잠시 숨을 멈췄다. 동민도 숨을 참고 있는지 얼굴을 잔뜩 찡그리고 있다.

어쨌든 시간은 흐르고 시간이 흐르면 이야기도 흐르는 법. 철커덕! 문고리를 잡는 소리가 들렸다. 문고리를 잡았다는 건, 문을 열고 방안으로 들어오겠다는 의지가 반영된 행동이다. 냉큼 문은 열리지 않았다. 망설이는 걸까. 군홧발은 매우 조심하고 있다. 문이 아주 조심스럽게 스르르 열리는 소리가 났다. 동호는 눈을 질끈 감아버렸다. 눈도 감고 숨도 참으면 모든 게 정지되기라도 하듯. 군홧발도 얼음이 되기라도 하듯. 이제 모든 걸 하늘에 맡겨야 하나. 군홧발이 방으로 들어올까. 방으로 들어와 벽장까지 와서 이 벽장문을 확 열어볼까?

동호는 여전히 눈도 감고 숨도 참고 있다. 동호 자신이 숨을 참고 있다는 것 자체를 잊고 있다. 가슴에서 수십만 개의 폭탄이 폭발하였고, 얼굴이 터질 것처럼 붉어졌다. 깊고 깊은 나락으로 하염없이 떨어지는 기분이다. 핏발이 곤두선 얼굴은 곧 터질 것처럼 부풀어 올랐다. 당장 숨을 쉬지 않으면 그야말로 기절하고 말리라. 너무나 긴 시간이 흘렀다. 한 시간? 하루? 일 년? 동호는 더 이상 참지 못하고 입을 벌려 벽장 안에 있는 모든 공기를 일시에 빨아들일 듯 숨을 들이마셨다. 입을 벌리는 순간 동호도 모르게 헉! 하는 소리를 냈는지, 잘 모르겠다. 혹시 동호가 낸 소리를 저 군홧발이 들었을까? 동호는 다시 숨을 참았다. 입을 벌리고 숨을 쉬다니, 그것도 헉소리를 내면서까지. 젠장…, 산통 다 깨졌다. 군홧발이 분명 숨 들이마시는 소리를 들었을 텐데. 다시 한참이 흐른 것 같다. 사실, 시간이 얼마나 흘렀는지 동호도 모른다.

군홧발이 내는 소리는 더 이상 없다. 군홧발이 문을 열고 그대로 이 방안을 감상하고 있는 것인가. 뭘 볼 게 있다고. 아니면 무엇을 하고 있을까. 궁금했지만 지금은 어쩔 수가 없지 않는가. 벽장문을 열고 군홧발에게 이제 다음은 어떤 동작을 취할 것인가요? 여기는 먹을 게 없으니 그냥 돌아가시면 안 될까요? 물어볼 수도 없지 않는가. 시간

3

이 더 흐르자, 궁금증이 온통 동호의 머릿속에 달라붙어 몹시 성가시게 했다. 궁금증이 동호의 머리 여기저기를 간지럽게 긁어대는 바람에 도저히 참을 수가 없다. 동호는 견딜 수 없어 벽장문 틈으로 눈을 풀로 붙이듯 딱 붙였다.

희미한 문틈 사이로 밖에서 빛이 들어오고 그 빛 사이로 공간이 보였다. 다행이 방문이 보였다. 어라! 방문이 원 위치되어 있다. 군홧발이 방문을 닫았단 말인가. 어느새? 동호가 느끼지 못하는 새, 군홧발이 방문을 원위치 시켰단 말인가. 다른 궁금증이 키를 키웠다. 더 커진 궁금증이 동호의 손이 닿지 않는 등짝 한가운데를 살살 간질이고 있다. 미치겠다. 간지러워서. 에라, 모르겠다. 동호는 슬며시 벽장문을 열었다.

동호야, 그동안 무슨 일 있었어? 동호 앞에 나타난 텅 빈 방이 동호에게 이렇게 묻고 있다. 방문도 역시 새침한 표정으로 동호를 바라보고 있다. 분명 군홧발 소리가 들렸고, 방문 열리는 소리가 났는데, 어찌된 일인가. 헛것을 들었단 말인가? 궁금증은 궁금증을 낳았다. 동민은 원래부터 벽장 안에 모셔져 있던 요강단지나 된 것처럼 가만히 앉아 동호의 하는 양을 지켜보고 있다.

동호는 용기를 내 벽장 밖으로 나왔다. 동민에게는 그대로 벽장 안에 있으라는 손짓을 했다. 동호는 여차하면 다시 벽장 안으로 뛰어 들어갈 참이다. 조심스럽게 방문으로 걸어갔다. 아까 뚫어놓은 구멍으로 다시 눈을 가져갔다. 부디 군홧발이 사라져주길 바라면서. 방문 앞에서도, 마당에서도 군홧발은 보이지 않는다. 어디로 가버렸나? 다시 유심히 사립문 밖을 살폈다. 아뿔싸! 사립문 밖에 군홧발이 서 있다. 골목을 두리번거리고 있다. 누군가를 찾고 있는 것이다. 이 집에 살고 있던 동호네 가족 중 누군가를 저 군홧발이 찾고 있는 것이다. 지금까지 벌어진 상황을 정리해 보자. 전개된 상황을 분석해 보면 명징하게 동호 앞에 얼굴을 들이미는 사실이 있다. 군홧발은 누군가를 찾고 있다. 저 군홧발이 찾는 사람은 누구일까. 누구긴 누구겠는가. 당연히 아버지 박덕수겠지. 나, 박동호를 찾고 있겠어?

문득, 정말 문득 떠오르는 일이 있다. 아버지가 순경들에게 끌려갔던 일이다. 동호는 그날 골목길에서 놀고 있었다. 사복 차림과 순경 옷을 입은 사내가 오더니 동호에게 박덕수의 집을 물었다. 동호는 아무 생각 없이 우리 아버지인데요. 우리 집은 저기에요. 말했다. 며칠 뒤 아버지는 순경들에게 끌려갔다고 했다. 끌려간 곳에서 거의 죽을 뻔했다고 했다. 총을 맞고 피를 많이 흘렸는데도 구사일생으로 살아 돌아왔다. 그때 그 사내들에게 집만 알려주지 않았더라도 아버지는 끌려가지 않았을 것이다. 그때를 생각하면 쥐구멍이라도 들어가고 싶다. 어머니와 동생들에게 그리고 아버지에게 얼마나 미안했던지. 혹시 저 군홧발이 그때처럼 아버지를 잡으러 온 것일까.

덕수는 한 발자국 한 발자국 도둑걸음으로 조심스럽게 마을 골목을 걸었다. 골목길을 무작정 걷는 게 아니라 한 걸음씩

떼면서 주변 동정을 살피고 또 한 걸음을 떼고 하는 동작을 반복했다. 집 근처까지 가는 동안 다행히 사람을 만나지 않았다. 동호 동민이가 집에 있기를 바랐다. 여기까지 오는 길에 녀석들을 만나지 않았으므로 별 탈이 없다면 집에 있을 것이다.

이제 한 골목만 돌아서면 집이다. 덕수는 기역자로 꺾인 지점에서 고개를 내밀고 집 앞으로 향하는 골목길을 굽어다봤다. 순간, 머리를 방망이로 두드려 맞은 듯 아찔한 전율이 몰려왔다. 누군가 집 앞에 서 있다. 덕수는 아이쿠, 하고 고개를 얼른 바로 세웠다. 아주 찰나에 불과했지만 집 앞에 서 있는 사람의 형상이 사진 박듯 뚜렷하게 눈에 새겨졌다. 철모를 썼고 군복을 입고, 한 손에 장총을 들고 있다. 38식 소총인지, 99식 소총인지 아니면 엠원 소총인지 구분되지 않았지만, 그는 총을 들고 있다. 그는 분명 덕수의 집 앞에서 서성거렸고, 덕수의 집을 감시한다는 느낌이 확실하게 들었다.

저자가 누구일까. 누구이기에 내 집 앞에 있는 것일까. 동호와 동민이 저 집에 있을 텐데. 아니다. 아이들이 집에 있는지 없는지는 아직 모른다. 아니다. 동굴에서 내려오는 동안 아이들을 만나지 않았다. 동굴에서 집으로 오는 길과 집에서 동굴로 가는 길은 덕수가 방금 동굴에서 내려온 길 이외에는 멀리 돌아가는 경로밖에 없다. 아이들이 집으로 팽이와 연을 가지러 왔다고 하지 않는가. 다른 데로 갔을 리는 없고. 그렇다면 분명 아이들은 집에 있을 텐데.

저자는 군인이다. 군인이 왜 집 앞을 서성거리는가. 복장만 보면 국방군으로 보이는데. 국방군? 국방군이라니…. 국방군이면 나라가 해방되었단 말인가? 왜놈들이 물러나고 미국 군대가 들어왔단 말인가. 이승만이 대통령이 된 대한민국이 되었단 말인가? 시간이 벌써 그렇게 흘렀단 말인가. 대체 이게 어떻게 된 일인가.

머릿속 뇌가 덩어리져 이리 뒤집히고 저리 뒤집히며 반죽되는 것 같다. 혼란스럽고 현기증이 몰려왔다. 가만히 서 있는데 하늘과 땅이 뒤집혔다. 저 건너 서 있는 미루나무가, 상수리나무가, 바위가 빙글빙글 돌았다. 덕수는 하마터면 주저앉을 뻔했다. 넘어지지 않으려 돌담을 두 손으로 꽉 움켜잡았다. 잠시 눈을 감았다.

지금 내가 와 있는 시간은 어디란 말인가. 지금 내가 뿌리박고 서 있는 때는 언제란 말인가. 난감하기 짝이 없다. 일본 순사에게 쫓기고 있었다. 아니, 정확히 말하면 쫓기고 있다고, 생각했다. 분명 며칠 전 집에서 가족들을 데리고 산으로 올라갈 때 덕수를 감시하고 쫓던 자들은 왜놈 순사였다. 분명 그랬다. 일본 형사 마쓰시마와 순사보 김광섭, 그놈들이었다.

그런데 며칠 만에 나라가 해방되고, 대한민국으로 나라가 바뀌었단 말인가. 그렇다면 마쓰시마와 김광섭, 그놈들은 어디로 간 것일까. 하늘로 솟았을까, 땅으로 꺼졌을까. 대체 어찌 된 일인가. 아니다. 아니야. 착각한 것일까. 처음, 집에서 가족들을 데리고 동굴로 올라갈 때 우리를 따라왔던 자들을 왜놈 순사라고 착각한 것일까. 잘못 봤다면, 대체 그들은 누구일까. 누구이기에 우리 가족을 감시하고 따라왔

3

을까. 정확히 말하면 우리 가족이 아니라 나 박덕수를 감시하고 쫓아왔겠지. 왜 그랬을까. 그들은 대체 누구일까.

머리가 터질 것처럼 복잡했다. 머리 작동이 정지되었다. 기능을 상실했다. 머릿속 전두엽을 커다란 맷돌로 꽉 눌러놓은 것 같다. 머리가 돌아가지 않는다. 덕수는 멍하니 서 있었다. 정지된 전두엽의 기능이 다시 작동할 때까지 기다렸다. 잠시 그러고 있자, 난잡하게 흩어져서 허공을 떠돌던 생각들이 차분히 내려앉았다. 다시 생각해보자.

아니다. 내가 국방군으로 본 자는 국방군이 아닐 수 있다. 내가 잘못 볼 수 있다. 국방군이라니. 분명 지금은 아직 왜놈들이 판을 치는 시대다. 국방군이 왜 나타난단 말인가. 심호흡을 했다. 용기를 냈다. 다시 정확히 보자. 과연 정말 국방군인지 아닌지. 머리를 골목이 꺾인 지점으로 조심스럽게 들이 밀었다. 재수 없으면 놈에게 들키는 수가 있으므로 아주 조심스럽게 머리는 최대한 숨기고 눈만 내밀려고 애썼다.

집 앞에 서 있는 자가 한눈에 들어왔다. 다시 본다 해서 있던 것이 없어지고, 없던 것이 있겠는가. 잘못 본 게 아니었다. 처음 봤던 그 모습이다. 철모를 쓰고, 녹색 군복을 입고, 요대를 허리에 두르고, 수통과 탄창을 차고, 군화를 신었다. 역시 한 손에는 총을 들고 있다. 저자가 들고 있는 총이 왠지 몹시 눈에 익었다. 어디선가 많이 봤던 총이다. 아니, 아예 덕수 손에 익은 총이 아닌가 싶다.

재빨리 머리를 원 위치했다. 하늘에 떠 있는 태양처럼 분명했다. 집 앞에서 얼쩡거리는 자는 국방군이 틀림없다. 재차 생각할 필요도, 더 이상 추리할 필요도, 시간의 왜곡에 대해 생각할 필요도, 덕수가 서 있는 시간이 어느 지점인지 골똘히 연구할 필요도 없다. 분명한 사실은 저 국방군이 집 앞에 있다는 사실이다.

저 국방군이 왜 내 집 앞에 서 있을까. 좋은 소식을 전하러 왔을까? 아니다. 그건 아니다. 좋은 소식을 전하러 온 자가 총을 들고 왔을까. 분명 뭔가 이 박덕수에게 안 좋은 일로 왔을 것이다. 이 박덕수를 잡으러 왔을 것이다. 그런데 무슨 일로 나를 잡으러 왔을까.

그동안 일본 순사가 나와 우리 가족을 감시하면서 쫓고 있다는 생각은 착각이었단 말인가. 왜놈 순사가 내가 캐고 있는 금을 빼앗기 위해 나를 감시하고 있다는 생각은 잘못되었던 것인가. 잠시, 덕수가 집으로 돌아와 가족들과 동굴로 올라가던 날을 상기해봤다. 그때 봤던 두 명의 사내는 평상복을 하고, 왜놈 형사들이 쓰는 도리우치를 썼다. 아니다. 도리우치를 썼다고 다 왜놈 형사는 아니지. 요즘은 조선 사람들도 도리우치를 쓰지 않던가. 그렇다면 그때는 뭔가에 씌어서 그렇게 착각을 한 것이다. 그들은 왜놈 형사가 아니고 누구란 말인가. 지금 저기 있는 국방군과 관련 있는 자들이었나? 국방군과 관련 있는 자라면 순경들 말고 누가 있겠는가. 지난번에 봤던 그 도리우치를 쓴 사내들은 순경들이었단 말인가?

그렇다면 내가 가족들을 데리고 동굴로 숨은 이유가, 국방군과 순경들을 피하기 위한 것인가. 국방군과 순경이 나와 가족을 잡으러 집에 찾아왔던 것인가.

동호가 집을 알려줘 순경과 청년단이 덕수 집에 찾아왔던 날. 덕수는 집에서 우물물로 등목을 하고 낮잠을 자고 있었다. 날씨가 너무 더워 뙤약볕에 나가 김매기를 해봐야 비지땀만 죽죽 흘릴 뿐 일이 될 리도 없어 바가지에 열무김치와 보리밥을 가득 퍼 담아 쓱쓱 비벼 배를 든든히 채운 다음, 등목을 하고 돌담 옆에 심어진 감나무 밑 평상에서 늘어지게 낮잠을 즐기고 있을 때였다.

"박덕수 씨!"

누군가 덕수를 불렀다. 잠결인지라 덕수를 부르는 게 꿈인지 생시인지 잠시 비몽사몽을 헤맸다. 다시 찬물 한바가지 같은 목소리로 덕수를 부르는 소리가 덕수의 얼굴을 덮쳤다. 그때야 덕수는 정신이 들었다. 눈을 뜨고 보니 기지바지에 흰 와이셔츠를 입은 눈꼬리가 째진 젊은 사내와 검은 제복을 입은 순경이 평상 앞에 서 있다.

"무슨 일로…?"

덕수는 그들에게 어디서 왔냐고 물어보지 않았다. 두 사람의 복장과 태도로 봐서 관에서 나왔음이 분명했기 때문이다. 관에서 나왔다면 필시 좋은 일로 덕수 집을 왕림하지 않았을 터. 내심 불길한 예감이 들었지만, 살면서 큰 잘못을 저지른 일도 없고, 왜정 때부터 관을 좋게 볼 일도 없는 터라 무심한 표정으로 그들을 올려다봤다.

"박덕수 씨, 보도연맹원이지요?"

눈꼬리가 쭉 찢어진 사내가 왼팔에 찬 완장을 위로 추겨 올리더니 두툼한 장부를 넘기며 물었다. 완장에는 무슨 청년단이란 글씨가 새겨져 있었다.

"그렇소만, 무슨 일 있습니까?"

덕수는 평상에서 내려와 고무신을 신으며 물었다. 눈 째진 사내가 장부를 덮어 손바닥을 툭툭 치며 대수롭지 않은 표정으로 집안을 휙 둘러보며 말했다.

"별 일 아니오. 예비검속이니 내일 오전 일곱 시까지 지서로 좀 나와 주시오."

"예비검속이라니…?"

예비검속이란 말을 몰라서 묻는 건 아니었다. 때에 맞춰 지서에 가서 불온한 행동하지 않고 건실하게 관에서 하는 일 잘 따르고 모범적으로 살고 있다는 걸 보여주는 일이라는 것쯤은 알고 있다. 그런데 예비검속을 다녀 온 지 얼마 안 되었지 않는가. 다시 나오라니 좀 의아해서 덕수는 물어보는 것이다.

"뭐 으레 있는 행사이니 늦지 말고 나오시오. 오전에 일찍 끝날 거요."

젊은 사내는 말을 마치고는 찬물 한 바가지라도 청해서 마실 법도 한데 찬바람이 도는 얼굴로 볼 일 다 봤다는 것인지 순경과 함께 부랴부랴 덕수 집을 나갔다.

"왜 그런데요?"

부엌에서 하지감자를 삶고 있던 정순이 부산스럽게 나와 걱정스런 표정으로 물었다.

"모르겠어. 관에서 나오라면 나가야지 뭐. 별 수 있어?"

정순은 근심 어린 표정을 지우지 않았다. 뒤끝을 매듭짓지 못한 표정을 하면서 힐끔힐끔 덕수의 눈치를 봤다.

"뭐 별 일 없을 테니, 걱정하지 마러."

"그게 아니고요. 소문을 듣자하니 보름 전엔가 저 북쪽에서 난리가 났다고 하잖아요. 북한놈들이 쳐들어왔다고요. 그래서 요즘 산사람들이 더 극성스럽게 나댄다고 하고요. 그래서 그런 게 아닐까요?"

정순의 말이 틀린 말은 아니다. 덕수도 정순과 같은 생각을 하고 있던 차였다.

"좀 크게 싸움이 일어나긴 했지만 별 일이야 있겠어? 뭐, 전방에서야 항상 있는 일인데…. 크게 걱정하지 않아도 될 거야."

덕수의 말에도 정순은 꺼림칙한 표정을 풀지 않았다.

사실 덕수는 몰래 관의 눈을 피해 금광에서 일을 했다. 폐광이야 되었지만 금을 노리는 자들은 쌔고 쌨다. 덕수는 그동안 벌어놓은 돈으로 논을 샀지만, 논일은 처삼촌 묘 벌초하듯 했고, 뒷전으로 금을 캐는 일을 계속 했다. 금광이 폐광되고 2년이 지난 후 난데없이 왜놈들이 하루아침에 단봇짐을 싸서 도망쳤다는 소식이 들려온 뒤 읍내 시장통에 사람들이 몰려나와 만세를 부르기 시작했다. 나라가 해방되었다는 것이다. 덕수는 나라가 해방된 기쁨보다 숨어서나마 여태껏 해왔던 금광 일을 계속할 수 있을지 걱정되었다.

나라가 해방되었다 해서 천지가 개벽한 것은 아니었다. 잘난 사람들이나 좀 시끄럽게 떠들고 다닐 뿐, 덕수 같은 밑바닥 사람들은 하던 일을 계속하면서 살았다. 나라가 해방된 후에도 덕수는 농사 일과 광부 일을 병행했다. 세상은 왜놈들이 다스리던 시절보다 더 시끄럽고 혼란스러웠다. 함부로 고함을 질러대고 서로 목청을 높이며 싸우는 일이 잦아졌다. 무슨, 무슨 주의 이야기를 했는데 덕수는 그런 것은 별 관심이 없었다. 오직 땀 흘리고 일한 대가가 주워지는 것. 그것만 바랄 뿐이었다. 물론 땀 흘린 대가가 없으면 덕수는 광부 때처럼 목소리를 높였으며 덕수의 몫을 훔쳐가려는 자들에게 대들었다. 남쪽 바닷가 마을에서 큰 반란이 일어났고, 그 여파가 덕수가 사는 곳까지 미쳐 국방군과 전투경찰들이 총을 들고 마을 근처를 배회하는 게 보였는데, 그런 일들은 어느 때부턴가 일상생활이 되어가고 있었다. 말하자면 일정 때보다 세상은 더 시끄러워졌다.

왜놈들로부터 나라가 해방된 지 4년이 지난 어느 날 읍사무소에서 관원들이 나왔다. 덕수는 지서에 출석하라는 말을 듣고 갔다가 국민보도연맹원에 가입하였다. 덕수가 왜정 때 파업을 주도했는데, 그게 노동운동을 한 것이며 그것은 해방된 정국에서 적색을 띤 행동이라 관에 반기를 들 여지가 있는 사람으로 미리 단속해서 사상교육을 받고 개과천선하도록 한다는 취지라고 했다.

덕수도 보도연맹원 장부에 엄지손가락에 인주를 묻혀 꾹 찍어줬고, 보도연맹증이라는 것을 받아 돌아왔다. 나중에 들려오는 소문에, 관에 적극 협조하는 청년이었음에도 마을 서낭당 집을 손괴한 것을 순경에게 고발한데 앙심을 품은 자가 그 청년의 다른 꼬투리를 잡아 신고하는 바람에 보도연맹원이 되었고, 서로 원수 같이 지내는 사람끼리도 쌍방이 좌익에 부역하였다고 신고하여 두 사람 다 사이좋게 어깨동무하며 보도연맹에 가입하였다는 소문이 돌았다. 주로 덕수처럼 노동쟁의 활동을 했던 자들과 공산당 활동을 했던 자들, 형무소에서 출소한 자들이 그 대상이라 했다.

보도연맹에 가입하였다고는 하지만 별달리 불이익은 없었다. 여전히 다른 사람들 눈을 피해 금광에 들어갔고, 때론 사금을 채취하기도 했다. 물론 논농사도 지었다.

느닷없이 완장을 찬 청년과 순경이 찾아와 예비검색 명목으로 지서에 출석하라는 말을 남기고 간 때는 덕수가 보도연맹원이 된 지 1년이 지난 시점이었다.

덕수는 다음 날 아침 일찍 지서로 향했다. 정순은 조심하라는 말을 하고 또 했다. 마루 끝에 일렬로 나란히 서서 고개를 넙죽 숙이며 잘 다녀오시라는 아이들의 인사를 받고 덕수는 집을 나섰다. 태양은 일찌감치 동녘 하늘을 박차고 튀어 올라 오늘도 신나게 세상을 뜨거운 불로 지져보자는 의지를 불태우며 이글거렸다. 아침부터 땀을 됫박으로 흘리며 지서에 당도하니, 덕수 같은 보도연맹에 가입한 자들이 삼삼오오 모여 있었다. 통상적인 검열이라 생각했다. 이 바쁜 농번기에 검열이라니 하며 투덜거리는 사람들이 대부분이었지만, 다들 순경들의 말에 잘 따랐다.

"일단 임시로 수용하는 것이니, 오늘은 여기에서 좀 있어야 되겠소."

인원 점검이 끝나고 별 말없이 무료한 시간이 지났을까, 지서 주임이란 사람이 나와서 하는 말이었다.

"한창 바쁜 농사철인데, 임시 수용이라니요."

덕수와 같이 광부 일을 하면서, 덕수가 머리띠를 두를 때마다 같이 동조했던 노씨가 쌍심지를 켜고 나섰다.

"나라에서 하는 일이니 조금만 참고 협조 좀 해줘!"

지서 주임이 인상을 구기며 으름장 아닌 으름장을 놓았다. 순경들은 덕수를 비롯한 십여 명의 보도연맹 사람들을 지서 옆에 있는 마을 회관으로 데려갔다. 별 일이야 있겠냐 싶으면서도 목에 가시가 걸린 것처럼 꺼림칙했다.

다음날이었다. 지서 순경들은 아무 설명도 없이 어젯밤 모기 뜯기면서 한뎃잠을 잔 보도연맹 사람들을 본서가 있는 읍으로 데려가더니 곧장 방학 중인 학교로 끌고 갔다. 학교 강당에는 이미 다른 면에서 온 덕수와 같은 처지의 사람들이 웅성거리고 있었다. 200여 명 이상 되는 것 같았다.

별 일이야 있겠냐 싶던 설마는 서서히 검은 가면을 쓰면서 변해가고 있었다. 죽이기야 하겠어? 막연한 안심으로 서로를 위무하였는데, 금방 집으로 돌아갈 것이라는 기대와는 달리 학교 강당은 커다란 감

3

옥소 모양으로 변해갔다. 밖으로 나갈 수 없었고, 찜통 같은 공간에서
손부채질을 해가며 무더위와 싸우면서 시간을 죽이고 있었다.

"대체 우리는 어떻게 되는 거요?"

덕수와 한패인 노씨가 안면 있는 순경에게 물어보면 돌아오는 대
답은 하나였다.

"아, 기다려봐!"

뭘 기다리라는 말인가. 그러나 관에서 하는 일에 반기야 들 수 없었
다. 먹고 사는 일을 빼앗으려 든다면 당연히 쌍심지를 켜고 불뚝 일어
서야겠지만, 관에서 덕수의 먹고 사는 일을 빼앗겠다는 말을 하는 것
은 아니니까.

일주일이나 지났을까. 전에 없이 순경들이 기민하게 움직였고, 다
들 38식 소총을 들고 사람들을 강당 밖으로 나오게 했다. 삼엄한 표정
으로 소총을 꼬나들고 있는 얼굴들이 차돌처럼 굳어 있었다. 순경들
은 사람들에게 모두 신발을 벗으라고 했다. 그리고는 한 사람씩 새끼
줄로 손을 등 뒤로 묶었고, 다섯 명을 일 개조로 만들었다. 이미 와 있
던 트럭에 일 개조씩 올라타게 했다. 강당에 갇혀 있는 동안 그냥 가
만히 앉혀 놓은 게 아니라 앉았다 일어섰다, 앞으로 가 뒤로 가, 군대
나 다름없이 제식훈련을 시켰으므로 사람들은 자동으로 순경들의 지
시에 따랐다.

덕수는 식은땀이 나기 시작했다. 아무래도 설마가 칼이 되어 사람
들 가슴에 깊이 꽂힐 것 같은 불길한 생각이 퍼뜩 들었다. 잔인한 마

수의 손이 덕수의 뒷덜미를 달칵 잡아서 어디론가 휙 내던지려 한다는 서늘한 느낌 말이다.

트럭은 흙먼지를 날리며 신작로를 달려갔다. 미루나무 가지마다 달린 나뭇잎이 바람에 머리를 풀어 헤치고 살풀이 하는 무당의 쾌자 자락처럼 격하게 팔랑거리고 있었다. 트럭은 재를 올라타더니 중턱쯤에 다다라 산 계곡 아래로 덜컹거리며 내려갔다. 덕수와 일행들은 트럭을 타면서부터 이미 자신들은 극악무도한 죄를 지은 자들이라는 최면에 걸려버렸다. 왜 우리를 이 트럭에 태워 데려가는지 이유를 물어보는 사람은 아무도 없었다.

트럭이 흙먼지를 잔뜩 일으키며 멈춰 섰다. 순경 중에 무궁화 계급 장을 어깨에 단 자가 호루라기를 불었다. 먼지를 뒤집어 쓴 덕수와 일행들은 트럭에서 내렸다. 작렬하는 7월의 뜨거운 햇볕이 덕수와 일행들의 등짝에 사정없이 내리 꽂혔다.

"자, 자, 소피를 봐야 하니까, 다들 저 아래로 내려가."

"오줌은 무슨 오줌…. 물이나 한 사발 마시고 싶구만."

누군가 투덜거리는 소리가 들렸다. 그때였다.

"타당! 탕! 탕!"

뒤에서 총소리가 귀를 사정없이 찢어 발겼다.

"억!" 옆에 서 있던 자가 피를 뿌리며 쓰러졌다. 덕수도 어느 순간 왼쪽 어깨부위를 몽둥이로 사정없이 두드려 맞는 통증을 느끼며 옆으로 쓰러져 계곡 아래로 넘어졌다. 중심을 잃은 덕수는 계곡 밑으로

3

굴러 내려갔다. 덕수는 희미한 의식을 부여잡고 있었지만 배터리가 다 된 전등처럼 의식은 꺼졌다 켜졌다를 반복했다. 총소리가 반복해서 들렸고, 외마디 비명을 지르며 도끼 맞은 장작처럼 사람들의 몸뚱이가 나가떨어지는 소리가 들렸다.

다시 몇 번의 콩 볶는 총소리와 불 맞은 짚단처럼 힘없이 계곡 아래로 쓰러져가는 사람들의 소리가 반복되었다. 잠시 정적이 흘렀다. 포플러 가지에 달린 무성한 잎사귀들이 여름 바람에 희롱 당하며 팔랑거리는 소리만 들려올 뿐이었다.

"혹시 산 사람 있는가?"

덕수의 희미한 의식으로 사람의 목소리가 흘러들어왔다. 총을 든 자들의 목소리였다. 덕수 같은 부상 입은 자를 찾는 모양인가. 덕수는 의식을 끌어 모아 뭔가 말을 뱉어내야 했다. 여기 산 사람 있소이다. 살려주시오. 의식은 여전히 아직 산만하게 흩어져 있을 뿐이다. 이러다 죽는 것인가. 도움을 청해야 하는데….

"산 사람은 하늘이 돌봤다. 살려주겠다. 일어나라!"

순경 중에 높은 놈인 모양이다. 살려주겠다고 한다. 천우신조구나. 일어서야 한다. 덕수는 다시 의식 끝으로 희미하게 감지되는 목소리를 느끼면서 어떻게 해서든 몸을 움직이려 했다. 그러나 의식은 몸을 이겨내지 못했다. 부스럭거리는 소리가 났다. 덕수보다는 덜 부상당한 자들인가. 저들은 이제 살아나겠구나. 덕수는, 나도 좀 살려주시오, 나도 좀 같이 데려가주시오. 외치고 싶었다. 그때였다.

"타당 탕!"

다시 총소리가 들렸다. 몸 일으켰던 자들이 총을 맞고 그 자리에서 무너졌다. 사람 목숨 가지고 장난을 치는 것인가. 사람 목숨이 제 집 마당 똥개만도 못하단 말인가. 이런 생각을 할 정도 덕수의 의식이 뚜렷했다면 이미 이 세상 사람이 아닐 것이다. 덕수도 몸을 일으켰다가 총을 맞고 완전히 절명했을 것이다. 덕수는 순경의 거짓말에 속지 않은 게 다행이다. 그런 생각을 할 여유도 의식도 없었다. 그저 다 타버린 장작더미에 희미하게 남은 깜부기불처럼 의식은 전멸을 반복하고 있을 뿐이었다. 다시 고요가 찾아왔다. 이곳이 명계冥界일까 아니면 인계人界일까.

"이번엔 진짜 살려주겠다. 산 사람은 일어나라. 여기 죽은 사람들을 치워야 하니까. 옮길 사람이 필요하다. 죽지 않았다면 일어나라. 이번엔 정말 안 죽인다."

아까 들려왔던 그 목소리가 다시 말했다. 잠시 아무런 동요도 없었다. 한번 속지 두 번이야 속겠는가. 다시 목소리가 울렸다. 정말 죽이지 않을 테니 일어나라는 것이다. 차마 두 번이나 거짓말을 하지는 않겠지. 믿어보자. 덕수는 순경의 말을 믿고 싶었고, 일어나고 싶었다. 일어나야 했다. 그러나 일어나고 싶어도 의식은 몸을 조정할 만큼 힘을 갖지 못했다. 정말 일어나고 싶었지만 일어날 수 없었다.

덕수는 그대로 누워 있었다. 잠시 후 덕수와 같은 순수한 사람 몇몇이 다시 일어섰다. 세상을 믿은 자에게 은총이 쏟아져 내렸다. 총소리가 들렸다. 총알이 그들 몸에 쏟아졌다. 세상을 믿은 자들은 하늘나라로 올라가는 가호가 철철 흘러 넘쳤다. 철저히 순경들은 사람들을 속인 것이다. 단 한 명도 살려주지 않겠다는 것이다.

그후 순경들은 피를 흘리며 쓰러져 있는 자들에게 다가와 혹시 숨이 끊어지지 않은 자가 있는지 일일이 확인했다. 조금이라도 미동이 있는 자에게는 여지없이 머리와 가슴에 총알을 박았다.

덕수가 눈을 떴을 때 보슬비가 내리고 있었다. 진혼굿이라도 하는 것인지 포플러 나무가 바람에 이리 쓸리고 저리 쓸리더니 급기야 하늘이 울음보를 터뜨리고 만 것이다. 덕수는 자신이 죽었는지 아니면 살았는지 알 수 없었다. 다만 얼굴로 빗물이 떨어지고 있다는 것을 감지하였다. 어깨에 찢어질 듯 통증이 몰려왔다. 통증은 살아 있음을 확인시켜주는 것 아닌가. 살아 있었다. 덕수는 살아 있었다. 피비린내가 났다. 심한 통증 속에서도 구역질 날 만큼 피비린내가 났다.

덕수는 머리를 들고 몸을 일으켰다. 하늘이 도운 것이다. 덕수 옆에, 덕수와 같이 광부 노릇을 했고 착취하는 자들을 향해 돌팔매질을 했던 노씨도 눈을 뜬 채 하늘을 바라보고 죽어 있었다. 영혼이 빠져나간 노씨의 눈은 울분마저 빠져나간 듯 텅 빈 채 공허했다. 덕수는 노씨의 영혼을 위로하는 애도의 마음을 가져야 했으나, 덕수도 처지가 처지인 만큼 그럴 여유가 전혀 없었다. 지금은 살아 있지만 언제 저 노씨가 있는 명계로 넘어갈지 모르지 않는가. 주검들은 계곡 곳곳에 베어진 나무토막처럼 버려져 있었다. 엎어지고 자빠지고 처박히고 뒤엉키고……

그는 시신 사이를 또는 시신을 올라타 넘어오면서 길이 있는 곳으로 기어 올라갔다. 쓸 수 없는 왼쪽 팔은 남의 살처럼 덜렁거렸고 극심한 통증을 동반하였다. 화약 냄새를 간직한 소총 탄피들이 여기저기 널려 있었다. 돌아보니 계곡 아래로 수많은 억울하게 저승으로 떠나버린 자들의 흉물스런 모습들이 눈에 들어왔다. 덕수는 눈을 찔끔 감아버렸다. 쏟아지는 비에 젖은 시신들에서 쉼 없이 피가 흘렀고, 피는 계곡을 향해 자연의 이치를 거스르지 않겠다는 듯 흘러갔다. 계곡물은 핏빛으로 벌겋게 물들어 원래 계곡물은 핏빛이었던 것처럼 시치미를 떼고 흘러갔다. 덕수는 다시 까무룩 정신을 잃었다.

사람들의 말소리에 덕수는 눈을 떴다. 여인네의 통곡소리가 여기저기에서 들려왔다. 사람들이 몰려와 시신을 수습하고 있었다. 벌써 지게에 관을 지고 올라온 사람들도 있었고, 마냥 시신을 붙잡고 울부짖는 사람들도 있었다. 그는 미안했고, 얼굴을 들 수 없었다. 여기 나는 살아 있소. 이렇게 말해야 했으나 그는 차마 입을 열 수 없었다. 살을 후벼 파는 통증 때문에 신음만 새어나올 뿐이었다.

덕수는 천운 덕으로 살아서 돌아왔다. 그러나 집에 있지 않았다. 집으로 가자마자 그는 정순의 도움을 받아 폐광으로 들어갔다. 덕수가 살아 있다는 소문이 알려지면 순경들이 가만히 있지 않을 것이다. 분명 다시 덕수를 잡으러 올 것이었다. 덕수는 정순이 구해다준 아주까리피마자 알맹이를 숯검정과 송진을 함께 버무려 어깨에 바르고 헝겊으로 싸맨 채 동굴에서 지냈다. 정순은 사람들 몰래 개고기를 삶아다가 덕수에게 먹였다. 상처 아무는 데 개고기만한 게 없었다. 상처에서 구더기가 나오면 덕수는 고통을 참고 나뭇가지로 뽑아냈다.

덕수는 주검의 지옥에서 혼자 살아 돌아왔다. 그에겐 천운일지 모르지만 다른 사람들에겐 질투의 대상이었다. 하루아침에 집안의 기둥을 잃어버린 사람들은 하늘이 무너진 듯 울부짖었다. 이웃에 사는 노씨 가족도 마찬가지였다. 덕수와 정순은 노씨의 아내와 노씨 모친의 눈치를 볼 수밖에 없었다. 같은 하늘을 지고 살 수 없는 원수처럼 얼굴을 보이지 않으려 했다. 덕수와 정순은 그 사람들 곁에 사는 것이 고역이었다.

그 뿐인가. 덕수는 살아도 산 목숨이 아니었다. 그가 살아 있는 것을 알면 순경들은 분명 그를 가만 놓아두지 않을 것이다. 게다가 그가 인심을 잃지 않았다 해도 모든 사람들이 덕수를 좋아하는 것은 아닐 터. 개중에 덕수를 시기하고 미워하는 사람이 한 둘쯤 있는 것이 당연한 일이었다. 언제 어느 때 그들이 덕수의 등에 칼을 꽂을지 몰랐다. 덕수는 사람들의 눈을, 순경들의 눈을, 관원들의 눈을, 국방군의 눈을 피해야 했다. 그가 선택할 카드는 단 하나였다. 마을에서 도망가는 것이었다. 마을에서 피신하는 것이었다. 쥐도 새도 모르게 마을을 떠나는 것이었다.

덕수가 가족을 데리고 동굴에 들어와 사는 이유는 바로 이것이었다. 보도연맹원 학살 현장에서 혼자 살아남았다는 죄책감과 다시 그를 잡으러 올지 모르는 순경과 국방군을 피해서.

집 앞에서 국방군을 보는 순간, 펼쳐진 그림처럼 덕수의 머릿속으로 덕수의 과거가 파노라마처럼 흘러갔다. 그래 맞다. 보도연맹원이었던 덕수는 저 국방군을 피해 이 동굴에 들어와 살게 된 것이다.

덕수는 기억의 활동사진에서 얼른 빠져나와 현실을 봤다. 저 국방군이 나와 우리 가족을 노리는 것인가? 질문할 필요도 없다. 의문을 제기할 필요도 없다. 확실하다. 분명하다. 그렇지 않다면 왜 저자가 내 집 앞에서 기웃거리겠는가. 나와 가족들을 잡으러 왔거나 동정을 살피러 온 것 아니겠는가. 저렇게 철모를 쓰고 총을 들고 왔다면 나와 가족을 잡거나 죽이려고 온 것이 틀림없다. 그저 만나러 왔다면 총을 들고 철모를 쓰고 왔겠는가. 더 뭐라 설명할 수 있겠는가. 조심하지 않으면 안된다. 저자에게 잡히거나 모습을 보이면 그 시간부로 나와 우리 가족은 황천행 급행열차를 타는 것이다. 피해야 한다. 저자에게서 피해야 한다.

그나저나 동호 동민은 어디에 있는 것일까. 집안에 있을 게 분명한데, 동굴에서 내려온 뒤 지금껏 아이들을 만나지 못했지 않는가. 아직 확신할 수 없다. 일단 집으로 들어가 봐야 알 수 있으리라. 어떻게 들어간단 말인가. 저자가 집 앞에서 도사견처럼 버티고 있으니 어떻게 들어간단 말인가. 덕수는 집 주변을 머릿속으로 불러와 차분히 그려봤다. 문득, 떠오르는 장소가 뒷담이었다. 뒷담을 넘어서 들어가면 집 뒤꼍으로 들어갈 수 있다. 뒤꼍으로 들어가기만 하면 틈을 봐서 앞마당으로 넘어갈 수 있고 또 방으로 들어갈 수 있다.

덕수는 얼른 왔던 길로 돌아가 집 뒤쪽으로 갔다. 동네 골목이란 골목은 모두 손바닥 보듯 환하게 알고 있지 않은가. 덕수는 조심스럽게 뒷담을 넘었다. 돌담이었으므로 무너지거나 지탱하는 돌들이 떨어지지 않도록 조심했다. 어렵지 않게 덕수는 담을 넘어 집 뒤꼍에 발을 디딜 수 있었다. 집 뒤꼍은 집 주인이 잠시 비운 틈을 타 목련나무와 오동나무가 잎들을 무성하게 피워낸 채 집 주인 행세를 하고 있었다.

덕수는 뒤꼍에서 고개를 조심스럽게 내밀어 사립문 밖 동정을 살폈다. 국방군 사내는 좀처럼 자리를 떠나지 않는다. 사내가 한눈을 팔아야 그 사이에 얼른 앞마당으로 나가 아이들이 있음직한 방으로 들어갈 수 있을 텐데 말이다. 저 국방군을 따돌릴 묘수가 없을까 생각을 짜내봤다. 덕수가 동네로 들어올 때 웬일인지 사람들을 만날 수 없었다. 물론 일부러 만나지 않으려 조심한 탓도 있지만 눈에 뜨이게 인적이 드물었다. 가을걷이가 한참인 철이라 다들 나락을 베러 나간 것일까. 덕수의 집에서 한 집을 더 건너면 산동양반 댁인데 뒤꼍에 장독대가 있다. 덕수는 마당에 있는 돌을 주워들었다. 덕수는 돌 쥔 손을 뒤로 돌렸다. 돌린 손을 앞으로 신중하면서도 힘차게 휙 뻗었다. 돌이 허공에서 긴 타원을 그리며 산동양반 댁 뒤꼍으로 날아 들어갔다. 쨍

그랑! 장독 깨지는 소리가 났다. 얼른 고개를 내밀어 집 앞을 봤다. 국방군 사내의 시선이 장독 깨지는 소리가 난 쪽으로 휙 돌아갔다. 잠시 쳐다보더니 도저히 궁금해서 못 견디겠다는 듯 서서히 그쪽으로 걸음을 옮겼다.

국방군 사내가 사립문 앞에서 사라짐과 동시에 덕수는 앞마당으로 달려 나가 마루로 올라갔다. 덕수 집은 세 칸짜리로 부엌과 안방 그리고 건넌방으로 이뤄졌다. 덕수는 안방 문을 냉큼 열었다. 냉랭한 공기가 방안에 가득했다. 덕수는 얼른 안방 문을 닫았다. 그리고 건넌방 문을 열고 안으로 들어갔다. 아이들이 쓰던 방이다. 아이들이 가지고 노는 것들을 이 방에 보관한다는 사실을 덕수는 알고 있다. 덕수는 일단 방문을 닫고 안으로 들어갔다. 아이들이 집에 있다면 이 방에 있으리라.

동호는 방안에서 동정을 살피고 있었다. 어쨌든 군홧발이 집 앞을 떠나야 방에서 나갈 수 있지 않는가. 군홧발이 집 앞에서만 떠난다면 잽싸게 방 밖으로 나갈 수 있지 않는가. 마당으로만 나가면 돌담이야 어떻게 해서든 넘을 수 있으니까. 동호는 방문 앞에 앉아 수시로 문창호지에 뚫린 구멍을 통해 밖의 동정을 살피고 있었다.

멀리서 장독 깨지는 소리가 났다. 왜 장독 깨지는 소리가 나지? 이번엔 또 무슨 일인가. 동호는 잠시 장독 깨진 소리가 난 쪽으로 귀를

3

세웠다. 그때였다. 누군가 마루로 성큼 올라오는 소리가 들렸다. 문구멍에서 잠시 눈을 뗀 사이 군홧발이 집 안으로 들어온 것인가. 드디어 군홧발이 작은 방으로 쇄도해 들어오는 것인가. 등골로 얼음 한 덩어리가 쓱 지나갔다. 서늘했다. 동호는 잽싸게 몸을 일으켜 벽장 안으로 냅다 들어가 벽장문을 닫았다.

놀란 동민이 눈을 동그랗게 뜨고 동호를 바라봤다. 동민이 눈으로 물어보고 있다. 그 사람이 들어왔어? 그때였다. 익숙한 목소리가 들려왔다.

"동호야! 동민아!"

작은 목소리였지만 간절한 음성이다. 아버지다. 이제 살았다. 이제 살았어. 동호는 벽장문을 열려다가 잠시 멈췄다. 아버지는 내내 신신당부하지 않았던가. 허락 없이 동굴 밖으로 나가지 말라고. 그런데 동굴 밖으로 나와 여기 집까지 왔지 않는가. 결국 아버지의 경고대로 이 집에 왔다가 이렇게 벽장 안에 갇힌 신세가 되지 않았는가. 아버지가 얼마나 화가 났을까. 그러나 이런 생각보다도 일단 살았다는 마음이 앞섰다. 동호는 벽장문을 슬그머니 열었다.

"아버지…."

"동호야…."

아이들이 무사했다. 무사히 이 벽장 안에 잘 숨어 있을 줄 알았다. 덕수가 아이들을 먼저 알아낸 게 천만다행이다. 녀석들이 아버지 말을 안 듣고 불장난을 저질러 이 사단이 났지만 어쨌든 덕수가 구할 수 있게 되지 않았는가. 미운 마음보다 녀석들을 먼저 알아내고 구할 수 있었다는 기쁨이 먼저였다. 여기서 상봉의 기쁨을 나눌 시간이 없다. 동호 뒤에서 동민이 거의 울 것 같은 표정으로 덕수를 쳐다봤다. 덕수는 이것저것 따질 겨를 없이 일단 얼른 동민을 안아 벽장 밖으로 꺼냈다.

"조용히 따라와라."

덕수는 동민을 한손으로 안고 문으로 갔다. 여전히 조용한 것 같다. 아직 국방군이 덕수 집 앞으로 복귀하지 않은 것일까. 덕수는 지체할 겨를 없다. 얼른 문을 열었다. 그리고 마루를 지나 마당으로 내려섰다. 동호도 뒤질 새라 덕수 뒤를 따라 마당으로 내려왔다. 그들은 누가 뒤에서 쫓아오기라도 하듯 신속히 뒤꼍으로 돌아갔다. 국방군은 산동댁의 장독 깨진 사건을 조사하는데 여념이 없는 모양이다. 다행이다. 만약 저 국방군에게 잡히면 덕수는 물론 이 아이들까지 무사하지 않을 것이다. 저들은 무자비하게 총을 쏴댈 것이고, 그 총에 덕수와 아이들은 비명횡사할 것이다.

이제 뒷담만 넘으면 저 국방군을 피해 이곳을 빠져나갈 수 있다. 국방군은 다행히 한 명이다. 또 다른 국방군이 분명 있겠지만 다른 국방군이 더 나타나기 전에 얼른 이곳을 빠져나가야 한다. 덕수는 일단 동민을 바닥에 내려놓고 동호 먼저 돌담을 넘게 했다. 덕수가 동호를 받쳐주자 동호는 돌담을 잡고 위로 올라갔다. 동호는 조심스럽게 돌담을 넘어갔다. 이번에는 동민이 차례다. 덕수는 동민을 훌쩍 들어서 돌담 위로 올렸다. 돌담 너머에서 동호가 받쳐 주리라. 동민이 돌담 위에서 방향을 틀었다. 동민이가 돌담 너머로 내려서는 소리가 들렸다. 덕수도 얼른 돌담 위로 올라가 반대편으로 넘어갔다. 아직까지 국방군은 장독 파손 사건 조사에 심혈을 기울이고 있는 모양이다. 잘 되었다.

"자, 어서 가자."

덕수는 뒤돌아볼 것도 없이 아이들을 앞세우고 골목길을 걸어갔다. 뛰어가야 했지만 뛰었다가는 정적과 고요만 뛰어 놀고 있는 이 골목에서 저 국방군에게 금방 들통이 날 것이다. 고양이 걸음으로 조심조심하면서 골목을 빠져나갔다. 해는 이미 달님과 배턴터치하고 서쪽 하늘로 퇴근해버렸다. 골목을 빠져나와 막 산으로 올라가는 길로 접어들었을 때였다. 뒤쪽에서 인기척이 들렸다. 뒤돌아봤다. 아뿔싸, 국방군이 덕수 일행의 움직임을 알아채고는 이쪽으로 방향을 틀었다. 큰일이다. 국방군이 덕수 일행을 발견한 것이다. 이럴 때 가장 최선의 방법은?

"뛰어라!"

동호에게 명령하듯 소리치고는 얼른 동민을 들쳐 안았다. 다른 손은 동호 손을 잡았다. 덕수와 동호는 냅다 뛰기 시작했다. 쿵쿵쿵! 등 뒤에서 군홧발이 마른 땅을 박차고 덕수 일행을 향해 달려오는 소리가 들려왔다. 저 군홧발을 어떻게 따돌릴 수 있을까. 마침 장독만한 커다란 잎을 늘어뜨리고 있는 오동나무가 보였다.

"동호야, 저 오동나무 옆으로!"

동호는 덕수의 명령대로 오동나무 옆으로 돌았다. 오동나무 옆으로는 하얀 구절초가 무리지어 피어 있고, 그 옆으로 역시 같은 색의 갈대꽃이 바람에 하느작거리며 어서 오라 손짓하고 있다. 동호는 갈대밭으로 들어갔고, 덕수도 얼른 동호의 뒤통수를 따랐다. 덕수는 동호의 손을 잡고 바닥에 납작 엎드렸다. 한 무리의 갈대꽃이 잠깐 고개를 휘청했다가 이내 아무 일 없다는 듯 몸을 곧게 폈다.

잠시 후 군홧발이 점점 소리를 높이며 다가왔다. 동호가 숨을 거칠게 내쉬었다. 덕수는 얼른 손으로 동호의 입을 막았다. 동호의 얼굴이 금방 산딸기처럼 벌겋게 익었다. 바로 앞에서 군홧발이 뛰어 지나가는 소리가 들렸다. 부디 덕수 일행의 흔적을 발견하지 말아야할 텐데. 군화소리가 멀어지자 그제야 동호 입을 막고 있던 손을 떼었다. 동호가 크게 숨을 들이마셨다.

"꼼짝 말고 여기 숨어 있자. 더 어두워지면 그때 움직이자."

어둠과 컴컴한 밤은 덕수 편이다. 어두워지면 군홧발도 쉽게 덕수를 발견하지 못하리라. 서쪽하늘은 석양으로 벌써 붉게 물들었다. 붉은 노을은 덕수에게 문득 보도연맹원 학살 현장에서 총에 맞은 사람들을 떠올리게 했다. 계곡물을 적시던 시신들의 몸에서 흘러나온 피가 저 석양빛 하늘과 겹쳐졌다. 덕수는 생각을 지워버리듯 눈을 감아버렸다.

"아버지, 오줌 마려워요."

덕수 품에 안겨 있는 동민이 말했다. 난감했다. 일으켜 세워 오줌을 누인다면 부스럭거리는 소리가 들릴 것이다. 그 소리가 누군가의 귀에 들릴 것이다. 지나가긴 했지만 귀를 바짝 세우고 있는 군홧발이 듣는다면? 덕수는 어떻게 해야 할지 잠시 고민했다.

덕수는 안고 있던 동민을 옆으로 누였다. 동민을 옆으로 누인 상태에서 바지를 내렸다. 동민도 어떻게 오줌을 싸라는 것인지 알아챘는지 몸을 옆으로 기울여 오줌을 쌌다. 얼마나 오래 참았는지 오줌 줄기가 갈대를 강타하는 소리가 제법 크게 들렸는데, 하늘에서 비가 쏟아지는 소리 같다. 당황스러웠다. 얼른 손을 뻗어 오줌이 갈대줄기를 강타하기 전에 손바닥으로 소음을 줄였다. 뜨뜻한 동민의 오줌이 덕수의 손을 때리며 쏟아졌다. 오줌을 다 싼 뒤 동민은 몸을 옆으로 돌리고 누워서 잠을 청하듯 시간을 보냈다. 마른 풀냄새가 코를 자극했고, 이대로 이 풀숲에서 잠들었으면 하는 생각을 했다.

"아버지…."

동호가 부르는 소리에 덕수는 눈을 떴다. 피곤했던 모양이다. 하기야 하루종일 돌 깨는 일을 하고 아이들을 구하러 마을로 뛰어내려와 긴장 속에서 몇 시간을 보냈으니 피곤할 만도 했다. 깜박 잠이 들었던 모양이다. 눈을 떠보니 어느새 사위는 컴컴해져 있다. 이제 움직여도 될 것 같다.

"조용히 일어나자."

덕수는 동민을 안고 몸을 일으켰다. 가을바람에 갈대가 사각사각 몸을 비비며 하늘거렸다. 동정을 살피며 길 쪽으로 나왔다. 수상한 움직임도 없고, 인적도 느껴지지 않는다. 일단 동굴로 가는 길을 우회하기로 했다. 뒤를 밟힐지 모르기 때문이다. 가급적 길이 아닌 길을 선택했다. 예전엔 길이었지만 사람들이 사용하지 않아 낡아버린 길, 길의 형태를 잃어가는 길을 따라 조심스럽게 산으로 향했다. 동쪽에서 상현달이 얼굴을 내밀었고, 별들이 하나둘씩 총총 빛나기 시작했다. 그저 가만히 바라보고 있으면 아름다운 풍경이리라. 지금은 저 별과 달을 즐길 여유가 없다.

다행이 덕수 집 앞을 지키다가 덕수 일행을 쫓았던 그 국방군의 흔적은 더 이상 보이지 않았다. 거친 산길을 올라오느라 시간이 걸리기는 했지만, 무사히 아이들을 구한 게 천만다행이다. 만약 그 국방군에게 붙잡혔다면 덕수는 물론 아이들도 살아남지 못했으리라.

동굴 입구에 이르자, 살았다는 생각에 휴우 한숨을 길게 내쉬었다. 저 동굴이 덕수를 모든 위험에서 지켜주고 보호해줄 것이라는 믿음 때문이리라. 덕수 뿐만 아니라 아이들도 덕수와 같은 마음을 가지는 건 당연한 이야기.

"아버지, 잘못 했어요…."

동호가 동굴로 들어가기 전에 입을 열었다.

"다시는 그러면 안 된다. 오늘 영금을 치렀으니까, 알겠지?"

동호가 반성의 표시로 고개를 푹 숙였다.

"괜찮아. 이젠 됐어. 무사했으니까. 자, 어서 들어가자."

덕수는 더 이상 동호를 탓하지 않았다. 이왕 벌어진 일을 더 따져봐야 소용없는 일이다. 앞으로가 문제 아니겠는가. 동굴은 덕수와 아이들을 포근하게 맞아주었다.

덕수가 아이들을 데려오자 정순이 마음 놓인다는 얼굴로 환하게 웃으며 동민을 덕수로부터 받아 안았다.

"별일 없었어요? 아이들이 무사히 돌아와서 다행이에요."

동호는 얼굴을 들지 못한다.

"연이랑 팽이는 어디에 있어?"

동숙이 동호의 빈손을 보며 물었다. 꼴 좋다는 표정으로. 동호는 그때서야 두 손바닥을 펴 이리저리 번갈아 봤다. 도대체 내가 무슨 짓을 하고 왔는지 모르겠다는 허망한 표정이다. 위험을 무릅쓰고 갔다 온 꼴이 영 말씀이 아니다. 상황이 너무 급박하지 않았는가. 그런 위급 상황에서 팽이와 연까지 챙길 정신이 있겠는가. 잡히거나 들키지 않고 도망 온 것만도 어디인가.

동호가 동숙에게 인상을 쓰며 주먹을 보였다. 죽을 고생을 다 하고 온 오빠를 놀리다니. 동숙은 급박했던 그 상황을 모르니까 저렇게 한가하게 놀리는 거다. 동숙도 동호와 같이 있었다면 저런 표정으로 놀리지는 못하리라. 아마 오줌을 지렸을 걸. 어쨌든 동숙이 얼마나 말렸던가. 동굴에서 나가지 말라고. 이번에 단단히 영금을 보고 말았다.

"어서 저녁 먹어요. 애들아, 어서 밥 먹어라."

정순은 서둘러 저녁상을 준비했다.

"왜놈 순경이 우리 집을 감시하고 있던가요?"

어두운 표정을 풀지 않고 밥을 먹고 있는 덕수에게 정순이 물었다.

"아니었어.…."

"그럼, 아무… 일 없었겠네요."

왜놈 순경이 안 지켰다면 아무 일 없을 텐데, 왜 저렇게 다들 반달 곰과 데이트라도 한 얼굴들을 하고 돌아왔을까. 정순은 궁금했다.

"그런데 왜 이렇게 늦었어요? 동호 아버지 표정도 그렇고, 애들 표정도 안 좋고요. 뭐 다른 일이 있었어요?"

덕수는 마을 집에 내려가 당한 일을 어떻게 설명해야 할지 잠시 난감했다. 처음, 덕수 가족이 이 동굴로 도망쳐 들어올 때, 누군가 덕수 가족을 감시하는 것을 알아챘다. 옷차림이 왜놈 형사와 비슷해서 덕수도 정순도 그자들이 왜놈 순사가 분명하고, 그놈들이 덕수 가족을 쫓고 있다고 판단했다. 상황으로 봐서 그때 그렇게 단정한 것은 잘못된 것은 아니었다. 덕수는 이 금광에 금을 몰래 캐러 들어왔고, 덕수가 캐는 금을 왜놈 형사 놈이 노리고 있다는 사실은 확실했기 때문이다.

그런데 오늘은 국방군이 덕수의 집을 감시하고 있었다. 왜놈 형사와 국방군이라니. 전혀 맞지 않는 조합이다. 국방군이 있는데 어떻게 왜놈 형사가 있단 말인가. 왜놈 형사가 실재하는 상황에서 국방군은 존재할 수 없다. 그렇다면 국방군이 실재하는 상황에서 왜놈 형사는 존재할 수 있는가? 아니다. 존재할 수 없다. 어떻게 국방군이 있는데 왜놈이 돌아다닐 수 있단 말인가. 그것도 일본 순사 놈이. 국방군이 있다는 것은 이미 나라가 해방되었다는 것이다. 왜놈이 발붙일 까닭이 없다. 군대가 있는 나라에 왜놈이라니. 그렇다면 오늘 본 그 국방군이 실재이고, 왜놈 형사는 가짜였단 말인가. 아니다. 가짜가 아니라 실재하지 않았는데 착각한 것인가. 아니다. 국방군이 있다 해서 왜놈이 반드시 없다고 볼 수 없지 않는가. 있을 수도 있지 않는가. 넓은 땅덩어리에 아직까지 남아 있는 일본 놈이 있을 수 있지 않는가. 아니다. 아니다. 너무 방만하게 추리한다. 일본 놈은 아니다. 왜놈 형사의 감시를 받았던 것도 아니다. 일본 놈은 제외해야 한다. 그렇다면 지금까지 나와 우리 가족은 국방군이나 순경의 감시를 받고 있었단 말인가?

"지금까지 왜놈 순사가 우리를 감시한 게 아니었어. 우리가 착각한 거야. 다른 자들이 우리를 감시하고 있었어."

"다른… 자라니요?"

동호와 동민은 조심스럽게 정순의 눈치를 보면서 밥을 먹었다.

"국방군이었어."

"국방군요?"

정순이 눈을 동그랗게 뜨면서 덕수와 동호 동민을 번갈아 봤다. 동호가 고개를 끄덕였다.

"국방군이라면……."

정순도 덕수처럼 혼란스러운 모양이다. 왜놈에게 감시받던 때가 바로 엊그제인데 오늘은 국방군이 집을 감시하고 있다니. 이게 말이 되는 것인가. 당연히 말이 될 리 없다. 국방군이 있다면 왜놈이 있어서는 안 되는 것이다.

"그렇다면 우리가, 처음에 우리를 감시한 사람을 왜놈이라고 착각했단 말인가요?"

정순은 말을 꺼내면서도 꼭 덕수에게 답을 구하려는 것은 아니다.

"그러게 말이야. 도대체 알 수가 없군……."

덕수는 한동안 생각을 정리하는지 조용히 숟가락질만 했다. 정순도, 덕수가 생각을 정리할 수 있도록 조용히 밥만 입에 떠넣었다.

"아버지."

잠시 숟가락이 밥그릇을 긁는 소리만 들리다가, 동호가 덕수를 불렀다. 덕수는 말없이 밥을 씹으면서 동호를 바라봤다.

"우리가 직접 얼굴을 본 사람은 국방군 밖에 없잖아요. 왜놈은 직접 본 게 아니고요."

덕수는 아무 말 없이 동호를 쳐다봤다. 그래서 어쨌다는 거냐는 표정으로.

"왜놈은 우리가 왜놈 얼굴을 못 봤으면서도 그냥 그렇게 추측한 것이잖아요. 입은 옷이 일본 형사 같이 생겼으니까 일본 형사라고 단정한 것이잖아요. 여기 우리나라 사람이라고 해서 왜놈 형사처럼 입고 다니지 말라는 법도 없고요. 도리무치는 어른들 중에 쓰고 다니는 어른도 많잖아요."

정순이 덕수를 쳐다봤고, 덕수도 정순을 쳐다봤다. 동호는 일리 있는 말을 하고 있다. 덕수는 동호를 보고 고개를 끄덕였다.

"그래, 동호야. 네 말이 맞을 수도 있겠다. 우리가 착각할 수도 있지. 아니, 아버지가 착각할 수도 있지."

"그래, 맞아. 아버지가 착각할 수 있어. 아버지는 그놈들에게 고초를 많이 겪었고, 그놈들에게 늘 감시를 당해왔으니까."

순간, 동호가 좋은 생각이 떠올랐다는 듯 느닷없이 얼굴에 밝은 미소를 올리며 말했다.

"왜놈이 우리 가족을 감시하고 있지 않다면…, 우리한테서 황금을 빼앗아갈 사람은 없다는 것이네요?"

정순이 제법 기특한 말을 다 한다는 표정으로 동호를 쳐다보며 빙그레 웃었다. 덕수도 허, 하고 헛웃음을 웃었다. 밥을 먹으면서도 오늘 겪은 일 때문에 머리가 복잡했는데, 동호의 말에 잠시 긴장이 풀렸다. 동호의 말이 그냥 장난으로 한 말은 아닐 터였다. 동호 말처럼 이제부터는 왜놈들이 덕수에게서 금을 빼앗아갈 염려는 하지 않아도 되는 것 아니겠는가. 한 시름 놓은 것인가.

'꼭 황금을 찾아야 한다. 그 황금을 찾아오면 네가 하고 싶은 대로할 수 있다. 꼭 황금을 가져와야 한다.'

문득, 덕수가 금광석을 캘 때 덕수도 모르게 귓가에 들려왔던 누군가의 목소리가 생각났다. 대체 누가 덕수에게 이런 말을 했을까. 왜놈 순사가 아니면 누굴까. 갑자기 혼란스러워지려 했다. 덕수는 머리를 좌우로 흔들어 생각을 털어버렸다. 아직 산적한 문제들이 남아 있지 않는가. 어쨌든 일본 순사에게서는 놓여난 것은 맞는 것 같다.

왜놈 순사 문제는 풀렸지만, 다른 문제가 주어졌다. 오늘 실체를 확인하지 않았는가. 바로 국방군의 실체를. 국방군이 덕수 가족을 감시하고 있다는 사실을 너무도 분명하게 인식하지 않았는가. 동호가 던진 위트로 잠시 느슨해졌던 덕수의 긴장이 다시 짱짱해졌다. 덕수는 정순과 아이들이 걱정할까봐 더는 말하지 않았다. 말하지 않는다고 분명한 사실이 없어지는 건 아니다. 덕수 가족을 국방군이 감시하고 있다는 사실은 이제 너무도 확실했다.

"국방군이라면…, 그때 아버지를 데려갔던……."

가만히 이야기를 듣고 있던 동숙이 슬며시 덕수와 정순의 눈치를 보면서 말을 꺼냈다. 덕수가 말하지 않는다 해서, 가족들이 위험을 못 느끼겠는가. 가족들도 이미 덕수가 느끼는 두려움을 감지하고 있는 것이다. 그걸 동숙이 먼저 터뜨렸을 뿐.

"국방군은 아니야. 순경 아저씨였지."

동호가 얼른 아는 체를 했다. 그러면서 덕수 눈치를 보는지 힐끗 쳐다보고 고개를 숙였다. 아마도 동호 자신이 순경에게 집을 알려줘 아버지 덕수가 잡혀갔다고 자책하는 것일 게다.

"어쨌든, 지금 국방군이 우리 가족을 감시하고 있다는 거야."

덕수도 어쩔 수 없이 이야기에 끼어들어 본격적으로 문제를 제기했다.

"그럼…, 국방군이 그때 동호 아버지 잡아갔을 때처럼 잡아가서 총으로 쏴서 죽인단 말이에요?"

정순이 눈을 크게 뜨면서 겁이 실린 표정으로 말했다.

"무슨 소리를!"

덕수가 굳은 표정으로 정순을 쳐다보며 정순의 괜한 말을 막아섰다. 정순이 아이들 앞에서 이상한 소리를 하고 있다. 아이들에게 겁을 주고 있지 않는가. 정순도 순간 쓸데없는 소리를 했다고 생각했는지, 얼른 손바닥으로 입을 가리며 무안한 표정을 지었다.

"하여튼 지난 번 보다도 더 위험하다는 거야. 왜놈들이 우리를 감시한다고 생각했던 때보다도 훨씬……."

"일본 순사는 우리한테서 금만 빼앗으려는 목적이지만, 지금 국방군은 우리를 죽인……."

동숙이 잔뜩 겁먹은 표정으로 조심스럽게 결론짓는 말을 맺지 못하고 얼버무렸다. 동숙의 말에 덕수는 아무 말도 할 수 없다.

"그래서 더욱 조심해야 한다는 거야. 아버지 허락 없이는 절대 동굴 밖으로 나가면 안 된다. 알았지?"

"아앙!"

동민이 울음을 터뜨렸다. 내내 가족들 말을 듣고 있다가 국방군이 가족을 죽인다는 말에 공포가 극에 달해 울음이 폭발한 것이다.

"나는 죽기 싫어! 죽기 싫어요! 어엉 어엉!"

정순이 얼른 동민을 끌어다 품에 안았다.

"괜찮아…. 괜찮아…. 안 죽어… 안 죽어…. 누가 죽인다고 그래."

정순이 동민을 무릎 위에 올려놓고 어르며 달랬다. 동민의 울음에 동호와 동숙도 곧 울 것처럼 표정이 일그러졌다. 두려움을 꾹 눌러 참고 있었는데 동민이 울어버리자 약한 마음을 더 이상 숨기지 못하는 모양이다. 덕수는 난감했다.

혼란에 빠진 가족들을 보면서 덕수도 중심을 잡는 게 쉽지 않다. 자신 또한 두려움을 숨길 수 없으니까. 죽음의 문턱까지 갔다 온 덕수 아닌가. 아니, 명계의 문턱을 넘어섰다가 구사일생으로 살아 돌아온 사람 아닌가. 지금도 왼쪽 어깨가 결리는 것은 그때 총을 맞아 난 상처 후유증 아니던가. 그 생각 때문인가. 갑자기 어깨가 살살 아렸다.

그렇다고 덕수마저 나도 무섭다고, 나도 두렵고 겁이 난다고 할 수 없지 않는가. 덕수는 가족의 가장이다. 가족을 지켜내야 할 책임이 있는 가장이다. 정순과 아이들을 지켜주겠다고 굳게 약속하지 않았던가. 어떤 일이 있어도, 설사 죽음이 닥쳐온다 해도 결코 가족의 안위만은 양보할 수 없다는 그런 각오를 덕수는 갖고 있지 않는가. 가족을 데리고 이 동굴에 들어온 이유는 다들 살기 위해서, 죽음에서 벗어나기 위해서 들어온 것 아니겠는가. 덕수는 가족을 지켜야 한다. 꼭 지켜야 한다. 어떠한 일이 있어도 반드시 가족만은 지켜야 한다.

덕수는 벌떡 일어났다. 정순과 아이들이 일제히 덕수를 쳐다봤다. 덕수는 남포등을 들고 거처에서 십여 미터 떨어진 구석으로 갔다. 가족들은 아무 말 없이 덕수의 행동을 지켜봤다. 덕수는 남포등을 바닥에 놓고 구석에서 뭔가를 찾았다. 덕수는 찾을 것을 찾아냈는지 얼굴에 희미한 미소마저 띠었다. 찾은 것을 들고 가족들이 있는 곳으로 걸어왔다. 한손에는 남포등을 들고 다른 손에는 무엇인가를 들고. 어쩐지 걸어오는 걸음이 어깨도 펴고 당당해 보인다.

"그게 뭐예요?"

정순이 덕수가 한 손에 든 것을 보고 물었다. 얼른 짐작이 안 가는 것인가. 기다란 몽둥이 같이 생긴 것이다.

"이것만 있으면 아무 문제없어. 이것만 있으면 지킬 수 있어."

덕수가 들고 있던 것을 남포등 앞으로 들어보였다.

총이다. 소총이다. 그것도 최신식 카빈 소총이다. 덕수는 언제 어떻게 이 총을 얻었을까. 왜 이 총을 갖고 있을까. 덕수는 카빈총을 가족들 앞에서 높이 쳐들어보였다.

"걱정하지 마! 진작부터 이런 날이 올 줄 알고 이걸 갖고 있었지. 이것만 있으면 어떤 자들이 우리를 잡으러 와도 걱정 없어. 이것으로 다 없애버릴 테니까!"

덕수는 결사의 항전에 임하는 병사처럼 굳은 표정으로 말했다. 총을 본 정순과 아이들 표정이 이상하다. 잔뜩 겁에 질린 얼굴들이 순식간에 급속 냉동된 듯 얼어버렸다.

"헉!"

급기야 정순이 기겁을 했다. 정순뿐만 아니다. 동호, 동숙, 동민도 입을 떡 벌리고 얼음이 되어버렸다. 포수 앞에 선 토끼처럼 황소 눈을 뜨고 덕수가 든 총을 바라봤다. 덕수가 든 총이 산길을 가다 만난 늑대라도 된단 말인가. 밤길에 만난 귀신이라도 된단 말인가. 정순은 외마디 비명을 지른 뒤 더 말을 못하고는 그저 입술만 벌벌 떨었다.

덕수는 정순과 아이들이 왜 이러는지 이해할 수 없다.

"걱정하지 마. 조심스럽게 다루면 되니까."

덕수는 소총을 왼손 오른손으로 자연스럽게 바꿔 잡으며 능숙한 동작으로 총을 다뤘다. 총 다루는 솜씨가 전쟁터에서 닳고 닳은 노병만큼이나 숙련되어 보였다.

"왜, 왜… 초, 총을 갖고 있어요?"

정순이 역시 두려운 표정을 풀지 못한 채 겨우 입을 열어 물었다.

"내 가족은 내가 지켜야 해. 누가 지켜줄 사람 없다고. 자네는 걱정하지 마러."

덕수는 동문서답을 하면서 결기 가득한 표정으로 소총을 앞에 총했다가, 다시 허공을 향해 총을 겨누는 자세를 취했다.

"동호, 동숙, 동민이도 아무 걱정하지 마라. 이 아버지가 국방군에게서 너희들을 반드시 지켜줄 테니까."

정순과 아이들은 말을 잊은 듯 여전히 굳은 표정으로 덕수를 쳐다봤다. 가족들 표정이 아무래도 이상하다. 총을 두려워하는 것 치고는 너무 겁을 먹고 있다. 덕수도 이쯤해서 가족들이 왜 저렇게 잔뜩 겁먹은 표정들을 하는지 궁금해졌다.

"또 우리를 죽일 거예요?"

목소리가 들렸다. 누구의 목소리더라? 잠시 목소리의 주인공을 더

듬었다.

"또 우리를 그 총으로 죽일 거냐고요?"

누구인지 알아내기 전에 또 목소리가 들려왔다. 역시 누구인지 확실한 감이 오지 않는다. 정순의 목소리인지 동호인지, 동숙인지 아니면 동민인지.

"총으로 죽이다니, 그게 무슨 말이야?"

덕수는 얼른 되물었다. 너무도 당황스런 말을 들었다. 누가 총에 맞아 죽었단 말인가. 방금 우리라고 했다. 우리라면 누구인가. 바로 정순과 동호, 동숙, 동민, 가족들 아닌가. 가족들이 총에 맞아 죽었단 말인가? 나에게 말했다. 그 총으로 죽일 거냐고 했다. 내가 총을 쏴서 가족들이 죽었다는 말인데…. 대체 이게 무슨 말인가. 내가 총을 쏘다니, 누구에게 총을 쏬단 말인가. 가족에게? 그럴 수가 있는가? 어찌 그런 일이 있겠는가. 내 아내와 아이들에게 총을 쏘다니. 내가 목숨 바쳐 지켜야할 내 가족이다. 내 목숨과도 같은 내 사랑하는 가족이다. 그런 가족에게 내가 총을 쏘다니 말도 안 되는 말을 하고 있다.

"총을 쏬잖아요. 우리에게 총을 쏬잖아요!"

"아니야! 아니라고! 그게 무슨 말이야? 내가 총을 쏘긴 누구를 쏬다고 그래?"

덕수는 물에 빠졌다가 지푸라기라도 잡는 심정으로 허우적거리며 말했다.

"또, 그 총으로 우리를 죽이려는 거죠? 그렇지요? 그 총으로 우리를 다시 쏘려고 그러는 거죠?"

도대체 누구인가. 누가 계속 저런 말을 하는가. 우리를 총으로 쏘다니. 지금 현재 나와 같이 있는 내 가족들, 정순과 아이들이 아닌 다른 자인가? 점점 수렁으로 빠지고 있다. 덕수가 허우적거리면 허우적거릴수록 더 깊은 물속으로 점점 빨려들고 있다.

"아니라니까! 아니라고!"

덕수는 소리쳤다. 사실이 아니니까. 덕수는 가족들에게 총을 쏘지 않았으니까. 정순에게도, 동호에게도, 동숙에게도, 동민에게도. 있을 수 없는 일 아닌가. 어떻게 가장이 가족들에게 총을 쏜단 말인가. 가족을 지켜야할 가장이 가족에게 총을 쏘다니. 하늘과 땅이 뒤집어질 일이다.

덕수는 동굴 어느 허공을 향해 겨누던 총구를 서서히 돌렸다. 가늠좌에 오른쪽 눈을 들이대고 총 끝에 있는 가늠쇠를 바라봤다. 그 가늠쇠에 정순의 얼굴과 가슴이 걸쳐졌다. 덕수는 방아쇠에 우측 손 집게손가락을 집어넣었다. 가늠쇠를 조금 아래로 내리자 가늠쇠 위에 정순의 좌측 가슴이 들어왔다. 덕수는 서슴없이 집게손가락을 당겼다. 탕! 총성이 동굴을 무너뜨릴 것처럼 울렸다. 정순이 힘없이 옆으로 픽 쓰러졌다. 덕수는 다시 가늠쇠를 옆으로 옮겼다. 동호가 앉아 있다. 동호의 작은 가슴이 가늠쇠 위에 올라왔다. 덕수는 방아쇠를 당겼다. 탕! 동호가 뒤로 넘어졌다. 덕수는 총을 신속히 옆으로 옮겼다. 동숙이 겁먹은 새끼사슴처럼 눈을 커다랗게 뜨고 이쪽을 바라보고

3

있다. 덕수는 동숙의 작은 가슴을 겨냥했다. 탕! 동숙도 동호처럼 뒤로 벌러덩 넘어졌다. 덕수는 총을 옆으로 옮겼다. 동민이 들어왔다. 동민은 지금 무슨 일이 일어났는지 아무것도 모르겠다는 어리벙벙한 표정으로 이쪽을 바라보고 있다. 덕수는 다시 방아쇠를 당겼다. 탕! 총알이 동민의 이마를 관통했다. 동민도 역시 뒤로 벌러덩 자빠졌다.

"동호 아버지, 괜찮아요?"

정순의 목소리가 귓속을 파고 들어왔다. 덕수는 눈을 떴다.

"어떻게 된 거야?"

덕수는 알 수 없다.

"동호 아버지가 총을 들고 있다가 갑자기 쓰러졌어요. 얼마나 놀랐는지 몰라요. 너무 무리했나 봐요. 괜찮아요?"

덕수는 몸을 일으켰다. 아이들도 걱정스런 표정으로 덕수를 바라보고 있다. 동호가 대접에 든 물을 덕수에게 줬다. 덕수는 대접을 받아 물을 마셨다. 왜 그랬을까. 내가 총으로 가족들을 쏘는 환영을 봤다. 아니, 직접 총으로 가족들 한 사람 한 사람을 쐈다. 너무 놀라운 일이다. 왜 그런 환영이 보였단 말인가.

"자, 더 주무세요."

덕수는 스르르 눈을 감았다.

"이봐, 덕수!"

잠결에 거친 목소리로 누군가 부르는 소리에 덕수는 눈을 떴다. 어둠이 온 동굴 안을 새카맣게 채우고 있을 뿐, 아무도 보이지 않는다. 덕수를 부르는 소리가 심상치 않다. 이 동굴 안에 있는 사람의 목소리가 아니다. 이 동굴 안에 있는 사람이라고 해야 덕수의 가족 말고 또 누가 있는가. 정순과 아이들의 목소리가 아니었다는 것이다. 전혀 다른 투박한 남자의 목소리다.

덕수는 긴장했다. 덕수는 주변을 두리번거리며 총을 찾았다. 이제부터는 총이 필요한 시점이다. 국방군이 덕수의 가족을 찾고 있지 않는가. 왜놈 순사들이야 덕수의 금을 빼앗으려는 목적이지만, 국방군은 덕수와 덕수 가족의 목숨을 빼앗으려는 자들이다. 금이야 빼앗기면 또 캐면 되지만, 목숨은 다시 캐낼 수 있는 게 아니다. 덕수는 소총을 잡고 조심스럽게 일어났다. 역시 정순과 아이들은 곤하게 자고 있다.

덕수는 잠시 두리번거리며 목소리의 행방을 찾다가 일어나 신발을 신었다. 불을 켜지 않았다. 이미 어둠이 눈에 익어 불을 켜지 않아도 어느 정도 시야가 확보되었다. 사주경계 하는 병사처럼 덕수는 소총을 어깨에 견착하고 조심스럽게 주변을 살폈다. 시야가 확보된 거리에서는 인기척을 발견할 수 없다. 덕수는 동굴 안쪽보다는 밖에서 나는 소리가 아닐까 짐작했다. 누군가 이곳에 있다면 밖에서 동굴 안쪽 방향으로 들어올 것이고, 들어오다가 덕수를 발견했을 것이니까.

덕수는 바깥으로 조심스럽게 발걸음을 옮겼다. 총 개머리판을 어깨에 딱 붙이고 가늠좌를 눈 가까이 올린 채. 한 걸음 한 걸음 조심스럽게 옮기면서 박쥐의 귀처럼 귀를 바짝 세웠다. 몇 걸음 옮기면서 살

3

폈지만 목소리를 낼만한 사람은 보이지 않는다. 어제 저녁, 동호 동민을 구하러 밖으로 나갈 때 들었던 것처럼 또 환청을 들은 것인가.

"이봐, 박덕수!"

다시 나무망치로 돌판을 때리는 듯한 투박한 음성이 선명하게 들렸다. 앞이 아니다. 동굴 입구가 아니다. 반대편이다. 덕수의 뒤편에서 들려오는 목소리다. 덕수는 재빨리 뒤로 돌아섰다. 돌아서서 총구를 소리가 나는 방향으로 겨누고 동굴 안쪽으로 걸어 들어갔다. 얼마나 걸어 들어갔을까. 누더기가 다된 옷을 걸친 사내가 비척거리며 서서 덕수를 바라보고 있다. 덕수는 흠칫 놀라며 사내에게 다가갔다. 사내는 비무장이고, 손에 아무것도 들지 않았으며 심하게 부상을 입은 상태다.

"덕수, 왜 나를 쐈지? 왜 나를 쐈냐고?"

몸에 남은 힘을 다 짜내듯 사내가 겨우 말했다. 덕수는 더 가까이 갔다. 총을 겨눌 필요가 없어 총을 내려뜨린 채로.

"또 그 총으로 나를 쏘려고 그러는가?"

덕수는 사내의 얼굴을 보고 놀랐다. 그는 다름 아닌 덕수와 같이 금을 캐던 노씨다. 덕수와 같이 광부를 탄압하던 자들에게 맞서 싸웠던 그 노씨다. 노씨는 덕수와 함께 보도연맹원이었고, 같이 학살 현장으로 끌려갔다. 그는 그곳에서 죽었고, 덕수는 살아났다.

"노형 아니오?"

덕수는 일단 반가웠다. 그러나 그는 죽었다. 덕수는 살아 있다. 반갑기도 하고, 미안하기도 하고, 겁도 났다. 그는 죽은 자였으므로.

"왜 나를 쐈소?"

"내가 노형을 쏘다니? 그게 무슨 말이오? 나도 노형과 함께 붙잡혀 가서 총을 맞지 않았소?"

덕수는 억울했다. 덕수는 노씨를 총으로 쏜 일이 없다. 노씨와 함께 끌려가 같이 총알 세례를 받지 않았던가. 그런데 덕수가 노씨를 총으로 쐈다니.

"아니오. 덕수 당신이 나를 그 총으로 쐈소. 그 총으로 말이오!"

덕수는 당황스러웠다. 노씨는 죽었고 자신은 살았으므로, 살아 있는 자로 미안했다. 그러나 노씨 자신의 죽음을 덕수에게 핑계 대다니. 억울했다.

"아니란 말이오! 난 노형을 쏘지 않았소!"

덕수는 노씨에게 한 발짝 더 바짝 다가갔다. 덕수는 노씨를 쳐다봤다. 어찌된 일인가. 노씨는 사라졌다. 노씨는 어디로 갔는가. 방금까지 덕수 앞에서 흐느적거리며 서 있던 노씨가 보이지 않는다. 어디로 사라진 것일까. 덕수는 두리번거리며 노씨를 불렀다.

"노형! 노형!"

몇 번 노씨를 불렀다. 노씨는 대답이 없다. 사방 어디에서도 아무런 대답이 없다. 덕수는 눈을 번쩍 떴다. 식은땀이 목덜미를 뱀처럼 휘감아 흘러내렸다. 꿈이었나······.

4

폐
광

"자꾸 이상한 꿈을 꾸게 되는군. 왜인지 모르겠어……."

아침을 먹으면서 덕수가 시무룩한 표정으로 말했다. 정순도 아이들도 슬쩍 덕수의 눈치를 보면서 걱정스러운 표정을 지었다. 걱정스런 눈들로 밥을 먹을 뿐 아무도 말은 하지 않는다. 덕수는 어젯밤 꾸었던 꿈 이야기를 꺼내려다 말았다. 가족들 표정을 보자, 덕수의 꿈 이야기를 받아들이기에는 가족들 마음이 너무 피폐해 있을 거라는 생각이 들었기 때문이다. 잠시 덕수와 가족들은 말없이 숟가락질만 했다. 말은 없지만 서로들 같은 생각을 하고 있을 것이다. 덕수가 생각하고 있는 것을. 그런 생각을 먼저 말로 꺼낸 사람은 동숙이다. 동숙이 숟가락을 놓으며 입을 열었다.

"빨리 금을 많이 캐서 이 동굴에서 나가요."

다들 동숙의 말에 토를 달지 않는다. 묵묵히 숟가락질을 하면서 힐끔힐끔 덕수의 눈치를 본다. 정순뿐만 아니라 아이들의 마음을 대신해서 동숙이 한 말이리라. 덕수의 마음도 동숙이 한 말과 매한가지다. 이 동굴에 들어온 뒤로 자꾸 알 수 없는 일이 일어나고 있다. 이해할 수 없는 꿈도 꾼다. 환영도 보고 유령도 나타난다. 덕수도 이해할 수 없는데, 아이들은 오죽하겠는가. 정순도 마찬가지일 것이다. 그러니 빨리 금을 캐서 이 동굴에서 나가는 수밖에 다른 방법이 있겠는가.

"오늘부터는 금광석을 갈아서 금을 얻어야겠어."

덕수가 결심한 듯 말했다. 어둡게 굳어 있던 정순과 아이들 표정이 조금 풀리는 듯 보였다.

"이제 진짜 황금을 볼 수 있는 거예요?"

동민이 기대에 찬 눈으로 덕수를 바라보며 말했다.

"그렇지. 이제 금광석이 아니라, 진짜 금을 얻게 되는 것이지."

"나도 한번 가서 볼래요."

금이 생기는 과정이 신기하고, 그 절차가 어떻게 되는지 동민은 궁금한 것이다. 덕수는 말없이 웃으며 동민의 머리를 쓸어준다.

"금광석에서 금을 얻어내는 과정은 그리 간단하지 않단다. 시간도 걸리고 과정도 까다롭지. 아마, 동민이는 너무 지루할 거야."

"그래도 보고 싶어요."

녀석, 누가 금 캐는 광부의 아들 아니랄까봐. 덕수는 다시 한번 동민의 머리를 쓸어주면서 웃었다.

덕수는 정순과 아이들을 모두 데리고 금광석을 쌓아놓은 곳으로 갔다. 덕수가 정과 망치로 힘들여서 캔 금광석을 잘게 깨는 작업을 정순이 했던 장소다. 오늘은 본격적으로 덕수도 달라붙어 잘게 깬 금광석을 돌절구에 넣고 빻아 금을 추출해볼 작정이다. 아이들을 따로 떼어놓는 바람에 어제 그런 사단이 일어났다. 아이들과 같이 있으면 아이들에게 금을 얻는 과정도 알려주게 되고, 녀석들도 새로운 것에 대한 호기심 때문에 다른 마음을 먹지 않으리라.

덕수는 본격적으로 일을 시작했다. 먼저 작업공간

을 환하게 밝혀줄만한 장소에 남포등을 배치했다. 덕수는 그동안 정순과 동호가 잘게 깨어놓은 금광석을 돌절구에 넣고 돌공이로 빻기 시작했다. 정순과 동호는 원석을 망치로 잘게 깨는 작업을 했고, 동숙과 동민은 동숙이 진행하는 실뜨기 놀이를 하면서 작업하는 과정을 관람했다.

돌절구와 공이는 이 금광이 열리던 초기에 사용하던 작업 도구였다. 더 크고 대규모로 작업할 수 있는 도구들을 들여오면서 작업장 창고 구석에 처박아두었던 것들이다. 금광이 폐쇄되면서 쓸 만한 작업 도구는 모두 반출되거나 유실되었지만, 이런 초보적 구식 작업도구는 창고에 방치되어 있었다. 금광이 문을 닫자 작업 창고 건물도 폐건물이 되었는데, 그 안에서 굴러다니던 것을 덕수가 챙겨둔 것이다. 이런 도구들은 덕수 같은 오랜 경험을 가진 광부들만이 사용할 수 있는 것들이다.

아침나절 절구질을 해서 얻어낸 돌가루는 제법 되었다. 모아진 돌가루를 양동이에 적당량을 담았다. 물을 충분히 붓고 수은을 양동이에 넣었다. 양동이에 든 금광석 돌가루와 수은이 잘 섞이도록 저어줘야 한다. 양동이를 돌과 돌로 잘 괴어 움직이지 않게 고정한 다음, 막대를 이용해 젓기 시작했다. 젓는 작업을 정순에게 맡기고, 동호와 돌아가면서 하게 했다. 그동안 덕수는 캐온 금광석을 잘게 깼고, 깨진 돌을 역시 돌절구에 넣고 빻았다.

그런 작업을 하는 동안 동숙과 동민은 실뜨기에서 공기놀이로 놀이를 바꿨고, 간간히 덕수가 하는 작업을 신기한 표정으로 바라봤다. 점심때가 되어 작업장에서 철수하여 점심을 먹은 뒤에 다시 오전에 했던 작업을 반복했다. 빻은 금광석 가루를 양동이 두 개에 넣고 물과 수은을 섞어 젓는 작업을 계속했다. 3시간 정도 흘렀을까. 덕수는 젓는 작업을 멈추게 하고, 조심스럽게 양동이에서 돌가루 반죽 물을 흘려보냈다.

잠시 후 은색 형태의 새끼손가락 한 마디만한 덩어리가 나왔다.

"이걸 아말감이라고 한다."

모두들 신기한 표정으로 덕수가 들고 있는 덩어리를 바라봤다.

"색깔이 노란색이 아니네요."

기대에 찬 눈으로 바라보던 동숙이 실망했다는 표정으로 말했다.

"여기 바깥을 감싸고 있는 것을 수은이라고 하는 거야. 이제 이 수은을 녹이면 안에 있는 금이 나타나는 것이지."

동숙은 고개를 끄덕였고, 동호와 동민도 정순도 기대에 찬 눈으로 바라봤다.

덕수는 얻어낸 덩어리를 손으로 반죽하듯 비틀고 짓눌러서 단단하게 만들었다. 하루 종일 일한 덕택에 아말감 덩어리 2개를 얻을 수 있었다. 덕수는 얻은 아말감 덩어리를 소중하게 헝겊으로 싸서 거처로 이동했다. 물론 정순과 아이들도 모두 덕수와 함께 일터에서 퇴근했다.

"이제 어떻게 할 거예요?"

동민이 역시 호기심어린 표정으로 물었다. 얼른 금을 보고 싶은 것이다.

"이걸 불에다가 달구면 겉에서 금을 싸고 있는 수은이 불에 녹고 안에 있는 금만 남게 되지."

동민이 고개를 끄덕였다. 덕수는 돌화덕에서 얻은 숯에 불을 붙여서 돌그릇에 담고, 그 안에 아말감 덩어리를 넣은 뒤 입으로 바람을 불어넣고 집게로 뒤집어가며 아말감 겉을 싸고 있는 수은을 녹였다. 하얀 수은이 녹으면서 조금씩 노란 금빛이 비쳤다.

"와, 금이다!"

덕수가 작업하는 것을 지켜보던 동민이 손뼉을 치며 좋아했다. 힘든 작업 끝에 얻어낸 금이다. 덕수는 오랫동안 해왔던 일이지만, 이렇게 가족이 함께 와서 작업하는 것은 처음이고, 그 첫 수확물을 얻은 것이 색다른 성취감을 느끼게 했다. 이 금은 덕수 혼자 캐낸 것이 아니라 가족 모두가 힘을 합해 얻어낸 성과물이다.

수은을 전부 제거한 뒤 얻은 금을 물에 넣어 온도를 낮췄다. 드디어 손가락 한마디 반 크기의 금이 손바닥에 올려졌다. 다들 신기한 표정으로 금을 만져봤다.

"아버지가 그렇게 며칠 동안 땀을 흘려서 얻은 게 겨우 이거야?"

동민이 조금 실망했는지 탐탁지 않은 표정을 지었다.

"이 정도면 꽤 많은 돈을 벌 수 있어."

실망하는 동민의 뒷머리를 쓸어주며 덕수가 말했다.

"아버지가 내일 장에 갈 건데, 갖고 싶은 거 있으면 말해. 이 금이면 네가 원하는 것 정도는 사올 수 있을 거야."

"야, 신난다!"

천진난만하기 짝이 없는 동민이 폴짝 폴짝 뛰며 좋아한다. 덕수 얼굴에서 저절로 웃음꽃이 핀다. 저 녀석에게 오늘 같이 환한 웃음만 줄 수 있다면. 힘들여 얻은 금이 동민에게 기쁨을 주다니, 덕수도 땀 흘린 대가를 얻는 것 같아 마음 뿌듯하다.

다음날 아침, 덕수는 동굴을 나왔다. 덕수는 안주머니를 조심스럽게 어루만져 주머니에 들어 있는 게 잘 들어 있는지 확인했다. 가족과 동굴에 들어와 처음 얻은 금이 주머니에 들어 있다. 조끼 단추만한 크기의 금덩이 세 개지만 그 무엇보다 소중하다. 그동안의 땀과 수고 아니겠는가. 다른 날과 달리 마음이 한결 가볍다. 가족과 첫 수확한 금으로 쌀도 사고 필요한 생필품을 살 수 있게 되었다는 뿌듯함 때문이리라. 정순과 아이들이 동굴 입구 근처까지 나와 배웅해줬다. 가족들에게 절대 동굴 밖으로 나오지 말라는 신신당부의 말도 잊지 않았다.

제법 가을바람이 서늘했다. 조금 있으면 겨울 준비도 해야 할 것이다. 다음번 장에 나갈 때는 두툼한 옷도 사야 할 것이고, 나무도 많이 해야 할 것이다. 저 아래 구절초 꽃밭이 눈에 들어온다. 그 옆으로 갈대 꽃이 핀 갈대 군락도 보인다. 덕수는 급히 정신을 가다듬는다. 한가로이 가을 정취에 빠져 있을 때가 아니다. 긴장의 끈을 놓으면 안 된다. 얼른 동굴 근처를 벗어나야 한다. 혹시 어떤 자가 덕수를 감시하고 있을지 모르지 않는가. 사람들 눈에 띄는 날에는 거북한 일이 생길지 모르지 않는가. 덕수는 주위를 조심스럽게 경계하면서 속도를 내 걸었다.

한참 땅만 보고 잰걸음을 걷다가 고개를 들어 산 아래를 봤다. 사람들이 보였다. 산길에서 독사를 만난 것처럼 당황스럽다. 조금 전까지만 해도 사람은 보이지 않았는데 웬일이지? 어디에서 나타난 사람들일까. 사람들은 두서너 명이 아니다. 한 무리는 되어 보였다. 전부 흰옷을 입는 사람들이다. 광목옷을 걸친 사람들. 덕수는 머리를 흔들어 정신을 차리려 했다. 그리고 재빨리 몸을 낮췄다. 사람들이라니. 도대체 어떻게 된 일인가. 동굴을 나올 때는 사람들은 보이지 않았는데 말이다.

덕수는 조심스럽게 머리를 들어 아래를 살폈다. 사람들이 분명했다. 흰옷을 입은 사람들. 덕수는 다시 고개를 숙였다. 아뿔싸. 대체 어떻게 된 일인가. 동굴로 가족을 데리고 올라온 이후 덕수는 저렇게 많은 사람들을 보지 못했다. 나무를 하러 나왔을 때도, 동호 동민을 구하러 마을에 내려갔을 때도. 국방군 한 사람을 본 것 말고는 마을 사람 단 한 명도 본 일이 없다. 그런데 갑자기 저 많은 사람들이 나타나다니. 불가사의한 일이 아닐 수 없다.

덕수는 한동안 풀숲에 엎드렸다. 잠시 뒤 조심스럽게 몸을 일으켰다. 일단 사태를 파악한 뒤에 도망가든 말든 결정해야 한다. 다시 고개를 들고 아래를 조심스럽게 살폈다. 덕수의 모습을 사람들에게 들키는 건 좋은 일이 아니다. 최대한 고개를 숙이고 아래를 살폈다. 역시 사람들이다. 흰옷을 입은 사람들. 그런데 이상했다. 사람들이 움직이지 않는다. 한 자리에 고정시킨 허수아비처럼 사람들은 그 자리에서 움직이지 않는다. 게다가 그들은 전부 누워 있다. 누워 있는 자세는 제각각이다. 반드시 누워 있는 사람, 엎드려 있는 사람, 옆으로 누워 있는 사람, 고꾸라진 사람, 반쯤 고개를 처박고 엎드린 사람……. 그들은 모두 죽은 사람들이다. 그들은 모두 죽은 시체다. 머리털이 몽땅 곤두섰다. 누군가 덕수의 등골 어느 지점을 단단한 얼음으로 천천히 마사지 하는 느낌이다. 도대체 저 사람들은 어디에서 나타난 것이며 왜 다들 죽어 있을까. 한동안 정신이 나간 듯 그 모습을 지켜봤다.

뭔가 잘못된 것이다. 저 앞에 보이는 것이 잘못되었든지 아니면 덕수의 눈이 잘못 되었든지. 분명한 것은 잘못된 환영을 보고 있다는 점이다. 저건 실재가 아니다. 환영이다. 정신을 차려야 해! 덕수는 대가리가 떨어져 나가도록 머리를 좌우로 흔들었다. 정신을 차려야 한다. 그때였다. 사체더미에서 일어서는 이가 있다. 덕수를 본 것인가. 덕수를 향해 손을 흔들었다. 그 손짓은 도움을 청하는 것이다. 덕수를 향해. 순간 목소리가 들려왔다.

"나를 좀 살려주시오…. 살려주시오…."

분명 덕수에게 하는 말이다.

"당신만 살아서 가면 어쩌란 말이오. 나도 같이 살게 해주시오…."

덕수는 온몸이 얼어버렸다. 꼼짝할 수 없다. 덕수의 눈에 다시 흰옷을 입은 시체들의 모습이 들어왔다. 그들이 입은 흰옷에 붉은 피가 묻어 있다. 붉은 피. 덕수가 봤던 피. 계곡물을 붉게 물들이던 피.

불현 듯 보도연맹원 학살이 생각났다. 저 앞에 죽은 자들이 그날 총

4

을 맞고 죽은 자들과 오버랩 되었다. 덕수와 트럭을 타고 갔던 자들도 다 저렇게 죽었다. 총을 맞고 계곡 아래로 굴러 떨어지고 엎어지고 넘어지고 처박혀 죽었다. 정신을 차려야 한다. 정신 차리지 않으면 저 죽은 자들에게 혼을 빼앗겨 버릴지 모른다. 덕수는 몸을 일으켰다. 덕수는 달렸다. 달려갔다. 힘껏 두발을 놀려 달려갔다. 얼른 저들로부터 멀어져야 한다.

"이보시오! 나 좀 살려주시오! 살려주시오!"

목소리가 덕수의 등짝을 후려치며 뒷덜미를 움켜잡으려 안간힘을 썼다. 귓속으로 소리가 파고들었다. 수많은 자들의 소리다. 온통 귓속으로 아비규환 속 사람들의 울부짖음이 가득 밀려왔다. 덕수는 두 손으로 귀를 꽉 틀어막았다.

읍내로 가려면 구절초 밭으로 내려가야 한다. 덕수는 아비규환의 환영과 아우성을 피해 뛰었다. 달리다보니 산 정상으로 오르는 형국이 되었다. 숨이 턱까지 차올랐다. 덕수는 쉬지 않고 산으로 올라갔다. 무섭고 두려웠다. 저들의 형상이, 저들의 음성이. 얼마쯤 올랐을까. 이제 흰옷 입은 시신들로부터 한참 멀어졌다는 판단이 섰다. 덕수는 저도 모르게 고개를 돌렸다. 호기심 때문에 본능적으로 고개가 아래로 향하고 말았다.

덕수 눈에 아까 봤던 그 흰옷의 시신들이 들어왔다. 그런데 그건 흰옷을 입고 총에 맞아 죽은 시신들의 무리가 아니다. 조금 전 동굴에서 나와 처음 대면했던 가을의 정취를 무르익게 했던 그 구절초 무리와 갈대꽃이다. 수많은 구절초 꽃들과 갈대꽃 무리가 하늘 높이 흰 꽃을 세우고 가을바람에 몸을 맡긴 채 한들거렸다. 덕수는 눈을 의심하면서 다시 아래를 살폈다. 역시 그것들은 틀림없는 구절초 꽃들이다. 그리고 갈대꽃 무리다. 잘못 본 것이다. 덕수가 착각한 것이다. 구절초 꽃을, 갈대꽃을 흰옷 입은 사람들로. 흰옷 입고 총을 맞아 죽은 사람들로. 맥이 빠졌고 허탈했다.

덕수는 땀을 흘리며 도망하듯 뛰어올라왔던 길을 다시 힘없이 천천히 내려갔다. 동굴에서만 살아서 그런 헛것이 보이는 것인가. 덕수는 마음을 가라앉히고 평정을 찾으려고 애썼다.

터덜터덜 산길을 내려오면서 덕수는 쓴웃음을 지었다. 괜한 헛것에 마음을 빼앗겼다는 허탈한 생각 때문일까. 마음을 굳고 단단하게 먹어야 한다. 덕수는 심호흡을 했다. 헛것에 현혹되지 말아야 한다. 덕수는 땀을 식히면서 긴장을 풀고 올라왔던 길을 천천히 내려갔다. 마음을 내려놓고 내려가면서도 문득 다시 너무 긴장을 풀어서는 안 된다는 생각에 마음의 고삐를 잡아챘다. 헛것을 봐왔지만 정말 실재하는 것을 볼지도 모르는 일이다.

덕수는 긴장의 끈을 다잡으며 산을 내려갔다. 구절초 군락지를 지나 조금 더 내려갔을 때였다. 저 앞에 군인 복장을 한 사람이 산을 올라오는 게 보였다. 덕수는 눈을 질끈 감았다가 떴다. 잘못 봐서는 안 된다. 환영에 취해 헛것의 꼬임에 빠져서는 안 된다. 덕수는 눈을 몇

4

번이고 감았다 뜨면서 저 앞에서 걸어 올라오는 자를 유심히 봤다. 저 자도, 아까 구절초와 갈대를 흰옷 입은 사람으로 착각했던 것처럼, 환영에 지나지 않은 걸까?

조심해야 한다. 자라보고 놀란 가슴 솥뚜껑보고 놀란다고 했지만, 저 올라오는 자가 자라인지 솥뚜껑인지 아직 알 수 없다. 아무 생각없이 환영이라 매조지 하고 덤벼들었다가는 하나 밖에 없는 목숨이 날아갈 수 있다. 덕수 목숨만 날아가는 것인가. 덕수가 없으면 가족은 모두 같은 운명에 처해진다. 덕수가 이곳에 온 목적과 동굴에 들어와 살게 된 이유는 무엇인가. 바로 가족 아니겠는가. 가족을 위해서, 가족을 지키기 위해서 이런 고난을 겪고 있지 않는가. 목숨을 가벼이 할수는 없다. 신중해야 한다.

덕수는 조심스럽게 풀숲에 몸을 낮추고 올라오는 자의 동태를 살폈다. 올라오는 자와 거리는 멀었지만 분명하게 느껴지는 것이 있다. 허깨비에서 느껴지는 뭔가 비어 있는 게 아니라 확실하게 채워져 있는 살아 있는 사람에게서 느껴지는 그런 게 와 닿았다. 멀었지만 산을 올라오는 그가 내뱉는 거친 숨소리가 들렸다. 간간히 큰 숨을 들이마시는 소리도 들렸다. 작은 자갈이 신발에 밟히는 소리도 들렸다. 분명 헛것이 아니다. 살아 있는 사람이다. 며칠 전 동호 동민을 구하러 집에 내려갔다가 봤던 국방군처럼 틀림없는 살아 있는 사람이다.

산으로 거침없이 올라오는 자의 복장이 특이하다. 평상복이 아닌 군복인데, 그 색깔이 국방군이 입는 군복과 다르다. 왜놈 순사도, 왜놈 군인의 제복도 아니다. 그렇다고 국방군의 옷도 아니다. 색이 누리 끼리하다. 노란색 계통의 군복을 입고 있다. 노란색 계통의 군복에 소총을 들고 있는데, 총은 덕수도 알고 있다. 모신나강 소총이다. 모신나강 소총? 왜놈 38식 소총과 비슷한 장총이다. 덕수는 어떻게 저 모신나강 소총을 기억하는 것인가. 언제 어디에서 저 총을 봤으며, 어떻게 알았을까.

'조선인민군?'

그 이미지가 덕수의 뇌리에 퍼뜩 스쳐갔다. 조선인민군! 그렇다. 산으로 올라오는 저 군인은 분명 조선인민군이다. 조선인민군 복장이다. 인민군이 왜 이곳에 있을까. 조선인민군이 왜 이곳으로 올라오는 것일까.

인민군이라니…. 덕수는 잠시 생각이 스톱된다. 머리가 제 할 일 못하겠다 만세를 불렀다. 도대체 어찌된 일인가. 인민군이 여기에 나타나다니. 불과 며칠 전에 국방군을 직접 목격하였다. 그것도 전투를 치루는 그런 복장이었다. 그 국방군은 수통을 찼고, 덕수의 눈에 익은 소총을 들고 있었다. 국방군을 본 게 엊그제인데, 오늘은 인민군을 보다니. 당연히 잘 돌아가던 머리에 부하가 걸리지 않겠는가.

어떻게 국방군과 인민군이 공존할 수 있는가. 이 작은 마을에 국방군과 인민군이 공존하다니. 이 작은 마을에서 국방군과 인민군이 전투를 치루고 있단 말인가. 싸우고 있단 말인가? 총소리도 내지 않고, 폿소리도 없이, 수류탄이나 폭탄 터지는 소리도 없이? 그냥 맨손 맨발

폐 광

로 육박전을 치루는 건가? 아니다. 전투를 치루지 않는 것이다. 아무런 소음도 없이 전투를 치른다는 것은 있을 수 없는 일이다. 전투는 없다. 그러면 왜, 국방군과 인민군이 공존하는 것인가. 납득이 안 된다.

아니다. 아니다. 다시 생각해보자. 지금 내가 살고 있는 무대는 어디인가. 살고 있는 시간이 아니라 장소 말이다. 가을바람이 선선히 불고 있는 저 맑은 하늘과 누렇게 색이 변하는 풀잎들과 간간히 보이는 산딸기와 으름, 머루, 다래, 그리고 보리수 열매. 고즈넉한 초가지붕을 이고 있는 꼬막껍데기 같은 오두막집들. 눈에 보이는 풍경들이 마치 나와 내 가족을 위해 마련한 거대한 연극 세트인가? 수시로 무대 세트를 시간에 맞게 바꿔가며 나와 내 가족을 주인공으로 하는 연극 무대? 아니다. 무대 세트를 바꿔가는 게 아니라 사람들을 바꿔가는 것인가. 나를 한 자리에 놓고 수시로 사람들이 옷을 바꿔 입고 나타나 나를 혼란에 빠뜨리는 연극이다. 아니면, 내가 살고 있는 시간이 문제인가? 내가 살고 있는 시간은, 시대는 어디인가? 나와 내 가족 모두가 시간 여행을 하고 있는 것일까. 이 시간에서 저 시간으로 점핑하듯 홀쩍홀쩍 뛰어넘는?

머리가 복잡했다. 혼란스러웠다. 그러나 지금, 그 복잡한 머릿속을 낱낱이 풀어헤칠 시간은 없다. 지금 현실을 봐야 한다. 당장 저 앞에 보이는 인민군의 행동을 지켜봐야 한다. 저 인민군은 왜 나타났으며 어디를 가고 있는 것일까.

산 아래로 내려가는 지름길로 인민군이 올라오고 있어서 이대로 내려가면 저 인민군과 딱 마주치고 만다. 딱 마주쳐서, 아이고 하늘이 참 맑습니다, 좋은 날이에요, 인사라도 나누며 엇갈려 각자 제 갈 길을 가면 되는 것인가. 아니다. 만나면 큰일이다. 국방군도 그렇지만 저 인민군도 덕수에게 해가 되었으면 되었지 좋을 게 하나도 없다. 일단 인민군을 피했다가 무슨 목적으로 이 산에 오는지 알아야 한다. 어디로 올라가는지 유심히 관찰해야 한다.

덕수는 일단 숲으로 몸을 숨겼다. 인민군은 지난 번 국방군처럼 조심하면서 여기저기를 탐색하는 몸짓도 없이 목표를 정해놓은 자처럼 거침없이 길을 올라왔다. 산 정상을 정복하려는 등산가처럼 막힘없이 그대로 질주하듯 산을 올라오고 있다. 이 청정한 가을날에 등산이라도 하는 건가.

인민군은 덕수가 숨어 있는 숲을 지나갔다. 그가 올라간 뒤 덕수는 숲속에 숨겼던 몸을 일으켜 기우듬히 인민군의 뒤통수를 쫓았다. 인민군은 어딘가 목표를 정하고, 그 목표를 향해 거침없이 올라가고 있는 게 틀림없다. 아무래도 느낌이 좋지 않다. 그 목표지점이 어디일까. 설마 동굴은 아니겠지…. 아니기를 바라지만 인민군에게서 풍기는 느낌이 아무래도 덕수가 아니기를 바라는 그 지점을 지향하는 것 같아 영 꺼림칙하다. 저자가 정말로 동굴로 가려는 것일까? 나와 내 가족을 잡으러 가는 것은 아닐까? 나와 내 가족을 저 모신나강 총으로 쏴 죽이러 가는 것은 아닐까?

아니다. 희망을 버리지 말자. 저자가 꼭 동굴로 간다고 볼 수는 없지 않는가. 조금만 더 희망을 가져보자. 스스로 마음을 조절했다. 덕수는 저 위로 올라가는 인민군을 조종이라도 하겠다는 듯 뚫어지게 쳐다보면서 주문을 외웠다. 부디 아내와 아이들이 있는 동굴로는 절대 가지 말기를.

덕수가 그렇게 마술을 부려보려고 용을 쓰든 말든, 인민군은 제 갈 길을 바삐 갔다. 그의 발길은 좌고우면하지 않는다. 곧장 동굴로 가고 있다. 덕수가 아무리 부정하고 어떻게 조종해보려 해도 인민군이 지향하는 방향은 동굴이다. 인민군은 산을 오르면서 목표 지점을 확인하듯 동굴 쪽을 수시로 보고 있지 않는가.

냉정하게 생각해야 한다. 아니겠지 하는 괜한 희망을 버려야 한다. 뭔가 대책을 세워야 한다. 이렇게 막연한 희망만 갖고 있다가는 아내와 아이들이 봉변을 당하고 말 것이다. 덕수는 자석에 이끌리듯 인민군이 올라간 산길을 조심스럽게 따라 올라갔다.

예감이나 느낌이란 늘 좋은 쪽은 외면하고, 나쁜 쪽으로 고개를 돌리게 마련인 법. 인민군 병사는 익숙한 길이라는 듯 이쪽저쪽 두리번거리지도 않고 바로 올라갔는데, 그 끝 지점에 덕수가 살고 있는 동굴이 있다. 이제 더 이상 요행을 바랄 건더기가 없다.

덕수는 소변이 마려울 듯이 방광이 부풀어 올랐다. 저자가 동굴로 들어가면 분명 정순과 아이들과 마주칠 텐데. 저자가 동굴에 들어가는 이유는 나와 가족을 생포하기 위함인가? 그 일 밖에 더 있겠는가.

총을 들고 있는 저 모습이 그걸 말해 주고 있지 않는가. 총까지 들고 동굴로 들어가려는 건 좋은 일로 가는 것이 아니라는 것쯤은 삼척동 자도 알아차릴 일이다. 분명 뭔가 사단을 내려는 의도로 저리 총을 갖고 동굴로 들어가려는 것이다. 어떻게 해야 하나.

그나마 덕수가 동굴에서 나오는 바람에 미리 저자의 동태를 알아내 대처할 수 있는 것이 천만다행이긴 하지만, 지금 저 동굴 안에 있는 가족들은 어찌한단 말인가. 내가 중요한 게 아니라 아내와 아이들이 중요하지 않은가. 저대로 인민군이 동굴 안에 들어가도록 놓아두면 분명 아내와 아이들이 위험해진다.

어떡하긴 어떻게 하겠는가. 당연히 정순과 아이들에게 이 사실을 알려서 피하도록 해야지. 아니면 저 인민군을 제거하든지 하면 더 좋지만. 제거한다? 무슨 수로? 총을 든 사내를 무슨 수로 제거한단 말인가. 동굴 안에 최신식 카빈총이 있긴 하지만 지금은 빈손이지 않은가. 정순과 아이들에게 알리는 것보다도 직접 들어가서 얼른 가족을 다른 곳으로 이동시켜야 한다. 저자가 발견하기 전에 내가 먼저 동굴에 들어가서 가족들을 이동시켜야 한다.

덕수는 자신이 나왔던 동굴의 주 입구로 들어가는 건 포기하기로 했다. 왜냐. 인민군이 저 입구를 먼저 선점하고 그곳으로 들어가려 하니까. 다른 입구를 찾아야 한다. 그것도 최단거리로 가족에게 도착할 수 있는 입구로. 최단거리인 다른 입구를 찾아 저 인민군보다 먼저 동굴에 들어가야 한다. 앞서 들어가기만 하면 인민군보다 먼저 가족들에게 도착할 수 있고, 가족들을 피신시킬 수 있다. 동굴에서만큼은 그 누구보다도 덕수가 빠르니까.

덕수는 최단 거리인 다른 입구를 찾기로 했다. 다른 입구를 찾는 것은 누워서 떡먹기다. 동굴은 덕수에게 놀이터나 마찬가지 아닌가. 이 동굴은 덕수가 방금 나온 주 입구 말고도 삼십여 개의 입구가 더 있다. 그 중 가족들 거처와 가장 가까운 입구로 들어가 지름길을 따라 들어가면 저 인민군보다 먼저 가족들에게 닿을 수 있다. 먼저 닿기만 하면 게임은 끝이다. 걱정할 게 없다.

덕수는 서둘렀다. 멧돼지가 되어 힘차게 산길을 박차고 뛰어 올랐다. 설령 저 인민군의 귀에 덕수의 발소리가 들린다 해도 상관없다. 이 산에 꼭 사람만 있는 것은 아니니까. 산짐승은 늘 산재해 있으니까. 몸을 낮추고 우측으로 난 샛길을 택해 산을 더 올라갔다. 주 입구에서 우측으로 약 200여 미터 떨어진 곳에 다른 입구가 있다.

덕수는 동굴 입구로 들어갔다. 오랫동안 사용하지 않고 방치된 입구였다. 입구는 좁았고 들어가는 길이 우둘투둘 바위들이 돌출되어 들어가는 게 불편했다. 몸을 말아가며 조심스럽게 안으로 진입했다. 햇빛에 노출된 눈이라 금방 어둠에 익숙할 수 없다. 더듬거리며 안으로 진입했다. 눈이 어둠에 익숙해질 때까지 조심스럽게 손을 뻗어 길을 찾았다. 예전 기억을 더듬어 앞으로 나아갔다. 눈이 얼른 어둠에 익숙해져야 하는데, 마음만 급할 뿐 쉽게 눈이 밝아지지 않는다.

어쨌든 마음이 급했다. 인민군이 동굴로 들어와 정순과 아이들을 먼저 발견하면 큰일이다. 모든 게 끝이다. 덕수가 먼저 가족에게 닿아야 한다. 거리로만 따지면 주 입구에서나 덕수가 지금 들어온 입구에서나, 가족에게 닿는 거리는 거의 비슷하다. 다행인 것은, 덕수는 길을 알고 있고 가족의 소재를 알고 있다는 것이다. 조금만 서두르면 분명 인민군보다 먼저 가족에게 도달할 것이다.

더 걸음의 속도를 높였다. 돌부리에 걸려 넘어지는 위험을 감수하고라도 한 걸음이라도 더 걸어야 한다. 마음이 급했을까. 덕수는 이제 걷는 걸 던져버리고 뛰기 시작했다. 조급해서 도저히 뛰지 않고서는 안 되겠다. 조금씩 어둠이 눈에 익은 것도 뛸 수 있는데 용기를 불어넣어줬다. 그때였다. 뭔가 발부리에 뚝 걸렸다.

"헉!"

덕수는 공중제비를 넘듯 앞으로 고꾸라지면서 동굴 벽을 들이박고 말았다. 순간 정신이 아찔했다. 깊은 허공으로 몸이 끝없이 추락한다. 정신도 어둠 속으로 하염없이 떨어졌다.

나의 살던 고향은 꽃 피는 산골
복숭아꽃 살구꽃 아기 진달래

아이들의 노래 소리가 들린다. 손바닥만한 책상 앞에 앉은 까까머리 남자아이들과 단발머리 여자아이들이 노래를 부르고 있다. 아이들 속에 덕수도 섞여 있다. 덕수도 입을 벌려 다른 아이들과 함께 '고향의 봄'을 부르고 있다. 저 앞 교단 옆에 선생님이 앉아 있다. 가르마를 단정하게 타고 흰 와이셔츠를 입은 선생님이 웃음 띤 얼굴로 풍금을 치면서 입을 과장되게 벌려 노래를 부른다.

울긋불긋 꽃 대궐 차린 동네
그 속에서 놀던 때가 그립습니다

덕수는 선생님의 입모양을 보면서 선생님처럼 입을 크게 벌리고 더 크게 노래를 부르고 싶다. 덕수가 야학 학습소에 오는 가장 큰 재미는 선생님 때문이다. 선생님은 덕수에게 넓은 가슴과 따뜻한 미소를 보여준다. 덕수는 아버지를 한 번도 본 일이 없다. 만약 아버지가 있다면 저 선생님처럼 생겼으면 좋겠다는 희망을 가졌다.

덕수는 선생님의 풍금소리에 맞춰 고향의 봄을 부른다. 한 번, 두 번, 그리고 세 번. 끝나지 않을 노래처럼 덕수는 풍금소리에 맞춰 노래를 부른다.

덕수는 누리끼리한 옷을 입고 있다. 제복이다. 그리고 총을 들고 있다. 소련제 모신나강 소총을 들고 어딘가를 겨누고 있다. 겨누고 있는 저 끝에 사람들이 무릎을 꿇고 앉아 있다. 남자도 있고, 여자도 있고, 젊은이도 있고, 늙은 사람도 있다. 덕수의 총 끝에 고개를 숙이고 있는 중년의 남자가 있다. 한때는 단정한 가르마를 탔던 머리는 흙먼지를 뒤집어썼고, 얼굴은 몹시 초췌해 보였다.

덕수의 총 가늠쇠에 걸려 있는 남자의 가슴과 남자의 얼굴. 남자가 천천히 머리를 든다. 남자의 입에서 고향의 봄이 흘러나오는 것 같다. 단정한 가르마에 흰 와이셔츠를 입고 풍금을 치고 있는 남자의 모습이 덕수가 겨누고 있는 소총 가늠쇠 위에 걸린다. 덕수는 눈을 질끈 감는다. 눈을 감으면 덕수 자신이 순간 이곳을 떠나 어딘가에 피해 있기라도 한다는 듯.

덕수 오른쪽 집게손가락은 방아쇠 안에 걸려 있다. 그것은 습관적 행동이었지 의도적으로 덕수가 취한 행동은 아니다. 그냥 무심결에 하는 행동처럼 손가락이 방아쇠 안으로 빨려 들어가 있을 뿐이다. 그 손가락에 힘을 가한다는 것은 상상도 할 수 없는 일이다.

"쏴!"

누군가의 목소리가 덕수의 고막을 찢고 묵직하게 귓속으로 파고들어왔다. 탕! 탕! 탕! 총소리가 들렸다. 덕수의 손가락은 고장났다. 손가락으로 전달되는 신경물질을 차단했다. 손가락은 방아쇠에 걸린 채 아무 짓도 하지 않았다. 덕수의 손가락이지만 이건 나무 막대기와 같은 것이다. 덕수의 것이 아니다. 덕수는 눈을 뜨지 않았다. 지금 이곳에 덕수가 존재하는 것을 부정했다. 덕수는 지금 총을 들고 저 앞에 있는 남자를 향해 총을 쏘려고 이곳에 서 있는 것이 아니라고 부정한다. 여기 총을 들고 서 있는 이는, 덕수가 아닌 다른 자다.

"뭐하고 있나? 빨리 쏘지 않고?"

다시 쇠뭉치 같은 목소리가 덕수의 귀를 강타했다. 목소리의 충격이 너무 컸다. 충격에 못 이겨 덕수는 저도 모르게 손가락을 움직이고 말았다. 탕! 총성이 울렸다. 탄피가 옆으로 튀었다. 화약 냄새가 덕수의 코끝을 찔렀다. 저 앞에서 단정한 가르마를 타고 고향의 봄을 불렀던 중년의 사내가 옆으로 스르르 무너졌다.

'안 돼!'

덕수가 보도연맹원 학살 현장에 끌려가 어깨에 총상을 입고 살아 돌아온 뒤, 보름이 지났을까. 마을은 어수선하면서도 어떤 이름 모를 붉은 기운으로 활기가 돌았다. 줄곧 산에서 살던 자들이 마을에 내려왔고, 곧 이어 색다른 군복을 입은 자들이 옷과 모자에 풀과 나무를 주렁주렁 달고 마을로 들어왔다.

마을회관에서 주민 전체 회의가 열린다는 통지가 있어 덕수는 몸을 움직일 만하여 나가봤다. 산에 살던 사람들과 주로 내통하던 젊은 사람들이 완장을 차고 있었다. 인민위원회가 만들어지고, 위원장을 선거로 뽑는다는 것이다.

"인민위원회라는 것이 대체 무엇입니까?"

덕수는 안면이 있는 옆 사람에게 물었다. 총상 때문에 도통 혈거생활을 하던 덕수는 세상이 어떻게 돌아가고 있는지를 몰랐다. 간간히 들려오는 소문으로는 북쪽 사람들이 삼팔선을 넘어왔고, 세상이 모두 인민들의 국가인 조선민주주의인민공화국이 되었다는 소식을 들고 있었다.

"주민들 자치적으로, 주민들을 관리하고 나라 일을 하는 기관이랍니다."

"면사무소나 읍사무소 같은 곳을 말하는 건가요?"

"그러게 말입니다. 그런 것 같은데……."

그날 모임에서 마을 인민위원회가 구성되었고, 위원장은 좌익 반대 성향을 가진 사람을 뽑았는데, 그는 솔선수범해서 공화국에 모범을 보여야 한다는 강권에 못 이겨 위원장 감투를 썼다. 위원장을 뽑아놓기는 했지만 실제로 주민들에게 국가 일을 알리고 시키는 사람들은 주로 산에서 내려온 사람들이었다. 주민들에게 하다못해 밀가루한 포대라도 나눠주기보다는 사람들을 오라 가라 해서 폭격당한 도로를 복구한다든가, 현물세를 징수한다든가, 의용군을 모집한다든가, 전투 현장에 식량을 운반한다든가 하는 일을 시켰다.

인민위원회 뿐만 아니라 민주청년동맹이니, 민주여성동맹이니 하는 모임들이 결성되었는데, 대부분 미군정 때 좌익이나 산에서 활동하던 사람들이 주축이 되었다. 공화국 일에 적극 협조해야 한다 하여 덕수도 정순도 동맹에 가입했다. 단체 우두머리들은 왜정 때 광부 근로자로서 노동쟁의에 앞장 선 덕수의 전력을 높이 샀다. 단체들이 실제 하는 일은 주로 전투 지원을 위한 부역과 경비 서는 일이었다.

나라가 공화국으로 바뀌면서 거의 매일 밤낮으로 사람들을 모이게 했다. 횃불을 든 채 밤이면 인민재판이 열렸다. 좌익하는 사람들을 신고하거나 산에 사는 사람들을 경찰에 알렸던 자들이 피고로 재판을 받았고, 그 자리에서 태형이 가해지기도 했다. 덕수가 보도연맹원으로 지서에 갔다가 마을회관에 감금된 것처럼 인민재판에 피고로 피소된 자들은 회관에 감금되었다.

공화국 통치가 이뤄진 지 한 달도 안 되어 인민위원회에서는 전시 동원령이 선포되었는데, 민주청년동맹원으로 가입한 자들을 전원 인민의용군으로 차출한다는 통지가 내려왔다. 덕수는 선택의 여지없이 의용군에 차출되었다. 덕수는 이승만 통치 하에서 보도연맹원이었다. 그는 학살 현장에 끌려가 곧 죽은 목숨이 다 되었던 자였다. 이미 죽어야 했던 자였다. 만약 다시 세상이 바뀐다면 덕수가 과연 살아남을 수 있을까. 덕수는 우익의 세상에서는 더 이상 살 수 없는 자가 되어버렸던 것이다. 덕수가 선택한 게 아니다. 덕수는 그냥 사람 된 도리를 다 하면서 살려했고, 그렇게 살려 하다 보니 이런 지경에 와 있었던 것이다. 덕수가 마음에 들고 안 들고를 떠나서 이미 좌익으로 매조지 된 터라 선택의 여지가 없었다.

덕수는 집합장소인 국민학교 운동장에 가서 노란색 의용군 군복을 지급받고 의용군이 되었다. 즉각 훈련이 시작되었다. 제식 훈련과 총검술과 사격술과 각개전투훈련이 운동장에서 이뤄졌다.

마을에 인민군이 들어왔을 때처럼 뒤숭숭한 소문이 다시 마을에 퍼지기 시작했다. 9월 중순 무렵이었다. 인천에서 큰일이 났는데, 아무래도 인민군이 밀리고 있다는 소문이었다. 그런 소문이 돌고난 날부터 수시로 인민재판이 열렸다. 인민재판은 다른 때와 달랐다. 우익에 해당하는 사람들은 모조리 잡아서 북망산으로 보내버리는 피바다의 카니발이 연출되었다.

마을 앞 공터에 마련된 인민재판장에 덕수의 눈에 익은 사람이 끌려와 있었다. 가르마를 단정하게 타고 하얀 와이셔츠를 입은 선하기 짝이 없는 사람이었다. 저 사람이 내 아버지가 되었으면 얼마나 좋을까 싶던 바로 그 사람이었다. 어린 덕수에게 반달, 오빠생각, 고향의 봄을 가르쳐준 사람이었다. 우리 민족이 피를 흘려 싸워 왜놈들을 쫓아냈는데 양키들이 들어와 그 자리를 차지해버렸다며 민족 자긍심을 덕수 같은 어린 아이들에게 심어주려 했던 뚝심 있는 야학 선생이었다.

덕수는 인민재판에서 바로 그 사람을 탄핵하는 말을 해야 했다.

"저 사람은 반역행위를 했습니다. 산에서 활동하던 인민유격대 대원들이 보급투쟁을 위해 산을 내려왔을 때, 그 사실을 남조선 국방군과 순경들에게 알렸습니다."

덕수는 모른다. 저 사람이 실제로 그런 일을 했는지 안 했는지를. 면 인민위원회간부가 덕수에게 그렇게 탄핵하라고 시켰다. 물론 거부의 의사를 표시하기도 했다.

"그 양반은 내 야학 은사입니다. 그분은 그럴 분이 아니에요."

그렇게 말했을 때, 덕수를 불렀던 사람들이 전부 아무 말도 없이 덕수를 뚫어지게 쳐다봤다. 덕수는 더 변호할 수 없었다. 덕수의 안위도

장담할 수 없는 상황이라는 걸 덕수는 알고 있었다. 카니발이 열리고 있었다. 카니발에서 다른 행동을 해서는 안 되었다. 다른 행동을 한다는 것은 사육제의 희생물이 된다는 것을 의미했다. 그들의 축제에 합석하고 동참해서 그들과 같은 손짓과 발짓으로 춤을 춰야 했다. 다른 동작으로 춤을 춘다는 것은 용납할 수 없는 일이었다. 카니발을 주체한 청년동맹 사람들과 인민위원회 사람들은 사형장의 망나니처럼 칼춤을 추기 시작했다.

기독교 신자들, 관원들과 그 가족들, 우익 편을 들었던 사람들, 보도연맹원 가입시키는데 매진했던 사람들, 좌익 색출에 앞장섰던 사람들은 모두 인민재판을 받았다. 청년동맹원들과 산에서 내려온 사람들의 손에 죽창과 몽둥이가 들려 있었다. 덕수는 재판이 끝난 자들을 호송했다. 인민재판이 열렸던 장소에서 얼마 떨어지지 않은 곳에서 형은 집행되었다. 근처 산 밑이나 계곡이 주요 집행지가 되었다. 죽창과 몽둥이가 피고들의 몸에서 춤을 췄다. 피고들의 몸뚱이에서 피가 사방으로 쏟아져 흩어졌다. 피고 중에 목사와 그 가족들이 있었다. 목사와 그 부인은 몽둥이와 죽창으로 주검을 당하였고, 막 젖을 뗀 아이와 아홉 살 먹은 남자아이와 열 살짜리 여자아이도 개구리를 대꼬챙이에 꿰듯 죽창에 찔려 피를 쏟고 내장을 쏟아내며 죽었다.

국방군이나 순경 집안, 방귀깨나 뀌던 부자들, 학교 교장들은 여지없이 죽창을 맞고 저 세상으로 가야했다. 같은 마을에 사는 정씨는 동생이 순경이라는 이유로 모든 가족이 불려나와 인민재판을 받고 몽둥이찜질과 죽창에 죽음을 받아들여야 했다. 정씨는 산 사람들이 산에서 내려올 때마다 순경인 동생에게 알렸다는 죄목이었다. 정씨 같은 순경 친척뿐만 아니라 면에서 어깨 좀 펴고 다니던 전직 면장이나 면서기들과 그 일가친척들은 죽음을 면치 못했다. 한학에 전통하여 서당을 열었던 마을 유지도 역시 죽창세례를 피할 수 없었다.

덕수는 사람으로서 차마 할 일이 못 된다는 것을 알면서도 말 한마디 하지 못했다. 괜히 반기를 들고 나섰다가는 그의 목숨도 파리 목숨이 되고 말 것이었다. 어느 마을에서는 산 사람으로 활동하던 사람들이 마을을 떠나 다시 산으로 올라가면서 교회 목사와 우익 사람들을 교회에 몽땅 집어넣고 불을 질러 죽였다는 소문도 돌았다. 사람의 목숨이 땅을 기어가는 개미만도 못한 세상이었다.

결국 덕수는 마을을 떠나게 되었다. 집을 떠나면서 정순과 아이들에게 제대로 작별인사도 못했다. 정순과 아이들 하나 하나를 끌어안고 등을 토닥이며 내가 올 때까지 건강히 잘 있으라는 말 한마디를 하지 못했다. 겨우, 가급적 동굴에 피신해 있으라는 말만 남겼을 뿐이다. 아무래도 조짐이 좋지 않았다. 다시 국방군이 이 마을에 들어온다면 집주인이 의용군이 된 덕수의 가족을 국방군이 그대로 살려두지 않을 것이라는 불길한 생각이 들었던 것이다. 국방군은 인민군이 들어오기 전 철수하면서 겨우 보도연맹원에 불과한 자신을 총살하려 하지 않았던가. 그들이 다시 들어오면 그때처럼 좌익과 인민군에 부역한 자들과 그 가족들을 그대로 두고 보지 않을 것은 불을 보듯 뻔했다.

덕수는 짐꾼이 되어 인민군을 따라갔다. 소나 말을 이용해서 장비와 군량을 실어갔지만 그 이외 짐은 짐꾼이 된 의용군들이 등짐을 지고 그들을 따라가야 했다. 가는 길은 험하기 그지없었다. 하늘에서 느닷없이 미군 쌕쌕이들이 나타나 기총 사격을 퍼붓거나 불 폭탄을 투하하였다.

의용군들은 대부분 정규 인민군에 비해 나이가 아주 어리거나 덕수처럼 나이가 있는 사람들이 많았다. 열악한 환경에서 견디기 힘들었다. 가장 큰 고통은 배고픔이었다. 식량 보급이 제대로 될 리 없었다. 식량이 있더라도 의용군보다는 전투에 참여해야할 인민군에게 먼저 배급되었다. 전염병이 창궐하였으며, 질병에 시달리는 자들이 속출했고, 낙오하거나 간간히 탈영하는 자들이 생겨났다. 막상 탈영은 쉽지 않았다. 탈영하다가 걸리면 그 자리에서 몸뚱이에 총알구멍이 나고 말았으니까.

남쪽 낙동강으로 간다던 부대는 경북 지방으로 방향을 틀더니 안동과 태백산을 넘어 동해안 철로를 타고 북으로 올라갔다. 덕수는 북으로 올라가는 사이에 의용군에서 어느새 인민군으로 신분이 바뀌었다. 전사한 인민군이 쓰던 총도 지급되었는데, 왜놈들이 사용하던 99식 소총이었다.

동해안 철로를 타고 가면서 조선 반도의 등을 끼고 올라가 원산까지 닿았고, 다시 흥남을 거쳐 러시아와 닿는 두만강까지 걸어 올라갔다. 인민군은 빠르게 패주하고 있었던 것이다. 덕수가 닿은 북쪽은 시베리아 동장군이 기다리고 있었다. 살을 면도날로 도려내는 추위 속에서 겨우 목숨을 부지했다.

덕수는 모포 한 장으로 버텼다. 모포 한 장도 정말 운이 좋아야 겨우 얻을 수 있는 것이었다. 서로의 온기로 며칠 밤을 지내는 것이 다반사였다. 북풍 몰아치는 눈 덮인 산등성이를 타고 가다가 눈길에 미끄러지는 일은 예삿일이었다. 다리는 꽁꽁 얼었고, 살가죽을 사금파리로 긁어대는 추위는 너무도 고통스러웠다. 북쪽의 동장군은 고향 마을에서 치르는 겨울과는 비교가 되지 않았다. 영하 30도 밑으로 수은주가 곤두박질 쳤고, 허벅지까지 눈이 쌓여 앞사람과 떨어지는 경우도 많았다. 겨울을 이 함경도에서 보내는 일 자체가 엄청난 고난이었다.

겨울이 막바지에 이르면서 기쁜 소식이 날아들었다. 드디어 남쪽으로 방향을 틀어 내려간다는 소식이었다. 희망이 생겼다. 남쪽으로 내려가면 고향과 한발이라도 더 가까워지지 않겠는가. 북쪽으로 올라갈 때와 달리 기대에 찬 가슴은 산등성이처럼 부풀러 올랐다. 고향으로 갈 수 있는 희망이 생겼다.

덕수는 사실 의용군으로 따라다니면서도, 인민군이 된 뒤로도 전투 한번 제대로 치러보지 못했다. 계속 도주하는 형국이었다. 국방군이나 양키 군을 만나면 전투를 하기보다는 숨고 도주하는 것이 일이었으므로. 그때까지만 해도 덕수는 사람 한 명 죽여본 적이 없었다. 우익 사람들을 인민 재판하여 죽일 때도 덕수는 직접 죽창을 들거나 몽둥이를 들고 사형을 집행하지는 않았다. 덕수보다도 더 활기차고 열렬하게 공산당에 충성하려는 자들이 많았다. 주로 산에서 내려온 사람들이나 우익 사람들에게 핍박받았던 자들이 앞장서서 그들에게 죽창과 몽둥이세례를 퍼부었다. 덕수는 뒤에 서서 팔을 하늘로 치켜 올리며 소리만 질렀다.

그런 덕수도 이제는 사람을 죽이는 전투에 임해야 했다. 남으로 방향을 잡으면서 러시아제 신무기들이 지급되었다. 덕수도 왜놈이 만든 99식 소총을 버리고 신식 모신나강 소총을 얻었다. 남쪽으로 내려가는 부대는 덕수의 조선인민군만 있는 게 아니라고 했다. 되놈들로 구성된 중국인민해방군이 내려간다고 했다.

사람을 겨누고 총을 쏘는 일도, 전투 현장에서 뛰는 일도 한번 해보니 어려운 일이 아니었다. 한 번 두 번 겪다보니 광산에서 금을 캐던 일처럼 본능적으로 익숙해졌다. 살아야했기 때문이다. 살아서 고향에 돌아가야 했기 때문이다. 사람들을 향해 거침없이 방아쇠를 당겼고, 폭탄이 터지는 현장을 쉼 없이 달렸다. 어느새 덕수는 용감한 전사가 되어 있었다.

열심히 눈밭을 달리고 산을 넘는 사이 덕수는 삼팔선을 넘었다. 신정공세라고 했다. 중국인민해방군이 함께 하고 있었다. 덕수는 함경도 동해안을 따라 다시 남쪽으로 내려왔다. 덕수의 부대는 춘천과 홍

천 다시 횡성, 원주, 제천, 단양, 풍기, 예천을 거쳐 안동까지 내려왔다. 대구까지 내려간 부대는 팔공산 전투에서 패했다. 부대는 다시 북상하여 경북 예천에 주둔하였다. 남조선 부대는 국방군만 있는 게 아니었다. 양키 부대들이 많았다. 양키들은 전처럼 쌕쌕이만 가지고 움직이는 게 아니라 직접 총을 들고 조선의 산하를 누볐다. 덕수의 부대는 한번 이기고 한번 지는 일진일퇴의 공방전을 펼쳤다.

땅에서야 그럭저럭 자웅을 겨뤘지만 하늘은 완전히 양키들의 세상이었다. 쌕쌕이는 하늘을 지배했고, 덕수의 부대가 보급을 얻으려고 내려가는 마을이란 마을은 모두 불폭탄을 맞아 불바다로 변했다. 초토화 작전을 벌인 것이다.

추운 겨울은 한없이 계속되는 듯 했고, 전투에서 죽어나가는 병사들이 부지기수였다. 식량이 제대로 보급되지 않았으며, 피복도 몹시 부족했다. 고향 쪽으로 가리라는 희망은 점점 교착되어 갔다. 전투는 처음 신정공세 때와 달리 조금씩 힘을 잃어갔고, 이기는 때보다 후퇴하는 경우가 많았다. 어제 저 고지를 내주고 물러났다면 오늘은 이 고지를 내주고 북으로 후퇴해야할 판이었다. 덕수는 점점 피폐해져갔으며 희망을 잃어갔다. 이러다간 다시 북쪽으로 올라가는 것이 아닌가 싶어 두려웠다. 고향땅을 영원히 밟지 못하고 죽는 것은 아닐까 더럭 겁이 났다. 덕수는 결심을 해야 했다. 고향으로 가는 결심 말이다.

역사의 수레바퀴에 끼어 어찌되었든 인민군이 되었다. 살기 위해서 의용군이 되었고 살기 위해서 인민군이 되었다. 운명이 덕수의 멱살을 잡고 그쪽으로 방향을 틀고 끌고 가는 바람에 어쩔 수 없이 따라갈 수밖에 없었다. 그러나 싫은 것은 싫은 것이었고, 거부하고 싶은 것은 거부하고 싶은 것이었다. 이미 덕수 자신도 모르게 전사가 되어 있었지만 덕수가 바라던 것은 아니었다. 사람을 향해 총을 쏘고 수류탄 던지는 일을 반복해서 몸은 익숙해졌다 해도 마음은 여전히 그런 것들이 싫었다. 총을 쏘고, 총으로 사람을 죽이는 일이 정말 싫었다. 옆에서 총을 맞고 산하에 피를 뿌려가며 죽어가는 인민군들도 물론 보고 싶지 않았다.

기회만 되면 그는 고향으로 가야했다. 고향에 가서 이 더러운 군복을 벗고 망치와 정을 들고 동굴로 들어가야 했다. 동굴에 들어가 금을 캐는 광부로 살아야 했다. 세상은 누구에게나 고분고분하지 않는 법. 역시 덕수에게도 마찬가지였다. 인생은 덕수의 바람대로 되지 않았다. 그렇다면 반기를 들어야 한다. 살고 싶은 대로 살려면 저항해서 가던 길을 바꿔야 한다. 끌려가는 이쪽 길을 버려야 한다. 바람대로 살려면 그렇게 해야 하지 않겠는가. 덕수는 기회를 봤다.

다시 고지를 빼앗기고 북쪽으로 부대원들이 흩어져서 갈 때였다. 덕수는 단단히 마음먹었다. 부대원들에게서 일부러 떨어졌다. 다리가 아프다는 핑계를 대며 부대원들을 먼저 보내고 뒤로 처졌다. 모두들 의욕을 잃었고 자기 몸 하나 간수하는 것만으로도 벅찬 사람들이었다. 덕수는 슬금슬금 뒤로 처졌다가 낮은 포복으로 숲으로 기어들어갔다. 그곳에서 죽은 듯 있다가 주변에 작은 동굴을 찾아 들어갔다. 동굴이란 덕수에게 어떤 의미인가. 덕수에게 동굴은 고향이며 포근한 어머니 같은 존재 아니겠는가. 그의 유전자 속에 광산 동굴에서 오랫동안 생활했던 전력이 녹아 있지 않는가.

동굴은 덕수에게 포근함을 주었다. 마음이 편했다. 동굴은 산짐승들이 겨우 비를 피할 정도의 깊이였다. 덕수는 마른 나뭇가지와 눈들을 긁어모아 은폐물을 만들었다. 갖고 있던 모포를 뒤집어쓰고 그 위에 마른 나뭇잎과 눈을 덮었다. 덕수는 기절하듯 잠에 떨어졌다. 덕수는 동면하는 반달곰이 되었다.

얼마동안 잠을 잤을까. 시간이 얼마나 지났는지 모른다. 한 시간인지 하루인지 일주일인지, 아니면 한 달인지. 사위가 조용했다. 배고픔이 몰려왔고, 추웠다. 눈을 허겁지겁 주워 배를 채워 허기를 눌렀다. 견딜 만큼 견뎠다고 가늠했다. 덕수가 움직여도 별 탈은 없을 것이란 생각이 들었다. 덕수는 조심스럽게 동굴에게 나왔다. 이제부터 걸어서 고향까지 갈 참이었다.

덕수는 눈을 떴다. 고요했다. 칠흑 같은 어둠만 눈에 들어왔다. 이곳이 어디지? 잠시 멍한 상태에 빠졌다. 이내 덕수는 어딘가에 깊이 취해 있던 정신을 되찾아왔다. 덕수가 있는 곳은 동굴이다. 덕수가 늘 가장 편한 곳이라 여기는 동굴 안. 덕수는 짧은 순간 꿈인 듯 환영인 듯 머리를 스쳐갔던 것들을 잠시 복기하여 생각했다. 맞다. 덕수는 인민군이었다. 한때 그는 인민군이었다. 조선의용군이었던 그가 언제부턴가 정식 군인이 되어 있었다. 그는 조선인민군이 되어 싸웠다. 자신도 모르게 전사 같은 자세를 취했고 총에 익숙해졌던 것이다.

덕수는 탈출했다. 인민군이고 싶지 않았다. 조선인민군이고 싶지 않았다. 병사가 되고 싶지 않았다. 총을 쏘고 사람을 죽이고 파괴하는 군인이 되고 싶지 않았다. 그는 광부였다. 금을 캐는 광부였다. 고향에 돌아와 묵묵히 덕수가 좋아하는 동굴에서 금을 캐고 싶었다. 그뿐이었다. 그는 탈출했다. 인민군에서 탈출했다. 탈출해서 정순과 아이들을 데리고 이 동굴로 피신한 것이다. 사람들을 피해. 아니, 인민군을 피해서.

그렇다. 덕수는 인민군에서 탈영했고, 인민군을 피해서 고향에 돌아왔다. 세상이 어떻게 뒤집혔는지 모른다. 덕수가 서른 해를 살면서 세상은 너무도 많이 바뀌었다. 나라가 해방되었고, 혼란기가 있었고, 미국에 의해 정부가 수립되었고, 전쟁이 발발하기 전 좌우익의 극렬한 싸움이 있어 왔다. 전쟁이 발발했고, 믿기지 않을 속도로 이 남쪽 지방까지 조선인민군이 내려와 점령했다. 그리고 불과 3개월 만에 남한은 인민군을 밀어냈다. 또 불과 3개월 만에 덕수는 인민군이 되어 남으로 내려왔다.

세상은 덕수가 이해하고 익히기도 전에 획획 바뀌었다. 붉은 세상이 파란 세상이 되었고, 파란 세상이 다시 붉은 세상이 되었다. 물레방아 돌 듯 세상은 돌고 돌았다. 어제 국방군이 이 마을을 점령한다

해서 오늘 인민군이 또다시 점령하지 말라는 법 있는가. 덕수도 체감하지 않았던가. 인민군으로 전투에 나섰을 때, 고지는 하루에 두 번 이상 주인이 바뀌는 일이 한두 번이 아니었지 않는가.

덕수는 결론 내렸다. 덕수는 인민군에서 탈출하여 정순과 아이들을 데리고 이 동굴로 들어왔다고.

며칠 전 동호 동민이 집에 내려가는 바람에 덕수는 아이들을 구하러 갔었다. 그때 집 앞에 국방군이 있었다. 국방군이 집안을 기웃거리며 경계하고 있었다. 그 모양새만 봤을 때는 그 국방군이 분명 덕수와 아이들을 잡으러 온 것으로 판단되었다. 그자는 덕수가 아이들을 데리고 동굴로 올라올 때 뒤를 쫓아오지 않았던가.

그러나, 그가 덕수와 아이들을 잡으러 왔다고 장담할 수 있는가. 집 앞에서 기웃거렸다 해서 그 국방군이 덕수와 아이들을 체포하려 왔다고 할 수 있겠는가. 그가 덕수와 가족을 잡으러 왔다면 이 동굴로 왔어야 하지 않을까. 덕수와 아이들을 쫓아왔다는 것은 덕수가 가족과 동굴에 살고 있다는 걸, 그 국방군은 모르고 있다는 것 아니겠는가. 글쎄다.

아니다. 인민군인 덕수를 잡기 위해, 인민군이었던 덕수를 체포하기 위해 국방군은 덕수의 집을 염탐하고 있었는지 모른다. 국방군의 적이었던 인민군인 덕수를 국방군은 당연히 체포하거나 사살해야 하지 않을까. 그 목적으로 국방군이 덕수의 집을 호시탐탐 노리고 있지 않았을까. 그럴 확률이 높지 않을까.

4

덕수는 머리를 좌우로 거세게 흔들었다. 생각을 털어내고 싶다. 이것 저것 모든 경우의 수를 생각하면 너무 복잡하다. 지금 그런 것을 분석할 때가 아니지 않는가. 당장 덕수 앞에 닥친 현실이 중요하지 않는가.

지금, 이 동굴로 거칠 것 없이 올라오는 인민군은 이 동굴에 뭘 하러 오겠는가. 이 동굴에는 오직 덕수와 덕수 가족만 있는데, 인민군이 뭘 하러 오겠는가. 할 일 없이 동굴 구경을 오겠는가. 당연히 덕수와 가족을 잡으러 오는 것이지. 지난 번 국방군에 비해 인민군은 더 직접적이지 않는가. 국방군은 덕수와 덕수 가족의 소재를 잘 모르지만, 저 인민군은 덕수의 소재가 있는 이 동굴로 바로 올라오고 있지 않는가. 그렇다. 저 인민군은 탈영한 나, 박덕수를 잡기 위해 이 동굴로 올라오고 있는 것이다. 지난 번 국방군과는 분명 차원이 다르다.

저 인민군은 나뿐만 아니라 내 가족도 해칠 것이다. 조선인민군이 점령했던 시절을 기억하지 못하는가. 그들은 가족이 순경이나 국방군이었다는 이유로 가족들을 무참하게 살해하지 않았던가. 나 또한 인민군에서 탈영한 반역자다. 반역자를 가만 둘리 없다. 가족 또한 가만 둘리 없다. 나를 찾지 못하였다고 내 가족은 그냥 봐줄 것 같은가. 천만에 말씀이다. 인민군은 나를 찾지 못하면 내 가족을 가만 놓아두지 않을 것이다. 나 대신 내 가족을 무참하게 살해할 것이다. 저 총으로. 아니, 죽창이나 몽둥이로. 이러고 있을 때가 아니다. 얼른 정순과 아이들에게 가야 한다.

덕수는 정신을 바짝 차렸다. 정신을 차리느라 몇 번 눈을 깜박이자 눈이 밝아졌다. 어둠은 금방 익숙해졌다. 더듬거리며 가족이 있는 방향으로 길을 잡았다. 이 산은 금광으로 개발되면서 금을 캐기 위해 수많은 길을 뚫어놓았다. 동굴 길이 워낙 여러 갈래라 잘못 길을 찾아 들어가면 헤매다가 길을 잃을 수 있다.

덕수가 주로 이용하는 이 동굴의 주 입구는 서북쪽에 있고, 그 반대편 동남쪽에 다른 주 입구가 있다. 이 산에는 이 동굴로 들어올 수 있는 입구가 무려 32개나 된다. 물론 모두 다 사람이 들고날 수 있는 규격은 아니다. 덕수가 사용하는 주 입구에서 오른편으로 반대편 주 입구까지 사람의 왕래가 비교적 쉬운 4개의 입구가 있고, 왼편으로 역시 4개의 입구가 있다. 지금 덕수가 인민군을 피해 가족에게 가기 위해 들어온 입구는, 덕수가 사용하는 주 입구의 오른편에 위치한 첫 번째 입구다.

이 첫 번째 입구로 들어가면 가족이 있는 장소까지 두 개의 삼거리와 하나의 사거리를 지나야 한다. 덕수는 이 동굴 안에서 15여 년 넘게 금을 캤으므로 물론, 동굴의 내부 길을 손바닥 보듯 환하게 알고 있다. 아무리 잘 안다 해도 역시 컴컴한 동굴 안이다. 조심하지 않으면 아까처럼 넘어져 알 수 없는 깊은 나락으로 떨어질 수 있다.

얼른 서둘러야 한다. 넘어져 기절해서 얼마나 시간을 지체했는지 모른다. 혹시 그 인민군이 정순과 아이들을 발견하고 어떻게 해버리지 않았을까? 그럴지도 모른다. 덕수는 지금 시간이 얼마나 지났는지 모르고 있지 않는가. 그런 생각이 들자 등짝에 한기가 몰려왔다. 가족

4

들이 인민군에게 해를 입었다면 어떻게 할 것인가. 그렇게 된다면…. 정말 그렇게 된다면…. 덕수는 생각하고 싶지 않다. 그렇게까지 되지 않았으리라는 믿음을 갖고 싶다. 그렇게까지 되지 않았으리라는.

덕수는 두 번째 삼거리에서 잠시 잘못 길을 접어들었으나, 곧바로 다시 길을 찾았다. 사거리를 지나 부리나케 정순과 아이들이 있는 곳으로 달려갔다. 이 통로는 덕수가 금을 캐러 다니는 길목이고, 캐온 금광석을 잘게 깨는 작업대가 있기도 한 곳이다.

저 앞에 남포등 불빛이 보인다. 옅은 주황빛 불빛이 휘어진 지점에서 따사롭게 흘러나오고 있다. 불빛을 보자 덕수는 안도가 되었다. 불빛이 저렇게 미동도 없이 퍼져나온다는 것은 가족들이 무사하다는 것이다. 만약 무슨 일 있다면 불이 저렇게 켜져 있겠는가. 덕수는 안도의 한숨을 내쉬면서도 약간의 불안을 떨칠 수 없다. 남포등은 남포등이고 가족들은 가족들이다. 무사해야할 것은 남포등이 아니라 가족이지 않은가.

덕수는 휘어진 지점을 돌았다. 덕수 눈 앞에 남포등이 보였고, 그 아래 가족들이 오순도순 모여 있는 게 보였다. 간절하고 또 간절한 기도에 하늘이 감응한 것인가. 가족들은 아무 일 없다는 듯 거처에 있다. 정순, 동호, 동숙, 동민 모두 다.

아이들은 아이들대로 정순은 정순대로 가만히 있지 않고 뭔가를 손에 쥐고 일을 하고 있다. 정순이 의아한 눈으로 덕수를 쳐다봤다.

아이들도 마찬가지다. 이유는 하나일 것이다. 덕수는 동굴 주 입구를 통해 나갔고, 첫 수확한 금으로 읍내 시장에 가서 고대하던 물건들을 사오기로 되어 있었다. 느닷없이 덕수는 주 입구의 반대편에서 왔고, 손에는 아무것도 들려 있지 않다. 게다가 얼굴 표정이 말씀이 아니다. 호랑이에게라도 쫓기는 표정이다. 그러니 정순과 아이들이 뚱하면서 당황한 표정을 지을 수밖에.

"누구 온 사람 없었어?"

인민군이 여기까지 왔는지가 가장 궁금했다. 물론 여기까지 왔다면 가족이 이렇게 태평하게 앉아 있을 수는 없겠지만.

"누가요? 여기를 누가 와요?"

정순은 뜨악한 표정을 지으며 말했다. 누군가에게 흠씬 두드려 맞은 후줄근한 몸으로 와서 한다는 말이 누가 왔냐니. 정순은 아연하지 않을 수 없다. 대체 어디서 무슨 일을 당했기에 저런 말을 하는 것인가.

"아직 아무도 안 왔어? 아무도?"

덕수는 정순의 궁금증을 해소시켜주기는커녕 덕수가 알고 싶은 것을 재차 정순에게 확인했다. 표정이 몹시 다급했다.

"누가 오긴 누가 이 동굴에 온다고 그래요. 아무도 안 왔어요. 무슨 일 있어요?"

덕수는 안심한 듯 수숫대처럼 세웠던 얼굴 표정을 다 익은 벼이삭처럼 숙였다. 덕수는 뭔가 생각났는지 다시 표정을 굳히고는 말했다.

"얼른 짐을 싸야 해!"

정순과 아이들은 도대체 이 상황이 이해가 안 된다는 표정으로 멀뚱멀뚱 덕수를 쳐다봤다. 정순과 아이들 입장에서는 덕수의 말과 행동이 당연히 이해되지 않을 것이다.

"설명할 시간 없어. 어서 짐을 싸라고!"

덕수는 명령하듯 재차 말했다. 아니, 말이 끝나자마자 덕수 자신이 부산스럽게 몸을 움직여 손에 쥘 만한 것들을 챙기기 시작했다. 그때서야 정순도 덕수가 말하는 위급함을 알아챘는지 몸을 놀리기 시작했다.

"여기다 만들어놓은 거 다 어떻게 해……."

동숙이 곧 울 것처럼 어리광 섞인 목소리로 칭얼거렸다. 동숙이 손가락으로 가리키는 것을 덕수가 봤다. 작은 돌과 나뭇가지로 올망졸망 만든 소꿉놀이 판이다. 방을 작은 돌로 가지런히 만들고 부엌이며 이것저것 살림살이를 규모 있게 배열해 놓았다. 동숙만 울상을 짓는 게 아니라 옆에서 동민도 동숙 편을 든다는 듯 힐끗힐끗 덕수 눈치를 봤다. 두 녀석이 마음먹고 정성껏 마련한 살림살이인 모양이다.

저게 대수가 아니다. 그걸 신경 쓸 겨를이 없다. 소꿉놀이 판과 생명을 맞바꿀 수는 없지 않는가.

"여기서 지체하다가는 우리 모두 잡혀가!"

덕수는 외마디 소리치듯 소리를 질렀다. 울상을 짓고 있던 동숙, 동민 표정이 금세 더 굳어졌다. 녀석들도 덕수가 말하는 위급함을 인식한 것이다. 소꿉놀이 판이 중요한 게 아니라, 당연히 제 목숨들이 훨씬 중요하지 않겠는가.

누가 우리를 잡아가느냐고 물을 만도 하지만 정순은 그 대신 가재도구를 챙겼다. 위급함을 먼저 벗어난 후 물어봐도 되지 않겠는가. 정순은 얼른 일어나 밥그릇과 솥단지, 옷가지를 대충 꾸렸다. 아이들도 제 손으로 들 만한 것은 한두 개씩 손에 들었다. 덕수도 등에 짊어지고 손에 들고 부리나케 거처를 떠났다. 일단 동굴 안으로 더 들어가기로 했다. 덕수 가족이 지금 머물고 있는 곳은 아무래도 동굴의 주 입구에서 너무 가깝다. 편의를 위해서 처음 이 자리에 거처를 잡았지만 외부 침입에는 취약했다.

덕수는 가족을 데리고 더 안쪽으로 들어갔다. 사거리에서 바로 우측으로 돌아 동굴 안쪽으로 방향을 잡았다. 아까 덕수가 들어왔던 코스의 반대 방향으로 가는 것이다. 사거리를 지나 삼거리에서 덕수가 들어왔던 우측 길을 버리고 좌측 동굴의 더 안쪽으로 방향을 잡았다. 좌측 안쪽으로 더 들어가면 삼거리가 나온다.

덕수는 일단 삼거리에 자리를 잡기로 했다. 처음 자리를 잡았던 지점처럼 주변이 평평하고 가족이 생활할 만한 넓은 공간이 펼쳐져 있다. 덕수는 몸에 지닌 짐을 내려놓았다.

"일단 이곳에 자리를 잡자."

덕수는 돌돌 말아 어깨에 짊어지고 왔던 거적때기를 펴서 주섬주섬 바닥에 깔면서 말했다. 정순도 아이들도 덕수가 정한 곳에 들고 있던 짐을 내려놓았다. 이곳에서 절대 움직이지 말라고 가족들에게 당부한 뒤 덕수는 다시 원 거처가 있던 곳으로 돌아갔다. 남아 있는 살림을 옮겨오기 위해서다. 물론 조심했다. 인민군이 이 동굴에 들어와 있지 않는가. 조금 전 짐을 챙겨서 가족들과 이동할 때는 도망하는 처지라 부산스럽게 움직였지만 이제는 좀 더 신중해야 한다.

원 거처로 돌아가면서 혹시 인민군을 만나지 않을까 조심했다. 시간상으로 봐서 그 인민군이 이 동굴에 들어와 있을 확률이 높다. 조심하지 않으면 반갑지 않는 그자를 만나는 불상사가 일어날 것이다. 덕수는 불빛이 없어도 동굴에서 움직이는데 지장이 없지만, 그 인민군은 빛이 필요할 것이다. 덕수가 걸어가는 길에서 불빛이 보이지 않는다면 일단 덕수가 지나가는 길에는 인민군이 없다고 할 수 있다. 또 모른다. 그 자도 덕수처럼 어둠속에서도 환한 눈을 갖고 있는지도. 하여튼 조심해야 한다. 조심해서 손해 볼 것은 없다.

다행스럽게도 덕수가 원 거처를 몇 번 왕복하는 동안 인민군은 만나지 않았다. 그냥 동굴 입구만 살펴보고 가버린 것일까. 그러면 정말 다행이다. 두세 번 왕복한 후에야 원 거처에 있던 살림살이를 새로운 보금자리로 다 옮겼다.

두서없이 살림을 정리하고, 정순이 걱정되는지 물었다.

"대체 어떻게 된 거예요?"

장에 간다는 사람이 난데없이 그것도 주로 사용하는 입구도 아닌 반대편 통로에서 나타나 이사를 가자고 하니 황당하고 궁금할 수밖에 없지 않는가.

"인민군이 여기 동굴로 들어오려고 산을 올라오고 있었어."

"인민군… 이라니요?"

정순은 인민군을 모르는 것인가. 아니면 난데없이 인민군 타령이냐 타박하는 것인가.

"자네는 인민군이 뭔지 몰라서 그러는 거야?"

"모르긴 왜 몰라요. 그런데 왜 인민군이 여기를 와요?"

"인민군이 우리를 잡으러 온 거야. 아니, 정확히 말하면 나를 잡으러 온 것이겠지."

"왜, 인민군이 동호 아버지를 잡으러 와요?"

정순은 이해하기 힘든 모양이다. 정순은 덕수가 겪은 일을 모르고 있는 것인가. 하기야 언제 덕수가 겪은 일을 자세하게 말한 적 있던가.

"자네는 내가 의용군으로 따라갔던 것 알고 있지?"

"왜 그걸 몰라요? 동호 아버지가 의용군 따라가면서 우리한테 이 동굴에 들어와 숨어서 지내라고 그랬잖아요."

정순은 잘 알고 있었다. 정순은 잘 알고 있는데, 덕수는 왜 고장난 시계처럼 기억들이 가다 서다를 반복하는 것인가. 덕수는 정순에게 의용군으로 끌려가 고생한 이야기와 삼팔선 이북으로 올라가서 인민군이 된 사연, 인민군이 되어 다시 삼팔선 이남으로 내려와 겪은 고초와 탈영 과정을 이야기했다.

정순은 묵묵히 때론 한숨을 쉬어가며 덕수의 고생을 안타까운 표

4

정으로 들었다. 동호와 동숙도 눈을 깜박거리며 진지하게 들었다.

"그럼 아버지가 인민군이 되었다가 도망쳐 나왔단 말예요?"

동호가 결론을 내듯 덕수에게 말을 붙였다. 덕수는 고개를 끄덕였다.

"그런데 아까 인민군이 이 동굴로 들어오려고 산으로 올라왔다 그 말이군요? 동호 아버지를 잡으려고요?"

정순도 덕수의 이야기가 이해되는지 겁 실린 눈을 크게 뜨며 걱정 섞인 말을 했다. 덕수가 심각한 표정으로 고개를 끄덕였다.

"그럼… 우리는 지금 인민군에게 쫓기고 있단 말인가요? 인민군을 피해서 이 동굴에 들어온 것인가요?"

역시 머리가 명석한 동숙이 상황을 파악하고 결론을 내렸다. 덕수는 아무 말 없이 고개를 끄덕였다.

"그 인민군이 이 동굴에 들어왔을까요?"

가장 중요한 의문이다. 인민군이 동굴에 들어왔다면 분명 정순과 아이들을 봤을 것이다. 봤다면 뭔가 조치를 취하려 했을 것이다. 인민 군이 동굴에 들어왔을까?

"십중팔구 이 동굴에 들어왔을 게 분명한 것 같아."

"나는 인민군을 못 봤는데……."

정순이 아이들에게 너희들도 못 봤지 하는 시선을 보낸 뒤에 덕수를 쳐다봤다. 덕수도 이 대목에서 뭐라 말을 해야 할지 답을 찾을 수 없다. 덕수가 판단했을 때는 분명 인민군은 이 동굴로 향하고 있었고, 이 동굴로 들어오려는 의도가 분명했다. 그가 동굴로 들어오는 것은 못 봤지만, 그의 걸음걸이는 분명 이 동굴로 들어오겠다는 의지를 확실하게 보여주고 있었다. 그런데 정순과 아이들은 인민군을 못 봤다는 것이다. 그동안 덕수가 사용했던 주 입구는 사람이 바로 들어오면 다른 통로로 빠지는 길 없이 곧바로 덕수 가족이 머물고 있던 곳에 당도할 수 있다. 누구나 그 주 입구로 들어오면 덕수 가족을 만나게 되어 있다.

덕수가 밖에서 인민군을 목격한 후, 다른 입구를 통해 정순과 아이들에게 도착하는 시간보다 인민군이 동굴에 들어와 덕수 가족을 발견하는 시간이 더 빠를 것임은 틀림없다. 그런데 정순과 아이들은 인민군을 못 봤다고 하는 것이다. 대체 그 인민군은 어디로 갔을까. 혹시, 정말 다행스럽게도 인민군은 이 동굴 입구만 슬쩍 보고 내려간 것일까. 동굴 안은 너무 어두워서 횃불이나 조명기구가 없이는 들어올 수 없으므로? 그럴 수도 있겠다. 아니면, 덕수가 인민군이 이 동굴로 들어올 것이라고 지레짐작하고 행동한 것인가. 사실은 이 동굴이 아닌 다른 장소를 목적지로 두고 가려고 하는 인민군인 것을?

"아버지, 인민군이 아버지를 쫓고 있다는 게 정말 맞아요?"

아무 말 없이 심각하게 가족들의 대화를 듣고 있던 동호가 난데없이 물었다. 덕수는 내내 무슨 이야기를 듣고 있었냐는 핀잔 투로 동호를 쳐다봤다.

"며칠 전에는 우리 가족을 국방군이 쫓고 있다고 했잖아요? 나와 동민이가 집에 갔을 때도 분명 국방군이 우리 집 앞에서 서성였고, 또 아버지가 우리를 데리고 동굴로 올 때도 그 국방군이 우리를 쫓아왔잖아요. 그건 아버지도 나도, 동민이도 경험했으니까, 잘 알고 있잖아요. 그런데 또 아버지는 이번에는 인민군이 우리 가족을 쫓고 있다고 하니까, 아무래도 좀 이상해요."

동호는 덕수의 시간 개념과 상황 인식에 대해 의문을 제기했다. 동호는 장자로서 아버지 덕수의 리더십이 아무래도 문제가 있다고 판단한 모양이다. 물론 동호가 아니래도 가족 모두는 덕수의 말이 두서없이 왔다 갔다 하고 있다 느꼈을 것이다. 덕수는 딱히 답을 내놓을 수 없어 침묵했다. 정순과 동숙도 눈동자만 굴리면서 말없이 덕수의 눈치를 살폈다. 동호의 질문에 동조하는 것인가.

"게다가 지난번에는 왜놈 순사가 우리를 쫓고 있다고 했잖아요."

"왜놈 순사가 우리를 쫓고 있는 것은 너도 봤잖아."

덕수는 가만히 있는데, 정순이 궁색하지만 변명 같은 답을 내놓았다. 아버지의 권위가 아들 앞에서 무너지는 게 싫은 것인가.

"그런가…?"

동호도 빳빳이 세웠던 고개를 숙이며, 나름 논리있게 반박하려다 벽에 부딪쳤는지 말끝을 흐렸다. 열한 살짜리 아이의 한계라고 할까.

"정말, 아버지와 우리 가족을 쫓고 있는 사람은 누구일까요?"

이번에는 동숙이 덕수와 덕수 가족이 안고 있는 총체적 화두를 질문으로 던졌다. 가장 근본적인 질문이기도 했다. 덕수도 정순도 아무런 답을 내놓지 못한다. 덕수도 동숙이 던진 화두를 풀고 싶다. 과연, 덕수와 덕수 가족을 쫓고 있는 세력은 누구인가. 덕수와 덕수 가족에게 해를 입히려는 자들은 누구인가. 덕수도 정말 알고 싶은 사실 아니겠는가.

덕수는 말없이 고개를 숙인 채 머리를 좌우로 조용히 흔들었다. 정순도 힐끗힐끗 덕수만 볼뿐 동숙에게 답을 내놓지 못하기는 마찬가지다. 덕수는 머리를 가볍게 흔들면서 고민에 빠졌다. 기억 저장고의 문을 활짝 열고 그 안을 들여다봤으면 싶다. 환한 빛 앞에 덕수의 기억을 다 드러내놓고 그대로 보고 싶다. 그렇게 볼 수만 있다면 지금처럼 답답하지는 않으리라. 기억 저장고의 문은 왜 단단히 잠겨 있는 것일까. 가족 중 동숙이 던진 화두에 정확한 답을 줘야하는 사람은 덕수다. 덕수는 그 답을 줄 수 없다. 기억 저장고가 꽉 막혀 있는 이 시점에서 덕수도 역시 답을 알지 못하니까. 답답했다.

동호는 잠이 깨었다. 목이 너무 말랐다. 동굴 입구 쪽에서 더 동굴 안쪽으로 이사 온 터라 가재도구 위치가 익숙하지 않았다. 물주전자가 어디에 있는지 알 수 없다. 어머니를 깨워 물어보고 싶지만 곤히 자고 있는 어머니를 깨우고 싶지 않다. 다 큰 놈이 물주전자 하나 찾지 못해 어머니를 깨운단 말인가. 맏아들로서 체면을 구기는 일이다.

동호는 혼자 해결해보기로 했다. 아버지가 절대 샘물로는 가지 말라 했지만 어떠랴. 전에 살던 곳에서는 샘물이 멀었지만, 동굴 안쪽으로 더 들어와 살게 되었으므로 샘물은 더 가깝다는 것을 동호는 알고 있다. 지금 거처로 자리잡은 삼거리에서 왼편 길을 걸어서 얼마 안 가면 바로 샘물이 나온다는 것도 알고 있다.

일어나기 싫었지만 동호는 몸을 일으켰다. 어둠 속에서 생활하는 게 익숙해지면서 동굴 안 어둠이 박쥐가 보는 만큼이나 밝아졌다. 호롱불을 켜지 않아도 사물이 분간될 정도는 눈에 들어왔다. 인간은 역시 적응의 동물인가. 동호는 고무신을 꿰신고 좌측 동굴로 방향을 잡아 걸어갔다. 아버지의 경고가 마음에 걸렸지만 괘념치 않았다. 별일이야 있겠는가.

샘물까지 가는 길은 고불고불하다. 왼편으로 돌았다가 우측으로 돌았다가 다시 왼쪽으로, 다시 오른쪽으로. 그렇다고 거리가 먼 건 아니다. 곧 저 앞에 샘물 흘러가는 소리가 들렸다. 동굴 길 한쪽으로 물이 흐르고 있다. 동호는 천천히 샘물로 다가갔다. 목이 몹시 말랐으므로 샘물에 당도하자마자 무릎을 꿇고 앉아 양손을 바닥에 대고 곧바로 머리를 숙여 물을 마셨다. 물에서 석회 냄새가 약간 났지만 시원하게 먹을 만하다. 연거푸 세 번이나 물을 마셨다. 되게 물이 켰나보다.

물을 마시고 났더니 조금 여유가 생겼다. 아버지가 한 말이 다시 뇌리를 스쳤다. 절대 샘물가에 가서는 안 돼! 왜 그런 말을 했을까. 동호는 잠시 일렁이는 샘물을 보면서 아버지의 말을 되새겨봤다. 아무 일도 일어나지 않는데 왜 그런 말을 했을까. 일렁이는 물이 조금씩 자리를 잡으며 고요해졌다. 물의 일렁임을 따라 같이 일렁이던 동호의 얼굴이, 물이 고요를 찾아가면서 얼굴 모양도 제대로 모습을 갖춰 갔다. 동호는 그대로 일렁이는 물이 제자리를 찾는 모양새를 지켜봤다.

물은 점점 고요를 찾아가고 물에 비친 동호의 얼굴도 점점 윤곽을 잡아갔다. 그런데 이게 웬일인가. 동호의 얼굴이 아니다. 고요해진 샘물 속에 비친 얼굴은 동호가 아니다. 동호가 아닌 다른 사람이다. 동호처럼 어린아이 얼굴이 아니다. 동호처럼 앳된 얼굴이 아니다. 동호보다 훨씬 나이가 더 들어보였다. 동호 같은 어린아이가 아닌 어른의 얼굴이다. 동호를 닮았지만 동호가 아니다. 누구지? 내 얼굴이 왜 저렇게 비치는 거지? 동호는 깜짝 놀라고 말았다. 순간 무서운 생각이 혀를 길게 늘어뜨려 등골을 쓱 핥았다. 섬뜩하고 아찔하고 무서웠다.

얼른 무릎 꿇었던 다리를 일으켜 세웠다. 도망가야 한다. 섬뜩하고 아찔하고 무서운 저것으로부터 도망가야 한다. 급히 뒤돌아섰다. 정신없이 달렸다. 꼬불꼬불한 길이라는 걸 잊었다. 동호는 달리다가 벽에 몸을 부딪쳤다. 동호는 벌러덩 넘어졌다. 동호 뒤를 아까 물속에서 봤던 사람이 곧 쫓아오는 것 같다. 비명을 지르고 싶다. 입이 열리지 않는다. 동호는 얼른 몸을 일으켜 일어났다. 어디가 어떻게 다쳤는지 확인해볼 틈도 없이 다시 달렸다. 조금 달리다가 다시 동굴 벽에 부딪쳤다. 정신이 아찔했다. 까무룩 정신을 잃었다.

5
___
폐
광

덕수는 일어나자마자 아이들이 깨기 전에 아침을 먹고 작업장으로 향했다. 어젯밤 긴 토론이 있었지만 분명하게 못 박아 확인된 사실은 없었다. 그런고로 미래에 대한 계획도 분명하지 못했다. 한 가지 확실하게 잡은 결론은, 지금 살고 있는 동굴에서 가족들이 나가는 길을 모색해야 한다는 것이다.

동굴은 덕수와 가족들을 보호해주지만, 이곳에 숨어 사는 자체가 어떤 나쁜 운명의 수레바퀴에 끼어 있는 형국이라 판단되었다. 보호도 받지만 더불어 흉악한 운명이 곁에 붙어 앉아 지속적으로 덕수와 덕수 가족을 괴롭히고 있다는 일종의 딜레마에 빠져있다 할까. 보호받는다는 달콤함에 젖어 닫쳐오는 불운을 나몰라 하고 있지 않는가, 하는 냉정한 평가였다.

그렇다면 운명의 수레바퀴 그 자체인 이 동굴을 벗어나는 것이 최선의 방법이다. 흉악한 운명을 벗어던지려면 보호라는 달콤함도 포기해야 한다. 벗어나는 것이 최선인지 아닌지는 잘 모르겠지만, 어쨌든 긍정적인 결론이라 덕수는 생각했다.

물론 그런 결론을 내리면서도 이 동굴을 떠나서는 안 된다는, 떠나고 싶지 않다는 강렬한 의지가, 덕수 자신의 이성적 판단과 다르게 마음속에서 불쑥불쑥 솟고 있다는 것 또한 부정할 수 없다.

어쨌든 가족과 함께 내린 결론에 따라, 그 결론을 실천하려면 덕수가 더 열심히 일을 해야 한다. 그동안 캐놓은 금광석을 분쇄해서 더 많은 금을 추출하는 게 당면 과제다. 덕수는 제련 도구가 있는 곳으로 일찌감치 출근해서 금광석을 돌절구에 넣고 분쇄하고, 갈려진 금광석 가루를 양동이에 물과 수은을 섞어 넣고 돌리는 작업을 시작했다. 지금까지 캐 놓은 금광석에서 금을 추출하면 꽤 괜찮은 양의 금을 얻을 수 있으리라.

지난번처럼 인민군이 들어오는 침입이나 염탐에서 피하려면, 이 작업장도 가족이 이사한 동굴 안 깊은 지점으로 이전해야 했다. 덕수 는 계속 이 작업장을 사용하기로 했다. 이전하는데 시간을 허비하기 보다는 금광석 하나라도 더 분쇄해서 금을 얻는 게 더 나았다. 또 이 작업장은 덕수만 있고, 기껏해야 정순과 같이 있는 장소다. 설령 동굴 밖에서 침입하는 자가 있다 해도 덕수가 알아채기만 하면 충분히 피 할 수 있다는 판단이 섰다.

다듬이 방망이 모양의 막대로 양동이 속 혼합물을 정성들여 저었 다. 잘 저어야만 수은이 금을 꼼꼼하게 흡착할 것임으로. 양동이에서 혼합물이 섞이면서 돌아가는 소리에 신경을 집중하고 있는데 다른 소리가 귀로 날아왔다. 발자국 소리였다. 정순과 아이들이 작업장으 로 오는 것인가. 무심하게 그 발자국 소리를 듣고 있는데, 느낌이 이 상했다. 발자국 소리가 정순이나 아이들의 소리와 달랐다. 가볍지 않 고 묵직했다. 넓은 발바닥이 자갈을 짓밟는 것 같은 무게가 실린 소리 였다. 이물스럽고 색달랐다. 게다가 소리의 방향이 달랐다. 정순과 아 이들 발자국 소리라면 당연히 덕수가 작업하는 작업장의 동굴 안쪽 에서 나야 한다. 지금 듣는 발자국 소리는 안쪽이 아니라 바깥쪽이다. 덕수와 가족들이 처음 자리를 잡았던 방향에서 발자국 소리가 들려오고 있다. 우지직, 자갈을 짓밟는 발자국 소리. 밖에서 동굴로 들어오는 자의 발자국 소리다.

얼음 덩어리 하나가 덕수의 등 뒤로 쓰윽 지나갔다. 덕수는 양동이를 젓던 손을 멈췄다. 동굴 안으로 들어오는 자는 누구일까. 발자국소리가 발자국의 주인공이 남자임을 분명히 말해주고 있다. 게다가자갈을 으깨듯 밟는 묵직함은 그 신발이 여느 평범한 사람들의 신발이 아니라는 것이다. 군화다. 군인이 신는 군화의 발자국 소리다. 군인? 국방군인가? 아니면 인민군?

그때였다. 발자국 소리가 멈추었다. 말소리가 들려왔다. 누구를 부르는 소리다. 누구를 부르는 소리인가.

"박덕수!"

박덕수? 박덕수가 누구지? 박덕수라면…. 잠시 정신을 잃듯 덕수는 산만해졌다. 흩어졌던 정신 가닥이 번뜩 한 덩이로 뭉쳤다. 정신을차렸다. 박덕수라면 나를 말하는 것 아닌가. 나, 박덕수를 부르고 있지 않는가. 누군가 나를 부르고 있다. 누가 나를 부르는 것인가. 혹시인민군이 나를 찾으러 온 것은 아닐까. 지난번 인민군이 이 동굴로 오는 것을 목격하지 않았는가. 그때 나를 찾지 못하고 돌아간 인민군이다시 찾으러 온 것인가? 인민군은 탈주병인 나를 포기하지 않은 것인가. 전시에 탈영한 병사는 즉결처분되는 것은 너무나 분명한 일 아니던가. 이제 어쩐다?

일단 이 사태를 냉정하게 판단해야 한다. 누가 찾아왔으며, 무슨 일로 왔을까. 인민군일까, 아니면 국방군일까. 나를 잡으러 왔을까? 아니면 뭘 하러 왔을까. 어떻게 이 상황을 모면해야 할까. 빠르게 머리가 돌아가면서 이런 저런 의문과 걱정들이 덕수 앞으로 와르르 쏟아졌다.

대체 어떤 자가 나를 부르는 걸까. 정신을 바짝 차리자. 호랑이에게 잡혀가도 정신만 차리면 산다고 하지 않던가. 정신 가닥을 두 손으로 확실하게 움켜잡고 머리를 짜냈다. 겁을 먹을 게 아니다. 나를 부른다고 해서 겁을 먹을 게 아니다. 저자가 나를 부른다는 것은 저자는 내가 여기 있는지 모른다는 것 아니겠는가. 모르기 때문에 나를 부르고 있지 않는가. 내가 이곳 동굴에 있다는 것을 안다 해도 정확한 위치를 모르지 않겠는가. 모르니까 저렇게 내 이름을 부르는 것이지.

여기 동굴은 수많은 갈래 길이 있다. 내가 어디에 있는지 어떻게 알겠는가. 이 어두운 동굴에서. 여기 동굴에서는 내가 왕이다. 나보다 이 동굴을 잘 아는 사람은 없다. 저자는 내가 있는 위치도 내가 이곳에 있는지 없는지도 모른다. 이런 생각이 들자, 덕수는 덕수가 캐는 금조각 같은 용기가 생겼다. 대체 어떤 놈이 나를 부르는지 알고 싶다. 그래야 대처할 방법이 생기지 않겠는가. 덕수는 조심스레 일어나 자신을 부르는 소리가 나는 동굴 입구 쪽으로 살금살금 걸음을 옮겼다. 입구 쪽에서 안으로 비치는 불빛이 없는 것으로 봐서 덕수를 부르는 자는 아직 전등을 켜지 않은 것으로 보였다. 덕수는 가급적 동굴 벽에 딱 붙어서 조금씩 목소리가 나는 쪽으로 접근했다.

덕수가 목소리가 나는 방향으로 접근하는 동안에도 몇 번 더 박덕수를 부르는 소리가 났다. 저자가 찾아온 목적이 분명 박덕수 자신에게 있음이 확실히 각인되었다. 더 물러설 곳도 없다. 이제 어떤 행동이든 취해야 한다. 목소리와 거리가 더 가까워졌다. 이제 덕수는 목소리가 누구인지 구분할 만큼 거리를 좁혔다. 언뜻 비친 모습이 역시 군복을 입은 군인이다. 입구 쪽으로 흘러들어오는 빛에 의해 목소리의 윤곽이 흐릿하게나마 잡혔다.

덕수는 돌아서려 했다. 군인이라는 것을 확인한 이상, 그는 분명 인민군이며 탈영한 덕수를 잡으러 온 게 명약관화하기에. 덕수는 목소리에게 다시 눈길을 보냈다. 확실하게 확인하고 싶은 마음 때문이었을까. 그런데, 어? 이럴 수가…. 군인이 입고 있는 옷은? 인민군의 그것이 아니다. 누리끼리한 색이 아니다. 진녹색이다. 진녹색? 진녹색은 국방군인데. 국방군의 복장이다. 철모를 썼고, 소총을 들었으며 수통과 탄창집이 달린 탄띠를 차고 있는 국방군이다. 덕수를 부른 자는 인민군이 아니라 국방군이었단 말인가.

덕수는 다시 정신이 아득해졌다. 인민군이 아니라 국방군이라니. 왜 또 국방군이 나타났단 말인가. 대체 이게 어떻게 된 것인가. 나는 인민군이었으며 인민군에서 탈영했다. 인민군에서 탈영했으므로 나를 찾거나 잡으러 온 자는 인민군이어야 한다. 그런데 이게 어떻게 된 일인가. 인민군이 아닌 국방군이 나를 찾다니. 그것도 분명하게 내 이름을 부르면서. 그럼, 지금 국방군이 나를 잡으러 왔단 말인가. 나는 아직

인민군 신분이다. 의용군이었다가 인민군이 되었다. 인민군 자격으로 총을 들고 국방군과 양키군 들에게 총을 쐈다. 그렇다면…. 그렇다면 인민군인 나를 적군인 국방군이 잡으러 왔단 말인가. 뒤를 밟아서?

어느새 인민군은 물러나고 국방군이 들어왔단 말인가. 이렇게 금세 바뀔 수 있단 말인가. 왜놈 순사가 나타났던 건 착각해서 잘못 봤다 치고, 집에서 봤던 국방군과 동굴로 들어오려던 인민군은 덕수 눈으로 똑똑히 보고 확인한 자들이다. 그리고 이번에 저 앞에 국방군도 덕수가 보고 확인된 자다. 국방군의 땅이었던 곳이 인민군의 땅이 되고 인민군의 땅이었던 곳이 또 국방군의 땅이 되는 시간이 이렇게 빨리 뒤바뀔 수 있는 것인가. 하루 이틀 만에. 이 사태가 세상의 물리적 시간에 합당한 것인가. 혹시 같은 공간에 인민군과 국방군이 공존하고 있는 것은 아닌가. 짧은 순간에 이런 복잡한 생각들이 덕수의 머리를 어지럽혔다. 그나저나 이러고 있을 때가 아니다. 저자가 누구든 나를 찾는다면 얼른 도망가야 한다. 어떤 자든 나를 발견해서는 안 된다.

"박덕수!"

생각에 빠져있는 사이, 목소리가 덕수의 형체를 알아본 것일까. 덕수를 부르는 소리가 더 힘차게 들렸다. 덕수를 알아본 것이다. 아니, 덕수를 알아본 게 아니라 동굴 안에 목소리 자신 말고도 또 다른 자가 있는 것을 알아낸 음성이다. 목소리는 동굴 안에 서 있는 자가 박덕수임을 확신한 것인가. 갑자기 불빛이 안으로 쏟아져 들어왔다. 손전등을 켠 것이다. 불빛이 천천히 다가왔다. 천천히 다가왔지만 발자국 소리에는 의지가 담겨 있다. 꼭 박덕수를 만나고야 말겠다는 의지가.

불빛이 덕수 쪽으로 더 가까이 쏟아졌다. 덕수는 얼른 안쪽으로 뒤돌아섰다. 냅다 동굴 안쪽으로 뛰었다. 뒤에서 불빛이 다급하게 상하좌우로 춤을 추면서 덕수 쪽을 비췄다. 더불어 군화발자국 소리도 급하게 들렸다. 덕수는 안쪽으로 도망가면서 문득 정신을 차렸다. 이대로 안쪽으로 들어가면 정순과 아이들이 있는 곳으로 가게 된다. 당연히 가족들이 있는 곳으로 가면 안 된다. 저 목소리를 다른 방향으로 유인해야 한다.

덕수는 금광석 제련 작업장을 지났다. 목소리도 곧 따라왔다. 역시 박덕수를 끊임없이 부르면서. 덕수는 작업장을 지나 사거리에 닿았다. 사거리에서 우측으로 세 시 방향으로 회전하면 정순과 아이들이 있는 방향이다. 덕수는 사거리에서 반대편인 아홉시 방향의 길을 택했다. 일부러 사거리에서 멈칫 함으로써 목소리가 더 접근하여 덕수가 갈 방향을 알아챌 수 있도록 미끼를 던졌다.

덕수는 아홉 시 방향 길로 냅다 달렸다. 아홉 시 방향으로 달려가면 이 동굴의 주 입구로 나갈 수 있고 좌측으로 돌면 이 동굴로 들어올 수 있는 첫 번째 소입구가 나온다. 그 소입구로 빠져나갈 생각이다. 소입구로 빠져나가서 세 번째 입구로 들어오면 샘물을 지나 가족들이 머무는 곳에 닿을 수 있다.

덕수가 유인하는 대로 목소리는 손전등을 들고 열심히 따라왔다. 잠시 후, 덕수는 주 입구에서 좌측으로 첫 번째 소입구로 나와 동굴 밖으로 나왔다. 나오자마자 덕수는 얼른 풀숲 속으로 몸을 숨겼다. 곧

이어 목소리도 정신없이 소입구로 나왔다. 덕수는 몸통과 머리를 둥글게 말아 숲속으로 푹 집어넣었다. 원래 숲과 한 몸이라도 된다는 듯. 꼼짝하지 않았다. 움직여봐야 좋을 게 없지 않는가.

목소리는 동굴 밖으로 쫓아 나와 여기저기를 두리번거리고 있을 것이다. 덕수의 귀에 거친 숨소리가 들렸다. 덕수는 풀이나 바위나 한 가지가 되어 움직이지 않았다. 조금만 움직였다가는 저 목소리에게 금방 들통이 나고 잡혀갈 것이니까. 목소리는 조급하게 두리번거리더니 덕수가 도망갔음직한 방향으로 뛰어갔다. 목소리가 그리로 뛰어갔다 해서 돌아오지 않을 것이라 판단한다면 바보다. 달려갔던 곳에서 덕수의 흔적을 발견하지 못하면 분명 다시 이곳으로 돌아와 반대편으로 달려가 볼 것이다. 덕수를 잡으려고. 덕수는 꼼짝하지 않고 있었다. 덕수 예상대로 목소리는 다시 원위치로 돌아와 두리번거리더니 반대편으로 개 발에 땀나듯 달려갔다. 달려가 봐야 개 발에 땀만 나지 별 수 없지 뭐. 바보 같은 자식.

덕수는 이틈을 노렸다. 냉큼 일어나 나왔던 동굴 입구로 다시 들어갔다. 입구로 들어가는 동안 다시 뒤에서 목소리가 쫓아오는 소리가 들렸지만 개의치 않고 열심히 달렸다. 이번에는 곧바로 정순과 아이들이 있는 곳으로 직행했다.

정순과 아이들은 덕수가 땀을 뻘뻘 흘리며 달려오자 또 누군가 덕수를 쫓아오고 있음을 단박에 알아차렸다.

"또, 누가 왔어요?"

정순이 부산스럽게 일어나 도망가려는 자세를 취하며 덕수를 쳐다봤다. 덕수는 잠시 숨을 헐떡인 후 말했다.

"일단 저 남포등을 꺼!"

"왜요?"

정순이 되물었다. 덕수는 대답 대신 자신이 얼른 남포등을 껐다. 덕수는 가족을 재촉했다.

"어, 어서, 가자고!"

덕수가 얼굴이 하얘져 하는 말에 가족들은 모두 긴장한 표정으로 덕수를 바라봤다.

"왜요? 누가 와요?"

정순이 재차 물었다.

"누군가 우리를 다시 쫓고 있어. 일단 여기 동굴에서 나가자고."

"동굴에서 나가면 안 되잖아요?"

동숙이 의문을 제기했다. 덕수는 이때껏 가족들에게 동굴 밖으로 나가서는 절대 안 된다고 늘 신신당부하지 않았던가. 그런데 동굴 밖으로 나가자니. 가족들이 어안이 벙벙할 수밖에.

"이 동굴 안으로 들어왔어! 우리를 쫓는 사람이!"

덕수가 다급하게 말했다. 사태의 심각성을 알아챈 정순과 아이들이 사색이 되었다.

"어서, 빨리 신발들 신어!"

여러 번 이런 일을 당해온 터라 가족들은 일사분란하게 움직였다.

"여기 살림살이는요?"

정순이 멈칫하며 덕수에게 물었다.

"지금 이걸 챙길 시간 없어. 챙기고 있다간 잡히고 말거야!"

정순은 두 말 없이 옷매무새를 가다듬고 떠날 차비를 챙겼다. 덕수가 동민을 업고, 정순이 동숙의 손을 잡았다. 동호는 잽싸게 덕수의 뒤를 따랐다.

잠시 덕수는 어느 방향으로 빠져나갈까 고민했다. 지금 덕수 가족이 머물고 있는 장소는 삼거리다. 이 삼거리에서 주 입구 쪽으로 나가면 방금 덕수를 쫓던 목소리와 마주칠 수 있다. 다른 두 개의 통로가 있는데, 우측은 주 입구의 반대편 주 입구로 거리가 한참 멀다. 좌측은 중간에 샘물이 있다. 샘물이 있는 곳에 가족을 데려갈 수는 없다. 덕수는 가족들에게 그곳은 절대 가서는 안 되는 곳이라 경고해왔다. 그런 곳으로 덕수가 먼저 가자 할 수는 없다.

덕수가 가족에게 샘물에 가지 말라 하는 이유를 덕수에게 물어본다면 덕수는 딱히 답을 내놓을 수 없다. 왜 그런 금기를 가족에게 당부하는지 덕수 자신도 그 이유를 모른다. 다만 가족이 샘물에 가면 안될 것이라는 막연한 두려움이 두터운 장막으로 덕수의 머리에 내려와 있을 뿐이다.

샘물로 가는 입구를 포기한다면 동굴을 나갈 수 있는 통로는, 주 입구의 반대 주 입구 쪽과 주 입구 쪽 두 곳이다. 두 곳 중 어디를 택해야 할까. 주 입구의 반대 주 입구는 너무 거리가 멀고, 나가는데 시간도 많이 걸린다. 게다가 그곳으로 나가면, 현재 이 산의 북쪽 방향에 있는 국방군의 위치를 알아내기 힘들다. 차라리 위험을 감수하고 주 입구로 나가다가 중간에 덕수가 방금 들어왔던 입구의 반대 방향으로 나가는 게 어떨까. 지난번 인민군이 덕수를 잡으러 왔을 때 들어왔던 주 입구에서 우측으로 첫 번째 입구로 나가면 쉽사리 목소리인 국방군의 위치도 파악하여 대처할 수 있지 않을까.

덕수는 주 입구 쪽으로 방향을 잡아 재빨리 움직였다. 덕수에게 안긴 동민은 덕수의 뒷목을 꼭 붙잡았다. 덕수는 안전하게 동민을 안고 바쁘게 거처를 나와 삼거리에 이르렀다. 삼거리에서 좌측으로 나가면, 덕수가 조금 전 동굴로 들어왔던 길이 나오고 반대편은 전에 인민군이 동굴 입구로 접근할 때 들어왔던 입구로 나갈 수 있다. 덕수는 정순과 동호, 동숙을 앞장 세웠다. 덕수가 뒤에서 국방군이 쫓아오는 것을 경계하려는 것이다.

아까 덕수는 국방군을 동굴 밖에서 따돌렸다. 아마 그자는 밖에서 헤매다 다시 이 동굴로 들어올 확률이 높다. 밖에서 덕수의 흔적을 찾을 수 없다면 덕수가 다시 이 동굴로 들어왔을 것이라 판단할 수 있지 않겠는가. 가족들은 조심스럽게 동굴 길을 걸었다. 다시 삼거리가 나왔지만 직진하라고 덕수가 지시했다.

드디어 입구가 나왔다. 그냥 무턱대고 나갔다가 큰 낭패를 볼 수 있지 않겠는가. 덕수는 입구에서 밖의 동정을 살폈다. 고개만 내밀어 이 곳저곳을 살폈는데, 인기척은 느낄 수 없다. 바깥 날씨는 방금 전과 완전히 달렸다. 이렇게 변덕이 심할 수가 있을까. 아까는 맑지는 않았지만 먹장구름이 하늘을 점령하진 않았는데, 지금은 거센 바람이 불고, 검은 구름이 온통 하늘을 뒤덮었다. 곧 비가 쏟아지려는지 심상치 않게 바람이 분다. 목숨이 왔다 갔다 하는 판국에 날씨에 신경 쓸까.

덕수는 동민을 안은 채 조심스럽게 동굴 밖으로 걸음을 떼었다. 거칠고 힘센 바람이 흉악한 소리를 지르며 날려버릴 듯 덕수 가족을 덮쳐왔다. 가족들을 숨길 수 있는 장소가 필요하다. 일단 몸을 은폐할 수 있는 숲속으로 들어가야 한다. 벌써 나무들은 달고 있는 잎들을 대부분 낙엽으로 떨어뜨린 상태라 숨을 만한 장소를 물색하는 게 쉽지 않다. 갈대숲으로 내려가려면 여기서 좌측으로 한참 가야 한다. 갈대숲은 동굴의 주 입구 아래에 있다. 마침 좌측으로 왕성하게 푸른 잎을 매달고 있는 대나무 숲이 보였다. 거센 바람이 대나무 숲을 가만 놓아두지 않는다.

덕수가 가족들을 데리고 대숲으로 들어갔을 때, 급기야 하늘이 울음보를 터뜨렸다. 뭐가 그리 서러운지 하늘은 크게 울기 시작했다. 곧이어 비가 쏟아지기 시작했다. 소나기 같긴 한데 쏟아지는 양이 엄청났다. 물 폭탄을 쏟아 붓듯 하늘에서 장대비가 쏟아졌다. 단숨에 가족 모두가 물에 흠뻑 젖어버렸다. 동굴 안에 있었다면 이렇게 물에 빠진 생쥐 꼴은 당하지 않았을 듯한데…. 서늘한 가을 날씨에 갑자기 퍼붓듯 쏟아진 빗물을 속절없이 맞은 아이들이 입술이 파래지면서 몸을 떨었다. 막내 동민은 아예 이빨까지 딱딱 부딪치며 덜덜거렸다. 정순이 동민을 품에 꼭 안았다.

"그나저나 어떻게 된 거예요?"

정순이 못마땅한 목소리로 따지듯 물었다. 비가 거세게 퍼붓는 통에 아이들이 오들 오들 떨고 있다. 어미로서 영 짜증스럽지 않겠는가. 막상 덕수의 숨넘어가는 부추김에 동굴에서 튀어나왔지만, 바깥 상황이 지랄 같으니, 덕수에게 화딱지의 화살을 날릴 수밖에.

"국방군이었어."

혼이 나간 사람처럼 덕수가 비를 맞으며 무표정한 얼굴로 말했다. 국방군이라니. 밑도 끝도 없이 국방군이라니. 또 덕수가 정신없는 이야기를 꺼내고 있다. 이번이 벌써 몇 번째인가. 이번에는 국방군인가. 정순은 화딱지가 원 플러스 원으로 치밀어 올라왔다.

"국방군이 잡으러 왔다고요? 직접 봤어요?"

정순 목소리가 째지듯 허공을 치고 올라갔다. 비바람 때문에 목소리를 크게 내기도 했지만 정순 음성에는 짜증이 잔뜩 묻어 있다. 덕수는 역시 무표정한 얼굴로 고개를 끄덕였다. 대숲이 거친 비를 가려주고는 있지만 어느새 얼굴은 빗물로 흠뻑 젖었다. 바람까지 불고 있어 더욱 을씨년스러운 분위기다. 덕수는 정순의 툽상스런 말에도 아랑곳하지 않고 차분하게 말했다.

"내가 인민군에서 탈출했다고 말했었지. 인민군이었던 나를 어느새 국방군이 알고는 잡으러 왔어."

"동호 아버지를 잡으러 온 게 분명해요? 지난번에는 인민군이 잡으러 왔다면서요. 그 전에는 국방군이 우리 집을 둘러보고 있었다고 했고요. 그렇지만 그 사람들이 확실히 동호 아버지와 우리들을 잡으러 왔는지는 모르잖아요. 그냥 동호 아버지가 그렇게 추측했을 뿐이잖아요. 이번에도 그런 게 아닐까요? 괜히 동호 아버지가 겁을 먹고 그러는 거 아니에요?"

"내 이름을 불렀어."

덕수가 마침표를 찍듯 짜증을 내는 정순에게 카운터펀치를 날렸다. 정순이 놀란 듯 입을 크게 벌렸고, 얼른 손으로 자신의 입을 가렸다. 카운터펀치에 그로기 상태가 된 것인가. 당황하는 게 역력했다. 국방군이 덕수의 이름을 불렀다는 것이다. 즉 국방군이 덕수의 이름을 불렀다면, 국방군의 목표는 분명 덕수라는 것 아니겠는가. 그건 국방군이 덕수를 잡으러 왔다는 것을 증명하는 것 아니겠는가. 정순은 재차 확인하고 싶었다.

"정말 동호 아버지 이름을 불렀어요? 정말요?"

덕수는 고개를 크게 끄덕였다. 국방군이 덕수의 이름을 불렀던 사실은 분명한 모양이다. 이건 보통 일이 아니다. 이제까지는 그냥 막연하게 일본 순사나 국방군, 인민군이 덕수와 덕수 가족들을 찾으러 온 것으로 알고 경계하고 피했다. 덕수가 그렇다고 하니 그런가보다 했다. 그러나 그들이 진정 덕수와 덕수 가족을 찾으러 왔는지 확신할 수 없었다. 이번은 다르다. 덕수의 이름을 불렀다고 하지 않는가. 그렇다면 분명 덕수를 목표로 이 동굴을 찾아왔다는 것이다. 국방군이. 이제 결론이 난 것인가. 국방군이 덕수를 잡으러 왔다고.

"이제 어떻게 하지요?"

막연한 두려움이 완전히 현실화되었다는 것에 정순은 겁을 먹은 표정이다.

"이제 우리는 다 죽는 거예요?"

덕수와 정순의 이야기를 듣고 있던 동숙이 훌쩍이며 말했다. 비에 젖은 몸을 덜덜 떨면서 우는 모습이 덕수를 몹시 안타깝게 했다. 덕수는 잠시 가족들에게 뭐라 말을 해야 할지 막막했다. 어떻게 말을 해야 실망시키지 않을까.

"아니야. 죽긴 왜 죽어!"

덕수가 얼굴 표정을 단단하게 하면서 말했다.

"금만 더 확보하면 여기서 도망가는 거야. 금만 더 확보하면. 우리 계획이 그랬잖아."

그랬다. 덕수가 가족들을 이 동굴로 데려온 목적이 무엇이던가. 우선 오는 비를 피하려는 마음도 있었지만, 일석이조라고 피신도 하면서 노다지를 캐 멀리 도망가는 자금을 마련하는 목적도 있었지 않는가.

덕수는 훌쩍이는 동숙을 두 팔로 안았다.

"이렇게 비를 맞으면 아이들이 감기에 걸린 텐데."

정순이 퍼런 입술로 덕수 눈치를 보면서 말했다. 동굴에서 국방군을 피해 도망 나왔다고는 하지만 여기서 비를 맞고 있는 것도 아이들에게는 좋을 게 없다. 그렇다고 나왔던 동굴로 들어가자니 찝찝하다. 아이들을 이 빗속에 계속 세워둘 수도 없고 어찌하면 좋을까. 진퇴양난이다.

무작정 비를 맞고 서 있으면 답이 나올 리 없다. 빨리 어떤 방법이든 강구해야 한다. 무턱대고 이 빗속에 가족들을 세워둘 수 없다. 일단 덕수를 쫓는 세력의 동태를 살펴볼 필요가 있다. 국방군은 많은 수가 아니다. 전개된 판세를 통해 짐작해보면 덕수를 찾아온 자는 한 명으로 파악된다. 지금까지 상황만 봐서는 그렇다는 것이다. 물론 모른다. 다른 국방군이 밖에서 진을 치고 있을지도 모르지 않는가.

덕수는 우선 주변을 살펴보기로 했다. 동굴 밖에 다른 국방군이 포진하고 있는지를 확인하기 위해. 지금 덕수와 덕수 가족이 숨어 있는 대숲에서 왼편으로 가면 동굴의 주 입구가 나온다. 만약 덕수 이름을 부른 국방군 이외 다른 국방군이 있다면 그 주 입구 부근에 진을 치고 있을 것이다. 아니면 주 입구를 통해 동굴 안으로 들어가 있을 수도 있고.

덕수는 가족들에게 잠시 몸을 낮추고 숨어 있으라 하고 주 입구 쪽으로 조심스럽게 접근했다. 비가 내리고 있어 시계視界가 깨끗하게 확보되지 않는다. 주 입구까지 조심스럽게 다가갔지만 다른 자들은 보이지 않는다. 일단 덕수를 불렀던 국방군 이외 다른 국방군은 없는 것으로 결론 냈다. 조금 안심된다. 혹시 모른다. 비를 피해 동굴 주 입구를 통해 동굴로 들어갔을지도. 긴장을 푸는 건 아직 금물이다.

조심스럽게 동굴 주 입구로 접근해서 동태를 살폈다. 사람들 목소리가 들리는지 싶어 귀를 세웠지만 역시 인기척은 느껴지지 않는다. 내친 김에 발걸음을 동굴 안으로 옮겨보기로 했다. 위험하기는 하지만 조심스럽게 국방군이 어디쯤 있을까 살펴보고 싶다. 한 걸음 한 걸음 조심스럽게 주 입구로 다가가 천천히 안으로 들어갔다.

문득 머릿속에서 호롱불이 번쩍 켜졌다. 덕수는 동굴 안에서 빛이 없어도 움직이는데 큰 지장이 없다. 반면 국방군은 그럴 수 없다. 국방군은 손전등이나 남포등이 없으면 이 동굴에서 한 발자국도 움직일 수 없다. 만약 아까 덕수를 불렀던 국방군 말고 다른 국방군이 이 동굴에 있다면, 그자는 손전등이나 남포등을 들고 있을 것이다. 빛을 들고 움직이면 당연히 덕수 눈에 띨 것이다. 동굴에서 빛을 발견하지만 않으면 이 동굴에 국방군이 없다는 것을 반증하는 것이다. 기특한 생각이다. 덕수는 좀 더 용기가 났다.

동굴 안으로 더 깊이 들어갔다. 우려했던 불빛은 보이지 않는다. 적어도 덕수 앞에는 아무도 없다는 것이다. 덕수 앞에 보이지 않는다 해서 국방군이 확실히 이 동굴에 없다는 것은 아니다. 걱정했던 것처럼 아까 봤던 국방군 말고 다른 국방군은 없다는 것을 증명하는 것이리라.

덕수는 더 힘이 생겼다. 이제 국방군 한 명 쯤은 어떻게 해볼 수 있다는 거. 덕수가 국방군에게 들키지 않는다면 일부러 나 여기 있소, 하고 드러낼 필요는 없지만, 만약 들킨다면 그자와 승부를 겨뤄 쫓아내는 것도 한 방법이다. 아니다. 아예 내가 한 명 밖에 안 되는 국방군을 찾아서 이 동굴에서 쫓아내자.

동굴 안으로 조심스럽게 더 들어갔다. 여전히 빛은 보이지 않는다. 다른 통로에 있거나 아니면 밖에서 아직도 덕수를 찾고 있을지 모른다. 혹시 이 낯선 동굴에 들어왔다가 길을 잃고 헤매고 있을지도 모른다. 덕수는 내친 김에 덕수가 처음 거처로 사용했던 곳까지 왔다. 은밀하게 감춰두었던 카빈 소총을 꺼내들었다. 최신식이었고, 사용한 지 얼마 되지 않아 충분히 제 구실을 할 것이다.

덕수는 소총을 적당한 곳에 숨겨놓고 방금 들어왔던 동굴 주 입구를 통해 밖으로 나왔다. 밖으로 나오는 동안에도 국방군은 만나지 않았다. 어디에 있을까. 동굴 밖으로 나갔을까? 덕수 찾는 것을 포기하고 동굴을 떠났을까? 이 동굴에 남아 있는지 아니면 떠났는지 아직은 모른다. 긴장을 풀어서는 안 된다.

여전히 밖은 비가 내리고 있다. 지나가는 소나기였으면 했는데 비는 길어지고 있다. 대나무 숲에서 비를 피하고는 있지만, 비에 흠뻑 젖어 떨고 있을 정순과 아이들이 마음에 걸렸다. 덕수는 빗물에 진흙탕이 된 산길을 급히 내려가느라 엉덩방아를 찧기도 하면서 가족들이 오들오들 떨고 있는 대숲으로 갔다. 불러주는 사람 없지만 공사다망해서 바삐 왔다갔다 하느라 덕수는 몸에서 열이 펄펄 나 비를 맞아도 대충 견디지만, 숲에서 꼼짝하지 않고 엎드려 있는 가족들은 그렇지 않다. 아이들 입술은 이미 퍼렇게 변해서 덜덜 떨고 있는 모습이 애처롭기 짝이 없다. 감기가 들 거라 걱정하는 정순의 말은 기우가 아니다.

"자, 동굴로 들어가자고."

덕수가 민방공 훈련 종료를 외치며 기쁜 소식을 알리는데도, 정순은 의아한 눈으로 또 느닷없이 그게 무슨 말이냐는 투로 쳐다봤다. 그건 아이들도 마찬가지다.

"괜찮겠어요?"

동굴에서 부리나케 도망쳐 나올 때는 언제고 다시 들어가자니, 통 알다가도 모를 소리를 하고 있지 않는가.

"괜찮을 거야. 나를 잡으러 온 국방군은 한 명 밖에 없어."

국방군 한 명 정도는 덕수가 간단히 요리할 수 있다는 말로 들렸다. 어쨌든 자신감 넘치는 덕수의 말을 믿어보기로 했다. 안 믿으면 어떻게 할 것인가. 무조건 덕수의 말을 믿어야 하지 않겠는가. 정순은 동민을 안고 일어섰다. 덕수도 동호와 동숙의 팔을 잡고 대숲을 나와 다시 산을 올랐다. 비가 내려 땅이 질척이는 바람에 올라가는 게 더뎠다. 주 입구는 다섯 명이나 되는 가족 전체가 들어가기에는 위험해보였다. 아까 가족들이 나왔던 주 입구에서 우측 첫 번째 입구로 다시 복귀하기로 방향을 잡았다.

덕수와 가족들이 동굴 입구가 막 보이는 데까지 올라왔을 때였다. 동굴 입구에서 인기척이 느껴지더니 사람이 보였다. 바로 그 국방군이다. 두억시니 같은 국방군 놈이 동굴 입구로 나와 두리번거리며 인기척을 찾았다. 여전히 덕수를 찾고 있는 모양이다.

정순과 아이들은 기겁을 하며 몸을 낮췄다. 정순은 실체를 봤다. 덕수가 허언을 한 게 아니라는 사실을 똑똑히 확인했다. 저 앞에 진짜 국방군이 서 있지 않는가. 철모에 진녹색 군복을 입고 군화를 신고 손에 장총을 들고 말이다. 지금껏 덕수가 뱉은 말과 행동이 거짓꼴로 한 게 아니라는 걸 분명하게 피부로 느꼈을 것이다. 덕수와 가족을 쫓고 있는 자가 있다는 사실을 두 눈으로 확인하자, 정순과 아이들은 엎드린 채 사시나무 떨 듯 떨었다.

가족들의 그런 모습을 보자 덕수는 가족들에게 미안했다. 저 국방군놈이 싫다. 저 자식이 밉다. 저 국방군 녀석이 우리 가족을 두려움에 떨게 만들었다. 오기가 생겼다. 적개심이 치솟았다. 이렇게 피할 것이 아니라, 혼자 있는 저놈을 아예 쫓아버리자는 뚝심과 용기가 생겼다.

덕수는 정순과 아이들을 다시 숲속에 숨긴 뒤, 동굴 주 입구를 통해 동굴 안으로 은밀히 잠입해 들어갔다. 덕수는 조금 전 숨겨두었던 총을 찾아 들고 동굴 안으로 조심스럽게 들어갔다. 역시 불빛은 보이지 않는다. 덕수는 가족이 처음 거처로 삼았던 곳을 지나고, 사거리와 삼거리 두 개를 더 지난 뒤 국방군을 피해 도망쳐 나갔던 동굴 입구로 신중하게 접근했다. 국방군은 동굴 입구에 서 있거나 아니면 다시 이 통로를 통해 동굴로 들어왔을 것이다.

덕수가 입구에 다다랐을 때, 국방군이 입구에 있었다. 그는 여전히 비를 피해가며 동굴 입구에서 밖을 염탐하고 있었다. 덕수는 총을 겨누었다. 국방군을 직접 겨냥하지는 않는다. 사람을 죽이고 싶지는 않다. 소총에는 이미 탄창이 장착되어 있고 총알이 장전되어 있다. 덕수는 방아쇠에 손을 넣었다. 익숙한 감촉이 손가락에 느껴졌다. 여러 번

총을 쏴본 느낌이 손가락에 전해졌다. 여러 번 정도가 아니라 수십 번 쏴본 느낌이다. 손가락을 가볍게 당겼다.

"탕!"

순간, 국방군이 자세를 낮추며 동굴 안쪽으로 머리를 돌렸다. 아마 간담이 서늘할 만큼 몹시 놀랐을 것이다. 고요하기만 하던 동굴 안에서 난데없이 총성이 울리고 그 총이 자신을 겨냥하고 있다는 걸 알게 되었으니까. 국방군도 들고 있던 총을 동굴 안쪽으로 겨냥했다. 덕수는 다시 방아쇠를 당겼다.

"탕!"

국방군이 재차 목을 자라목처럼 움츠렸다. 잠시 후 국방군의 음성이 들려왔다.

"박덕수! 총을 쏘다니…. 왜, 총을 쏘는 거야?"

왜 총을 쏘냐니. 국방군, 당신이 이곳에 있으니까. 당신이 이곳에 와서 나를 잡으려 하고 내 가족을 괴롭히려 하니까. 당신이 나와 우리 가족을 위협하니까. 당신은 이곳에 있으면 안 되는 사람이야. 이곳을 떠나주었으면 좋겠어. 덕수는 다시 방아쇠를 당겼다.

"탕!"

"이러면 정말 곤란한데……."

국방군이 동굴 밖으로 슬슬 뒷걸음질 치며 말했다. 그래 이 녀석아, 얼른 나가라! 동굴 밖으로 나가서 절대 이곳에 오지 마라!

"박덕수, 다시 올 거야. 다음에도 이러면 정말 곤란해질 거야!"

동굴 밖으로 나간 국방군이 쏟아지는 비를 맞으며 동굴 안으로 소리쳤다. 국방군은 미련 없다는 듯 빗속을 유유히 걸어 산을 내려갔다. 뭐야, 다시 온다고? 다시 온다면 그때는 총알이 네 놈의 뱃구레에 구멍을 내고 말거야.

국방군이 남기고 간 말을 덕수는 곱씹어 봤다. 녀석은 다시 오겠다고 했다. 분명 그렇게 말했다. 다시 오겠다고. 녀석의 말은 국방군인 녀석이 다시 오겠다는 것이다. 인민군이나 일본 순사가 아닌 국방군이. 그렇다면 이때까지 덕수를 감시하고 쫓던 자들은 일본 순사나 인민군이 아니고 저 국방군이었단 말인가. 그렇다면 이때까지 봤던 일본 순사나 인민군은 대체 무엇인가. 그들은 왜 이곳에 나타났단 말인가. 물론 오늘처럼 덕수 이름을 부르고 다시 오겠다는 말을 남기고 간 자는 국방군밖에 없고, 일본 순사나 인민군과는 직접 대면하거나 말을 섞지는 않았지만.

덕수는 머리를 세차게 흔들었다. 지금 이 상황에서 지나간 일본 순사 에피소드나 인민군 출현을 분석할 여력이 없다. 그 작자들의 등장을 분석한다 해서 지금의 위급을 모면할 방법이라도 있는가. 모든 게 제자리를 찾은 것처럼 지금 덕수를 위협하고 쫓는 자들은 국방군이라는 사실이 분명히 드러나지 않는가. 다 잊고 국방군에 대해서만 생각하고 국방군만 전념하자. 결국 박덕수는 국방군에게 쫓기고 있는 것이다.

비가 그쳤다. 이 산을 온통 물바다로 만들 것처럼 장대비를 쏟아내던 하늘이 언제 그랬냐는 듯 멀쩡한 얼굴로 변했다.

폐 광

얄밉기 짝이 없다. 덕수는 동굴 입구에서 국방군이 산에서 완전히 내려가는 것을 지켜봤다. 국방군이 시야에서 사라진 뒤 덕수는 바삐 가족들이 숨어 있는 숲으로 내려갔다.

"동호 아버지……."

정순이 울먹이는 표정으로 덕수를 반겼다. 덕수는 의아한 표정으로 정순과 아이들을 봤다.

"아까 총소리가 나서 얼마나 걱정했는지 몰라요."

정순이 울먹이는 표정을 거두지 못하고 말을 이었다. 정순과 아이들은 총소리가 나는 바람에 혹시 덕수가 어떻게 되었나 싶어 걱정했던 모양이다.

"내가 쏜 거야."

덕수는 카빈총을 들어보이며 의기양양한 표정으로 말했다.

"총을 쐈다고요?"

"총을 쏴서 쫓아버렸어."

정순과 아이들이 겁에 질린 표정으로 덕수와 덕수가 들고 있는 총을 번갈아 쳐다봤다. 마치 자신들을 향해 덕수가 총을 겨누고 쏘기라도 한다는 듯 두려운 표정이 역력했다.

"괜찮아. 이제 안 올 거야."

덕수는 정순과 아이들이 국방군 때문에 너무 겁을 먹은 것이라 짐작하고 최대한 부드러운 목소리로 말하려 했다. 물론 국방군은 다시 오겠다는 말을 했다. 지금은 가족들을 잘 달래 안심시켜야 한다. 정순과 아이들은 여전히 겁에 짓눌린 표정으로 덕수와 덕수가 들고 있는 총을 보고 있다.

"자, 괜찮다니까. 다 끝났어. 이제 동굴로 들어가자고. 아이들이 많이 젖었어."

아이들은 갑자기 쏟아진 장대비에 많이 젖어 있다. 정순도 마찬가지다. 옷을 갈아입지 않으면 감기에 걸리기 십상이다. 여전히 정순과 아이들은 굳어버린 바위처럼 겁에 짓눌린 표정을 풀지 않고 서 있다.

"왜 그러는 거야? 이제 괜찮다니까. 어서 들어가자고. 감기 걸려!"

"동굴에 들어가기 싫어요!"

덕수의 채근에도 꼼짝 않고 서 있던 동호가 말했다. 덕수는 당황스럽다. 지금까지 가족을 잘 숨겨줬던 동굴이다. 동굴만한 피난처가 어디 있는가. 그걸 덕수만 알고 있는 게 아니다. 세상 돌아가는 것을 알만한 동호도 잘 알고 있다. 그런데 동굴에 들어가기 싫다니. 동호만 덕수의 말에 반기를 드는 게 아니다. 정순과 동숙, 동민도 동호와 같은 표정을 하고 덕수를 바라본다. 역시 미동도 하지 않은 채. 동호의 말에 동조한다는 뜻인가.

"들어가기 싫다니? 동굴만한 안전한 곳이 어디에 있다고?"

덕수는 정순과 아이들의 태도를 이해할 수 없다. 덕수가 가족들을 여기 남기고 동굴로 올라갈 때까지만 해도 가족들은 이러지 않았다. 비가 너무 많이 쏟아졌다. 비를 피해야 했다. 국방군을 피해 동굴에서 나왔지만 비를 피하기 위해 동굴로 들어가는데 주저하는 기색은 전혀 없었지 않았는가. 물론 동굴 입구를 지키고 있는 국방군 때문에 들어가지는 못했지만. 갑자기 이렇게 돌변하는 이유는 무엇인가.

"냄새가 너무 지독해요."

"냄새?"

"고춧대 타는 내, 솔가지 타는 냄새가 너무 싫어요."

덕수는 그런 냄새가 동굴에서 났던가, 잠시 생각해봤다. 동호 말대로 그런 냄새가 나긴 났지만 못 참을 정도로 심한 것은 아니었다. 처음 이 동굴에 들어갈 때 가족들은 그 냄새가 난다면서 얼굴을 찡그리긴 했어도, 지금처럼 대놓고 싫다는 말은 하지 않았다. 지내오면서도 냄새에 대해 크게 불평하지는 않았지 않는가. 그런데 왜?

"지금까지 잘 버티면서 지내왔잖아?"

덕수는 뭐라 해야 할지 난감했다.

"동숙이도 동민이도 그 냄새가 정말 싫으냐?"

동숙 동민은 아무 말없이 고개를 숙였다. 무언의 동의라는 것인가. 저 애들도 동호와 마찬가지란 말인가. 덕수는 정순을 쳐다봤다. 자네도 그러냐는 표정으로. 정순도 말없이 고개를 외로 꼬았다. 다들 왜 이러지? 덕수가 아까 동굴에 들어가느라 비웠던 그 짧은 시간에 무슨 일이 있었나? 덕수는 이해할 수 없다.

"다들 왜 그러는 거야?"

덕수의 언성이 높아졌다. 역시 가족들은 표정을 풀지 않은 채 대답이 없다.

"동굴에서는 귀신이 나와요."

이번엔 동민이 말했다.

"귀신?"

"귀신이 나와서 싫어요."

덕수는 할 말이 없다. 다들 서로 짜기라도 한 것처럼 같은 표정을 하고 덕수에게 거부표시를 한다.

"아버지가 다 지켜주잖아. 걱정하지 마. 이 아버지가 다 지켜줄 테니까. 이 총으로 말야."

덕수가 정순과 아이들 앞에 총을 들어 보이며 말했다.

"아앙!"

동민이 갑자기 울음을 터뜨렸다. 정순과 동호 동숙이 까치살모사에게 심장이라도 물린 것처럼 기겁을 하며 그 자리에 주저앉아버렸다. 덕수는 즉시 눈치 챘다. 덕수가 들고 있는 총이 문제라는 것을. 정순과 아이들이 총을 무척 싫어한다는 것을. 지난번 처음 가족들에게 이 총을 보여줬을 때도 그랬지 않은가. 그때는 무심코 지나갔는데 지금 보니 그냥 지나칠 일이 아니다. 가족들이 매운 연기와 귀신 때문에 동굴에 들어가지 않겠다고 하는 말은 다 핑계다. 문제는 바로 이 총에 있다. 이 총이 무서워 동굴에 들어가지 않으려 하는 것이다.

왜, 가족들이 총에 민감한 반응을 보이는지 알 길은 없다. 덕수는 정순과 아이들에게 왜, 총을 무서워하느냐 따져 물어야 한다. 대체 왜 그러는지 궁금하기 짝이 없다. 어떤 무섭고 강렬한 체험이 가족들에게 총을 두려워하게 만들지 않았을까. 어떤 체험이었을까. 가족들에게 어떤 일이 일어났을까. 하지만 지금은 그걸 따지고 물어볼 여유가 없다. 가족들은 서늘한 날씨에 비에 흠뻑 젖어 있다. 이렇게 있다간 고뿔에 걸리기 십상이다. 가족들을 보호해야할 책임이 덕수에게 있다. 이대로 놓아둬서는 안 된다. 지금, 왜 가족들이 총을 싫어하는지 따질 겨를이 없다.

덕수는 높이 들어보였던 총을 얼른 등 뒤로 숨겼다. 지금은 당장 가족들을 달래어서 동굴로 들어가야 한다. 이곳은 안전하지 않다. 아이들은 비에 너무 많이 젖었다. 지금은 가족들의 안전과 건강이 중요하다. 동굴로 들어가는 게 우선이다. 따지는 거야 나중에 해도 되지 않는가.

"미, 미안하다. 미안해…. 앞으로는 이걸 보이지 않을게."

덕수는 정순과 아이들을 달랬다.

"얼른 동굴로 들어가자. 들어가서 황금만 캐면 이곳을 떠나자. 이곳에서 멀리 도망가서 좋은 집도 사고 그러자."

총이 보이지 않자, 정순과 아이들이 약간 낯을 곱게 펴는 것 같다. 덕수는 정순과 아이들이 편하게 마음먹을 수 있도록 계속 좋은 이야기를 했고, 정순과 아이들도 조금씩 덕수에게 마음을 열었다.

총을 가족들에게 보이지 않으려 애쓰면서, 덕수는 가족들을 데리고 동굴로 돌아왔다. 젖은 옷들을 갈아입고 늦은 점심을 해먹느라 부산했다. 다들 장대비 속에서 덜덜 떨었던 터라 아이들은 곧 잠에 빠졌다.

"여기, 동굴도 안전하지 않은 것은 마찬가지 아닐까요?"

아이들이 잠에 떨어지자 정순이 덕수에게 말했다. 지금까지 경험한 바로만 보면 정순의 의견은 틀린 말이 아니다. 덕수를 쫓는 사람들이 이미 덕수가 이곳에 있다는 걸 간파하고 사람들을 보내고 있다. 처음 국방군은 그렇다 치더라도 이후에 온 인민군이나 이번에 온 국방군은 덕수가 정확히 어디에 있는지 알고 나타나지 않았는가. 그렇다면 이 동굴은 더 이상 안전한 곳이 아니다.

"그래도 지금 상황에서 여기만큼 안전한 곳이 없어. 잘 모르지만, 세상은 거의 미쳐 돌아가고 있는 것 같아. 자네도 봐서 알지만 며칠 전에는 왜놈 순사를 봤어. 그런데 그 며칠 뒤에 국방군이 왔고, 뒤를 이어 인민군이 나타났어. 그리고 오늘 또 국방군이 왔어. 그 만큼 바깥세상은 뭔가 우리가 감당하지 못할 격심한 일들이 벌어지고 있다는 거야. 그런 세상 밖으로 지금 나가는 것은 지푸라기를 쥐고 불에 뛰어드는 것이나 마찬가지야."

덕수의 말은 그럴 듯 했다.

"그렇지만, 동호 아버지는 늘 금을 캐고 나면 그 금을 가지고 다른 곳에 가서 살자고 말하잖아요. 그 말은 또 무슨 말이지요?"

덕수가 가족들에게 해왔던 말과, 지금 정순에게 덕수가 뱉은 말은 정순 지적대로 모순이 있다.

"금을 캐서 밖으로 나가 살자는 말의 의미는 우리의 희망을 이야기하는 거야. 비가 올 때 우리가 이 동굴로 피하는 것처럼, 세상이 요지경 속이고 목숨을 부지하기 힘들 때는 이렇게 이 동굴로 들어와 피해 있는 게 좋은 거 아닌가. 이렇게 피신해 있는 동안 내일을 준비하자는 거지. 나는 여기 금광에 우리 가족의 희망과 미래가 있다고 믿고 있어. 자네도 봤지 않는가. 금을 찾아서 캐고 금을 만들어내는 것을. 지금은 금을 캘 때야. 밖으로 나가지 않고. 밖이 조용해지면 그때 캔 금을 가지고 나가서 살면 되는 거야."

"동호 아버지가 우리를 또 버릴까, 가끔 두려울 때가 있어요. 동호 아버지가 아이들이랑 나를 놓고 어디론가 가버릴까 걱정된다고요."

늘 마음속에 숨겨놓았던 말을 정순이 꺼내는 것인가.

"그런 걱정은 하지 마. 우리가 이 동굴에 들어와 있는 이상 누구도 나를 잡아갈 수 없어. 나는 이 동굴에서 만큼은 모든 게 자신 있으니까. 이 동굴에서 만큼은 내가 왕이야."

덕수는 정순의 손을 꼭 잡았다.

"절대 자네와 아이들 곁을 떠나지 않을 거라고 약속해."

덕수는 정순을 두 팔로 꼭 껴안고 정순의 등을 부드럽게 두드려줬다.

마을 회관 앞 공터에 사람들이 모여 있다. 젊은 남자들과 젊은 여자들, 늙은이와 어린아이들, 아낙네들과 그 지아비들, 갓난아기를 업고 있는 젊은 새댁. 그 사람들에게 군인들이 총을 겨누고 있다. 그 군인들 속에 덕수도 군복을 입고 총을 들고 섞여 있다. 덕수가 입고 있는 옷이 인민군 군복인지 국방군 군복인지 분간되지 않는다. 군인들이 전방을 향해 겨누고 있던 총을 발사했다. 덕수도 군인들과 함께 사람들에게 총을 쐈다. 사람들은 피를 뿌리며 공터에 쓰러졌다. 대보름날, 모두 나와 달집을 만들고 불을 지펴 달집을 태우며 보름달을 보고 소원을 빌던 그 공터에서. 서낭당 나무가 시퍼렇게 두 눈을 뜨고 바라보고 있는 공터에서. 사람들은 총을 맞고 외마디 비명을 지른 뒤 피를 뿌리며, 바닥에 나자빠지고, 뒤로 벌러덩 넘어지고, 앞으로 고꾸라지고, 옆으로 픽 쓰러져 죽었다.

덕수는 손에 횃불을 들고 있다. 저 앞에 동굴이 보인다. 동굴 입구에 바싹 마른 고춧대와 솔가지가 집채만 하게 쌓여 있다. 견장을 찬 지휘자가 덕수에게 손짓을 한다. 덕수는 들고 있던 횃불을 마른 고춧대에 던졌다. 불은 쉬 붙지 않고 매운 연기만 피어 올렸다. 솔가지는 쉽게 불이 붙었다. 불이 붙으면서 하얗고 탁한 연기가 뿌옇게 허공으로 솟아올랐고, 그 연기는 서서히 동굴 안으로 빨려 들어갔다.

덕수는 횃불을 든 채 동굴 안에 있다. 탁한 막걸리 같은 연기가 짙게 동굴 안으로 밀려들어왔다. 동굴 안에 많은 사람들이 있다. 공터에서 봤던 그런 사람들이다. 사람들은 밀려들어오는 연기에 목을 틀어잡고 괴로워한다. 수건과 옷가지로 입과 코를 막고 고통스런 표정을 짓고 있다. 이미 숨이 넘어간 어린아이를 안고 눈물과 콧물을 흘리며 괴로워하는 젊은 새댁, 가슴이 찢어질 것처럼 고통스러워하며 기침을 해대는 늙은이. 그들은 하나둘씩 쓰러졌다. 고통을 못 이겨 손톱으로 동굴 벽과 바닥을 긁어대며 용을 쓰다가 고개를 푹 떨궜다.

'안 돼!'

덕수는 눈을 떴다. 식은땀 한 방울이 얼굴에서 귓바퀴로 흘러내렸다.

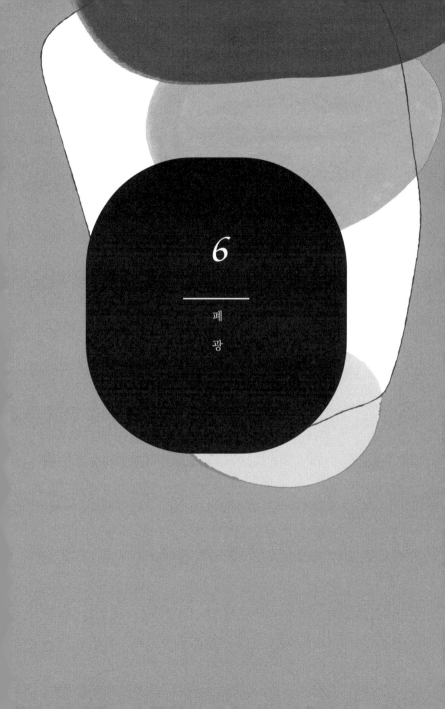

6

———

폐
광

덕수는 일어나자마자 소총을 챙겨들었다. 매일 몇 번씩은 사주경계를 해야겠다는 계획을 세웠다. 사주라고 해봐야 동굴 주 입구가 되겠지만, 언제 또 국방군이 들어올지 모르니 경계하지 않으면 안 된다.

덕수는 소총을 파지하고 살쾡이 걸음으로 조심조심 걸으면서 동굴 밖의 동태를 살폈다. 동굴 밖 세상은 점점 깊은 가을 나라로 입성하고 있다. 저 멀리 들녘이 보였다. 흰옷 입은 사람들이 허리를 굽히고 벼를 베느라 분주히 낫질 하는 모습이 그려졌다. 참새를 쫓느라 훠이 훠이 소리치는 아이의 목소리도 들려오는 듯 했다. 덕수는 동굴 밖에까지 나가 주변을 훑어봤다. 이른 아침이라 움직이는 것은 없다. 어제 국방군과 숨바꼭질을 했던 동굴 입구를 모두 둘러봤다. 덕수가 금 제련하는 시간에는 동호에게 이 경계 일을 맡기려 한다.

"동호야, 아버지가 일하는 시간에는 네가 저 동굴 입구에 가서 혹시 사람들이 올라오는지 보고 있을래?"

아침을 먹으면서 동호에게 덕수는 부탁 아닌 부탁을 했다. 동호 정도면 덕수의 일을 충분히 거들어 줄 수 있으리라.

"예, 걱정하지 마세요. 그동안 아버지는 열심히 금을 캐고요. 헤헤헤."

"그럼, 당연하지."

덕수는 동호가 믿음직스럽다. 동호의 머리를 쓰다듬어줬다. 역시 큰아들 노릇을 톡톡히 한다.

아침을 먹은 뒤 동호를 동굴 입구 보초병으로 보내고 덕수는 작업터로 향했다. 그날 하루 내내 동호는 입구에서 아무런 신호도 보내지 않았다. 아무 일 없었지만 덕수는 금광석을 캐고 돌을 잘게 깨고 돌가루를 수은에 섞어 금을 추출하는 작업을 진행하면서도 늘 마음은 입구에 서 있는 동호에게 가 있었다. 국방군 사내가 다시 오겠다고 하지 않았는가. 짧은 기간 동안 국방군, 인민군, 국방군이 차례로 이 동굴 주변에 나타났다. 분명 국방군이 경고 했던 대로 그들은 또 올 것이다.

다행이 그날도, 그 다음날도 동호는 덕수에게 긴박한 소식을 갖고 달려오지 않았다. 시간이 지나면서 덕수는 괜히 초조해졌다. 국방군이 모습을 보이지 않는 게 분명 좋은 일인데도 오히려 마음은 더 조려졌다.

덕수의 걱정대로 삼 일째 되는 날, 금광석을 깨는 작업장으로 동호가 급히 달려왔다.

"아버지, 군인들이 올라오고 있어요!"

드디어 올 것이 왔다. 덕수의 흉곽 내부에서 망치질이 거세졌다. 심장의 펌프질이 격심해지면서 긴장의 끈이 팽팽하게 당겨졌다.

"군인들이? 몇 명이나?"

"서너 명은 되는 것 같아요."

덕수는 들고 있던 망치를 던지고 신속히 가족들에게 달려갔다.

"여기서 꼼짝하지 말고 있어. 내가 움직이라고 할 때 움직여."

군인들이 나타났다는 말에 정순도 아이들도 드디어 올 것이 왔다는 표정으로 두려움을 얼굴 가득 뒤집어썼다. 덕수는 동굴 입구로 달려 갔다. 물론 가족들이 보지 못하도록 숨겨놓았던 카빈총을 챙겨들었 다. 동호가 흠칫 했지만 개의치 않았다. 동호는 총을 보고 놀랐지만, 지금 상황이 괜한 감정에 빠져 있을 때가 아니라는 것을 아는지 덕수 의 뒤를 바로 따랐다. 덕수는 동호를 연락병으로 사용할 계획이다.

동굴 주 입구에 도착한 덕수는 조심스럽게 동굴 밖으로 걸음을 내 딛었다. 동호의 말대로 저 아래에서 철모에 나뭇가지를 꽂고 군복을 입은 국방군들이 총을 들고 올라오는 게 보였다. 한 명이 아니다. 서 너 명은 되어 보였다. 덕수는 소총을 잔뜩 움켜잡았다. 그동안은 한 명씩만 나타났는데, 오늘은 숫자가 늘었다. 덕수가 결론지었던 것처 럼, 국방군이 덕수를 찾고 있는 게 확실해 보였다. 총을 움켜잡은 채, 어떻게 해야 할까 잠시 고민했지만 딱 부러지게 묘안이 떠오르지 않 는다. 다른 방도를 찾을 수 없다. 그저 이곳에서 저항하는 수밖에. 이 동굴은 덕수의 최후의 보루다. 이곳에서 물러서면 갈 곳이 없다. 가족 을 지켜야 한다. 정순과 동호와 동숙, 동민을 지켜야한다. 그런 생각 을 하자, 덕수는 약해지려는 마음이 팽팽하게 당겨졌다.

국방군들은 점점 더 가까이 동굴 입구로 접근했다. 얼마쯤 올라오 자 그들은 상체를 낮추고 수색하는 자세를 유지했다. 인원은 전부 세 명이다. 그들은 허리를 숙이고 소총을 앞으로 겨눈 채 앞과 좌우를 경 계하며 올라왔다.

얼마쯤 올라왔을까. 그들은 거의 동굴 입구에 다다랐다. 국방군들은 완전히 몸을 낮춰 적당한 은폐물에 몸을 숨겼다. 덕수는 움직이지 않고 그들을 지켜봤다. 동호가 걱정되어 덕수는 한 팔로 동호를 꼭 안았다. 동호는 떨고 있다.

"걱정하지 마."

덕수는 동호의 귀에 속삭였다. 동호가 덕수의 몸에 가볍게 밀착했다.

숲속에 숨은 국방군들은 간간히 머리를 들어 동굴 입구를 살폈다. 덕수와 동호는 밖에서는 볼 수 없도록 몸을 은신했기에 안심했다. 움직이지만 않으면 저들에게 발각될 일은 없다. 동굴 입구에서 아무런 움직임을 발견하지 못하자, 국방군들이 몸을 일으켰다. 동굴로 진입하려는 걸까. 덕수도 조심스럽게 몸을 일으켰다. 덕수는 더 안으로 들어가야 한다. 동굴 밖에서야 덕수가 불리하지만 동굴 안에서는 얼마든지 저들을 따돌릴 수 있다.

덕수는 동호를 데리고 동굴 안으로 더 들어갔다. 잠시 뒤, 국방군들이 동굴 안으로 진입하는 소리가 들렸다. 덕수는 저자들이 동굴 안으로 더 들어오지 못하도록 신호를 보내기로 했다. 일종의 위협이다. 더이상 내 영토에 들어오지 말라는 무언의 경고. 덕수는 돌을 주워 입구 쪽으로 던졌다. 돌이 동굴 벽에 맞아 떨어지는 소리가 들렸다. 국방군들이 일제히 몸을 낮췄다. 몸을 낮춘 국방군들이 멈춘 자리에서 뒤로 서서히 물러났다. 그들도 덕수의 경고를 인지한 것이다. 국방군들은 동굴 밖으로 나가 근처 숲으로 내려갔다. 내려가자마자 숲에서 즉시 둔탁한 목소리가 튀어나왔다.

"박덕수!"

다른 이름도 아니고 곧장, 박덕수를 부른다. 저들은 박덕수가 이 동굴에 살고 있다는 것을 굳게 믿는 것인가. 자신들이 동굴로 진입하는 것을 동굴 안에서 덕수가 보고 있다가 들어오지 말라는 신호로 돌을 던졌다 확신한 것인가. 삼 일 전 국방군도 정확히 '덕수'를 불렀다. 그 목소리와 방금 이 목소리는 다르다. 목소리가 다르다는 것은 국방군 한 사람만 덕수를 알고 있다는 게 아니라는 것이다. 여러 명의 국방군이 덕수를 알고 있다는 것이다. 게다가 이번에는 한 명만 온 게 아니라 세 명이다. 저들은 박덕수를 그냥 아무개로 취급하는 게 아니라 어떤 특별한 대상으로 파악하고 있다는 것이다. 즉, 덕수를 잡으러 왔거나 뭔가를 요구하러 왔다는 것이다.

"아버지 이름을 불러요. 저 국방군이 아버지를 잘 알고 있나 봐요."

옆에서 긴장한 표정으로 앉아 있던 동호가 덕수를 걱정실린 표정으로 쳐다보며 말했다. 덕수도 지금 놀라면서 얼떨떨한 상태다.

"아버지도 저 사람을 알아요?"

"글쎄, 잘 모르겠다……."

덕수는 동호에게 얼버무렸지만 기분이 묘했다. 저 목소리가 덕수의 머릿속을 흔들었다. 장막에 가려진 기억을 깨어나라고 쿵쿵 때리고 있다. 덕수의 깊은 내부 어딘가에서 두터운 막을 덮고 숨어 있던 것이 막을 걷어내고 서서히 몸을 일으키는 기분이다. 장막을 걷어치우고 몸을 천천히 세우는 실체는 대체 무엇인가.

목소리는 덕수를 한 번만 부르는 게 아니다. 여러 번 연거푸 불렀다. 목소리는 삼 일 전 덕수를 부르던 목소리와는 분명 다르다. 나이가 들어보였고, 덕수와 오랫동안 교감을 했던 자거나 덕수를 아랫사람으로 부리는 자의 목소리. 덕수는 가만히 그 목소리를 머릿속 장막에서 몸을 세우는 실체와 대조했다. 다시 목소리가 들렸다.

"박덕수, 듣고 있나? 나, 선임하사 김호철이다!"

선임하사 김호철? 목소리가 덕수의 뒷머리를 총 개머리판으로 내리쳤다. 목소리가 깊이 잠들어 있던 덕수 머릿속을 흔들어 깨웠다. 목소리는 다른 여느 목소리와 다르다. 정순과 동호, 동숙, 동민의 음성과 다르다. 가족들의 목소리가 공기처럼 들려오는 목소리라면 방금이 음성은 공기가 아닌 돌멩이 같다. 단단한 금광석 같은 고체. 공기처럼 흐르는 목소리에서는 느낄 수 없는 어떤 명징함이 뒷머리를 개머리판으로 후려갈겼다.

"아버지, 김호철이래요. 아버지도 아는 분이에요?"

덕수의 머릿속은 산고를 치르듯 심한 격통이 일었다. 장막을 걷고 실체가 알몸으로 머릿속에서 자꾸 나오려 했다. 봉인된 어떤 실체가. 김호철. 선임하사 김호철이 덕수의 머릿속에서 둥둥 떠올랐다. 김호철 얼굴이 덕수 눈앞에서 뚜렷한 윤곽으로 모습을 갖춰 갔다. 장막에 가려진 실체가 장막을 걷고 알몸을 드러내며 김호철의 목소리를 맞이했다.

나의 살던 고향은 꽃 피는 산골

6

폐 광

노랫소리가 들려왔다. 덕수는 야학 교실에 앉아 있다. 야학 선생님이 풍금을 누르며 덕수를 비롯한 아이들과 고향의 봄을 부르고 있다. 덕수 옆에 앉아 있는 김호철도 덕수와 함께 선생님을 따라 고향의 봄을 부르고 있다. 가르마를 말끔하게 탄 선생님이 덕수의 머리를 쓰다듬어줬다. 선생님은 김호철의 머리도 쓰다듬어줬다.

김호철은 일등상사 계급장을 달고 있었다. 해방이 된 후 국방군에 입대했다고 했다. 김호철은 덕수가 속한 중대의 선임하사였다.

"야, 박덕수!"

김호철은 처음 덕수를 보자마자 이렇게 불렀다. 색 바랜 군복에 구릿빛 얼굴, 다부진 어깨와 굵어진 팔뚝. 같이 고향의 봄을 부르던 친구를 20여 년 만에 만났다. 일등병과 선임하사로. 야, 박덕수하고 불렀을 때 덕수는 예, 일등병 박덕수. 이렇게 대답했던가. 백여 명이 넘는 병사들 앞에서 당당하게 훈시하고 맏형 노릇을 하는 김호철에게 덕수는 주눅이 들었다. 어릴 적 친구라 해서 막 먹을 수는 없었다.

김호철. 저자는 덕수의 어릴 적 친구이자, 일등병 박덕수의 중대 선임하사다.

덕수는 잠을 자고 있었다. 긴 잠을 자고 있었다. 어떻게 왜 무슨 일로 잠을 자고 있었는지 덕수는 모른다. 김호철의 목소리를 듣는 순간, 덕수는 잠에서 깨어났다. 덕수는 현실을 마주했다. 머릿속 장막을 걷어내고 날 것 그대로 생생한 현실의 세계를 마주했다.

조선인민군과 선이 끊어진 덕수는 동굴에 숨었다. 동굴은 덕수에게 편안함을 줬다. 며칠을 동굴에서 지냈는지 모른다. 동상에 걸린 새끼발가락이 독약을 들이마신 듯 새까맣게 변해 있었다. 차가운지도 몰랐고 오직 가렵기만 했다. 눈뭉치만 입에 넣었을 뿐 음식이라는 것은 구경한 지 오래였다. 정신마저 혼미해서 몸을 움직일 수 없었다. 희미하게 동물의 움직이는 소리가 들렸다. 육식동물일까. 몸을 움직여야 했지만 육체는 기름 다 떨어진 호롱불 심지처럼 꼼짝하지 않았다.

발자국소리가 나더니 포유동물의 훈김 같은 게 느껴졌다. 덕수는 죽은 듯 숨을 쉬지 않았다.

"이런 빨갱이 새끼!"

총구가 덮고 있던 모포를 휙 걷어냈다. 덕수는 자포자기 상태였다. 차라리 총구에서 불이 품어져 나왔으면 싶었다. 너무 고통스러워 모든 걸 포기하고 싶었다. 죽은 듯 고개를 숙이고 있었지만 총구는 불을 품지 않았다. 덕수는 살았다. 대개 국방군은 포로를 잡으면 그 자리에서 저 세상으로 보낸다고들 했는데, 그날 덕수가 만난 국방군은 그를 황천으로 보내지 않았다.

그는 포로수용소에 수용되었다. 수용소 도착 첫날 발가벗겨진 채 머리에서 발끝까지 살충제 분말을 뒤집어썼다. 옷을 벗어 장작불에 털자 이가 쏟아져 나와 투두둑 불에 타면서 단백질 타는 내가 진동했다. 몸을 소독한 후에 PW전쟁 포로라 써진 군복을 입었다. 옷은 크기가 맞지 않아 갇힌 사람들끼리 군복을 바꿔 입었다.

수용소라고 해야 나무 널빤지로 대충 벽을 만들고 천막을 올린 막사에 불과했다. 차가운 맨바닥을 고른 뒤 그 위에 짚을 깔고, 다시 모포 한 장을 얹은 것이 잠자리의 전부였다. 얼음 바닥에서 모포 한 장 덮고 지내던 인민군 때나 환경은 별반 다르지 않았다. 바닥에서 솟구치는 얼음 같은 냉기와 엉성하게 묶인 천막 사이로 틈입해 들어오는 삭풍은 뼛속 깊은 곳까지 파고들었다. 구금이 계속되면서 포로들은 뼈와 가죽만 남았다. 포로들은 질병과 굶주림으로 반항할 기력조차 없었다. 입에 넣고 씹을 것이 생기면 무엇이든 넣고 씹었다. 풀이고 들쥐고 닥치는 대로 입에 넣었다. 검게 변한 새끼발가락은 영영 덕수와 이별을 고했다.

어느 날 정보과 형사라는 사람들이 찾아왔다. 포로인 인민군들과 빨치산들을 북으로 보낼 자와 남쪽을 선택할 자로 가른다는 것이다. 덕수는 천막 안 바닥에 무릎을 꿇은 채 기다렸다가 형사가 부르자 그 앞에 두 손을 가지런히 모으고 섰다.

"남이냐, 북이냐?"

형사가 포로에게 묻는 질문은 이렇게 딱 한 마디였다. 덕수는 북을 선택할 수 없었다. 북은 고향에서 먼 곳이었고, 북쪽 인민군이 내려와 일시 점령했을 때 살기 위해 북을 선택했을 뿐 무슨 이념이니 주의가 있어서 북을 선택한 것은 아니었다. 전세로 봐서 북쪽 사람들이 쉽게 다시 이곳 남쪽으로 내려오기는 글렀다. 남쪽은 서양사람들이 국방군과 함께 하고 있었다. 그들은 먹는 것부터가 여기 사람들과 많이 달랐다. 먹을 것을 여기 사람들처럼 귀하게 여기지 않았다. 그런 사람들과 함께 있는 국방군을 북쪽 사람들이 더 이상 이길 수 없는 것은 자명한 사실이었다.

덕수는 당연히 남이라고 소리쳤다. 가족들이 있는 고향에 가는 것만이 덕수가 살아갈 길 아니겠는가. 지금까지 질긴 목숨을 부여잡고 끈질기게 버티어왔던 힘은 어디에서 나왔겠는가. 바로 정순과 동호, 동숙, 동민에게서 나왔지 않겠는가. 그들에게 가야 한다. 그들을 만나고 그들과 함께 살아야 한다. 덕수는 남한에 남기를 간절히 바랐다.

덕수는 전라도 남쪽으로 이송되었다. 며칠을 대기하고 있는데 국방군 특무상사가 찾아왔다.

"너희들에게 개과천선할 수 있는 기회를 주겠다. 그동안의 과오를 모두 씻어버리고, 대한민국을 위해 헌신한다면 너희들의 그동안의 죄도 씻어질 수 있을 것이다."

국방군에 자원입대하는 자에게 특혜를 주겠다고 꼬셨다. 국방군이 되면 빨갱이의 오명을 씻어주겠다는 것이다. 덕수는 고향에 가야 한다. 고향에 가서 가족들과 오순도순 살면서 금광에 들어가 금을 캐야 한다. 그러려면 덕수의 몸에 덧칠해진 북쪽의 때를 씻어내야 한다. 이대로 고향에 가면 덕수는 북조선의 의용군이었으며 인민군이었던 낙인을 영원히 몸에 새기고 살아야 한다. 남쪽이 북조선으로 바뀐다면 모르지만 그렇지 않다면 이 남쪽 세상에서 북조선 전력을 천형처럼 몸에 새기고 살아야 할 것이다. 또 모르지 않는가. 과거 보도연맹원 때처럼 인민군이었던 전력 때문에 또다시 계곡으로 끌려가 총알 세례를 받고 죽을지도.

지금 기회가 하늘이 덕수에게 준 행운일지 모른다. 국방군으로 복무하면 북조선 인민군이었던 과거 전력이 씻어 내린 듯 말끔하게 정리되지 않겠는가. 국방군으로 복무한다면 덕수가 이 남쪽 어느 곳에 살든 누구도 덕수가 빨갱이였다는 사실을 트집 잡지 않으리라.

덕수는 앞뒤 가릴 것 없이 국방군에 입대했다. 몇 주간의 훈련과정을 거쳐 그는 즉시 국방군에 편입되었다. 그가 배속 받은 부대는 김호철이 선임하사로 있는 중대였다. 덕수가 속한 부대는 남쪽에 잔존하는 인민군 잔당과 빨치산을 소탕하기 위해 경북 영천에서 창설된 부대였다. 전북 남원에 사단본부가 차려지고, 상주와 전주, 광주에 연대가 배치되었다. 덕수의 중대가 속한 13연대는 지리산과 전남 곡성, 함양, 구례 지역에서 빨치산을 토벌하는데 참여하였다.

덕수는 김호철 목소리를 듣자, 잠에서 깨어난 사람처럼 모든 것이 제자리로 돌아오는 것을 느꼈다. 여기저기 흩어져 있던 퍼즐 조각이 자리를 찾아 맞춰지는 느낌이라고 할까.

덕수는 국방군이었다. 덕수는 손에 들린 총을 바라봤다. 이 총은 어디에서 났는가. 왜 총을 갖고 있는가. 카빈총. 국방군이 사용하는 가장 최신식이라는 이 총을. 덕수가 국방군이었다는 사실은 너무나 자명했다. 이 총이 말해주고 있지 않는가. 덕수가 국방군이었다는 사실을.

현재의 박덕수는 금을 캐는 광부도, 일본 순사에 쫓기는 사람도, 보도연맹원도, 의용군도, 조선인민군도 아니다. 광부도, 보도연맹원도, 의용군도, 인민군도 이미 다 지나간 과거다. 과거에 덕수가 경험한 것들이다. 중요한 것은 지금의 현실이다. 그는 국방군이었던 것이다. 아니, 국방군이다.

덕수는 잠시 의심한다. 정말 지금 내가 국방군인가. 국방군에서 탈영한 것이 맞는 것인가. 혹시 환영은 아닌가? 내가 환상의 세계에 들어와 있지 않는가? 그동안 동굴에서도 동굴 밖에서도 환영을 많이 봤다. 그 환영들은 제각각이었으며 어떤 지점을 지향하고 있었지만 똑같은 것은 아니었다. 불과 며칠 전에는 인민군이 이 동굴에 접근하는 걸 지켜봤지 않은가. 그 인민군을 피해 가족들을 이사시키지 않았던가.

정말, 동굴 내부에서 수시로 만나는 환영들과 꿈에서 보이는 것들, 이 모든 것이 지금의 현실과 매치되는 것인가? 의심스럽지 않은가. 저 앞에서 들려오는 김호철의 목소리도 사실은 의심스럽다. 환영이 아닐까. 환영을 보는 것은 아닐까. 기억 주머니 깊은 곳에 숨어 있다가 스스로 에너지를 얻어 슬며시 기어나온 기억의 한 덩어리가 밖으로 표출된 것은 아닐까?

"박덕수, 현실을 똑바로 봐라. 계속 그렇게 그곳에 있으면 너는 힘들어진다! 빨리 복귀해야 한다!"

복귀하라니. 뭘 복귀하라는 말인가. 국방군으로 복귀하라는 말인가. 덕수는 이곳에 계속 남아야 한다. 덕수에게는 가족이 있다. 보호해야 할 가족이 있다.

"아버지, 복귀라니요. 복귀가 뭐예요?"

동호가 옆에서 자꾸 말을 시키고 있다. 동호의 행동은 덕수의 머리에서 알을 깨고 나오는 어떤 기억에 힘을 실어준다. 깨지지 않는 껍데기가 잘 깨지도록 기억에 힘을 실어준다.

"돌아오라는 거야."

"어디로 돌아오라는 거예요?"

"자기네한테 돌아오라는 거지."

덕수는 긴장된 속에서도 귀찮아하지 않고 동호의 질문에 성실히 답해준다. 덕수 자신의 입에서 나온 말들도, 덕수의 기억들이 알을 깨고 명징하게 도약하도록 힘을 실어준다. 덕수는 국방군이었다는 사실. 덕수는 국방군에서 탈영했다는 사실.

"그럼, 아버지는 국방군이었어요?"

동호는 사태의 심각성을 잠시 잊고, 선망의 표정으로 덕수를 바라보며 말했다. 덕수는 선뜻 대답하지 못한다. 정말 내가 국방군이었나. 그러나 이런 의심도 잠시다. 이미 터져버린 둑에서 넘쳐흐르는 현실의 기억들이 물밀 듯이 덕수를 덮쳐눌렀다. 바꿀 수 없는 현실들이다.

덕수는 보도연맹원 학살 현장에서 탈출하여 가족을 데리고 이 동굴에 들어온 게 아니다. 인민군에서 탈영하여 고향에 돌아와 가족을 데리고 이 동굴에 들어온 것도 아니다. 덕수는 국방군에서 탈영하여 가족을 데리고 이 동굴에 들어온 것이다.

"박덕수! 내 말 들리면, 나하고 이야기 좀 하자?"

덕수 마음에서 지금의 현실을 수용할 뜻이 없음을 내비치고 싶은 건가.

"나는 할 이야기 없소. 돌아가시오!"

덕수의 입에서 처음 나온 말이다. 상대방에게 처음 전하는 말이다. 덕수를 찾아왔던 사람들은 많았다. 왜놈 순사, 국방군, 인민군 그리고 또 국방군. 그들과는 말을 섞지 않았다. 그들은 덕수가 잘 모르는 사람들이니까. 그렇다면 이번 저 김호철은 잘 안다는 말인가. 그렇다. 덕수는 부인하고 싶지만 너무나 잘 기억하는 자이다. 어릴 적 친구였던 자 아닌가.

"덕수, 자네가 그러고 있으면 위험해. 지금 시국이 어떤 시국인지 자네도 잘 알고 있지 않은가?"

지금 시국이 어떻단 말인가?

"이러지 말고 만나세. 만나서 이야기하자고."

숲속에서 김호철이 말했다. 덕수는 꼼짝하지 않았다. 몸은 움직이지 않았지만 마음은 혼란스럽고 바빴다.

"아버지, 저 사람은 아버지하고 잘 아는 사람이지요?"

옆에서 동호가 말했다. 잘 아는 사람이라고 해야 하나 말아야 하나.

덕수는 동호에게 마땅한 대답을 내놓지 않는다.

"한번 만나보는 게 어때요? 혹시 다른 방법을 알려줄지도 모르잖아요."

"무슨 다른 방법을?"

동호 녀석은 동굴 생활이 싫은 것인가. 아니면 저 국방군에게 적대 행위 하는 건 달걀로 바위치기만큼 위험천만한 일이라 판단한 것인가. 이런 판단을 할 정도면 어린아이가 아니겠지만.

"위험하게 살지 않고 다른 사람들처럼 살 수 있는 방법요."

동호 녀석이 제법 어른스러우면서도 약삭빠른 소리를 한다.

"아니다. 아버지는 알아. 저 사람들이 그동안 해왔던 행동을."

덕수도 저들과 한 패였지 않은가. 저들과 함께 양민들에게 살길을 열어주는 것처럼 해서 무참하게 총질을 해대지 않았던가.

"내가 자네한테 가겠네. 만나세."

김호철이 숲에서 나와 이 동굴로 들어오겠단 말인가. 덕수가 총을 쏠 텐데도.

"만약 저 사람이 숲에서 나와 이 동굴로 들어오면 총을 쏠 거예요?"

동호가 물었다. 당연히 쏴버려야지. 동호를 지키고 정순을 지키고, 동숙 동민을 지켜야 하니까. 아무도 이 동굴에 함부로 들어올 수 없어. 그러나 동호의 물음에 덕수는 아무 말도 하지 않는다.

김호철이 숲속에서 몸을 일으키며 고개를 들고 동굴을 쳐다봤다.

그쪽으로 총을 겨냥하고 있지만 덕수는 방아쇠에 들어간 손가락에 힘을 주지 않는다. 잠시 후 용기가 났는지 김호철이 상체를 완전히 숲에서 들어냈다. 다른 국방군들은 여전히 숲속에 숨어 있으리라. 덕수는 방아쇠에 걸고 있는 손가락에 힘을 줘야 한다. 탕, 하고 쏴버려야 한다. 여전히 덕수의 손가락은 방아쇠를 잡고 있을 뿐 움직이지 않는다. 김호철에게는 차마 방아쇠를 당겨서는 안 된다는 뭔가가 덕수를 조종하는 건가.

김호철이 이제 완전히 몸을 숲 밖으로 내밀었다. 몸을 드러내는데 그치지 않고 아예 그는 천천히 동굴을 향해 올라왔다.

"덕수, 보다시피 나는 총을 갖고 있지 않네. 만나서 이야기 하세."

김호철은 맨손을 들어보였다. 적어도 장총은 갖고 있지 않다. 동호가 덕수를 쳐다봤다. 녀석의 표정이, 덕수에게 김호철을 만나보라는 얼굴이다. 덕수는 몸을 일으켰다. 겨누던 총을 내려놓았다.

"들어오지 마시오! 들어오면 쏠 거요!"

덕수는 밖을 향해 경고의 돌멩이를 던졌다. 김호철이 잠시 멈칫했다.

"걱정하지 마. 자네를 잡으려고 하는 게 아니니까. 나 혼자 들어갈 거야. 우리 만나서 이야기 하자고."

김호철이 몸을 낮춘 상태에서 말을 걸어왔다. 김호철도 이미 두 수 세 수 앞을 보고 저렇게 행동할 것이다. 만약 덕수가 김호철에게 총을 쏘고, 그 총에 김호철이 맞는다면 덕수도 끝장이라는 것을. 김호철 정도의 짬밥이면 그런 정도의 통밥은 당연히 굴릴 수 있으리라.

김호철이 더 용기를 내어 동굴 입구까지 천천히 걸어왔다. 아니, 저자가? 덕수는 몸을 일으켰다. 동굴 밖을 향해 소리쳤다.

"들어오지 말라고! 들어오면 쏠 거야!"

김호철이 동굴 입구에서 멈칫했다. 위협을 느낀 건가. 쥐도 다급하면 고양이를 문다. 저 동굴은 박덕수가 신성시하는 자신만의 구역일지도 모른다. 김호철의 뇌리에 이런 생각이 스쳐간 것일까. 김호철은 그 자리에서 멈춰 섰다.

"좋아, 좋아. 여기서 이야기하자고."

덕수는 김호철을 위협했지만 이미 총을 내려놓은 상태다. 덕수는 동호의 손을 잡고 동굴 안으로 천천히 뒷걸음질로 더 물러났다.

김호철이 동굴 입구에서 자세를 낮추고 앉았다.

"자네가 생활하면서 힘들어 했다는 거 잘 알고 있네."

덕수는 움직이지 않고 그 자리에 섰다. 더 동굴 안으로 들어가지 않았다. 동호도 옆에 가만히 서서 김호철의 이야기를 들었다.

"자네도 알겠지만 나도 자네를 도와주려고 무척 애썼네. 그렇지만 어쩔 수 없었지 않은가."

김호철이 덕수에게 무엇을 도와주려 했던가. 덕수는 김호철과의 일을 상기해보려 했다.

"자네나 나나 우리는 군대 조직에 속한 군인이야. 게다가 지금은 전시네. 우리가 죽이지 않으면 우리가 죽는 그런 세상을 우리는 살고 있어. 연약한 감상주의는 죽음을 부른다는 걸 자네도 잘 알고 있을 거야."

덕수는 묵묵히 김호철의 말을 들었다.

"그동안 어떻게 지냈는가? 동굴에서는 살만 한가?"

김호철은 이미 덕수가 이 동굴에 들어와 살고 있는 것을 알고 있단 말인가.

"내가 이 동굴에 들어와 있다는 걸 어떻게 알고 있소?"

"자네가 부대를 이탈한 뒤로 알게 되었네. 자네가 이 동굴로 들어올 것이라는 것은 나도 예상했지. 나중에야 중대장님이 말을 해주었지만."

중대장이 말해줬다고? 중대장은 다 알고 있단 말인가. 덕수가 이 동굴에 들어와 있다는 것을? 그렇다면, 혹시 지금까지 동굴에 왔던 자들을 중대장이 보낸 것인가?

"그동안 이 동굴을 찾아온 자들은 모두 중대장이 보낸 사람이오?"

"그렇지. 물론 나도 자네를 구하려고 병사를 보냈어."

"선임하사도 사람을 보냈다는 거요?"

덕수가 이곳 동굴에 머물고 있다는 사실을 중대장뿐만 아니라 선임하사 김호철도 알고 있었단 말인가.

"나도 보급병 강병호 일등병을 보냈지. 자네는 강병호 일등병을 못봤는가?"

강병호 일등병이라…. 그 친구가 언제 이곳에 왔던가?

덕수가 가족을 데리고 이곳 동굴에 들어온 날부터, 지금 김호철 선임하사가 등장하기까지 전부 네 차례에 걸쳐 사람들이 덕수의 곁에서 어슬렁거렸다. 첫 번째는 왜놈 순사 복장이었고, 두 번째는 국방군이었고, 세 번째는 인민군이었고, 네 번째는 국방군이었다. 국방군 복장인 두 번째와 네 번째는 중대장이나 선임하사가 사람을 보냈다고 추정할 수 있지만, 첫 번째 왜놈 순사와 세 번째 인민군은 대체 누가 어떤 목적으로 보냈을까.

"강병호 일등병이 이곳에 왔단 말이오?"

"그래. 내가 보냈지."

"무엇을 봤다고 했소?"

"자네 집을 찾아갔다고 하더군. 집안에서 언뜻 사람 목소리가 들렸는데 들어가 보니 아무도 없었다더군. 한참 있다가 자네가 집에서 나가는 것을 보고 쫓아갔는데, 그만 놓쳤다고 하더군."

동호와 동민이 팽이와 연을 가지러 집에 갔을 때, 집 앞에서 어슬렁거리던 그 국방군이 바로 강병호 일등병이었단 말인가. 그 국방군은 덕수와 아이들을 뒤쫓아 왔다. 겨우 따돌리기는 했지만.

동호가 옆에서 듣고 있다가 덕수를 쳐다봤다. 귓속말처럼 속삭였다.

"그때 아버지는 강병호 일등병이란 사람을 몰랐어요?"

글쎄, 잘 모르겠다. 덕수는 얼굴을 잘 기억하지 못한다. 못 본 것인지, 아니면 일부러 얼굴 보는 것을 회피했는지, 그것도 모른다. 덕수는 그때 기억을 더듬었지만 생각나지 않았다. 머릿속에서 그 국방군의 모습은 그려졌지만, 그 국방군의 얼굴은 흰 백지 상태로 비워놓은 것과 같다고나 할까.

"강병호 일등병을 왜 보냈소?"

선임하사는 왜 강병호 일등병을 덕수에게 보냈을까.

"자네가 잘 있나 싶어 보낸 거야. 자네 상태가 어떤가 궁금해서 말이야. 공식적으로 중대장님에게 허락을 받고 보낸 게 아니라, 나 개인적으로 보낸 것이라네. 자네는 강 일등병을 만났지만 피했다고 하더군."

"내가 이곳에 와 있다는 것을 어떻게 알았소?"

"자네도 기억하겠지만, 자네와 나는 많은 이야기를 했었네. 자네는 가족을 못 잊고 있었지. 자네 때문에 가족들이 힘들어 할 거라고 나한테 술하게 말하지 않았는가. 자네가 그 일이 있은 이후로 나를 찾아와 밀하지 않았는가. 고향에 보내달라고 말이야. 얼마 지나지 않아 자네는 중대에서 사라졌어. 아무도 말을 않더군. 자네가 없어졌는데도 말이야. 나는 자네가 고향에 왔을 거라고 확신했지."

덕수의 눈을 가렸던 짙은 안개가 완전히 걷혔다. 덕수의 머릿속으로 선명한 현실이, 덕수가 경험했던 그 현실이 뚜렷하게 흘러들어왔다. 덕수는 중대선임하사인 김호철과 가끔 얼굴을 마주했다. 고향친구이긴 하지만 군대인지라 허물없이 말을 놓고 편하게 대화를 할 수는 없었다. 항상 조심했고 다른 부대원과 같이 있을 때는 선임하사와 사병의 위치를 분명하게 했다. 그곳은 삶과 죽음이 넘나드는 군대였으므로.

덕수가 김호철이 중대 선임하사로 있는 중대에 배명 받은 날이었다. 김호철이 덕수를 알아보는데 덕수라고 불알친구 김호철을 몰라보겠는가. 배치 신고를 마친 후 반가운 마음에 김호철에게 다가갔다.

"야, 정말 반갑다. 네가 여기서 근무하다니……."

덕수는 끝말을 맺지 못했다. 김호철이 호랑이 얼굴을 하고 덕수를 노려봤기 때문이다.

"야, 박덕수 이등병! 행동 똑바로 해!"

김호철은 뺏다를 치듯 호된 목소리로 말했다. 순간 인민군이지만 군대 밥을 먹어본 덕수인지라 금방 감을 잡고 입을 닫았다. 그 뒤로 서먹서먹한 며칠이 지난 후 김호철은 조용히 자신의 막사로 덕수를 불렀다. 긴장해서 막사로 들어간 덕수는 거수경례를 힘차게 붙이고 관등성명을 댔다. 김호철은 표정없는 얼굴로 덕수의 인사를 받더니 얼굴 근육을 부드럽게 했다.

"덕수야, 미안하다. 군대다 보니, 네가 이해해라. 둘이 있을 때는 편하게 하자."

김호철은 시레이션 박스를 덕수에게 열어 보이며 먹을 것을 권했다. 덕수가 어색하게 서 있자, 김호철이 초콜릿을 덕수 손에 쥐어줬다.

그날 이후로 김호철은 작전 중이거나 휴식을 취하는 틈틈이 덕수를 막사로 불러 속에 있는 이야기를 했다. 중대장 욕도 하고 부대가 어떻게 돌아가고 있는지도 이야기했다. 덕수도 누구에게도 할 수 없었던 지난했던 과거 이야기를 했고, 하루 빨리 전쟁이 끝나 고향에 돌아가고 싶다는 말을 자주 했다. 전투 중이라 언감생심 휴가는 꿈도 꿀 수 없었지만.

덕수는 국방군이 된 후, 많은 작전에 참여했다. 덕수는 이미 인민군에서 실전 경험을 충분히 쌓은 베테랑이었으므로 중대에 배속된 후 두 달 만에 일등병 계급장을 달았고, 그 후 다시 삼 개월만에 상등병 계급을 부여받았다.

덕수는 불알친구 김호철과 함께 수많은 사람을 죽였다. 죽음 당한 자들은 좌익이며 적이라 했다. 그들을 죽이지 않으면 그들은 언제든지 뒤에서 우리를 향해 총을 쏠 것이라 했다. 북으로 넘어가지 못한 인민군 패잔병과 자생적 빨치산들과 덕수처럼 인민군에 부역했다가 산으로 올라간 부역자들은 모두 죽여야 했다.

덕수가 중대에 배속된 후, 덕수의 중대는 남쪽 산간지방 빨치산 은 거지를 집중 공략해 빨치산의 씨를 말리는 작전을 연일 계속 했다. 더불어 빨치산 치하에 있던 마을이란 마을은 모두 돌아다니며 부역자들을 총으로 쏴 죽였다. 거창과 산청, 함양, 함평에서 수백 명을 죽였다. 그들은 모두 흰옷을 입은 사람들이었다.

덕수의 중대는 눈보라가 거세게 몰아치는 날, 전남 장성의 어느 마을에 진입하였다. 그 마을에 빨치산이 모여있다는 정보가 들어왔기 때문이다. 중대장은 우선 마을사람들을 남녀노소 가릴 것 없이 모두 마을 공터로 불러냈다. 7월부터 9월까지 인민군 점령 시기, 마을 인민위원장과 여성동맹위원장, 청년동맹위원장을 했던 자들을 불러냈다.

"네 년놈들은 빨갱이하고 똑 같은 년놈들이야!"

중대장이 권총을 꺼내 그들의 머리에 겨누더니 거리낌없이 방아쇠를 당겼다. 관자놀이에서 선홍색 피가 분수처럼 튀었고, 벼낟가리 넘어가듯 사람들은 쓰러졌다. 중대장은 카빈 소총을 들더니 그 광경을 지켜보던 주민들을 향해 총구를 돌리고 그대로 갈겨버렸다. 사람들은 거센 바람에 날아가는 허수아비처럼 힘없이 땅바닥에 나뒹굴었다. 모인 사람들에게 변명을 듣거나, 우인지 좌인지 가려내지도 않았다. 그들 모두는 인공 때 부역자들이었으며, 밤마다 산에서 몰래 내려오는 빨치산에게 먹을 것과 입을 것을 대준 자들로 낙인찍힌 사람들이었다.

사람이 이래도 되는지 안 되는지 판단할 여유는 마음 어느 구석에도 남아 있지 않았다. 한 무리의 늑대 떼가 대장 늑대의 지시대로 살을 뜯어 먹기 위해 염소 떼를 공격하는 것과 같았다. 중대장의 명령에 자동적으로 덕수를 비롯한 중대원들은 총을 쐈다. 총구 앞에 서 있는 자들은 염소 떼와 같은 먹잇감에 불과했다. 그들은 사람이 아니었다. 개나 돼지 혹은 염소였다. 가을 벼이삭 익어가는 들판에 날아드는 참새 떼와 같은 것들이었다. 그들이 흘리는 피는 들쥐의 그것이었다. 들쥐가 살쾡이에게 목덜미를 물려 죽으며 흘리는 피였다. 총을 맞고 쓰러지는 자들이, 총을 쏘는 자들의 아버지나 어머니, 형제나 누이와 같은 피와 살을 가진 사람들이라는 걸 잊고 있었다. 죽는 자들과 똑같은 영혼과 육신을 가진 사람들이라는 것을 망각했다.

"아앙! 아아앙!"

시체더미 속에서 아이 울음소리가 허공을 찢었다.

"살아 있는 빨갱이 아새끼가 있구만. 쏴버려!"

중대장 명령에 따라 덕수는 카빈총의 방아쇠를 당겼다. 총소리와 함께 아이의 울음소리는 그쳤다. 포대기에 싸여 아낙의 등 뒤에 업힌 아이의 얼굴은 피범벅이 되어 반쯤 날아갔다.

중대의 살육은 계속되었다. 마을을 돌아다니며 빨치산 부역자를 실토하지 않는 자들에게도 심한 고문이 행해졌다. 단순하고 무식했다. 물푸레나무를 잘라 몽둥이를 만들어 논바닥에 꿇어 앉혀놓고 인정사정없이 매질을 했다. 나이가 환갑이 지난 노인이라 해서 봐주지 않았다. 중대원들의 어머니나 아버지뻘 되는 사람들도 부역자를 불지 않는다 해서 머리고 등이고 가슴이고 다리고 사정없이 매질을 당해야 했다. 매질을 못 이기고 그 자리에서 절명하는 자들도 있었다. 몽둥이가 분질러지면 콩 타작할 때 쓰는 도리깨를 들고 나와 머리든 어디든 걸리는 대로 때렸다. 머리가 터지고 얼굴이 찢어져 바닥에 붉고 검은 피를 뿌렸다.

총에 맞아 죽고, 물푸레 몽둥이로 맞아 죽은 사람들의 집은 모두 불을 질렀다. 분화작전이었다. 산에 은거한 빨치산들에게 먹을 것과 입을 것, 잠잘 곳을 넘겨주지 않으려는 속셈이었다.

인민군이 점령했던 시절, 우익에 협조한 자, 경찰이나 학교 교사, 관료 가족들은 모두 총살당하거나 죽창에 꿰여 죽음을 맞아야 했다.

마을에서 인민군과 빨치산이 물러간 뒤, 국방군이 몰려와 이번에는 좌익에 협조했던 자들을 죽음의 낭떠러지에서 밀어버린 것이다. 마을사람들은 대부분 살기 위해서 인공 때는 좌익에 협조했고, 국방군이 들어왔을 때는 우익에 부역했다. 덕수가 고향에서 그랬던 것처럼. 덕수도 그들의 저주받은 운명을 알고 있었지만, 그 이상의 감정은 없었다. 오직 삶과 죽음만 존재하는 곳에서 산 자가 승리자일 뿐이었다.

덕수의 중대에 덕수와 똑같은 과거 행적을 밟았던 자들이 있었다. 덕수처럼 인민군이 되었다가 다시 국방군 옷을 입고 총을 들고 사람들을 살육하는 자들이 더러 있었다. 그들도 덕수와 같은 마음일 것이다. 그러나 역시 그들도 그뿐이었다. 그곳에는 오직 사느냐 죽느냐 두 길 밖에 없었으며 당연히 사는 쪽에 매달릴 수밖에 없었다. 산 자들은 너무도 당연히 살기 위해 사람들을 죽였다. 계속 살기 위해서. 그건 본능이었다. 그들은 잘하고 잘못하고를 판단하지 않았다. 그것은 팔자였고 운명이었다. 죽는 자들이나 덕수처럼 산 자들 모두 하늘의 의지에 따라 그리된 것뿐이었다.

산 아래 마을들은 거개가 밤에는 빨치산이, 낮에는 국방군이 돌아가면서 점령했다. 밤에는 빨치산에 협력했고, 낮에는 국방군에 협력해야 했는데, 결국 마을은 쑥대밭이 되고 사람들은 피를 흩뿌리며 죽어갔고, 집들은 모두 불에 타버렸다. 사람들의 시체들과 불에 타버린 집들. 마을은 매캐한 연기만 자욱했고, 까마귀와 까치들이 시체더미 위에서 살점을 뜯어먹으려 날아다녔다.

산 이곳저곳에 삐라가 뿌려졌다. 선무공작을 통해 회유작전을 펴는 것이다. 겨울산은 죽음 그 자체였다. 견디지 못하고 삐라를 보고 내려오는 빨치산이 하나둘 있었는데, 그들은 모두 이름도 모를 계곡에서 죽어갔다.

한 마을 사람 전체가 산에 올라갔다가 추위를 견디지 못해 내려온 경우 자술서를 받고 경찰서에서 신원 특이자로 분류해 놓았다. 이후 중공군이 내려올 때 모두 죽음을 당하고 말았다. 전쟁 전 보도연맹원으로 등록되어 있다가 전쟁이 터지자 즉시 모두 처형되었던 경우와 똑같았다. 믿은 자들에게는 그 합당한 악마의 선물이 주어졌다. 그런 마을을 지날 때면 사체 썩는 냄새가 코를 찔렀다.

다른 마을에 거주하는 친인척들은 마을에 들어와 시신을 수습하려 했지만 마을을 순찰하는 국방군에게 걸리면 그들도 총알 세례를 면치 못하였음으로 수습하지 못했다. 몰래 들어와 핏줄의 시신을 수습하려 살피다가, 모르는 시신이면 개똥을 던지듯 아무렇게나 내팽개쳐버렸다. 죽은 자의 몸은 길에 굴러다니는 소똥이나 다름없이 취급당했다.

지리산 주변 마을에서도 가끔 빨치산과 교전을 벌이기도 했다. 교전을 벌이다가 산으로 올라가버린 자들을 쫓는 와중에 만난 마을은 전부 피를 쏟아야 했다. 덕수의 중대도 교전을 펼치다가 도망하는 빨치산을 쫓아 마을에 들어갔다.

마을사람들이 도망한 빨치산을 숨겨주고 있었다. 동네사람들을 모두 마을 앞 논바닥에 불러냈다. 나오지 않거나 숨는 자들에게는 무차별 총격을 가했다. 논바닥에 모인 자들은 분류작업을 거쳤다. 삼십 대 이상의 남자들은 모두 한쪽으로 모았다. 젊은 남자들을 다른 사람들 눈에 띄지 않는 산 밑 구석진 밭으로 데려갔다. 중대장은 일본도를 차고 있었다. 그는 일본도를 꺼내들었다.

"무릎 꿇어!"

중대장이 소리치자 사내들은 얼빠진 사람들처럼 명령에 따라 흙바닥에 무릎을 꿇었다.

"모두 눈 감아!"

중대장은 양손으로 일본도를 움켜잡고 흙바닥에 무릎 꿇고 앉아 있는 자들 뒤로 걸어갔다. 중대장은 뒤에서 하나둘씩 사내들의 목을 치기 시작했다. 하늘 높이 치켜든 일본도가 햇빛에 잠깐 반짝이더니 이내 허공을 갈랐다. 비명을 지를 겨를도 없이 날카로운 칼날에 목덜미가 덜렁거렸다. 붉은 피가 잘려진 대동맥에서 하늘 높이 분수처럼 치솟으며 사방에 뿌려졌다. 목이 붙어 있는 자는 한 번 더 일본도를 놀렸다. 죽지 않고 버둥거리는 자는 중대장 지시를 받은 병사가 총알을 그의 가슴에 깊이 박았다. 벌레처럼 꿈틀거리던 그는 순간 몸을 풀고 그대로 흙바닥에 붉은 피를 쏟으며 나뒹굴었다.

"야! 소금 뿌려!"

덕수는 아무 집에나 들어가 장독대에서 소금이 들어 있는 장독을 가지고 나왔다. 장독을 열고 소금을 목이 잘린 주검에 죽죽 뿌렸다. 중대장은 자신의 옷에도 소금을 뿌렸다. 피비린내를 방지하고 귀신이 들어붙는 것을 막는다나 어쩐다나.

중대장과 중대원들은 다시 마을사람들이 모여있는 곳으로 돌아왔다. 어린아이와 아녀자, 노인들이 모여있었는데, 날씨가 추워선지 아니면 무서워서 그런지 모두 벌벌 떨고 있었다. 이빨까지 딱딱 부딪치며 떨고 있는 그들의 눈은 공포에 휩싸여 희번덕거렸다. 중대원들은 중대장의 지시로 남녀 구분 없이 모두 새끼줄로 팔목을 묶었다.

덕수를 비롯한 중대원들은 굴비 엮듯 묶인 사람들을 산 아래로 끌고 갔다. 사람들을 일렬로 세워놓고 중대장의 명령에 따라 일제히 사격을 가했다. 백여 명 이상이 그 마을에서 죽었다. 그들은 모두 빨치산이었다. 아니, 빨치산으로 만들었다. 모두 중대장과 중대원의 공으로 기록되었다.

전북 남원 지역에 있던 덕수의 중대는 겨울의 끝자락에 접어들면서 전남 함평으로 내려갔다. 다른 연대를 지원한다는 명목이었다. 타 연대 소속인 덕수의 중대가 지원을 해야 할 정도로 작전은 규모가 컸다. 사단의 중요 부대가 대부분 동원되었고, 전투경찰과 청년방위대 등 우익 단체도 함께 손발을 보탰다.

작전명은 '불갑산 대보름 작전'. 불갑산은 전남 함평과 영광을 아우르는 산으로 빨치산 전남총사령부 하부 조직인 불갑지구사령부가 은신하고 있었다. 많은 능선과 봉우리가 그물처럼 얽혀있어 골이 깊고 숲이 울창하며, 북으로 노령산맥과 연결돼 있어 보급활동과 기습전에 매우 유리했다. 대원들의 훈련장을 갖췄고, 기관지를 발행할 정도로 힘이 막강했다. 이곳 유격대는 함평, 영광, 장성, 무안, 목포 등 전남 서북권을 관할하면서 군경과 대치했다.

그날은 구름 한 조각 없는 맑은 하늘에 둥근 달이 휘영청 떠 있는 정월대보름이었다. 밝은 달빛이 불갑산 골짜기 골짜기마다 비췄다. 용천사 뒤편 삼나무 숲은 바람을 타고 달빛에 출렁거렸다. 수천 명의 주변 마을사람들이 산에 올라와 있었다. 군인과 경찰의 총과 칼을 피해 올라온 사람들이었다. 그들은 숨을 만한 곳곳마다 몸을 은신했지만 밀려오는 두려움을 감출 수 없이 우왕좌왕 떨고 있었다.

사람들은 대부분 군경에 의해 자신들의 가족이 이미 죽음을 당한 자들이었다. 눈앞에서 대검으로 아버지가 난자당하는 모습을 지켜본 소년은 산사람들을 따라 이 산으로 올라왔다. 벼단 섶에 숨어 할아버지와 어머니, 동생들이 죽어가는 모습을 울지도 못하고 지켜봤던 아이도 산에 올라왔다.

토벌작전이 있을 거라는 정보를 입수한 유격대는 이미 산을 떠난 뒤였고, 산에 남아 있는 사람들은 대부분 주변 마을사람들이었다. 유격대는 제복이 없다. 그들은 양민들이 입는 평상복 차림이거나 잘 입으면 인민군이나 의용군 복장이었다. 흰 무명옷을 입은 자가 38식이나 모신나강 소총을 들고 있으면 조선인민유격대 즉 빨치산이었다.

그날, 산에서 국방군을 만난 민간인은 모두 빨치산으로 간주되었다. 아니 빨치산이었다. 빨치산이 되었고 빨치산이어야 했다. 국방군은 그들을 붙잡는 족족 산 능선 방공호에 몰아넣고 방아쇠를 당겼다. 수백 명의 사람들이 두엄더미처럼 포개지고 겹쳐져서 피를 흘리며 죽었다.

산 밑 군데군데 조약돌 무리처럼 형성된 마을들은 전부 온전치 못했다. 마을의 빈집은 대부분 거동이 불편한 노인들이 지키고 있었다. 국방군과 순경들은 남은 자들의 나이 고하를 개의치 않았다. 집에 사람이 있건 짐승이 있건 모두 불을 질렀다. 다리를 쓰지 못하는 노인이 방안에 있다는 것을 알면서도 덕수는 불을 던져야 했다.

중대장 안태섭은 원래 왜놈 군에 자원입대하여 일본군으로 복무하던 자였다. 해방되는 와중에 숨어 있다가 어떤 연줄을 잡았는지 국방경비대로 들어왔다. 그는 공명심이 강하고 탐욕적이었다. 아울러 권력과 부에 아부하고 더불어 아랫사람들을 자신의 권력과 부를 얻는 도구로 사용하는 자였다. 중대장은 자신의 중대가 항상 선두에 서야 했고, 다른 중대보다 더 많은 전과를 올리도록 채찍질했다.

전남 장성 지역 야산에 은거한 빨치산과 교전하다가 중대원 중 하사 한 명과 일등병 한 명을 잃었다. 매복한 빨치산에게 기습을 당한 것이다. 시신을 수습한 중대장은 국민학교 운동장에서 전사한 중대원의 화장식을 거행했다. 마을사람들을 동원하여 걷어온 장작을 높이 쌓고 전사자 시신을 그 위에 올려놓고 불을 지폈다.

그곳에 모인 중대원들은 그들이 총과 대검으로 살해한 흰옷 입은 주검들 앞에서 보였던 표정과 달리, 우울하고 숙연한 눈빛으로 전우의 시신이 화장되는 장면을 목도했다. 붉게 불타오르는 장작더미 위에서 시신이 불에 탔다. 화장이 끝난 후 중대장은 중대원들 앞에서 이렇게 말했다.

"전우들의 죽음을 결코 잊어서는 절대 안 된다. 전우들의 원수를 갚자!"

다음날 중대원이 희생된 전투가 있었던 야산 아래, 마을로 들어갔다. 마을사람들을 꽁꽁 얼어버린 논바닥으로 모두 불러냈다. 젊은 사람은 한 명도 없었다. 노인과 부녀자와 어린아이들, 간난아이를 등에 업은 젊은 여자들이었다. 젊은 남자들은 대부분 산으로 올라갔거나 보복을 피해 이미 적당한 곳에 숨어 있을 터였다.

중대장은 젊은 사내들이 이미 숨어버렸다는 것을 알고 있었다. 수색이 시작되었다. 장병들은 집집마다 돌아다니면서 숨어 있을 만한 곳은 모두 뒤졌다. 짚단 속과 헛간과 변소 등 사람이 들어 있을 만한 곳은 모두 뒤졌다. 어설프게 숨어 있다가 끌려나오는 젊은 사람들이 있었다. 개중에는 도망가다가 총을 맞고 하얗게 눈이 쌓인 논바닥에 피를 뿌리며 쓰러지는 안타까운 자들도 물론 있었다.

논바닥에 모인 마을사람들에게 아무런 설명도 하지 않았다. 일언

반구 말 한 마디 없이 기관총으로 난사해서 모두 땅과 하나가 되도록 했다. 논바닥은 금세 피바다가 되었고, 비명소리와 갓난아기 울음소리가 허공을 찢어 발겼다. 흰옷 입은 자들은 그들이 땀 흘리며 일했던 그 논에서 해당화 꽃잎 같은 붉은 피를 뿌리며 아무렇게나 던져놓은 짚 무더기가 되어 죽어갔다.

학살이 자행된 후 중대장은 낟가리를 풀어 논바닥을 덮고 석유를 뿌려 불을 질렀다. 죽은 자들의 살타는 냄새와 매캐한 연기가 마을 가득 퍼졌다. 중대장의 분은 그 정도에서 풀리지 않았다. 집집마다 모두 불을 질러 마을을 완전히 초토화해버렸다. 일종의 보복이었으며, 역시 빨치산들이 보급품을 얻지 못하도록 하는 작전이었다.

중대는 불갑산 대보름작전을 지원갔다 온 뒤 임실에서 작전을 펼쳤다. 임실 작전도 불갑산 대보름작전만큼이나 힘들었고 잔인하기 그지없었다. 임실 작전이 끝난 후, 중대는 다시 남원과 곡성, 구례지역에서 빨치산의 숨통을 끊어놓으려 전투와 살상을 계속했다.

쌍계사와 화엄사의 벚꽃들은 잔인한 살육의 카니발이 펼쳐지는 현장에서도 묵묵히 제 할 일을 다 하겠다는 듯 지천으로 피어올라 사람들의 마음을 심란하게 했다. 무더위가 지속되는 여름 짬짬이 국방군들은 섬진강에 몸을 담가 더위를 식혔다. 공기가 조금 선선해질 무렵이었다. 덕수가 김호철을 찾아왔다. 부탁할 게 있다는 것이다.

"아내가 아이를 뱄다는 연락이 와서 집에 한번 가봐야 할 것 같소."

폐광

덕수 말을 듣는 순간, 김호철은 덕수가 무슨 말을 하는지 이해할 수 없었다. 애를 뱄다니…. 김호철은 입을 벌린 채 덕수에게 뭐라 대답을 해야 할지 한동안 멍한 표정을 지었다. 정신을 수습한 김호철이 더듬거리며 물었다.

"그, 그게 대체 무슨 말이야?"

황당하지 않을 수 없었다. 덕수는 거의 일 년 넘게 한번도 집에 간 일이 없다. 그런데 덕수의 아내가 임신을 했단다. 뭔가 이상하지 않은가. 김호철은 고개를 갸우뚱할 수밖에 없었다.

"덕수, 자네… 아내가 아이를 뱄다니, 자네가 언제 집에 간 일이 있는가? 자네는 집을 떠난 지 일 년이 훨씬 지났지 않았는가. 자네 혹시 어떻게 되지 않았는가? 정신 차려 이 사람아!"

김호철 표정이 의도와는 달리 짜증이 섞이며 화를 내는 투로 보였을까. 덕수는 김호철의 말을 듣고는 뭔가 크게 잘못한 사람처럼 고개를 푹 숙였다. 그리곤 말도 없이 돌아서 나가버렸다. 김호철은 고개를 갸우뚱했다. 갑자기 박덕수가 왜 저럴까. 그 뒤로 며칠이 흘렀다.

일교차가 크게 벌어져 아무래도 중대원들 막사에 난로를 설치해야 할 것 같아 보급하사와 의논하고 있을 때였다. 덕수가 또 김호철을 찾아왔다.

"지난번에 낳은 아이가 죽어서 말이오. 집에 한번 가봐야겠소."

김호철은 덕수를 뚫어지게 쳐다봤다. 지난번에 덕수는 아내가 아이를 뱄다고 했는데, 벌써 그 아이를 낳았고, 이번에 그 아이가 죽었다는 건가? 며칠 사이에 아내가 아이를 배고 그 아이가 태어났고 또 그 아이가 죽었다는 것이다. 도대체 박덕수 이 친구는 무슨 말을 하고 있는 것인가. 그런 일이 현실적으로 있을 수 없겠지만 설령 그런 일이 있었다하더라도 그 사실들을 어떻게 이렇게 빨리 알았단 말인가. 전혀 있을 수 없는 일이었다. 저 친구 혹시 나사가 빠진 거 아냐. 덕수의 말은 전혀 현실성 없는 이야기였고, 덕수가 다 꾸며낸 이야기라는 것쯤은 삼척동자도 알 수 있었다.

김호철은 정신 차리라고 따끔하게 타이를까 하다가, 지난번 덕수의 마음을 헤아리지 못하고 막 대한 게 미안해서 조심스럽게 덕수에게 말했다.

"안 되었네, 그려. 며칠 전에 아내가 임신을 했다고 하더니 아이를 낳다가 아이가 그만 잘못되어버린 모양이구만. 쯧쯧쯧"

그렇게 말하면서도 김호철은 덕수를 힐끗 쳐다봤다. 슬며시 연민의 마음이 들었다.

덕수를 비롯한 중대원들은 연일 계속 되는 전투 현장에서 수많은 양민들을 총으로 쏴 죽이는 참혹한 일을 감행하고 있었다. 덕수 뿐만 아니라 중대원들 모두 조금씩 정신적으로 문제가 있었다. 김호철은 그런 차원으로 덕수를 바라봤고, 동정심을 숨길 수 없었다. 게다가 덕수는 어릴 적 친구가 아니던가.

"자네도 알지만 지금은 작전 중이네. 바로 휴가를 얻을 수는 없을 거야. 조금 있다가 내가 중대장님에게 보고해서 휴가를 갈 수 있는지

폐 광

방법을 한번 강구해보겠네."

덕수는 고맙다는 말을 남기고 나갔다.

그 뒤로도 가끔 덕수는 뜬금없는 말을 하곤 했다. 이를테면, 아내가 낳은 아이를 데리고 면회를 왔다는 것이다. 김호철은 덕수에게 정말 그 말이 사실이냐고 되물었다. 덕수는 고개를 떨구고 슬며시 꼬리를 내리며 아니라고 했다. 또 어느 날은 아버지가 덕수를 만나고 싶어 면회를 왔다고 말했다. 김호철이 알고 있는 덕수는 고아나 다름없는데 아버지가 면회를 왔다니.

덕수에게 분명 이상이 있다는 걸 김호철은 감지했다. 덕수가 정신적으로 극복할 수 없는 어떤 충격이 있었구나 싶었다. 우직하고 맡은 임무를 군소리 없이 하던 덕수였다. 그런 친구가 저런 행동을 한다는 것은 뭔가 충격을 크게 받은 게 틀림없었다. 그러나 그뿐이었다.

김호철은 근심어린 눈으로 덕수를 바라보는 것 말고 달리 해결해줄 방법이 없었다. 종종 험한 작전을 하다보면 덕수 같이 이상 증세를 보이는 나약한 녀석들이 나타나곤 했다. 그런 자들을 다독이고 정신적으로 무장을 시켜주는 것이 선임하사인 김호철의 일이지만, 어디 그게 쉬운 일인가. 그저 좋은 말이나 해주고 쯧쯧쯧 혀를 차면서 걱정의 눈길을 보낼 뿐이었다. 덕수 같은 증세를 보이는 덜떨어진 녀석들이 있긴 하지만, 그런 친구들이 가끔 하는 헛소리가 부대에 큰 탈을 낼 정도는 아니었기에 공론화하거나 크게 문제 삼지 않았다. 중대 전체가 매일 사선에 서 있는 상황이지 않은가. 아무리 어릴 적 친구였다

해도 일개 병사인 덕수의 마음을 다른 병사들보다 더 신경 쓰면서 다독여주고 치료해줄 여유가 있을 리 없었다.

김호철이 덕수를 챙겨줄 수 있는 일이라고는, 덕수의 소대 선임하사에게 덕수를 주의 깊게 관찰하라, 따로 지시해놓는 정도였다. 또 중대장에게 덕수의 상태를 보고가 아닌 지나가는 정도의 말을 할 뿐이었다. 그런 말을 들은 중대장도 대수롭지 않은 표정을 지었고 별 말도 없었다. 그보다 더 크고 심각한 일이 매일 발생하고 있어 그런 사소한 일에 관심을 기울일 여유가 없었을 것이다.

그러던 어느 날 김호철에게는 말도 없이 덕수가 사라져버린 것이다.

중대장 안태섭은 덕수가 금광 광부 출신이란 사실을 알고 있었다. 덕수가 이 부대로 배치되면서 중대장이 받은 신상명세에 적혀 있었는데, 특이한 경력 소유자였으므로 중대장은 기억하고 있었다. 중대장도 금광 광산 붐이 일었던 시절을 분명히 기억하고 있었다. 전국이 노다지 열풍으로 들끓었고, 어느 날 갑자기 노다지를 발견해 일확천금을 얻은 벼락부자가 나타나는 것을 봐왔던 그였다. 언젠가 짬을 내서 덕수에게 금광에 대한 내력을 짚어보려 했었다.

날을 벼루고 있던 중대장은 하루 짬을 잡아 덕수를 불러, 덕수가 일했던 금광에 대해 물었다. 덕수는 소상히 금광에 관한 정보와 지금도 잘만 찾으면 품위 높은 황금을 캘 수 있다는 말을 했다. 다분히 중대장의 비위를 맞추려는 말들이었지만, 덕수로서는 일종의 미리 던진 밑

밥이었다. 이왕 국방군으로 생활하면서 윗사람에게 좋게 보여 나쁠 것은 없다 싶어 그렇게 달보드레하게 말을 해두었던 것이다. 그 떡밥이 통했는지 중대장은 알게 모르게 덕수에게 배려 아닌 배려를 해줬다.

임실 작전을 치루고 나서 중대장은 선임하사 김호철로부터 덕수의 이상행동을 그야말로 지나가는 말로 들었지만 별 대수롭지 않은 일로 치부했다. 덕수에 관해 중대장 머릿속에 들어 있는 생각은, 언젠가 기회가 되면 덕수 저놈을 이용해 저놈이 일했다는 금광에서 어떻게든 황금을 뽑아내야겠다는 군침 도는 생각뿐이었다. 게다가 작전을 하다보면 부상자나 전사자가 나왔는데 그런 일에 비하면, 덕수의 이상행동은 관심 축에도 끼지 못했다.

덕수가 중대장 안태섭을 찾아온 것은, 가을이 한창 열매를 맺어가던 날이었다. 중대장은 내치지 않고 덕수와 면담을 했다.

"저를 제 고향으로 한번 보내주십시오."

밑도 끝도 없는 말이었다. 중대장으로서는 이런 미친놈이 있나, 지금 시국이 어떤 시국인데 고향에 보내 달래. 윽박질러야 맞았다. 안태섭 머릿속이 분주히 돌아갔다. 저놈을 이용해서 한탕 할 때가 왔다는 생각이 퍼뜩 들었다. 윽박지르는 대신 표정을 진지하게 만들고, 덕수의 다음 말을 기다렸다. 녀석은 중대장에게 뭔가를 받칠 의사가 있으니 이런 빤한 시국에 중대장에게 찾아와 저런 헛소리를 할 것 아니겠는가. 녀석이 받칠 수 있는 건, 중대장이 고대하는 그것 아니겠는가.

"저를 고향으로 잠시만 보내주시면 금광에 들어가 금을 가져오겠습니다."

금광에 들어가서 금을 가져온다? 군대에서 그것도 매일 매일 긴장의 연속인 전투의 현장을 누벼야 하는 전시상황에서 황당한 꿈나라 같은 소리가 아닐 수 없었다. 허나, 안태섭의 속마음은 쾌재를 부르고 있었다. 덕수가 안태섭 자신에게 찾아와 뭔가 말을 하려 할 때 이미 감지한 것이었는데, 그걸 딱하니 덕수가 내놓는 것 아닌가. 이리 기쁠 수가 있는가.

덕수가 얼마나 유능한 금광 광부였는지를 덕수의 말만 듣고 점수를 매긴 것이 아니었다. 덕수의 고향에서 작전을 진행하면서 그곳 사람들의 입을 통해 확인한 바였다. 안태섭은 관심 없는 척 덕수의 말을 튕겼다.

"금을 …캐오는 게 아니라, …가져오겠다고?"

덕수는 금을 캐오는 게 아니라 가져오겠다고 한다. 금을 캐오는 게 아니라 가져오겠다면 이미 어딘가 미리 캐놓은 금을 보관하거나 숨겨놓았다는 것인데.

"예, 가져오겠습니다."

덕수는 단호한 눈으로 안태섭을 똑바로 쳐다보며 말했다. 거짓이 아니라는 표정이다. 안태섭은 더 이상 의문을 제기하지 않았다. 그 금이 어디에 있느냐, 어떻게 해서 그곳에 보관되어 있느냐 등. 안태섭은 덕수에게 도박을 해보기로 했다. 안태섭 본인은 동전 한 푼 들이지 않는 도박. 덕수가 해내면 그야말로 노다지를 얻는 것이고, 아니면 뭐 그냥 아닌 것이라는 심심풀이 투전판 같은 도박. 덕수를 똑바로 쳐다보던 안태섭의 시선이 옆으로 비켜섰다.

"얼마나 시간을 주면 되겠는가?"

"넉넉잡고 십 일만 주십시오."

십 일이 대수겠는가. 황금을 얻을 수 있고 노다지를 품에 안을 수 있다면 박덕수 상등병 하나쯤은 중대에서 없어도 있는 것처럼 충분히 조작할 수 있다. 시국이 그런 그늘막 쯤은 만들 수 있지 않는가.

덕수가 고향 집에 휴가를 가고 싶다는 말을 중대 선임하사 김호철을 통해 지나가는 말로 들었던 적이 있다. 그때는 그저 귓등으로 넘겼었다. 이번에는 다르다. 장병이 휴가를 가겠다고 하는 게 아니라 황금을 가져오겠다는 것이다. 중대장 자신 안태섭을 위해. 당연히 보내야 하지 않겠는가. 땡전 한 푼 들이지 않고 가볍게 투전 한 판 하는 것이다. 어쨌든 덕수 저 녀석이 십 일의 휴가를 얻는 대신 중대장인 나에게도 뭔가 반드시 보상을 해야 할 것이다. 황금으로 말이다. 전시에는 휴가나 외출 외박이 금지다. 그런데 녀석에게 특혜를 주는 것이니까.

"좋다! 그러면 얼마나 나에게 줄 수 있나?"

안태섭은 거두절미하고 단도직입적으로 말했다.

"바 하나를 가져오겠습니다."

"바?"

"금덩어리 단위를 그렇게 말하는 것입니다. 대략 세 냥 정도 될 것입니다."

세 냥이면 30돈이다. 금액으로 쳐도 상당한 돈이다. 안태섭의 머리에서 폭죽이 터졌다. 불꽃놀이가 벌어졌다. 웬 횡재냐. 안태섭은 무뚝뚝한 표정을 풀지 않고 덕수를 쳐다봤다. 역시 다른 말은 하지 않았다.

"좋아! 그렇게 해라."

안태섭은 덕수에게 화투장을 한 장 던졌다. 걸리면 좋고, 안 걸리면 좋다 마는 거지 뭐. 그래도 덕수 저 녀석이 전시에 십 일이나 휴가를 다녀오면서 빈손으로야 오겠는가. 만약 덕수 저놈이 정말 황금을 가져온다면 그때는 제대로 한몫 잡을 수 있는 더 큰 것을 요구해보리라. 저 덕수 놈 덕에 팔자를 고쳐보자. 안태섭은 저도 모르게 어깨가 들썩거리며 춤을 추고 싶었다.

덕수가 나간 뒤에 안태섭은 전령 문천영 일등병을 불렀다.

"내가 박덕수 상등병을 박 상등병 고향집으로 심부름을 보낼 거니까. 너는 작전병 황병수를 데리고 박덕수에게 들키지 않게 조용히 뒤를 밟아봐라. 고향으로 가는지, 아니면 다른 데로 가는지 알아봐라. 군복을 입고 가면 들킬 염려가 있으니까, 마을 사람들한테 평상복을 빌려서 입고 가도록."

문천영과 작전병 황병수는 사복으로 갈아입고 덕수 뒤를 밟았다. 모자를 하나 사서 쓴다는 것이 둘 다 도리우치를 쓰다 보니 왜놈 순사처럼 보였다. 둘은 조심스럽게 덕수가 고향 집으로 가는 뒤를 밟았고,

덕수가 폐광으로 올라가는 것까지 확인했다. 물론 이 사실을 부대에 복귀하여 그대로 중대장 안태섭에게 보고했다. 안태섭은 흐뭇한 얼굴로 보고를 받았다.

"선임하사님, 잠시 보고드릴 일이 있습니다."

점심을 먹고 휴식을 취하려는데, 1소대 선임하사가 김호철에게 찾아왔다. 그는 남이 볼 새라 두리번거리더니 조용하지만 다급하게 말했다.

"박덕수가 부대를 이탈했는데 아무래도 이상합니다."

김호철은 드디어 올 것이 왔구나 싶었다. 탈영까지야 하겠냐 싶었는데, 그예 덕수가 사고를 치고 만 것인가. 김호철은 침착해야 했다. 뒷수습을 해야 했으므로. 김호철은 대수롭지 않다는 표정으로 놀란 감정을 감추고 말했다.

"누구에게 또 보고했나?"

"소대장에게 보고를 했습니다. 그런데……."

소대 선임하사가 말을 잇지 못하고 미적거렸다. 선임하사가 말을 할 때까지 김호철은 가만히 기다렸다.

"소대장에게 보고했더니, 소대장이 중대장님을 만나고 와서는 중대장님이 박덕수를 다른 부대로 파견을 보냈으니 염려하지 말라고 하더란 것입니다."

중대장이 박덕수를 파견을 보냈다고? 무슨 일로 어디로 파견을 보냈단 말인가.

"그래? 그러면 뭐 염려할 거 있는가? 중대장님이 직접 파견을 보냈다면 더 따져볼 것이 없지 않는가."

김호철은 별 거 아닌 것을 가지고 호들갑을 떤다는 표정으로 소대 선임하사를 쳐다보며 말을 이었다.

"자네는 다른 장병들에게 이야기하지 말게. 뭐 중대장님이 잘 알아서 파견을 보냈겠지. 내가 가서 중대장님께 알아보겠네."

김호철은 소대 선임하사를 진정시켜 돌려보냈다. 김호철은 고민스러웠다. 박덕수는 현재 다른 부대로 파견을 보낼 만큼 정상이 아니다. 관리대상 장병으로 분류해 관찰을 해야 할 병사였다. 덕수의 고향으로 작전을 갔다 온 뒤로 덕수는 이상한 사람으로 변했다. 박덕수는 인민군으로 복무했고 국방군으로 입대한 사람이다. 격동의 시대 흐름 속에서 고초를 많이 겪은 사람이다. 마음에 큰 상처를 받은 정신적으로 문제가 있는 병사였다. 그런 덕수를 다른 부대로 파견을 보내다니. 이해할 수 없었다.

김호철은 행정병을 불러 요 며칠 새에 다른 부대로 파견 가거나 파견 요청 온 게 있느냐 물었으나 행정병은 고개를 저었다. 의문이 생겼다. 공식적인 채널이 아니라 비공식적으로 중대장이 덕수를 어딘가로 보냈다는 것이다. 중대장은 박덕수를 무슨 이유로 어디로 파견을 보낸 것일까. 중대장과 박덕수 간에 남에게 말 할 수 없는 밀약이 있을 수 있었다. 중대장이 묵인했다는 것은 덕수가 중대장에게 어떤 당근을 제시했을 가능성이 크다는 추측이 들었다.

김호철은 추리했다. 덕수는 고향에 가고 싶어 하는 사람이다. 고향에 휴가를 보내달라고 여러 번 말도 안 되는 상황을 꾸며 부탁하지 않았던가. 그런 덕수의 청을 중대장이 들어줬다는 것이다. 거기에는 분명 어떤 대가가 있을 것이다. 그 대가는 과연 무엇일까. 막연했다. 다만 확실하게 굳어져오는 예감은, 박덕수가 감당할 수 없는 일을 벌이고 있다는 거였다.

중대장이 호락호락 사병의 청을 들어줄 사람인가. 중대장은 자신의 직책과 관련된 일은 눈곱만큼도 에누리가 없는 사람이다. 그런 사람인데, 일개 상등병의 부탁을 들어주겠는가. 박덕수가 뭔가 묘수를 써서 중대장을 속인 것이다. 중대장을 속인다면 그 뒤끝이 좋을 리 있겠는가.

박덕수에게 안 좋은 일이다. 만약 박덕수가 중대장에게 제시한 뭔가를 가져다주지 않는다면 중대장은 가차없이 박덕수를 응징할 것이다. 응징이란 이 전시에 무엇이겠는가. 죽음 아니겠는가. 안 된다. 친구인 박덕수를 곤경에 처하게 해서는 안 된다.

김호철은 보급병 강병호를 불렀다.

"강 일등병, 지난봄에 말이야. 우리 중대가 임실로 작전 나갔던 거 기억하지. 그 지역이 박덕수 상등병 고향이라는 거 알고 있는가?"

강병호가 알고 있다고 대답했다. 김호철은 편지를 한 통 강병호에게 건넸다.

"박덕수 상등병이 집에 갔을지 몰라. 집에 없다면 아마 그 고향 마을 어딘가에 있을 거야. 박 상등병을 찾아서 이 편지를 전해줘라."

김호철은 박덕수에게 현실을 직시하라는 편지를 썼다. 사소한 개인감정 때문에 크게 그르치지 말고, 지금이라도 현실을 똑바로 보고 바로 부대로 복귀하라는 내용이었다. 이 편지를 박덕수가 받아 본다해서 그가 마음을 움직일지는 모른다. 그래도 김호철은 최선을 다해야 했다. 친구니까.

강병호 일등병은 박덕수의 고향 마을에 왔다. 봄에 작전을 했던 지역이라 찾는데 어려움은 없었다. 박덕수의 고향마을을 찾아가 어렵게 덕수의 집을 찾았다. 집을 찾아갔으나 집에는 아무도 없었다. 집 앞에서 오랜 시간 서성이며 덕수를 기다렸지만 덕수를 만날 수 없었다. 그러다 우연히 덕수가 집에서 뒷담을 넘어 달아나는 것을 목격하였다. 강병호는 덕수를 쫓았다. 덕수는 산길로 도망갔고, 강병호는 뒤를 쫓았으나 끝내 만나지 못하고 말았다. 결국 강병호는 덕수에게 선임하사 김호철의 편지를 전달하지 못하였다.

박덕수가 중대장 안태섭에게 약속한 십 일이 지났지만, 박덕수에게서는 깜깜 무소식이었다. 안태섭은 서서히 화가 났다. 구 일이 지나면서 기대를 꺾지 않으면서도 은근히 박덕수 그놈에게 속았다는 칙칙하기 짝이 없는 먹장구름 같은 느낌에 화가 치밀기 시작했다. 드디어 약속한 십 일을 넘기자, 폭발할 것 같은 화를 안태

폐광

섭은 어쩌지 못했다. 혹시 박덕수 이 녀석이 어디로 도망가버린 것은 아닐까. 혼자서 황금을 빼돌려버린 것은 아닐까. 이런 저런 생각이 실타래처럼 얽히고 설켜 기분이 시궁창처럼 더러웠다.

어떤 놈에게 말도 못하고 속앓이만 하던 차에 중대가 속한 대대는 남원에서 순창으로 이동했다. 회문산 지역 빨치산 잔당 세력을 척결하려는 작전이었다. 순창과 임실은 지근거리였으므로 상황을 봐서 중대원을 다시 덕수의 고향 마을로 보내기로 했다.

순창 회문산 주변 마을은 거개가 빨치산의 주활동 무대였다. 마을 대부분은 적색으로 물들어 있었지만, 그들 마을이 적색을 띠고 있다는 사실을 증명해 내서 찾아내는 것은 쉽지 않았다. 대대에서 동원한 방법이 국방군을 일부러 인민군 복장으로 분장시켜 마을에 들어가도록 하는 것이었다. 인민군 복장을 보고 환호하는 자는 당연히 빨치산 잔당이거나 부역자였다. 그런 자들에게는 여지없이 총알 맛을 보여 주면 되었다. 빨치산 색출에 효과가 좋은 특효약 같은 작전이었다.

대대장의 지시로 안태섭 중대는 모두 인민군 군복으로 변복했다. 회문산으로 진입하는 계곡에 걸쳐 있는 마을로 들어갔다. 일부러 선두에 선 향도병에게 인공기를 들게 하고 인민군 군가를 부르며 들어가자 마을사람들이 어안이 벙벙한 표정으로 군인들을 바라봤다. 처음엔 어색한 표정으로 군인들을 바라보던 노인네 하나가 만세를 부르며 소리쳤다.

"조선인민공화국 만세!"

생각 같아선 바로 총질을 해댔으면 싶었지만 아직 던져놓은 그물을 걷을 때가 아니었다. 더 많은 고기들이 그물에 걸려들 때까지 기다렸다. 안태섭 중대는 의기양양한 표정으로 마을 안으로 진군했다. 노인네의 목소리에 고무되었는지 옆에 있던 아낙도 조선인민공화국 만세를 외쳤다. 그 소리는 마치 동네 개 한 마리가 짖으면 다른 개들도 따라 짖는 연쇄반응과 같은 효과를 일으켰다. 군인을 바라보는 마을사람은 모두가 두 손을 하늘 높이 치켜들고 인민공화국 만세를 외쳤다.

안태섭은 마을사람들을 모두 마을 앞 공터에 모이게 했다.

"모두 빨갱이 새끼들만 득실대는 그만!"

안태섭은 개머리판으로 맨 처음 인민공화국 만세를 외쳤던 노인네의 머리를 깨버리듯 쳐버렸다. 노인네는 머리에서 피를 뿌리며 볏단 넘어가듯 픽 쓰러졌다. 이윽고 병사들은 마을사람들에게 사정없이 몽둥이찜질을 가했다. 가을걷이가 대부분 끝난 논에 모인 마을사람들에게 사정없는 폭력이 가해졌다. 찢어진 걸레조각이 되도록 폭행을 당한 마을 사람들은 안태섭 중대 뒤에 따라 들어온 국방군 군복을 입은 군인들에게 인계되었다.

인간사냥을 마친 뒤, 안태섭은 인민군 복장을 한 전령 문천영을 불렀다.

"너는 박덕수가 머물고 있을 폐광에 가서 박덕수를 찾아보고 직접 만나서 지금 어떤 상황인지 알아봐라."

문천영은 중대장 명령에 따라 박덕수의 고향 마을인 임실로 넘어왔다. 문천영은 은근히 사적 심부름을 시키는 중대장 안태섭에게 불만을 가졌다. 물론 전령이니 중대장이 변소에서 뒤처리를 해달라 해도 해줘야겠지만, 중대장이 시킨 일이 뭔가 구린내가 났기 때문이다. 하지만 문천영은 참을 수밖에 없었다. 중대장은 넌지시 심부름 잘하면 너에게도 떨어질 콩고물이 있을 것이란 달짝지근한 말을 해왔기 때문이다.

박덕수가 예전에 금광에서 일하던 광부였다는 사실을 알고 있는 문천영도 중대장이 박덕수와 모종의 어떤 일을 벌이고 있음을 짐작하고 있었다. 문천영은 인민군 복장을 하고 돌아다니는 게 꺼림칙했지만, 얼른 박덕수만 만나고 신속히 부대에 복귀하리라 마음먹었다.

보름 전 작전병 황병수와 함께 박덕수 뒤를 밟아 박덕수가 들어간 폐광 동굴을 알고 있던 터라 동굴을 찾는 데는 어려움이 없었다. 문천영은 인민군 복장 그대로 여기저기 살필 것 없이 어슬렁거리며 동굴로 올라갔다. 누군가 그를 감시하고 있다는 생각은 하지 못했다. 문천영은 동굴에 도착해서 바로 입구로 들어가 박덕수를 찾았다.

박덕수는, 그러나 모습이 보이지 않았고, 이름을 불렀지만 대답도 없었다. 문천영은 문득 뭔가 일이 어그러졌구나 싶었다. 중대장이 기대하고 있는 일을 박덕수가 뒤집고 어딘가로 사라졌다는 판단이 선 것이다. 중대장이 열깨나 받겠다 싶었다. 물론 박덕수도 온전하지는 못하리라.

문천영은 부대로 복귀해서 바로 중대장에게 동굴에 다녀온 상황을 보고했다. 중대장 안태섭은 대번에 얼굴이 붉어지면서 주먹으로 책상을 쾅 쳤다.

　　김호철은 안태섭이 전령 문천영을 은밀하게 박덕수 고향에 보낸 사실을 눈치 챘다. 인민군 복장으로 작전을 진행한 후 문천영이 사라진 것을 알았기 때문이다. 늦은 시간이 다 되어 부대에 복귀한 문천영이 중대장 벙커에서 나오는 것을 봤다. 김호철은 문천영을 불러 어디 다녀오는 길이냐고 물었지만, 문천영은 중대장 심부름을 다녀오는 길이라고만 얼버무렸다.

"너, 박덕수 고향에 갔다 왔지?"

문천영이 눈알을 키우며 흠칫 놀라는 표정을 지었다.

"박덕수를 못 만났지?"

"…예."

문천영은 풀이 죽어 김호철을 힐끗 쳐다보고는 말했다.

"박덕수가 어디에 있든?"

"박덕수가 예전에 일했다는 폐광에 들어가 있을 거예요. 이번에 가서 만나지는 못했지만 그 안에 들어가 있는 것은 확실해요."

김호철은 문천영을 보내고 난 뒤 곧바로 중대장 막사로 갔다. 혼자 속병이 들었는지 김호철을 맞는 안태섭 표정이 쓰디쓴 쑥물이라도 한 대접 벌컥 들이킨 얼굴을 하고 있었다. 김호철은 조심스럽게 박덕수 이야기를 꺼냈다. 중대장 안태섭과 선임하사 김호철은 그럭저럭 사이가 좋은 편이었다. 김호철이 비교적 유한 성격으로 재빨리 끓고 얼른 식어버리는 양은냄비 같은 안태섭의 성미를 잘 받아줬고, 중대원들이 가질 불만을 다독이며 중대장의 지시를 잘 따르도록 어머니 역할을 잘한 탓이었다.

김호철이 찾아와 느닷없이 박덕수 이야기를 꺼내자 안태섭은 무안해졌다. 그렇지 않아도 속으로 끙끙 앓고 있었는데, 그걸 까발려놓으려 하니 영 기분이 좋지 않았다. 김호철 이야기를 들어보니, 그동안 박덕수를 찾기 위해 전령 문천영을 박덕수 고향에 보냈던 일을 김호철은 다 알고 있었다. 다만 금 때문에 박덕수가 고향에 갔다는 것은 김호철이 언급하지 않았다. 모르고 있는지 아니면 모르는 척 하는지 알 수 없었다.

"중대장님, 내가 직접 박덕수를 찾아가보는 게 어떻겠습니까?"

"선임하사가요?"

"중대장님이 아시는지 모르겠지만, 나하고 박덕수는 어릴 적 친구 사이입니다."

안태섭은 무덤덤한 표정을 지었다. 이미 알고 있었던 모양이다. 코너에 몰렸다고 당장 두 손 들고 선임하사에게 구원 요청할 만큼 안태섭은 자존심 얇은 자가 아니다. 곧 죽어도 중대장인데, 넙죽 선임하사에게 부탁할 수 있겠는가. 일단은 하는 데까지 해보고 정 안 되면 나중에 도움을 요청해볼까 싶었다. 선임하사가 안태섭이 박덕수를 고향에 보낸 이유를 알고 있는지, 모르고 있는지도 감을 잡을 수 없는 판국이었다. 여러 가지로 중대장 얼굴이 안 서는 일이었다. 중대장이 되어가지고 상등병에게 사기나 당하고 있다니. 중대장 체면이 측간厠間에 돌아다니는 구더기 꼴이 되고 말았지 않은가.

"잠시 선임하사는 모른 척 하고 계세요. 더 알아보고 안 되면, 그때 가서 말하지요."

일단 자존심을 세우며 선임하사의 청을 거절했다.

안태섭은 찌그러진 자존심 때문에 속에서 천불이 치솟았다. 박덕수 이놈을 대체 어떻게 해야 하나. 당장 박덕수 그놈 목을 일본도로 쳐도 시원치 않을 만큼 열통이 터져 씩씩거렸다. 그러나 버리기에는 황금이라는 사탕이 너무 아까웠다. 박덕수는 분명 금에 관한 어떤 정보를 갖고 있는 놈이었다. 박덕수 그놈은 때려죽이고 싶지만, 황금은 때려죽이고 싶은 놈이 아니지 않는가. 그러니 박덕수 그놈을 버리기에는 너무 아까웠다. 분을 좀 삭이고 감정을 자제하면서 냉정하고 차갑게 판단하고 처리해야 한다.

다시 문천영을 불렀다.

"가서 박덕수를 만나봐라. 만나서 사정이 어떻게 되었는지 들어봐라. 안 되면 잡아오고."

안태섭은 최대한 인내심을 발휘했다. 한번 더 박덕수를 믿어보기로 하자. 한번만 더…. 만약 안 된다면 그때 가서 일본도로 녀석의 목을 쳐도 되리라.

문천영은 중대장과 박덕수와의 거래가 어딘가 어그러지고 있다는 걸 느꼈다. 벌써 중대장 심부름으로 세 번째 박덕수를 찾아가고 있지 않는가. 처음 민간인 복장으로 박덕수 고향에 가서 박덕수의 행동거지를 볼 때부터 뭔가 이상하다는 느낌을 받았다. 박덕수가 고향에 가서 하는 행동은, 남의 눈에 띠지 않게 뭔가를 은밀하게 진행하려는 의도가 내포되어 있었다. 처음에는 중대장과 약속한 일이 다른 사람이 알면 안 되는 일이라 박덕수가 저리 도둑고양이처럼 움직이는가 싶었다. 그런데 두 번째 중대장 명령으로 이곳에 올 때는 둘 사이에 약속한 것이 박덕수에 의해 어그러지고 있구나 하는 삐딱한 느낌이 언뜻 스쳤다. 박덕수는 동굴에서 모습을 감췄고 이름을 불러도 반응은커녕 나타나지도 않았지 않는가. 이번에는 아예 안 되면 잡아오라고 한다. 두 사람의 밀약이 확실히 어그러졌음을 문천영은 짐작했다. 문천영은 전에 비해 긴장하지 않을 수 없었다.

문천영은 동굴에 도착하여 조심스럽게 동굴로 진입했다. 박덕수 이름을 부르자 심상치 않은 움직임이 동굴에서 느껴졌다. 문천영은 그 움직임이 바로 박덕수라는 걸 직감했다. 박덕수는 일부러 자신을 피하려 한다는 느낌을 지울 수 없었다. 서로가 너무나 잘 알고 있는 사이인데도 말이다. 비가 쏟아지는 어수선한 날씨에 쫓고 쫓기는 추격전을 벌였다.

총까지 사용하려는 마음은 없었는데, 되레 박덕수가 총을 쐈다. 놀라지 않을 수 없었다. 박덕수는 적대행위를 했다. 박덕수의 적대행위는 문천영에게 한 게 아니었다. 중대장에게 적대행위를 한 것이나 마찬가지였다. 군인으로서 해서는 안 되는 행위였다. 아군에게 총을 쏘다니. 지금은 전시다. 군법회의에 넘겨질 사안이며 당연히 총살감이다. 박덕수는 이제부터 국방군이 아니라, 인민군이나 빨치산이었다.

문천영은 박덕수의 사태가 매우 엄중하다는 것을 느끼고 부대로 돌아왔다. 곧바로 중대장에게 박덕수가 총까지 쏘면서 저항하더란 말을 했다. 안태섭의 얼굴이 붉다 못해 노랗게 질려갔다. 참는데 한계를 느끼는 표정이었다. 곧 무슨 사단이 나도 날 태세였다.

문천영은 선임하사 김호철에게도 박덕수의 동굴에 찾아갔다가 겪은 상황을 보고했다. 김호철은 침통한 표정으로 문천영의 보고를 들었다. 결국 파국으로 치닫고 있었다. 파국을 막을 수 있는 사람은 오직 자신 밖에 없었다. 장병 하나쯤 전장에서 죽은 것처럼 처리할 수도 있다. 박덕수를 전투 현장에서 사망한 것으로 처리해버릴 수도 있다. 중대장은 충분히 그렇게 할 수 있다. 박덕수 하나쯤 총으로 쏴죽이고 전장에서 죽은 것으로 처리할 수 있는 능력이 중대장 안태섭에게 있다. 막아야 한다. 그런 파국의 소용돌이에 박덕수가 빠지게 할 수는 없다. 박덕수는 아직 살아 있고 또 김호철이 노력하면 충분히 살릴 수 있는 가능성이 있다.

김호철은 다시 안태섭을 찾아갔다. 예상대로 안태섭은 똥 씹은 얼굴을 하고 있었다. 일개 상등병 하나에게 조롱을 당한 것이다. 황금을 가져오겠다는 놈의 말을 철썩 같이 믿은 것은 아니지만 박덕수는 중대장인 자신의 뺨을 때린 것이나 마찬가지였다. 그러면서도 여전히 황금에 대한 미련을 버릴 수가 없었다.

안태섭은 김호철이 무슨 이야기를 하려 하는지 이미 눈치 챘다. 일부러 태연한 척하려고 애썼다.

"중대장님, 문천영에게 보고 받으셨지요?"

안태섭은 아무렇지도 않은 척 고개를 끄덕였다.

"아무래도 내가 가봐야겠어요. 박덕수를 설득할 수 있는 사람은 나밖에 없습니다. 내 말을 듣지 않는다면 덕수 그녀석도 끝이라고 봐야겠지요."

안태섭은 김호철의 말을 들으면서 얼굴이 벌게졌다. 굴욕적인 표정을 숨기려 했지만 쉽지 않았다. 이제 더 이상 김호철에게 숨기고 말 것이 없었다. 생각 같아서는 중대원 모두를 이끌고 가서 박덕수 그놈을 당장 쏴 죽여버리고 싶었다. 걸리는 그것만 아니면 말이다. 바로 황금 말이다. 마지막으로 김호철을 이용해서 한번 더 박덕수 의도를 알아보는 것도 괜찮을 것 같다.

"좋소. 선임하사가 한번 가보세요."

안태섭은 체념하는 표정을 지으며 김호철에게 출장을 허락했다. 김호철은 문천영과 작전병 강병호를 데리고 덕수의 고향 폐광으로 찾아왔다.

"자네는, 자네가 몹시 위급한 상황이라는 거 알고

있는가?"

　김호철의 목소리가 동굴 안으로 파도처럼 밀려왔다. 뭐가 위급하다
는 것인가. 나는 내 가족과 함께 있어 어느 때보다도 더 없이 행복하다.
그런데 뭐가 위급하단 말인가. 가족과 함께 있으면 그것으로 모든 것이
다 완벽하다. 내게 그 이상의 완벽은 없다. 내게 가족 말고는 아무것도
중요하지 않다. 덕수의 머리는 그런 생각으로 가득 찼을 뿐이다.

　"뭐가 위급하다는 거요?"

　덕수가 되물었다. 김호철은 답답했다. 박덕수는 지금 군인의 신분
이다. 군인은 군법에 따라 처벌을 받는다. 군인이 명령을 어기고, 근
무지를 이탈하는 것은 죄 중에도 큰 죄이다. 게다가 지금은 전시다.
전시에 근무지를 이탈하는 것은 총살감이나 마찬가지다. 덕수는 그
런 위급함을 모르고 있는 것인가. 바위덩어리 박덕수가 김호철의 가
슴을 꽉 누르고 있다. 너무도 답답하다.

　"자네는 지금 복귀하지 않으면 부대를 탈영한 것으로 처벌을 받을
수 있어. 게다가 상관의 명령에 불복종하고 있다고. 또, 같은 아군인
장병에게 총을 쐈네. 이건 용서받을 수 없는 죄라고. 자네가 지금 얼
마나 위험한 처지에 있는지 모르는가?"

　김호철의 말은 백 번 천 번 지당한 말이다. 덕수도 충분히 인지할
만한 내용이다. 그러나 덕수는 온전한 정신의 귀를 닫아걸고 김호철
의 호소를 듣지 않는다. 일부러 현실을 외면한다. 현실을 인정하기 싫
다. 외면하고 싶다. 외면하면 모든 게 편해진다. 덕수에게는 오직 정

순과 동호, 동숙, 동민만 있을 뿐이다. 나머지는 다 아무것도 아니며 덕수와는 아무런 상관도 없는 것이다.

"덕수, 내 말 잘 듣게. 지금은 중대장님까지만 자네가 이러고 있다는 걸 알고 있어. 만약 자네가 계속 지체하면 상급부대에 보고할 수밖에 없네. 자네가 마음만 돌리면 조용히 해결될 수도 있어. 어떤가? 지금이라도 마음을 돌리고 우리와 함께 부대로 복귀하세."

부대로 복귀하라니. 부대라는 말을 듣자 덕수는 온몸이 밧줄로 꽁꽁 묶여서 숨도 쉴 수 없다. 부대라는 단어가 칼이 되어 덕수 가슴을 깊게 후벼 파는 것 같다. 돌아가고 싶지 않다. 부대로 돌아가고 싶지 않다. 다시는 그곳으로 돌아가 총을 들고 사람 죽이는 일을 더 이상 하고 싶지 않다.

덕수는 이곳에서, 이 동굴에서 금을 캐며 가족과 편안하게 살고 싶다. 땀을 뻘뻘 흘리며 그 땀의 대가로 얻는 금으로 가족과 함께 아무 일 없이 살고 싶다. 정순과 아이들이 하고 싶어 하는 것을 이 금으로 다 해주면서. 그렇게 마음 편하게 살고 싶다. 더 이상 총으로 사람 죽이는 게 너무 싫다.

"나는 더 이상 사람을 죽이는 총을 쏘고 싶지 않소이다."

저런 한심한 친구를 봤나. 저 친구를 어떻게 해야 하나. 김호철은 덕수의 말에 할 말을 잊는다. 누구는 좋아서 총으로 사람을 쏘는 것인가. 내가 쏘지 않으면 상대방이 나를 쏘니까 내가 먼저 쏘는 것이지. 지금은 전쟁 중이다. 어느 곳에서나 죽고 죽이는 일이 다반사다. 내가 죽이지 않으면 내가 죽을 수 있다. 죽느냐 사느냐 그것이 문제인 것이다. 계집애 같은 감상주의에 빠져 헤매고 있다가는 저 세상으로 가기십상이다. 저 친구가 왜 저럴까.

"약한 소리 하지 말게. 지금은 그런 약한 소리를 해서는 안 돼. 내생명은 내가 지켜야 하네. 자네나 나나 이런 시대에 태어났고, 이런팔자를 타고난 것을 어떻게 하겠는가. 덕수, 그런 생각하지 말고 나랑같이 가세."

김호철은 간절한 마음으로 말했다. 군대 상급자가 아닌 어릴적 친구로서 호소했다.

"아니오. 나는 가지 않겠소. 나는 이곳에서 내 가족과 함께 살고 싶소. 나를 방해하지 마시오. 나를 그냥 놓아두시오."

"자네만 가족이 있는 게 아니네. 다들 가족이 있어. 나도 가족이 있고 말이야. 그러나 지금은 가족보다 국가를 생각해야지. 우리는 모두국가를 위해서 싸우고 있다네. 국가 없으면 어떻게 가족이 있겠는가?"

"국가를 위해서 가족을 죽인단 말이오. 그동안 국가 때문에 나는내 처와 아이들을 버렸소. 내 처와 아이들이 나 때문에 더 이상 사지로 몰리고 희생당하는 것을 그대로 보고만 있을 수 없소. 나는 가족을지켜야할 책임이 있소. 나는 가족과 함께 있고 싶소. 그것뿐이오. 더바라는 것도 없소. 그러니 그만 돌아가시오."

막무가내인 덕수를 어떻게 설득해야 할지 김호철은 난감했다. 덕수의 말이 틀린 말은 아니지만, 현실을 완전 등한시한 말이다. 지금 군인의 신분인 덕수가 군인 신분을 이탈하여 제 마음대로 가족과 함께 있고 싶다니. 도대체 상황인식이 있는 자인가 없는 자인가. 저런 황당한 말이 또 어디 있는가.

"가족들은 나중에 전쟁이 끝난 뒤에, 우리가 우리 국가를 지킨 뒤에 함께 하면 되지 않는가."

김호철은 바위덩이 같은 박덕수가 답답하기 그지없다.

"나 때문에 가족들이 너무 많은 희생을 했소. 나는 더 이상 가족에게 희생을 강요하고 싶지 않소."

덕수는 동호의 손을 꼭 잡고 말했다. 동호가 눈망울을 초롱초롱 빛내며 덕수를 바라봤다. 아버지 덕수의 마음이 고맙고, 그 마음을 굳게 믿고 있다는 눈빛이다. 덕수는 이런 동호를 계속 지켜주고 싶다. 앞으로는 더 이상 내박쳐두고 싶지 않다.

김호철은 덕수가 부대에 있을 때, 자신에게 찾아와 가족 걱정을 하던 때가 많았음을 상기했다. 그러나 장병들 누구나 가족 걱정을 했다. 지금 중대에 복무하는 장병들 중에는, 다리나 팔 한 짝이 없는 불구처럼 가족 중 누군가 죽거나 크게 다친 자가 수두룩했다. 가족이 온전히 다 살아 있는 자는 행복한 자였다. 김호철도 전쟁 중에 동생을 잃지 않았던가.

물론 덕수에게는 좀 특별한 구석이 있다 할 수 있다. 덕수가 부대에 있을 때 사실은 이렇게까지 눈에 띠게 가족 걱정을 하는 사람은 아니었다. 덕수가 본격적으로 그런 말을 꺼낸 것은 지난 봄 이곳 덕수의 고향에서 작전이 있고난 후였다. 그때 벌인 작전 이후 덕수는 이상한 사람이 되어버렸다. 가족병이 지독하게 걸려버렸다. 그 작전 당시에도 덕수는 김호철에게 찾아와 가족 행방을 알아봐야겠다고 여러 번 시간을 달라 부탁한 적 있었다. 워낙 경황중이라 장병들의 부탁을 들어줄 수 없었다. 친구지간이라 해도 말이다. 너무 정신이 없는 터라 등한시 했는데 덕수의 가족병이 이렇게까지 지독하게 발전할 줄은 미처 몰랐다.

덕수는 지금 가족과 함께 있다 한다. 덕수는 이곳에 와서 가족을 찾았단 말인가. 그 소중한 가족을 찾았기에 애지중지 가족을 버릴 수 없다 하는 것인가. 어쨌든 인간적으로 따지면, 그렇게 못 잊어하던 가족을 찾았으니 덕수 입장으로서는 얼마나 기쁘고 행복하겠는가. 그러나 현실을 직시하자. 덕수가 애지중지하는 그 가족은 지금 어디에 있는가. 차라리 어딘가 안전한 곳에 정착시켰다가 전쟁이 끝나고 덕수가 제대하면 그때 함께 살면 되지 않겠는가. 이게 이치에 맞고 가장 합당한 처사가 아니겠는가.

"자네 가족은 지금 어디에 있는가?"

"그건 말할 수 없소."

덕수는 가족이 어디에 있는지 말하고 싶지 않다. 당연하지 않는가. 그걸 알려주면 저들이 어떻게 해버릴지도 모르는데 말이다. 덕수의 중대는 수많은 흰옷 입은 사람들을 총으로 쏴 죽였다. 물론 덕수도 그

흉포한 일에 참여했다. 덕수의 가족도 흰옷 입은 사람들이 당한 것처럼 그렇게 되지 말라는 보장이 없지 않는가.

가족들은 군인과 총에 떨고 있다. 얼마나 공포에 떨면 덕수 꿈에 가족들이 나타나 군인들이 총을 쐈다며 무서워하겠는가. 심지어 아내와 아이들은 덕수가 자신들에게 총을 쐈다고 울부짖지 않았는가. 정순과 아이들은 총을 무서워한다. 국방군도 당연히 무서워할 것이다. 가족이 두려움에 떠는 걸 보고 싶지 않다. 지금 덕수가 김호철에게 가족 위치를 알려주면 저들은 분명 가만히 있지 않을 것이다.

"자네한테 마지막으로 말하겠네. 나하고 같이 가겠는가, 계속 이곳에서 버틸 것인가?"

"나를 설득할 생각 하지 마시오. 돌아가시오!"

김호철은 마지막으로 계급장 떼고 불알친구로서 애원조로 간절하게 말했다.

"자네는 내 친구네…. 마지막으로 자네 친구로서 부탁하네…. 그 동굴에서 얼른 나오게."

"아니오! 나는 여기 있겠소."

덕수는 단호했다. 전혀 씨가 먹히지 않는다. 김호철은 힘이 빠졌다. 최후의 수단을 강구하기로 했다.

"자네에게 전해줄 것이 있네, 내가 자네한테 좀 가면 안 되겠는가?"

김호철이 뭘 주겠다고 하는 건가. 돈이라도 손에 쥐어 주고 가겠다는 건가. 덕수는 대답하지 않았다.

그러는 사이 김호철이 숲에서 나와 동굴 안으로 걸어 들어왔다. 덕수는 제지 하지 않고 김호철의 행동을 바라보기만 했다. 김호철은 더 바싹 다가왔다. 덕수는 총을 내려놓은 상태에서 김호철을 바라봤다. 어두웠지만 김호철은 덕수를 볼 수 있다. 김호철은 한 발짝 더 바싹 덕수에게 다가왔다.

"난 자네의 친구네. 내 말을 들어야 자네가 살 수 있네, 덕수……."

김호철은 덕수 앞으로 더 다가왔다. 덕수는 김호철을 바라봤다. 목소리를 들을 때와 달리 이제 정말 현실이, 부정할 수 없는 현실이, 꿈과 환상이 아닌 피부에 와 닿는 현실이 덕수에게 와 있다. 그렇게 넋을 놓고 있을 때였다.

"자네를 이대로 놓아두면 안 돼!"

김호철이 갑자기 덕수의 몸을 덮쳐왔다. 덕수는 총을 놓치며 그대로 넘어졌다. 김호철이 덕수 몸 위로 올라타 덕수의 양손을 제압했다. 힘으로라도 덕수를 데려가겠다는 것이다. 그것이 덕수를 살리는 길이라고 김호철은 믿는 것이다. 가만히 당하고만 있을 덕수가 아니다. 자유로운 양발을 위로 치켜 올리면서 배에 힘을 주고 김호철을 몸에서 밀어냈다. 김호철이 덕수의 머리 위로 엎어지면서 고꾸라졌다. 덕수가 김호철의 몸을 밀어내고 일어서려 했다. 김호철이 허벅지로 덕수의 얼굴을 제압하려 했고, 덕수는 김호철을 밀어내면서 상체를 옆으로 굴렀다. 다시 김호철이 덕수의 등뒤로 덮쳐왔다. 옆으로 누워 있는 덕수를 뒤에서 덮친 격이다. 덕수는 굴러왔던 방향 반대로 몸을 돌리면서 주먹으로 덮쳐오는 김호철의 얼굴을 가격했다. 윽! 김호철이 얼굴을 싸쥐고 옆으로 넘어졌다. 군인 신분에 상관을 폭행한 것이다. 이제 상관폭행죄까지 추가되는 것인가.

덕수는 그 사이 잽싸게 일어나 옆에 떨어진 총을 주워 들고 김호철을 겨누었다. 김호철은 상체를 일으켜 앉은 채로 총을 겨누고 있는 덕수를 바라봤다. 김호철은 무방비상태다. 덜컥 겁이 났다. 덕수는 정상적인 사람이 아니다. 어딘가 나사가 빠진 사람이다. 그의 손에 총이 들려있다. 저 총으로 나를 쏠 것인가.

"나, 나를 쏘려는가?"

김호철이 볼썽사납게 말을 더듬었다. 덕수는 잠시 김호철을 겨누고만 있더니 입을 열었다.

"나는 더 이상 사람을 총으로 쏘고 싶지 않소. 하지만 선임하사가 나를 계속 잡으려 한다면 나도 어쩔 수 없이 방아쇠를 당길 수밖에 없을 거요. 선임하사의 호의는 내 잊지 않겠소. 그러나 나는 선임하사를 따라갈 수 없소. 여기서 그대로 나가주시오."

덕수는 그 말을 남기고는 총으로 김호철을 겨눈 상태에서 천천히 뒤로 물러서 동굴 안으로 사라졌다. 김호철이 동굴 안으로 멀어져 가는 덕수를 향해 최후통첩인 듯 말을 쏟아냈다.

"다시 한번 충고하네! 만약 부대로 복귀하지 않으면 탈영병으로 분류될 것이야. 자네는 상관 명령에 불복종했어. 자네가 계속 이렇게 버틴다면, 중대장이 자네를 즉결처분할지도 모른다는 것을 잊지 말게 !"

덕수는 힘이 쭉 빠졌다. 힘을 많이 쓴 일도 없는데, 온몸에 기력이 다 빠져나간 것처럼 주저앉고 싶다. 금광석을 캘 때는 이리 힘들지 않았는데 왜 이렇게 힘이 드는 것일까. 한 발자국도 움직일 수 없다. 덕수를 살게 했던 에너지가 다 바닥난 기분이다. 덕수를 움직이게 했던 힘이 깨진 항아리에서 물 빠지듯 몽땅 빠져나간 기분이다. 더 걸을 수가 없다. 움직일 수가 없다. 덕수는 그 자리에 주저앉아버렸다.

"아버지, 괜찮아요?"

언제 왔는지 동호가 옆에서 근심어린 표정으로 말했다. 덕수는 말할 기력도 잃어버렸다. 덕수를 보호해줬던 튼튼한 장막이 모두 다 걷혀버렸다. 성인 남자가 드러내지 말아야할 치부를 내보인 채 수많은 사람들 앞에 서 있는 기분이다. 반대로, 빠져나갈 구멍 없는 꽉 막힌 공간에 갇힌 기분이다. 세상 밖으로 나가고 싶지 않았고, 세상 밖으로 나가려고 생각도 하지 않았다. 그런데 현실이 열렸다. 현실이 느닷없이 덕수를 덮쳐왔다. 이제 어쩔 수 없이 현실과 마주해야 한다.

그래 맞다. 나는 국방군이었다. 금을 캐는 광부도, 조선의용군도, 조선인민군도 아니었다. 나는 국방군이었다. 가족을 다 버리고 사람들을 죽이면서 살아온 국방군이었다. 그 국방군을 피해, 그 국방군에서 탈출했다. 조선인민군에서 탈출했던 것처럼 덕수는 국방군에서 탈출한 것이다. 잘했다고 생각했다. 덕수를 옥죄는 모든 것에서 탈출했으므로 아주 잘했다고 생각했다. 그냥 가족들과 행복하게 살고 싶었다. 무섭고 무서운 세상을 뒤로 하고 이 동굴에 숨어서 가족들과 세상일 잊고 그냥 편안하게 살고 싶었다.

이제 그 소망도 다 물거품이 되는 것인가. 저 선임하사가 돌아가면 또 누가 올 것인가. 나를 이대로 좀 내버려두면 안 되는 것인가. 병사 하나쯤 없어져도 전쟁하는데 아무런 지장이 없는 것 아닌가. 꼭 나도 그곳에 있어야 하는 것인가. 이제 어떻게 해야 하는 것인가. 덕수는 동호를 쳐다보며 눈으로 물었다.

'이제 우리는 어떻게 해야 되는 거냐?'

동호는 아무것도 모르겠다는 표정으로 말똥말똥 덕수를 쳐다봤다. 그러게, 이제 어떻게 할까?

한참을 그렇게 앉아 있다가 덕수는 동호를 데리고 가족이 있는 거처로 돌아왔다. 풀이 죽어 터덜터덜 걸어오는 덕수를 정순과 아이들은 걱정스런 표정으로 맞이했다.

"또 왜 그래요? 무슨 일 있었어요?"

정순이 일어나 덕수의 팔을 잡아 부축하며 말했다. 뭔가에 충격을 받은 사람처럼 보였다. 덕수가 아무 말이 없자, 동호를 돌아봤다. 동호에게 무슨 일 있었냐고 묻는 것이리라. 동호도 슬슬 덕수 눈치만 본다.

자리에 앉아 잠시 숨을 돌린 덕수가 입을 열었다.

"나는 국방군이었어……."

밑도 끝도 없이 국방군이었다니. 대체 무슨 이야기인가. 정순은 그게 무슨 말이냐는 표정으로 덕수를 쳐다봤다.

"지난번에도 이야기했지만, 내가 국방군으로 복무하다가 이곳으로 온 것이 분명하다는 것을 오늘 확신하게 되었어."

"오늘, 또 누가 찾아왔어요?"

덕수는 정순의 물음에 답하지 않고 계속 말을 이었다.

"나는 왜놈 순경을 피해서 이곳에 온 것도, 인민군을 피해서 이곳에 온 것도 아니었어. 국방군을 피해서 이곳에 온 거야."

정순은 다시 묻지 않고 덕수를 계속 응시했다. 아이들도 숨을 죽이고 덕수의 입을 쳐다봤다.

"오늘 선임하사란 사람이 찾아왔어."

"선임하사요?"

정순은 선임하사가 누구이며 무엇을 하는 사람인지 모를 것이다.

"장교가 아닌 사병 중에 최고 높은 사람 있어. 동호 엄마는 모르겠지만 선임하사는 내 어릴 적 친구였어. 같은 동네에서 자랐지. 그 친구는 열한 살 때 동네에서 떠났어. 그 친구가 찾아왔어. 그 친구는 우리 중대의 선임하사거든."

"찾아와서 뭐라고 그래요?"

"다시 부대로 복귀하라는 것이지."

"돌아오라는 것이군요?"

정순은 덕수에게 확인해보겠다는 것인지 되물었다. 덕수는 말없이 고개를 끄덕였다.

"그래서 어떻게 한다고 했어요?"

"나는 돌아가고 싶지 않아. 동호 엄마랑, 동호랑, 동숙이랑, 동민이랑 같이 있을 거야."

덕수는 한 사람 한 사람 얼굴을 쳐다보며 다짐하듯 말했다. 가만히 듣고 있던 동호가 나섰다.

"아버지가 가지 않으면… 아버지가 벌을 받는다고 했는데……."

정순과 아이들이 동호의 말을 듣고는 다시 덕수에게 시선을 돌렸다. 덕수는 동호의 말에 아무런 반응을 하지 않았다. 벌 받는 건 신경 쓰지 않는다는 것인가. 아니면 아예 회피한다는 것인가.

"선임하사란 어른이 그랬잖아요. 아버지가 가지 않으면 큰 벌을 받을 수 있다고요."

여전히 덕수는 동호의 말에 일언반구 말이 없다. 동호가 덕수와 가족들을 한번 훑어보더니 말했다.

"아버지가 벌 받는 것보다 그냥 가서 일을 마치고 다시 우리한테 오는 게 어때요?"

아이였지만 어른스런 말이다. 정순과 아이들이 덕수에게로 시선을 옮겼다. 덕수의 뜻은 어떠냐는 눈으로. 덕수는 말없이 고개를 저었다. 동호의 말에 반대한다는 것인지, 아니면 부대에 복귀하지 않겠다는 것인지, 그 둘 다인지. 그때였다. 동민이 울음을 터뜨렸다.

"아아아앙…, 아버지가 없으면 무서워."

정순과 동호가 동민을 쳐다봤다. 동민의 울음이 전염된 것인가. 동숙도 훌쩍이기 시작한다.

"나도 아버지가 없으면 이 동굴이 무서워. 흐윽 흐윽"

동민과 동숙이 쌍으로 훌쩍이자 금세 분위기가 침울해졌다. 정순과 동호도 고개를 숙였다. 정순과 동호도 동민 동숙과 같은 마음인가. 같은 마음이 아니면 동민 동숙을 향해 대번에 왜 우냐 탓할 것인데 말이다.

"나는 너희들을 이 동굴에 놓아두고, 아무 데도 안 가!"

덕수가 단호하고 바윗돌 같은 묵직한 톤으로 말했다. 정순이 덕수의 얼굴을 쳐다봤다. 훌쩍이던 동숙 동민의 울음소리도 자자들었다.

"너희들을 이 동굴에 데려왔는데 내가 어디를 가겠냐. 걱정하지 마라. 아버지는 어디도 안 간다."

"안 가면… 벌을 받는다고 하잖아요."

동호가 울상 짓는 얼굴로 말했다. 동호도 덕수가 가족을 이 동굴에 남겨놓고 가는 것은 싫을 것이다. 하지만 덕수가 부대로 복귀하지 않으면 처벌받는다는 말을 선임하사에게 듣지 않았는가.

"어차피 각오한 일이야. 그리고 지금 돌아간다 해도 벌을 받는 것은 마찬가지야."

"그러면 어떻게 할 거예요?"

정순이 걱정스런 표정으로 물었다. 글쎄, 어떻게 해야 할까. 덕수도 그게 고민이다.

"어떻게 하는 게 좋을까?"

덕수는 되레 정순과 아이들을 쳐다보며 물었다.

"아버지가 몇 번 말했잖아요. 금을 많이 얻으면 이 동굴을 나가 좋은 데 가서 살자고요."

동숙이 눈가에 묻은 눈물을 닦으며 말했다. 아무도 동숙의 말에 다른 토를 달지 않는다. 동숙의 제안에 찬성한다는 의미일 게다. 덕수는 물론 동숙의 말대로 그런 말을 여러 번 가족들에게 했었다. 하지만 덕수는 동굴을 벗어나는 게 두렵다. 가족을 이 동굴에 두고 덕수만 혼자 동굴을 나가는 것도 싫지만, 가족 모두를 데리고 동굴을 나가는 것도 무섭다. 동굴을 나가면 누구도 덕수를 보호해주지 않을 것이라는 막연한 두려움이 앞선다. 혼자 나가든, 가족을 데리고 나가든, 그 누구도 덕수를 보호해주지 않을 거라는 두려움.

가족들을 데리고 이 동굴을 나가면 가족들은 모두 연기처럼 사라질 것 같은 두려움이 든다. 왜 그런 생각이 들까. 덕수가 가족들을 모두 잘 간수할 수 없으니까? 덕수가 가족들을 잘 보살필 수 없으니까?

"아버지, 동숙이 말대로 그렇게 하는 게 좋을 것 같아요."

이번엔 동호가 동숙의 제안을 거들고 나섰다.

"아까 선임하사 아저씨가 그랬잖아요. 아버지가 부대로 돌아오지 않으면 다른 대책을 강구할 것이라고요. 그건 이 동굴로 아버지를 잡으러 온다는 말이잖아요. 이 동굴은 더 이상 안전하지 않은 것 같아요."

동호의 말은 현실을 제대로 파악한 의견이다. 정순은 동호의 말을 귀를 세워서 듣고는 아무런 말없이 다시 덕수를 쳐다봤다. 동호의 말에 찬동한다는 뜻일 게다.

"좋다. 그렇게 하자."

지금은 일단 피하는 게 좋겠다는 의견이 옳다. 당장 이 동굴을 피하지 않으면 선임하사 말대로 중대장이 가만 놓아두지 않을 것이다.

'꼭 황금을 찾아야 한다. 그 황금을 찾아오면 네가 하고 싶은 대로 할 수 있다. 꼭 황금을 가져와야 한다. 황금만 있으면 모든 것을 다 할 수 있어. 알았지? 꼭 황금을 찾아와야 해!'

문득 썩은 내가 진동하는 오물 덩어리 속에 숨어 있던 벌레가 기어 나오듯 중대장이 덕수에게 했던 말이 생각났다. 덕수가 중대장에게 금을 가져다주겠다고 했던 약속도. 금을 찾고 있는 것은 맞지만, 덕수는 애초부터 금을 중대장에게 바치겠다는 생각은 하지 않았다. 애쓰게 캔 금을 왜 그자에게 넘긴단 말인가. 사람 백정 같은 그 인간에게 말이다.

덕수가 거짓말했다는 것을 알게 되면 중대장은 덕수를 가만 놓아두지 않으려 할 것이다. 당장 총살시켜버릴지도 모른다. 일단 소나기는 피하고 보는 게 상책이다. 중대장은 병사들을 데리고 분명 이곳에 나타날 것이다. 그건 확실한 사실이다. 오는 비를 그냥 맞을 수는 없지 않은가. 우선은 비를 피해야 한다. 피한 뒤에 뒷일을 생각해보자.

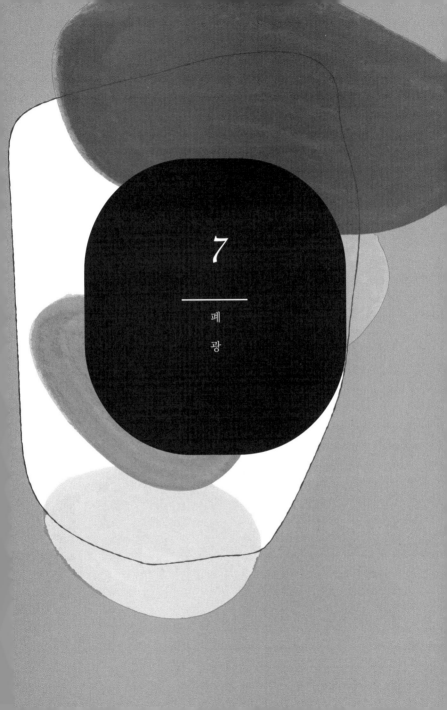

7
—
폐
광

"동굴에서 안 나오겠다고 했단 말이오?"

안태섭은 김호철의 보고를 받은 후 똥 씹은 얼굴을 했다. 박덕수의 잔꾀가 적나라하게 드러나고 말았다. 박덕수 그놈이 이 중대장을 가지고 놀았다는 사실. 금을 가져다주겠다고 속이고는 동굴로 사라져 버렸다는 사실. 박덕수 그놈이 앞에 있으면 당장 총으로 쏴죽이고 싶다. 아니, 허리에 찬 일본도로 녀석의 목을 치고 싶다. 어디 감히 중대장을 속이다니. 아니다. 아직 희망을 버려서는 안 된다. 황금을 어떻게든 빼앗아야 할 것 아닌가.

"박덕수가 다른 말은 하지 않습디까?"

중대장은 분을 가라앉히면서 희미하게 남아 있는 불꽃을 살려보려 했다. 황금 말이다. 박덕수가 그 동굴에서 나오지 않으려는 이유가 그 황금 때문 아닌지 안태섭은 넘겨 짚어보는 것이다.

"자기 가족 때문에 동굴에 남겠다는 말만 했어요. 가족을 버릴 수 없다고요."

"다른 말은 하지 않고요?"

"예, 그 이야기만 했어요."

"동굴 안에서 무엇을 하면서 지낸다고 합디까?"

안태섭은 여전히 희망을 버리지 않았다.

"워낙 다급해서 그것은 물어보지 못했어요. 짐작하기로는 박덕수가 예전에 그 폐광에서 광부로 일을 했는데 아마 뭘 캐고 있지 않을까 싶어요. 그 폐광이 원래 금광이었으니까. 금을 캐고 있는지도 모르지요."

"금요?"

안태섭은 별 관심 없는 표정으로 되물었다.

"그냥 내 추측입니다."

김호철도 무덤덤하게 답했다. 안태섭은 당장 덕수 그놈을 때려죽이고 싶은 마음을 다독였다. 황금을 캐고 있을지도 모른다고 하지 않는가.

"박덕수에게 한번 더 기회를 주시면 어떨까요. 박덕수 상등병은 지난번에도 보고 드렸지만, 정신적으로 문제가 있는 친구입니다. 무슨 일을 저지른 것도 아니고 해서…, 한번 더 기회를 주시는 것이……."

안태섭은 그 짧은 순간에 복잡한 생각을 머리에서 굴리고 있었다. 박덕수 그놈을 어떻게 할 것인가를.

"안 됩니다. 더 이상은 안돼요. 녀석을 잡으러 가야겠습니다."

안태섭은 결심했다. 차라리 덕수 그놈에게 가서 그놈을 잡는 게 상책이라는 것을. 덕수 그놈은 이미 황금을 캐서 다른 곳으로 빼돌리려고 작정을 할 수도 있다고. 놈이 그 짓을 못하도록 하루 빨리 가서 놈을 체포하고, 그놈에게서 놈이 캔 황금을 빼앗아야겠다는 생각을.

"선임하사는 박덕수 그놈에 대해서는 더 이상 언급하지 마세요. 내가 알아서 처리할 테니까."

안태섭은 단호하게 말했다. 중대장이 저리 결단을 내리니 김호철로서는 다른 방도가 없다. 사실 김호철도 박덕수를 설득 아닌 설득을 해보려다가 얼굴까지 얻어 터졌지 않는가. 막다른 골목에 박덕수가 몰렸다는 안타까운 심정이지만, 김호철도 나름 할 도리를 다 한지라

7

폐 광

자포자기 심정이 되고 말았다. 중대장이 부대를 이탈한 탈영병을 잡으러가겠다는데 어떤 이유로 그걸 막겠는가. 그걸 막는다면 그런 행위도 군법위반 아니겠는가.

"선임하사요, 그렇지 않아도 임실 오수에서 빨치산 놈들이 기차를 습격한 일이 일어났소. 지금 그 사건으로 상부에서는 난리요. 내일은 아침 일찍 그쪽으로 출동하라는 명령이요. 그쪽 임실로 가는 김에 박덕수 동네에도 들러서 박덕수 그놈을 잡아와야겠소."

"빨치산 놈들이 기차를 습격했다고요?"

근자에 들어 제법 큰 사건이다. 점점 빨치산 세력은 힘을 잃어가고 있었다. 전남도당이 무너지면서 전남 지역은 빨치산이 점령했던 지역은 완전히 군경에 의해 수복이 된 상태다. 전북 지역도 각 산과 마을에 은거하던 빨치산들은 점점 수세에 몰리면서 지리산 방면으로 쫓기고 있는 형편이다. 그런 와중에 기차를 탈취하는 사건이 일어나다니.

올 2월 전남 영광 대보름작전으로 전의를 상실한 빨치산은 대부분 지리산 방면으로 숨어들고 있었다. 전북 순창 회문산과 그 지류에서 은거하던 유격대도 세력이 약화되어 지리산으로 피신하고 있던 차였다. 그런 느슨해진 상태를 이용해 10월에 서울에서 여수를 잇는 전라선 임실 오류역 부근에서 기차전복 사건이 일어났다. 회문산에 근거지를 든 기포병단 외팔이 이상윤이 기획한 사건이었다.

동쪽으로 지리산과 이어지는 회문산에는 전북도당 사령부가 포진하고 있었다. 전쟁이 발발하던 시기 전북도당은 분야별로 전문적 업무를 담당하는 부서를 두고 조직적인 활동을 하였다. 발전기를 돌리고, 전화기를 사용하고, 자체적으로 화약과 탄알을 생산하는 등 상당한 규모로 활동했다. 도당 산하에는 7개의 병단과 지역 유격대가 있었다.

기포병단은 전북도당의 주력부대로 인원이 500여 명에 육박할 정도로 전북도당 소속 병단 중 가장 규모가 컸고 전투력이 막강했다. 독수리 병단과 함께 임실군 청웅면, 덕치면, 순창 일부를 관할하였다. 기포병단을 외팔이부대라고 칭하였다. 이상윤이 외팔이였기 때문이다. 팔로군 출신이며 인민군 대위였던 이상윤은 폭탄 실험을 하다가 팔을 잃었다는 소문이 있다. 귀신처럼 나타나 바람처럼 사라지는 행적 때문에 군경이 벼르던 요주의 인물이다. 이상윤은 기포병단의 참모장이었다. 기포병단은 영광 불갑산 대보름작전에 지원을 나갔다가 병단장이 사망하는 손실을 입었고, 이를 극복하기 위해 임실 오류와 오수에서 기차전복 사건을 계획했던 것이다.

기차전복 사건으로 기차에 실려 있던 많은 군수 물자가 빨치산에 털렸다. 각종 총기류와 박격포, 총탄과 포탄 등 엄청난 양의 전쟁물자가 그들의 손에 넘어갔다.

순창지역에 주둔하고 있던 안태섭 중대는 급히 임실 지역으로 부대 이동을 했다. 기차전복 사건에 협력했을 것으로 추정되는 마을을 뒤져 적색분자를 색출 처단하고, 또다시 있을 빨치산의 기차공격에 대비해 철로 주변을 경계하는 임무를 맡게 된 것이다.

7

안태섭 중대가 경계를 강화하고 있는 데도 기포병단은 또다시 열차 폭파를 시도했다. 다행이 엄중한 경계를 서는 통에 발각되었다. 뜻을 이루지 못하고 도주하는 빨치산을 추격하는 전투가 벌어졌다. 안태섭 중대는 퇴각하는 빨치산을 추격하며 회문산 아래 임실 강진에 이르렀다. 안태섭은 각 소대장과 선임하사들을 집합시켰다.

"우리 중대는 외팔이 부대를 쫓아왔지만 놈들이 회문산으로 숨어버려 일단 여기 강진에서 추격을 멈췄다. 대대장님은 우리 중대에 새로운 임무를 하달하였다. 우리 중대는 금일부터 이곳 강진에 머물면서 회문산으로 숨어버린 외팔이 부대가 오수 방면 철로로 이동하지 못하도록 중간 지점인 이곳에서 길목을 차단하는 임무를 맡게 되었다."

강진면 소재지를 따라 옥정호의 물이 흐르는 섬진강을 경계로 서쪽에 회문산이 우뚝 솟아 있다. 섬진강이 흘러가는 강진면과 그 아래 덕치면을 강줄기를 따라 막아서면 회문산의 빨치산들은 오수로 넘어갈 수 없다. 안태섭 중대를 아예 이곳에 상주시키면서 회문산에 갇혀 있는 기포병단이 철로가 있는 오수로 넘어가지 못하도록 하겠다는 전술이었는데, 타당한 면이 있다.

안태섭 중대는 야간에는 회문산 아래 섬진강 줄기를 따라 매복했고, 주간에는 회문산 아래와 근처 백련산 등지를 수색하는 작전을 펼쳤다.

"선임하사요, 오늘 박덕수 그놈을 잡으러 갈까 하오."

중대가 이곳 강진으로 온 지 이틀째 되는 날, 안태섭은 김호철을 불러 말했다.

"중대 전체가 출동하는 것입니까?"

"한 놈 잡는데, 무슨 중대 병력 전체가 출동합니까. 본부 소대만 데려가려고 합니다. 같이 갑시다."

"잡으면 어떻게 할 것입니까?"

"잡힐 지 안 잡힐 지도 모르지 않소. 일단 잡아야겠지만 말이오."

지금까지 상황을 봐서 잡는 게 쉽지 않을 것이라는 것은, 김호철도 예측할 수 있다. 총을 갖고 있고 완강히 저항할 것이 분명했다.

정순은 물론 동호와 동숙 동민까지 덕수의 일을 거들겠다고 나섰다. 눈곱만큼이라도 금을 더 얻어내려면 동굴에서 출몰하는 유령의 손이라도 빌려다 써야할 판이다. 그동안 캐놓은 금광석을 잘게 깨고 갈아서 금을 추출하려면 이틀은 잡아야 한다. 그 사이, 국방군이 동굴에 오는지를 미리 알아야 했으므로 동굴 입구에 누군가는 나가 있어야 한다. 동숙과 동민을 경계병으로 동굴 입구에 세웠다. 동숙 동민은 군말 없이 나섰다. 금을 정제하는데 손을 보태고 싶어 했지만 국방군이 오는지 경계하는 일도 중요하다.

금광석 캐는 일은 일단 중단하고, 처음 거처로 잡았던 곳 가까운 곳에 마련했던 금 제련처에서 금광석을 잘게 깨는 작업과 깨진 돌을 가루로 분쇄하는 일을 동시에 진행했다. 밤을 새워가면서 할 작정이다. 시간이 금이라고 했던가. 지금 덕수에게 딱 맞는 말이다.

이틀을 거의 뜬눈으로 새다시피 하며 금을 얻어냈다. 모아진 금은

7

한 냥 반 정도 되었다. 이 정도면 생필품을 마련하는데 큰 어려움 없을 것이다.

이틀째 되는 날, 덕수는 더 이상 이 동굴에 머무는 것은 무리라고 판단했다. 선임하사 김호철이 돌아가서 중대장에게 보고했을 것이고, 중대장은 이곳으로 반드시 올 것이다. 정규군을 이곳으로 금방 데려올 수는 없을 것이다. 이틀 정도는 걸려야 무슨 꾀를 써서 병력을 데려올 것이다. 중대 병력 전체는 안 오겠지만 소대 병력을 데려오지 않을까 덕수는 예상했다. 덕수의 판단으로 그 기한 마지노선이 오늘까지라 예상했다. 이제 더 욕심을 내서는 안 된다. 일단 동굴을 빠져나갔다가 차후, 잠잠해진 후 다시 돌아오면 되지 않겠는가.

덕수는 알토란같은 금을 정성스럽게 헝겊으로 싸서 보따리 안쪽에 깊숙이 넣었다. 짐을 챙기기 시작했다. 모든 것을 다 가져갈 수는 없다. 일단 당장 사용해야할 냄비와 옷가지 몇 벌과 이불을 쌌다. 금광석 캐는 작업 도구는 적당한 곳에 은밀히 숨겨두었다. 나중에 다시 와서 사용할 수 있도록.

덕수는 가족을 이끌고 조심스럽게 동굴을 나왔다. 주변을 경계하면서 덕수 가족은 신중하게 산을 천천히 내려갔다. 저 아래에 보이는 구절초 꽃도 이제 하나둘씩 지고 있고, 갈대도 고개를 더 깊이 숙였다.

"어디로 갈 거예요?"

동민의 손을 잡고 덕수를 따라오면서 정순이 물었다. 글쎄, 어디로 갈까. 덕수는 동굴에서 빠져나오는 준비에 열을 올리느라 사실 어디로 갈 것인지 딱히 정해놓은 곳은 없다. 짐을 챙기고 이고 지고 동굴을 막 벗어나면서 그 질문이 덕수 앞에 뚝 떨어졌다.

"일단 동굴에서 멀리 벗어날 수밖에 없지. 멀리 벗어나서 요즘은 빈집이 많으니까 숨어 지내면서 기회를 봐야지."

덕수는 이미 계획해놓았다는 듯 입에서 말이 줄줄 나왔다. 덕수가 말했지만 지금으로써는 덕수 말처럼 그렇게 하는 것이 최선이다.

"아버지!"

저 앞에 등짐을 지고 동숙과 함께 내려가던 동호가 뒤돌아서며 덕수를 불렀다. 얼굴이 샛노랗다. 녀석이 뱀이라도 밟은 것일까. 덕수도 깜짝 놀라 그 자리에 섰다. 동호 얼굴색이 몹시 심상치 않다.

동호는 덕수를 불러놓고는 더 이상 말을 하지 않고 손가락으로 저 아래를 가리켰다. 덕수는 동호 쪽으로 달려가 동호가 가리키는 곳으로 시선을 던졌다. 이럴 수가. 국방군들이 올라오고 있다. 국방군이 아니라 국방군들이다. 한 명이 아니라 수십 명이다. 적어도 일 개 소대는 될 듯싶다. 드디어 나를 체포하러 오는 것인가. 중대장이 나를 잡으러 오는 것인가.

덕수는 그 자리에서 얼어버렸다. 부창부수라고 했던가. 정순도 얼음 뒤집어 쓴 동태 꼴로 서 있다. 한 발 늦은 것인가. 조금 더 서둘러야 했는가. 후회가 밀려왔다.

"아버지, 어떻게 해요?"

동호가 덕수를 바라보며 울상을 지었다.

덕수는 이것저것 생각할 겨를 없다. 어떤 행동이든 취해야 한다. 그렇다고 지금 다시 동굴로 돌아갈 수도 없다. 동굴로 올라가는 동안 아래에서 올라오는 국방군들의 눈에 대번에 노출될 것이다. 뒤뚱거리며 올라가는 덕수네 가족의 뒷모습이 그대로 적나라하게 저들의 눈에 띌 것이다. 다른 방향으로 아래로 내려가는 것도 여의치 않다. 국방군들은 한 줄로 올라오는 게 아니라 옆으로 나란히 병렬로 서서 쥐새끼 한 마리도 빠져나가지 못하도록 그물을 펼치고 올라오는 형태다.

"동호 아버지! 저 옆으로 가요. 그 방법밖에는 없을 것 같아요."

정순이 얼음이 되어 있는 덕수에게 빠르게 말했다. 덕수는 정순의 의견이 맞는 것인지 틀리는 것인지 판단할 겨를도 없이 정순의 말대로 움직였다. 뒤로도 앞으로도 가지 못하면 어쩌겠는가. 옆으로 가는 수밖에 없지. 게다가 잡초가 길게 자라나 있어 몸을 숨기는 데 그만이다. 일단 옆으로 이동해서 저 국방군의 포위망에서 벗어나야 된다. 너무 다급하게 뛰어도 안 된다. 몸을 둥글게 말고 천천히 조심스럽게 마른 풀숲을 헤치며 옆으로 걸어갔다. 걸어갔다기보다 마른 풀 사이로 억지로 몸을 우겨넣으며 천천히 옆으로 기어갔다고 하는 게 맞을 것이다. 만약 누군가 유심히 관찰하면 뭔가가 이동하고 있다는 게 느껴질 정도였지만 지금은 어쩔 수 없다.

옆으로 가고 있지만 결국은 산 위로 올라가는 꼴이다. 국방군은 이미 저 앞에까지 올라와 있다. 더 이상 움직이는 것은 무리다. 움직였다가는 눈 밝은 병사에게 들키고 말 것이다. 덕수는 동민을 안고 마른 풀 사이로 몸을 눕혔다. 정순과 동호 동숙도 최대한 풀숲에 몸을 깊숙이 밀어 넣었다.

간신히 국방군의 포위망 밖으로는 벗어난 것 같다. 국방군 병력은 소대병력쯤으로 보인다. 국방군은 여전히 옆으로 나란히 서서 그물을 펼쳐 몰려오듯 올라왔다. 싸아악, 싸아악. 덕수의 귀에 국방군들이 마른 풀을 헤치며 올라가는 소리가 들렸다. 다행이 국방군들은 덕수 가족을 발견하지 못했다. 사위가 조용해졌다.

"다 올라간 것 같지 않아요?"

정순이 속삭이듯 말했다. 덕수는 말없이 집게손가락을 입술에 갖다 댔다. 아직은 움직일 때가 아니다. 국방군은 산속 수색하는 데는 두더지가 다 되어 있는 자들이다. 매일 숲속을 뒤지며 빨치산을 잡으러 다니는데 숙련된 자들이다. 조심하지 않으면 금방 들통 나고 말리라.

잠시 후 덕수는 조심스럽게 머리를 들어 산 위를 봤다. 동굴 입구로 다들 올라갔는지 주변이 조용하다. 이 틈을 이용해서 다시 아래로 내려가면 괜찮을 것 같은 생각이 번뜩 들었다. 국방군 병력이 모두 산으로 올라갔으니 산 아래는 비어 있을 것이다.

덕수가 조심스럽게 몸을 일으켰다. 정순도 덕수를 따라 상체를 일으켰다. 짐들을 챙기고 주변을 살폈다. 저 위로 국방군들 뒷모습이 보였다. 동굴 입구를 포위할 모양이다. 덕수는 조심스럽게 아래로 방향을 잡아 내려갔다. 그 뒤를 정순과 아이들이 따라 내려왔다. 잡풀 숲을 벗어나 막 길로 접어들면서 아래쪽을 봤을 때였다.

"저기 있다!"

어떤 자의 목소리가 산 아래에서 들려왔다. 덕수는 소리 나는 아래쪽을 봤다. 중대장 안태섭이다. 안태섭이 덕수를 바라보며 손가락질하고 있다.

"박덕수!"

이런 젠장. 덕수는 동민을 안고 뛰기 시작했다. 짐을 던져버렸다. 정순과 아이들도 짊어졌던 짐들을 던져버리고 덕수 뒤를 따랐다. 일단 옆으로 뛰었다. 위에는 국방군 소대병력이 진을 치고 있고, 아래는 중대장과 몇 명의 국방군이 덕수를 노려보고 있다. 조금 전 숨어있던 방향으로 다시 뛰기 시작했다. 잡풀을 짓밟으며 옆으로 달려갔다. 키 작은 아카시아 나무에 달린 가시가 다리를 할퀴는지 허벅지가 따끔하다. 국방군이 잡지 못하는 것을 잡풀들이 잡겠다는 것인지, 잡풀들은 덕수의 허리와 온몸을 잡아채려고 달려든다. 몸을 이리저리 틀어 잡풀을 털어내면서 무작정 옆으로 달렸다. 정순과 동호 동숙도 정신 없이 덕수를 따랐다. 동굴의 주 입구에 모여있던 국방군들이 중대장과 교신했는지 옆으로 몰려오기 시작한다.

덕수는 방향을 일단 산 위로 잡았다. 문득 동굴의 다른 입구가 생각났다. 위급한 상황에서는 본능이 앞서는 법. 동굴은 덕수의 최선의 피난처고 안식처다. 동굴로 도망가야 한다. 동굴은 덕수를 보호해줄 것이다. 지난 번 인민군 복장의 국방군이 덕수를 잡으러 왔을 때 피해서 들어갔던 동굴 입구가 저 앞에 있다. 덕수는 죽을 힘을 다해 그 위로 올라갔다. 정순과 동호 동숙이 조금 뒤처졌다. 어느새 국방군이 불과 몇 십 미터 거리에서 덕수 가족을 쫓고 있다.

"박덕수! 박덕수!"

선임하사 김호철의 목소리가 들린다. 덕수는 무시한다. 한걸음이라도 더 달려서 저 동굴로 들어가야 한다. 동굴만이 살길이다. 국방군이 마른 잡풀과 이제 막 자란 잔나무가지를 군홧발로 짓밟으며 달려오는 소리가 탱크가 굴러오는 것처럼 두렵다. 거리가 좀 더 가까워졌다. 국방군이 덕수 가족을 따라잡을 무렵, 덕수 가족은 주 입구에서 오른쪽 첫 번째 다른 동굴 입구로 몸들을 우겨넣었다.

겨우 한숨 돌렸다. 동굴로 들어왔다 해서 다 끝난 것은 아니다. 저들도 이 동굴로 밀려들어올 것이다. 밖에 있다가 동굴 안으로 들어오자 온통 컴컴하다. 눈이 어둠에 적응하기까지 기다릴 수 없다. 덕수는 촉감으로 동굴 안을 걸었다. 이미 몸에 익숙한 터라 앞이 보이지 않는다 해서 못 걸어갈 것은 없다. 가족들은 덕수 뒤를 바짝 따랐다.

첫 번째 삼거리에서 오른쪽으로 방향을 틀었다. 바로 직진하면 다시 삼거리가 나오고 오른편으로 가면 덕수 가족이 두 번째로 머물렀던 곳이 나온다. 그쪽 방향은 주 입구와 가깝기 때문에 국방군이 쫓아오기 더 쉽다. 이 삼거리에서 오른편으로 방향을 틀면 동굴의 더 깊숙한 곳으로 들어갈 수 있다. 굴곡진 길을 더 들어가면 이 동굴의 두 번째 샘물이 나오지만, 지금은 신경 쓸 겨를 없다. 가족들이 샘물을 보고 느끼는 공포보다 더 현실적인 공포가 뒤에서 덕수 가족을 잡아먹으려 달려오고 있지 않는가.

덕수는 다시 삼거리에 닿았다. 샘물이 옆으로 흐르고 있다. 덕수는 가족들에게 샘물을 보지 말 것을 당부하지 못한다. 그 당부할 시간에 신속히 샘물을 벗어나는 게 상책이다. 샘물을 벗어나자 다시 삼거리가 나왔다. 삼거리에서 왼편으로 방향을 잡았다. 오른편은 동굴 주 입구의 반대편 주 입구가 가깝기 때문이다.

덕수는 약간 넓은 공터가 나오자 멈춰 섰다. 동민을 안고 있는 팔에 땀이 흥건하다. 뒤에 따라오는 정순과 동호 동숙도 땀으로 목욕한 듯 온통 옷이 젖어 있다.

"여기서 쉬자."

덕수는 그 자리에 철퍼덕 주저앉았다. 정순도 아이들도 모두 에너지가 완전 방출되었는지 덕수와 같은 자세로 주저앉았다. 잠시 덕수는 그렇게 거친 숨을 다독이며 앉아 있었다.

앉아 있는 동안 덕수의 머릿속으로 가득 차오르는 기억이 있다. 불과 7개월 전 일이다. 그 사건은 늘 덕수를 괴롭혔다. 늘 기억 밖으로 튀어나오려고 덕수의 머릿속을 걷어차고 주먹질하고 사정없이 들이받았다. 덕수는 억지로 틀어막고 있었다. 머리가 아프고 터질 것 같아도 꾹 참고 기억이 나오지 못하도록 보류시키고 있었다. 그 기억만은 꺼내고 싶지 않았다. 단단히 막아 절대 기억 밖으로 튀어나오지 못하도록 하고 싶었다. 아니다. 아예, 그 기억을 지우고 싶었다. 머릿속에서 완전히 삭제하고 싶었다. 철저히 지워버리려 노력했다.

그 기억은 불사신처럼 늘 불뚝불뚝 일어섰다. 덕수는 그 기억이 일어서지 못하도록 안간힘을 다해 짓누르고 있었다. 그 일은 상기되지 않도록 단단히 막았지만 저 스스로 변형되어 길을 찾아 기억 밖으로 튀어나왔다. 전혀 생소한 모습을 하고 덕수 앞에 출현했다. 때론 유령이 되어, 때로는 환상이 되어, 때로는 환몽이 되어 나타나 덕수 앞에서 춤을 췄다. 덕수는 그동안 가급적 그것들과 접촉하지 않으려 무진 애를 썼다.

그런다 해서 그 기억이 박멸되겠는가. 누르고 억압하고 외면할수록 더 힘을 받았는지, 아니면 더 화가 났는지 자주 그리고 충격적으로 덕수 앞에 나타나 덕수를 괴롭혔다. 이제 더 이상 그 일을 외면할 수 없다. 지금 동굴 앞에서 벌어지는 일들을 생생하게 온 몸으로 보고 느끼는 순간, 덕수는 더 이상 물러설 수 없이 그 일을 마주하지 않으면 안 된다. 불쾌하고 구역질나고, 너무도 혐오스러운 그 사건이 덕수의 온전한 정신을 송두리째 빼앗아가버린다 해도 결국은 그 일과 마주하지 않으면 안 된다.

덕수의 중대는 올해 2월 말까지 전남 영광과 함평 등지에서 빨치산 전남도당의 잔당과 부역자를 수색하여 사살하고,

포획하여 심문하고 처형하는 일을 했다. 어느 정도 작전이 마무리되어갈 즈음 다시 연대에서 명령이 내려왔다.

이번에는 전북도당을 박살내라는 지시였다. 덕수의 중대는 대대의 이동에 따라 전북 순창으로 부대이동을 했다. 빨치산 전남도당이 공격당하자 전북도당에서도 원조 형식으로 전남도당 지역으로 내려갔다가 많은 피해를 입고 돌아온 터라, 전북도당도 쉽게 괴멸될 것이라 확신한 것이다.

덕수는 기뻤다. 회문산은 덕수의 고향에서 불과 10리 밖에 떨어져 있지 않는 곳이다. 지척이었고 언제든지 달려갈 수 있는 근거리다. 조선인민군에게 끌려가다시피 해서 의용군으로 고향을 떠났다. 그 뒤 곡절 끝에 조선인민군이 되어 저 먼 북쪽 땅까지 갔다가 숱한 죽을 고비를 넘기고 포로가 되었다. 이제 국방군이 된 지금 드디어 덕수는 고향 땅을 밟게 되었다. 덕수는 몸은 고달프고 힘들었지만, 마음은 가벼웠다. 작전 중에 잠시 짬을 내 고향 땅에 가보리라.

세가 막강한 전북도당은 회문산에서 격하게 항전했다. 회문산은 사방으로 높은 산과 인접해 있어, 퇴로가 좋은 터라, 지리적 이점을 이용해 전북도당 빨치산은 게릴라 전법으로 치고 빠지는 수법을 쓰며 버티고 있었다.

3월 중순경, 회문산 근처에서 작전을 펼치던 덕수의 중대에게, 회문산에서 직선거리로 약 십 리 떨어진 임실군 강진면 백련리로 이동하라는 명령이 하달되었다.

덕수는 뛸 듯이 기뻤다. 드디어 고향에 간다. 아내와 아이들이 있는 고향에 말이다. 불과 몇 개월에 불과한 헤어짐이었지만, 이 험난하고 험난한 세상에서 죽지 않고 살아서 고향 땅으로 돌아가 아내와 아이들을 만날 수 있다는 게 얼마나 기쁜 일인가.

"이번 작전은 전에 금광이었던 폐광에 숨어 있는 빨치산 잔당을 척결하는 작전이다. 전북도당 놈들이 이 폐광에 숨어 있고 일부는 지리산 방면으로 도주했다는 정보가 입수되었다. 우리 중대는 임실경찰서, 마을 치안대와 합동으로 폐광에 두더지처럼 숨어 있는 빨치산 잔당을 처단하는 임무를 맡게 될 것이다."

중대장은 숙영지로 사용하는 청웅국민학교 운동장에 중대원을 모아놓고 작전 개요를 설명했다. 중대장이 말하는 폐광은 어디를 말하는 것인지 덕수는 손바닥 보듯 너무나 잘 알고 있다. 덕수가 어릴 적부터 일했던 그 금광 아니던가. 어릴 적 희망과 꿈이 있던 그곳, 바로 금광 말이다. 폐광된 지 7, 8년이 지났지만 여전히 덕수는 그 금광에 미련을 가졌고 수시로 들어가 금광석을 캐내던 곳이다. 그 금광에서 작전을 한다는 것이다.

금광은 꽤 규모가 컸다. 일제강점기에 이곳에서 생산된 금의 양이 상당해서 전국적으로도 유명한 금광이었다. 만들어진 입구만 32개였고, 수평과 수직 갱도가 거미줄처럼 얽혀 있다. 내부가 몹시 복잡하고 넓어 한번 들어가면 입구를 찾는 게 쉽지 않다. 임실군 청웅면 남산리에 남산광산이 있었고, 임실군 강진면 부흥리에 부흥광산이 있었다.

폐 광

지금 덕수가 주 입구로 사용하는 동굴 입구가 바로 남산광산 입구이며, 그 반대편 주 입구는 부흥광산의 입구이다.

작전 개요를 듣는 동안 갑자기 우려와 걱정이 덕수에게 왈칵 달려들었다. 정순과 아이들에게 말했던 게 기억났기 때문이다.

'내가 없는 사이에 저 동굴에 들어가 숨어 있어.'

덕수가 의용군으로 끌려가며 정순과 아이들에게 했던 말이다. 정말 그때 아내와 아이들이 덕수 말대로 저 동굴로 피해 있을까. 지금, 저 동굴에 정순과 동호, 동숙, 동민이 살고 있을까. 한번 걱정에 사로잡히자 온통 신경이 쓰여 정신을 차릴 수 없었다. 우선 가족들의 소재를 알아내야 했다. 어떻게든 마을에 가서 아내와 아이들이 폐광에 들어갔는지 먼저 확인해야 했다.

작전은 작전이고, 그 사이에 덕수는 고향 마을에 다녀와야 한다. 아내와 아이들이 고향 마을에 있어야 한다. 저 폐광에 들어가 있지 말고. 가족들이 폐광에 없다는 걸 확인해야 한다. 덕수가 온갖 고초를 다 겪으며 살아낸 이유는 무엇인가. 바로 가족 아니겠는가. 가족 때문에 그동안 수없이 죽을 고비를 넘기며 이때까지 살아오지 않았던가. 가족은 반드시 살아서 고향 마을에 있어야 한다. 저 폐광 안에 있어서는 절대 안 된다.

만약 덕수의 가족들이 저 폐광 안에 있다면. 그래서는 안 되겠지만 만약 저 안에 덕수 가족이 있다면 어떻게 할 것인가. 작전이 시작되기 전 중대장과 중대원들에게 내 가족이 저 동굴 안에 있소이다, 말할 수도 없지 않는가. 빨치산이나 빨치산 부역자들이 숨어 있는 저 동굴 안에 가족들이 있다면, 덕수 가족도 또한 당연히 빨치산에 부역한 사람들이다. 물론 덕수는 한때 조선인민공화국에 협조하였다. 협조뿐만 아니라 조선인민군이 되어 국방군에게 총부리를 겨누지 않았던가. 그런 이유로 덕수의 가족들은 부역자들이 맞다. 그러나 덕수의 가족이 진정 부역자인가. 정말 부역자들인가. 아니다. 진짜 부역자가 아닌 억울한 부역자다. 아니 정확히 말하면 부역자가 아니다. 덕수의 가족은 부역자가 아니라는 사실을 덕수는 누군가에게 진지하게 설명해야 했다. 그러나 그걸 누구에게 설명할 수 있겠는가. 이 급박하고 급박한 상황에서.

물론 하소연할 수 있는 사람에게 하소연했다. 선임하사 김호철에게.

"꼭 자네의 가족이 저 안에 있다고 단정할 수는 없지 않는가. 게다가 지금으로써는 방법이 없지 않는가. 자네가 직접 동굴로 들어가서 확인해보지 않고는 자네 식구들이 저 안에 있는지도 모르고…. 답답하네. 저 동굴에 빨치산과 부역자들이 얼마나 들어 있는지도 몰라. 수백 명인지 아니면 수천 명인지. 일단 바로 작전을 개시하는 것은 아니고, 주민들을 동원해서 안에 있는 사람들에게 나오도록 권유할 것이니까. 그걸 기대해보자고. 또 자네 식구들이 저 폐광 안에 꼭 있으라는 법도 없지 않는가. 희망을 가져보게."

김호철은 덕수의 말을 경청하고 진심으로 걱정해줬다. 김호철의 말이 옳았다. 동굴 안에 가족들이 있는지 확인하려면 동굴 안으로 직접 덕수가 들어가야 하는데, 그건 있을 수 없는 일이다. 국방군이 동굴로 들어간다는 것은 혈혈단신 적진으로 들어가는 것이나 마찬가지인데. 덕수는 그저 속만 태울 뿐이었다.

작전은 숨가쁘게 전개되었다. 덕수가 짬을 낼 여유는 조금도 없었다. 폐광에 숨어 있는 빨치산 잔당과 부역자들을 상대하는 것은, 산이나 계곡, 마을에 숨어 있는 자들을 상대하는 것과 달랐다. 작전은 훨씬 힘들었다. 물론 덕수는 작전보다도 가족의 행방이 너무도 궁금했다. 가족이 제발 저 폐광 안에 없기를 진심으로 바랐다.

덕수의 중대는 폐광 입구란 입구에 전부 병력을 배치했다. 물론 경찰과 치안대원이 보조했지만 작전 구역이 넓고 동굴에 숨어 있는 인원이 많은 터라, 덕수 같은 중대원들은 조금도 한눈을 팔 수 없었다.

작전의 시작은 중대가 주둔했던 청웅국민학교에서 시작되었다. 입산자와 부역 혐의자 가족들은 이미 학교에 격리되어 있었는데, 이 격리자들을 모두 트럭에 태워 뿌연 먼지를 날리며 출발하는 것으로 본격적이 작전의 신호탄이 날아올랐다. 격리자들이 도착한 곳은 백련광산 입구였다. 그들에게 동굴 안에 있을 가족들을 불러내라고 요구했다. 그들은 총구를 들이대는 국방군의 살기 어린 눈빛에 어떻게 해야 할지 몰라 당황했지만 곧 동요되면서 동굴 안을 향해 소리치기 시작했다.

"선호야, 얼른 나와라! 나오면 살려준단다!"

한 명이 소리치자 연쇄반응을 일으켜 모인 사람들은 목이 터져라 동굴 안으로 소리치기 시작했다. 각자 핏줄들의 이름을 불러대며 지악스럽게 소리쳤다. 소리소리 지르며 악이 받치도록 울다가 혼절하는 사람도 있었다. 동굴 안에서 나온 사람은 아무도 없었다. 국방군들을 믿지 않기 때문이다. 산 생활을 많이 한 자거나 부역자들은 그들의 동료가 속임수에 속아 어떻게 죽어가는지를 똑똑히 봤기 때문이리라. 게다가 동굴이 워낙 깊어 동굴 깊숙이 자리잡은 사람들 귀에는 아예 동굴 밖에서 부르는 소리가 들리지 않았다.

덕수도 실은 소총을 던져버리고 저 동굴 안으로 뛰어 들어가 '동호 엄마! 동호야! 동숙아! 동민아!' 부르고 싶었다. 동굴 안에 가족들이 없으면 더할 나위 없이 좋겠지만, 만에 하나 저 동굴 안에 가족들이 있다면 어찌할 것인가. 덕수는 속이 타들어갔다. 후회가 거센 파도처럼 밀려왔다. 인민군을 따라 의용군으로 나섰던 그때, 왜 정순에게 이 동굴에 들어와 숨어 있으라 했는지를. 덕수는 할 수 있다면 자신의 입을 돌멩이로 짓뭉개버리고 싶었다. 왜 그때 그런 말을 아내에게 했을까. 그때는 어쩔 수 없었다 체념했지만 그 체념이 처방약이 되는 것은 아니었다.

얼마간의 시간이 지난 뒤 국방군은 2차 작전에 돌입하였다. 이른바 '오소리 소탕작전'이었다. 치안대원과 부역자 가족들은 마을을 돌아다니면서 고춧대와 솔잎들을 긁어모으기 시작했다.

"왜 고춧대와 솔잎을 모으는 것입니까?"

덕수는 무슨 짓을 하려고 그런가 싶어 소대 선임하사에게 물었다.

"오소리 잡아봤지? 오소리 잡을 때 오소리가 들어 있는 땅 구멍에다가 연기를 피우잖아. 그러면 오소리란 놈이 연기가 매워서 굴 밖으로 튀어나오잖아. 그때 몽둥이로 때려잡지. 저 안에 있는 빨갱이 놈들은 다 죽었다고 복창해야 할 거야 아마. 흐흐흐."

이빨을 지그시 물고 웃는 선임하사의 모습이 두억시니처럼 보였다. 전장에서 승리를 위해 무슨 짓인들 못 하겠는가만은, 사람을 쥐나 두더지 같은 짐승 취급을 하다니. 차라리 총으로 쏴서 짧은 고통 속에서 절명하도록 하는 것이 그나마 인간이 인간에 베풀 최소한의 예의이거늘. 만약 저 안에 아내와 아이들이 있다면…. 만약 저 안에서 내 가족이 있다면…. 덕수는 걱정으로 가슴이 폭발할 것처럼 답답했다. 답답하다 못해 거의 숨이 막혀 정신을 잃을 정도였다.

각 마을에서 긁어모은 고춧대와 솔잎이 동굴 입구에 산처럼 쌓였다. 백련광산 주 입구 뿐만 아니라 남산광산 주 입구에도 역시 산더미 같은 고춧대와 솔잎이 쌓였다. 고춧대와 솔잎은 가을 햇볕에 바짝 말라 있었다. 동굴 안에 있는 빨치산과 부역자들이 밖으로 나가지 못하도록 이미 32개의 입구 중 28개를 틀어막았다. 빨치산으로 추정되는 자들 몇 명이 저항 차원에서 총을 쐈지만, 수류탄을 던지자 이내 쥐죽은 듯 조용해졌다.

쌓아놓은 고춧대와 솔잎에 불을 붙였다. 짙은 연기

가 거침없이 피어올랐다. 연기는 사악한 독사로 변했다. 독사들은 혀를 날름거리며 동굴 안으로 천천히 몰려 들어갔다. 간악한 독사들은 거침없이 숫자를 늘리며 깊고 넓은 동굴 안을 삽시간에 점령해버렸다. 독사들은 보이는 족족 사람들의 목덜미를 물고 독을 뿜어 사람들의 몸에 독을 주입했다. 지독한 독을 맞고 살아남는 사람들이 있을까.

덕수는 총을 쥐고는 있었지만, 제발 저 안에 정순과 동호 동숙 동민이 없기를 간절히 또 간절히 바라는 염원이 온통 마음을 지배하고 있어서, 무슨 허깨비가 총을 쥐고 있는 것이나 마찬가지였다. 스스로 최면을 걸었다. 저 무서운 독을 뿜는 독사들은 나하고는 전혀 상관없는 것이라고. 저 독사들은 동굴 안에 들어가 쥐나 두더지를 잡아 물어죽일 뿐이라고. 사람하고는 전혀 관계없는 것들이라고.

덕수가 그런 최면을 건다 해서 독사들이 하얀 구절초 꽃으로 바뀌겠는가. 무서운 독사들은 쉴 새 없이 창궐하였다. 고춧대와 솔잎에서 태어난 독사는 순식간에 거대하게 몸집을 불렸고, 그 몸들은 수많은 독사들로 다시 분리되었다. 사악한 것들은 저돌적으로 동굴 안으로 몰려 들어갔다. 독사들의 독은 사람들의 숨을 막고, 심장을 멈추고 곧 몸을 경직시켜 죽음의 나락으로 던져버릴 것이다. 독사에 물린 자들 중 가장 먼저 연약한 자들이 고통스럽게 세상을 버릴 것이다. 어린아이와 노인들이 먼저 그 독에 혀를 길게 빼물고 죽어갈 것이다.

고춧대와 솔잎 연기의 효과는 곧 나타났다. 연기를 참지 못하고 빨치산 몇 명이 동굴 밖으로 튀어나왔다. 그들은 총알 세례를 받고 피를 뿌리며 쓰러졌다. 밖에서 진을 치고 있던 덕수와 중대원들은 조준사격을 가했다. 동굴 밖으로 튀어나오는 사람들은 사람이 아니었다. 허수아비였고, 벼 짚단이었다. 그것들은 마땅한 사격 연습 타깃이었다. 사람이 아니었다. 놀이를 하듯 목표물을 향해 총을 쐈다.

덕수는 총을 겨냥하면서도 설마 튀어나오는 자가 정순이나 아이들이 아닐까 노심초사했다. 작전은 하루에 끝나지 않았다. 꼬박 사흘 내내 이뤄졌다. 동굴은 크고 깊어서 연기로 다 채울 수 없었다. 동굴 안을 연기로 채울 때까지 부역자 가족들을 동원하여 고춧대와 솔잎을 날랐고, 불은 계속 피워졌다. 먼 곳에서 봐도 이내 표시가 날 정도로 연기는 하염없이 피어났고, 그 연기는 동굴 안으로 독사가 되어 빨려 들어갔다.

부역자 가족들 중에 차마 인간으로서 할 짓이 못된다고 손을 놓고 태업하는 자가 있었다. 그의 몸에는 곧 반항의 흔적이 남았다. 여지없이 총알이 그의 몸을 관통했고, 그는 반항의 대가를 목숨으로 치렀다. 그 와중에도 부역자 가족들은 동굴을 향해 목이 터져라 외쳤다. 얼른 항복하고 나오라고, 그 안에 있으면 다 죽는다고. 그래봐야 다 죽는 것은 필연이거늘. 무슨 소용 있으랴. 부역자들이 무슨 좌니 우니 이념을 알아서 부역자가 되었겠는가. 그저 살기 위해서 우익 힘이 세면 우익에 붙고, 좌익 힘이 세면 좌익에 붙은 것뿐이거늘. 덕수가 그랬던 것처럼.

　　　　삼일 밤낮으로 사악한 독사들이 동굴 안으로 몰려

들어갔고, 동굴은 독사들로 가득 찼다. 못 견디고 동굴 밖으로 나온 사람들은 모두 총에 맞아 죽었고, 시체는 여기저기 쌓였다. 부역자 가족들에게 시체를 치우게 했는데, 시신을 찾은 가족은 부둥켜안고 오열하였지만 이내 잠잠해지고 시신을 들쳐 업고 동굴 입구에서 사라졌다. 그 자리에서 누구하나 국방군과 경찰에게 항의하는 사람은 없었다. 항의했다가는 부역자와 같은 취급을 받으며 하나 밖에 없는 몸에 총알구멍이 날 것이니까.

삼일이 지나자 동굴 밖으로 튀어나오는 자들도 없었다. 중대장은 동굴 안 수색을 명령했다. 이미 연기 피우는 일을 중단한 지 한 나절이 지났으므로 동굴 안 연기는 어느 정도 빠져나갔다.

덕수는 제일 먼저 동굴 안으로 들어갔다. 동굴 안은 불을 밝히지 않아도 덕수는 환하게 알 수 있었다. 동굴 안의 형태는 전에 덕수가 일할 때 그대로의 모습이었다. 변한 게 있다면 그 안에는 수많은 싸늘한 시신들이 넘쳐났다는 것이다. 동굴 안은 사람들이 오랫동안 살았는지 벽을 쌓고 주거지를 마련한 흔적이 여기저기 있었다. 이불이며 옷가지며 밥을 해먹는 솥단지가 나뒹굴었다.

매캐한 연기가 아직 동굴 안에 남아 있어 수건을 동여 맺는데도 호흡하기 곤란했다. 더 안으로 들어가자 엎어지고 자빠지고 동굴 벽을 부여잡고 죽은 시신들이 보이기 시작했다. 간난아이를 안고 죽어 있는 젊은 여자와 입가에 허연 거품을 물고 죽어 있는 노인들. 눈을 뒤집어 까고 죽은 사람. 천장을 향해 삶을 갈망하는 듯 눈을 부릅뜨고 죽은 사람. 손으로 동굴 암벽을 파겠다는 것인지 손톱으로 동굴 벽을 들이파고 죽은 사람이 있었는데, 그의 손가락은 전부 헤어져 뼈가 튀어나오고 피가 굳어 있었다. 어떤 이는 연기에 질식되기 전에 자결하였는지 가슴에 칼을 꽂은 사람도 있었다. 이불을 뒤집어쓰고 죽은 자, 입을 틀어막고 죽은 자, 땅바닥을 긁고 죽은 자, 서로 부둥켜안고 죽은 자, 아이를 보듬은 채 엎드려 죽은 자⋯⋯.

죽은 자들은 셀 수 없이 많았다. 전투 현장에서 죽은 자들을 많이 봐온 터라 주검들에 익숙한 덕수였지만, 참혹한 모습으로 한 장소에서 이렇게 많은 사람들이 죽어 있는 모습은 낯설었고 소름 돋지 않을 수 없었다.

덕수는 한 사람 한 사람 살피면서 동굴 안으로 들어갔다. 부디 가족이 없기를 진심으로 바라면서. 죽은 자를 하나하나 들쳐보면서 들어갔는데, 얼굴을 살필 때마다 가족이 아닐까 싶어 숨을 쉴 수 없었다. 죽은 자들은 그대로 방치되었다. 간간히 총소리가 났다. 끈질기게 살아서 반항하는 사람들의 목숨 줄을 끊어놓는 총소리일 것이다. 덕수는 가급적 동굴 안을 다 뒤져보고 싶었다. 제발 가족이 이 동굴에 없기를 진심으로 바라면서.

동굴은 넓고 깊었고, 덕수가 돌아다닐 수 있는 구역은 한정되어 있었다. 각 입구마다 소대 별로 맡은 구역이 따로 있었기 때문이다. 덕수는 맡은 구역을 벗어나 이리저리 돌아다녀봤지만 운이 좋은 것인지 가족들은 발견하지 못했다. 덕수가 살피고 탐색하고 뒤질 수 있는 대로 다 뒤졌지만, 그렇다고 동굴 안을 전부 다 볼 수는 없었다.

동굴을 수색하면서 어쩌다가 산 사람들을 발견했다. 정신을 잃었다가 겨우 숨을 놓지 않고 살아남은 자들이었다. 덕수는 다른 소대원들을 피해 다가가 그자들에게 정순과 아이들의 인상착의를 말해주며 봤느냐 물어봤다. 그들은 모두 혼미한 정신을 붙들고 고개를 가로저으며 살려달라는 말만 되풀이했다.

동굴 안에서 살아서 밖으로 끌려나온 자들은 50여 명이 넘었다. 대개 젊거나 어린 자들이었다. 몸이 연기를 감당할 정도의 체력이 되는 자들이었다. 덕수는 그들에게 눈치껏 정순과 아이들의 행방을 물었다. 그들은 겁에 질린 표정으로 고개를 가로저을 뿐이었다. 산 자들은 순경들에 의해 곧바로 강진 지서로 끌려갔다.

오소리 작전이 거의 마무리되면서 장병들에게도 조금 여유가 생겼다. 반나절쯤 휴식이 주어졌다. 덕수는 곧바로 고향 마을로 향했다. 혹시 가족들이 고향 마을에 남아 있을지 모른다. 아니, 남아 있어야 한다. 동굴에 없다면 어디에 있겠는가. 당연히 고향 마을에 남아 있어야 하는 것 아니겠는가. 꼭 있어야 한다.

마을은 거의 황폐화되어 메뚜기 떼가 휩쓸고 지나간 논밭처럼 황량했다. 마을 집들은 반 이상이 불에 타버리고 사람들도 보이지 않았다. 덕수는 정신없이 집으로 달려갔다. 골목을 지나 집 앞에 다다랐을 때, 사립문이 열리며 정순과 아이들이 나란히 서서 그에게 고개를 숙이고 넙죽 인사하며 이빨을 드러내고 환하게 웃어줄 것 같았다.

덕수의 집은 온전했다. 그나마 다행이었다. 그러나 기대했던 일은 없었다. 그렇게 고대했던 가족들의 환한 웃음과 인사는 없었다. 작년에 자란 잡초가 겨울을 견디고 마당 가득 그대로 말라붙어 있었고, 집 안은 깊은 동굴처럼 고요하고 서늘했다. 마당을 가로질러가 마루로 올라가서 방문을 열었지만, 안방도 건넌방도 먼지를 뒤집어쓴 세간들이 비루하게 방안을 지키고 있을 뿐, 정순도 동호도 동숙도 동민도 보이지 않았다.

덕수는 가족들이 잠시 나들이라도 다니러간 양 우두커니 마루에 앉아 사립문을 바라보며 앉아 있었다. 한 시간 가까이 앉아 있었지만 봄볕만 마당을 달구고 있을 뿐 아무도 오지 않았다.

덕수는 밖으로 나가 마을 사람을 찾았다. 대부분 어디로 피난을 갔는지 아니면 동굴 안에 숨어 있다가 죽었는지 마을 사람들은 보이지 않았다. 마을 전체를 헤맨 끝에 겨우 사람을 만날 수 있었다. 그는 국방군인 덕수를 보자 기겁을 하며 오들오들 떨었다. 덕수가 총이라도 쏠 줄 알고 그런 모양이다. 얼굴도 처음 보는 사람이었다. 덕수는 다짜고짜 그에게 아내와 아이들의 행방을 물었지만, 그는 고개를 절레절레 흔들며 아무것도 모른다 말했다. 마을사람들은 다들 어디로 갔냐 묻자, 국방군을 피해 모두 산에 숨어 있거나 마을을 떠나 친척집으로 피신했다고 말했다.

마을을 더 돌아다녔지만 덕수는 더 이상 사람을 만날 수 없었다. 혹시 가족들이 친척집으로 피신한 것은 아닐까. 희망의 불꽃을 살려봤다. 아까 만난 자가 친척집으로 피신한 사람들도 있다 하지 않는가. 덕수도 모르는 정순의 친정 친척집에 가 있을 수도 있지 않는가. 덕수는 작은 희망의 불씨를 안고 부대로 복귀하였다.

주둔지로 복귀하자 새로운 임무가 주워졌다. 동굴에서 생존했다가 잡혀온 자들 50여 명을 사살하라는 명령이 떨어진 것이다. 생존자들은 두 그룹으로 나뉘었다. 덕수의 소대는 스무 명을 데리고 강진면 회진리 장동마을을 지나다가 그곳에서 전부 사살했다. 나머지 사람들은 덕치면 회문리까지 끌고 가서 그곳에서 사살했다는 말이 들렸다.

결국 덕수는 가족의 생사조차 알지 못하고 고향을 떠났다. 부대는 다시 빨치산들의 최후의 보루인 지리산으로 향했다.

남원에 도착하고 숙영을 시작한 지 하루가 지났다. 덕수는 갑자기 옆구리가 가려웠다. 벌레가 들어갔나 싶어 옷을 벗어 떨어보고 손톱으로 가볍게 긁었는데, 그때만 괜찮을 뿐 가려움은 가시지 않았다. 조금 지나자 다시 가렵기 시작한 것이다. 처음에는 그냥 가벼운 가려움증으로 알았다. 그러나 어느 때부턴가 시도 때도 없이 갑자기 가려워지면서 증상이 심해졌다. 잠을 자다가, 밥을 먹다가, 목욕을 하다가, 총기 손질을 하다가, 참호 파는 작업을 하다가 갑자기 가려움증이 시작되면 한참을 앉아서 긁지 않으면 쉽게 가라앉지 않았다. 이유를 알 수 없었다. 의무병에게 찾아갔지만 특별한 약은 없었고, 소금물로 씻어보라는 충고를 듣고 왔다. 소금물은 효과가 없었다. 피부병이 아닐까 싶었지만 다른 장병들은 덕수 같은 증상이 없었다. 덕수만 유일하게 그런 증상에 시달리고 있었다.

작전을 나가 전방을 주시하며 산을 오를 때 갑자기 찾아온 가려움증에 정신을 집중할 수 없었고, 그 자리에 앉아 한참을 긁어야 겨우 몸을 추스를 수 있었다.

"박 상등병, 대체 왜 그래?"

소대장이 물었지만, 옆구리가 가려워서 그런다는 말을 쉽게 할 수가 없었다. 뭐 옆구리 가려운 걸 가지고 그렇게 오두방정을 떠느냐 놀림만 당하리라. 옆구리 통증 때문이라 이유를 둘러댔고, 소대장은 한심하다는 눈으로 쳐다봤다. 겨우 옆구리 아픈 걸 가지고 주저앉아 긁어대고 있으니 소대장 입에서 욕설이 튀어나오지 않은 게 다행이다. 장병 하나가 맡은 임무는 제대로 완수해야 한다. 누수가 생기면 그 자리를 다른 장병이 메워야 한다. 장병 하나의 전투력 상실은 소대를 지휘하는 소대장 입장에서는 곤혹스러운 일일 것이다.

덕수는 옆구리가 왜 가려운지 이유를 알 수 없어 난감하기 짝이 없었다. 한번도 옆구리가 가려워 고통스러웠던 경험이 없었다. 왜 이런 증세가 나타난 것일까. 곰곰이 생각한 끝에 내린 결론은 바로 가족이었다. 식구들 때문이었다. 식구들의 부재가 일종의 갈증이 되었고, 그게 가려움으로 나타난 것은 아닐까. 고향에 가서 가족이 전부 사라진 것을 확인했고, 죽었는지 살았는지 생사도 알 수 없는 처지가 된 게 가려움증의 원인이 아닐까. 스스로 진단해보는 것이었다.

가려움증뿐만 아니라 덕수는 성격도, 사람을 대하는 태도도 변했다. 자주 짜증을 냈고, 장병들과 다툼이 많아졌다. 소대장 말을 잘 듣지 않았고 말대꾸를 했다.

"박 상등병, 2소대가 산 아래에서 진지 구축하는데 김 일등병, 이 상등병이랑 같이 가서 좀 도와줘야겠어."

소대장이 덕수에게 지시했다.

"왜 그걸 우리가 해야 합니까?"

소대장이 놀란 혹은 어처구니없다는 눈으로 덕수를 쳐다봤다. 소대장이 명령하는데 명령을 듣지 않겠다는 것인가. 이제껏 한번도 저렇게 덕수가 반항조로 나온 적은 없었다.

"왜 그걸 해야 하냐니? 2소대가 인원이 부족하니까 우리 소대가 좀 도와줘야 하는 거 아냐? 우리도 어려울 때 도움을 받고 말이야? 군대에서 니 일 내 일이 어디 있어!"

소대장은 덕수에게 꽥 소리를 질렀다. 그러나 덕수는 눈 하나 깜짝하지 않고 소대장을 째려봤다. 소대장이 덕수의 뺨을 한 대 갈겼다.

"이런 씹할!"

덕수가 주먹을 쥐고 소대장에게 달려들었다. 옆에 있던 김 일등병이 말리지 않았다면 덕수는 소대장의 면상을 한 대 쳤을 것이다. 상관폭행죄는 바로 영창감이며 군법회의에 회부될 중대 사안이다.

소대장은 당황했다. 평소 그럭저럭 군생활을 잘하던 박덕수였다. 인민군 출신 포로였지만 그동안 매 작전마다 솔선수범했고 실전에도 매우 능했던 유능한 장병이었다. 물론 상관의 명령에도 토를 달지 않고 복종하던 성능이 좋은 병사였다. 그런 그가 갑자기 저런 모습을 보이자, 괘심하고 불쾌했고 한편으로 어리둥절할 수밖에 없었다.

소대장은 한발 물러섰다. 덕수와의 다툼을 일부러 피했다. 뭔가 덕수의 마음을 괴롭히는 게 있다는 걸 소대장도 직감했던 것이다. 되게 기분 나쁜 일이 있거나, 정신적으로 충격 받은 게 있어 그런 것이라 짐작한 것이다.

덕수도 억제할 수 없었던 자신이 사실은 참담했다. 곧바로 소대장을 찾아가 사과했다. 소대장도 쿨하게 덕수의 사과를 받아줬다. 나이 많은 병사의 뺨을 때린 행동이 잘한 것은 아니지 않는가.

덕수는 소대장에게 엉켜 붙은 날 이후로도 동료들과 자주 시비가 붙었다. 결국 덕수의 이상행동은 중대장에게 보고되었고, 선임하사가 나설 수밖에 없었다.

"덕수, 요즘 어디 안 좋은 데 있는가?"

김호철은 덕수를 불러 물었다. 덕수는 한동안 대답 없이 고개를 떨구고 있었다. 한참을 고개를 숙이고 있던 덕수가 입을 열었다.

"아내와 아이들 때문이오."

덕수의 느닷없는 말에 잠시 당황했지만, 김호철은 표정 변화 없이 덕수를 쳐다봤다. 더 말을 해보라는 의미였다.

"아내와 아이들이 자꾸 꿈에 보여서 미치겠소이다."

"가족들이 걱정되어서 그러는가?"

"지난번 폐광 봉쇄 작전 때 아무래도 가족들에게 무슨 일이 생긴 것 같아서…. 선임하사님도 알겠지만 나는 인민군에 들어갔던 사람이오. 그러니 내 가족들이 온전하겠소? 그때 오소리작전 때 어떻게 된 것 같아…, 걱정이 많이 됩니다. 가족들에게 미안하고 말이오."

김호철은 덕수의 말을 묵묵히 듣고 있었다. 같은 중대 내에도 전쟁으로 인해 가족 중 누군가를 잃은 병사들이 더러 있었다. 그러나 덕수처럼 가장으로서 가족이 통째로 어떻게 된 사태는 아니어서 그럭저럭 넘어가고 있었다. 덕수의 경우는 좀 심한 경우였다. 물론 아직은 모르는 일이었다. 덕수의 걱정대로 가족들 모두가 어떻게 되었는지 아니면 덕수가 걱정하는 것은 그야말로 기우에 불과하고, 가족들이 실은 운 좋게도 어딘가에 살아 있는지 그것은 모를 일이었다.

"어떻게 해줬으면 좋겠는가?"

"잠시 시간을 내 고향에 가서 가족들을 다시 찾아봤으면 합니다."

"지금은 전시라 어렵긴 하겠지만…, 내가 한번 중대장님에게 부탁드려보겠네."

덕수는 김호철이 너무도 고마웠다. 김호철은 어릴 적 친구인 덕수에게 조금이라도 도움이 되었으면 했다.

"무슨 말씀을 하고 있는 겁니까? 지금은 전시요, 전시! 우리는 지금 전쟁중이란 말이오. 휴가는 나도 가고 싶소. 누군들 사연 없는 자가 있겠소. 그런 사연을 다 들어주다보면 누가 전쟁을 하겠습니까!"

중대장 안태섭은 단호했다.

선임하사는 알고 있었다. 중대장은 휴가를 가지 않아도 부대에서 충분히 견딜 수 있다는 것을. 중대장은 전령과 작전하사를 시켜 젊은 여자를 조달하여 겁간하고 있다는 것을. 전시였고 누구든 군인의 말을 거부할 수 없다. 순찰중이거나 경계근무 중 민간인이면 누구나 검문할 수 있고, 누구나 조사하겠다고 끌고 올 수 있었다. 마을을 수색하다가, 중요 길목을 경계하고 있다가, 걸려드는 여자를 불러서 나쁜 짓을 하면 그걸 누구에게 하소연하겠는가. 더군다나 빨치산과 내통하는 마을이나 부역자가 많은 마을에서는 더더욱 그런 일을 당하더라도 하소연할 수 없었다.

중대장은 교묘하게 그걸 이용해 젊은 여자나 얼굴이 반반한 여자들을 건들고 있다는 걸 선임하사는 잘 알고 있었다. 저러다가 무슨 일이 나고 말지 하면서도 선임하사가 나서서 그런 일을 상부에 고자질할 수는 없는 노릇이었다. 그런 중대장이니 휴가가 무슨 필요가 있겠는가.

선임하사는 덕수를 불러 중대장의 뜻을 전했다. 미안했고, 선임하사로서가 아닌 친구로서 어떻게 해줄 수 없는 게 안타까웠다. 군대이니 어쩔 수 없었다. 명령을 수행하려면 일사불란한 움직임이 있어야 한다는 걸 덕수도 모르는 바 아니다. 그러나 매일 밤 꿈에 나타나 덕수를 괴롭히는 가족들과 시시때때로 도발하는 가려움증 때문에 덕수는 정상적인 생활을 할 수 없지 않은가. 덕수는 대담하게 김호철에게 말했다.

"내가 중대장님을 직접 만나 부탁하면 안 되겠소?"

김호철은 난감한 표정을 지으면서도 막지는 않았다. 덕수는 상등병에 불과하지만, 인민군 경험도 있고 더군다나 나이도 있는지라 중대장도 내치지는 않을 것이다. 이야기야 들어줄 것이라 믿었다. 김호철은 덕수에게 고개를 끄덕였다.

덕수는 이미 전부터 중대장 안태섭의 탐욕을 알고 있었다. 그는 작전중에도 돈이 될 만한 것은 부역자 집에서 우습게 빼돌리곤 했다. 금붙이나 값나가는 물건은 은근슬쩍 빼돌렸고, 그런 것들을 상급자에게 상납하기도 한다는 것을 덕수는 선임하사 김호철로부터 들어서 잘 알고 있었다.

덕수는 중대장의 그런 탐욕을 이용하기로 했다. 덕수가 광부 출신이라는 것, 그것도 금광에서 황금을 캐던 광부라는 것을 중대장은 이미 알고 있었다. 덕수가 광부로 일했던 금광이 바로, 지난 3월 오소리 작전을 펼쳤던 백련광산이라는 것도 알고 있었다. 중대장은 은전을 베풀 듯 덕수와 거래를 진행했고, 흔쾌히 덕수와 계약을 체결했다.

고향집에 돌아올 때 덕수는 일부러 군복을 벗고 장에 들러 바지와 셔츠를 사 입었다. 군복을 벗어 던지자 몸이 날아갈 듯 가벼웠다. 부대를 나오면서부터 옆구리의 가려운 증상이 조금 나아졌는데, 군복을 벗자 그 증상이 씻어버린 듯 없어져버렸다. 덕수는 날듯이 고향으로 돌아왔다. 마을로 돌아오면서 몇 개월 전, 마을 가옥 절반 이상이 불에 타버렸다는 것을 알고 있었기에 마음이 심란하지 않을 수 없었다.

덕수가 고향 마을로 들어섰을 때, 모든 게 수정 같은 우물물로 말끔히 씻어낸 듯 그대로였다. 불에 타버린 가옥들은 언제냐 싶게 말끔하게 정돈되어 새로 지은 것처럼 보였고, 짚 다발이나 나무들이 어수선하고 어지럽게 굴러다니던 골목도 정돈된 듯 깨끗했다. 예전 평화로웠던 시절로 돌아가 모든 것이 질서가 있어 보였다. 기분이 상쾌해졌다. 덕수가 기대했던 마을의 풍경이며 덕수 자신의 삶의 본 모습이었다.

덕수는 집이 가까워 올수록 기대 반 걱정 반으로 마음이 들쑤시면서 갈등이 일었다. 몇 개월 전 왔을 때, 집은 가족들이 아무도 없고 텅 비어 있었다. 이번에는 달랐다. 모든 게 새로워져 있다. 아니, 예전 그대로였다. 가려운 증세도 낫고, 고향 마을도 덕수가 고향을 떠날 때 모습 그대로였다. 가족들도 환하게 덕수를 반겨줄 것이라고 믿었다.

꿈은 이뤄진다고 했던가. 덕수가 집 사립문을 밀고 들어가자 집은 예전 모습을 되찾고 있었다. 마당은 말끔했으며 모든 것이 정돈된 듯 깨끗했다. 게다가 기대하고 기대했던 일이 그대로 현존해 있었다. 바로, 가족들이 집에 있었다.

정순은 수줍게 웃었고, 동호는 어느새 훌쩍 자란 어른스런 모습으로 고개를 깊이 숙여 인사했고, 동숙과 동민도 초롱초롱 빛나는 눈으로 활짝 웃으며 인사했다. 정순의 웃음에서, 동호의 활짝 웃음에서, 동숙과 동민의 반짝반짝 빛나는 눈에서 황금이 쏟아졌다. 덕수가 가장 소중하게 여기는 황금이 가족들의 웃음에서 와르르 쏟아졌다. 가족은 얼마나 귀하고 귀한 것인가. 얼마나 소중한 내 식구들인가. 덕수는 날아갈 것처럼 기뻤다. 이제 이 가족 곁에서 절대 떠나지 않고 영원히 함께 살고 싶었다. 아니 살아야 한다. 덕수는 다짐했다. 내 가족을 위해 내 모든 것을 다 받쳐서 지켜야겠다고.

덕수는 모든 것이 예전으로 돌아갔듯 자신의 일도 예전으로 돌아가야 한다고 믿었다. 그는 금을 캐는 광부였고, 광부로서의 삶이 그의 진정한 삶이었다. 가족들을 험난한 세상으로부터, 그가 겪었고 가족들이 겪었던 폭풍 몰아치는 세상으로부터 지켜야 했다. 덕수의 꿈과 가족을 지켜야한다는 두 가지의 일을 동시에 해결해주는 곳은 어디인가. 바로 금광 아니겠는가. 그곳이면 덕수의 두 가지를 모두 만족시킬 수 있는 곳이었다. 폐광되었지만 덕수는 금의 길을 알고 있었다. 그 금을 찾고 캐면서 가족들을 험한 세상에서 지켜내자고 마음먹었다. 덕수는 고향에 오면서부터 미리 그것을 계획했고, 가족들을 상봉하자마자 계획을 즉시 실천에 옮겼다.

"이제 우리 어떻게 해요?"

동숙이 울먹이며 덕수를 쳐다봤다. 덕수도 지금 딱 내놓을 답이 없다. 이제 어떻게 해야 한단 말인가.

"걱정하지 마. 이 아버지가 반드시 지켜줄 테니까."

덕수 입에서 나온 말이다. 어떤 계획이나 생각이 있어 한 말이 아니다. 저절로 말이 나왔다. 오직 가족을 지켜주겠다는 단호한 의지가 덕수 머리를 가득 채우고 있으니까. 어떤 계획이나 생각은 필요치 않다.

그때그때 상황에 맞게 적절히 대응해서 저들에게서 가족을 지키면 된다. 이 동굴은 덕수의 세상 아닌가. 이 동굴에서만큼은 그 누구도 덕수를 이길 수 없다.

"동굴에 들어온 이상, 저 국방군들이 우리를 함부로 할 수 없어. 이 동굴은 이 아버지가 꽉 잡고 있거든. 걱정하지 마. 아버지가 반드시 물리쳐줄 테니까."

덕수는 동숙의 머리를 쓰다듬으며 말했다. 정순도 동호도 동민도 물끄러미 덕수의 하는 말을 듣고 있다. 정순도 동호도 동민도 덕수에게 의지하는 것 말고 무엇을 할 수 있겠는가. 덕수 말고 또 누구에게 도움을 요청하겠는가. 오직 덕수만이 자신들의 살길을 찾아줄 것이라 믿을 뿐이다.

"이 동굴에서 우리가 숨을 곳은 많아. 그러니 잘만 숨어 있으면 찾지 못할 거야."

덕수는 다시 가족들을 안심시키기 위해 말했다. 덕수가 한 말이지만 그 말은 사실이다. 이 동굴은 거미줄처럼 길이 많다. 이 거미줄 같은 길을 다 수색해서 덕수와 가족들을 찾아내려면 쉽지 않을 것이다.

산 아래에서 박덕수를 발견한 안태섭은 김호철과 함께 직접 동굴 입구가 있는 산 중턱까지 달려 올라왔다. 몇 개월 전 이곳 폐광에서 작전을 펼친 적이 있는지라 이곳 지형은 손바닥 보듯 안태섭과 소대원들은 잘 알고 있다.

"몇 번째 입구로 들어갔나?"

안태섭이 소대장에게 물었다.

"주 입구에서 오른편으로 첫 번째 입구로 들어가는 것을 봤습니다."

"동굴 안으로 추격조를 보냈나?"

"예, 추격조가 들어갔습니다. 전에 수색해본 경험이 있어 수색이 어렵지는 않을 것입니다."

안태섭이 소대장에게 다시 지시했다.

"지난 번 오소리작전 때 했던 것처럼 각 동굴 입구를 막자고. 사람이 드나들 수 있는 입구에 경계병을 2인 1조로 세우도록. 소대 인원반은 경계를 세우고, 반은 직접 추격하는 것으로 하지. 박덕수를 발견하면 공포를 쏴서 다른 병사들에게 알리는 것으로 하고 말이야. 소대장은 밖에서 경계를 서라. 동굴 안은 내가 지휘할 테니까."

지시를 받은 소대장이 두세 명만 남기고 2분대와 3분대를 경계조로 편성하여 각자 배치될 입구를 정해줬다. 경계병으로 지정된 소대원들이 무리를 지어 흩어졌다.

안태섭이 옆에 서 있는 김호철을 돌아보며 말했다.

"우리도 한번 들어가 보죠?"

김호철이 고개를 끄덕였다.

안태섭과 김호철은 소대장을 입구에 남아 있게 하고 소대원 두 명을 데리고 박덕수가 들어간 동굴 입구로 들어갔다.

7

손전등을 들고 분대원이 앞장섰고 안태섭과 김호철이 뒤를 따랐다. 이미 동굴 안으로 추격조로 들어가 있던 장병 하나가 삼거리에 서 있었다.

"추격조는 어디로 들어갔나?"

"예, 이 삼거리에서 반반씩 인원을 나눠서 들어갔습니다. 각각 다섯 명입니다."

안태섭이 손전등으로 각각의 동굴을 비췄다.

"아무래도 도망간다면 입구와 가까운 쪽보다는 먼 곳으로 방향을 잡았겠지요?"

안태섭이 김호철에게 말했다.

"그럴 것 같습니다."

안태섭이 오른쪽으로 방향을 잡아 들어갔다.

덕수와 가족들은 구석에 웅크리고 있었다. 다들 조용히 앉아 있으니 동굴에서 들려오는 미세한 소리도 귀에 포착되었다. 물 흘러가는 소리가 샘물 쪽에서 들려왔다.

잠시 뒤였다. 샘물 쪽에서 물 흐르는 소리와 함께 묵직한 발자국 소리가 들려왔다. 국방군이 근처에 와있다는 징후다. 이대로 가만히 있다가는 국방군에게 발각될 것 같다. 저들은 덕수와 같이 몇 달 전에 이 동굴을 수색하고 사람들을 쏴 죽였던 국방군들 아닌가. 저들도 이 동굴이 어느 정도 익숙할 것이다.

덕수는 몸을 일으켰다.

"여기 가만히 있어. 내가 국방군들을 유인할 테니까. 만약 국방군이 가까이 다가오면 반대편 주 입구 방향으로 가서 삼거리에 가 있어. 거기서 만나자고."

"조심하세요. 동호 아버지."

정순이 애타는 표정으로 덕수를 배웅했다. 동호나 동숙, 동민도 정숙과 같은 표정으로 덕수를 쳐다봤다.

덕수는 동굴 안으로 더 들어갔다. 안으로 더 들어가면 덕수가 금광석을 캤던 장소가 나온다. 그 장소에서 더 들어가면 가족들이 두 번째로 머물렀던 장소가 나온다. 이쪽 동굴 길은 기역자로 휘어지면서 동굴의 주 입구 쪽으로 방향을 튼다. 덕수는 조심스럽게 움직였다. 발자국 소리가 들리지 않도록 일부러 신발을 벗고 걸었다.

덕수가, 가족이 두 번째로 둥지를 틀었던 지점에 다다랐을 때, 저 앞에서 군홧발 소리가 들렸다. 덕수는 잔뜩 웅크렸다. 한쪽으로 파고 들어간 지점이 있다. 덕수는 얼른 그 안으로 들어가 바닥에 납작 엎드렸다. 장병 두 명의 발자국 소리가 들렸다. 삼거리에서 덕수가 왔던 방향으로 발걸음을 잡는 듯했다.

덕수는 등골이 서늘했다. 저 방향으로 가면 덕수가 가족으로부터 왔던 길이다. 저 병사가 저 길로 그대로 가면 가족들이 들킬 수 있다. 이를 어쩐다. 덕수는 몸을 일으켰다. 두 번째 둥지로 다가갔다. 덕수는 구석에서 카빈총을 꺼냈다. 덕수는 총을 들고 삼거리에서 좌측으

7

로 향했다. 덕수 가족이 머물고 있는 길의 옆쪽 길이다. 덕수는 얼마쯤 걸어가다가 총알을 장전하여 방아쇠를 당겼다.

"탕!"

총소리가 동굴 안에서 큰소리로 울렸다. 근처에 있는 사람들이라면 충분히 들을 수 있을 만큼 큰소리다. 국방군들을 가족들이 있는 반대편으로 유인해야 한다. 총소리가 나자 군홧발 소리가 다급하게 났다. 국방군이 덕수가 총을 쏜 장소로 몰려오는 모양이다. 덕수는 앞으로 걸어갔다. 얼마쯤 가자 사거리가 나왔다. 덕수는 가족들이 머물고 있는 방향 반대쪽으로 좌회전했다.

"무슨 소리 듣지 못했소?"

안태섭이 발소리를 죽이며 김호철에 물었다. 먼저 들어온 추격조와 막 샘물가에서 조우하여 상황보고를 듣고 있던 때였다. 김호철도 귀를 세우고 잠시 걸음을 멈췄다.

"혹시 총소리 아니오?"

"총소리가 맞습니다."

김호철이 굳은 표정으로 말했다.

"어느 쪽이오?"

"아홉시나 열시 방향 같은데요."

안태섭이 왔던 길을 돌아 달려나갔다. 그 뒤를 김호철과 소대원들이 뒤따랐다. 한참을 달려 다시 삼거리로 나왔다. 삼거리에 이르자 동굴 안쪽에서 소대원이 달려왔다.

"중대장님, 저 안쪽에서 총소리가 들려서 지금 쫓고 있습니다!"

"가보자!"

달려왔던 소대원이 앞장서 달려갔다. 손전등 불빛이 위아래로 춤을 추며 장병들을 선도했다. 달려가자 다시 삼거리가 나왔다. 우측으로 가면 덕수 가족이 두 번째 거처로 삼았던 삼거리가 나오고 좌측으로 가면 사거리가 나온다.

"어느 쪽에서 소리가 났나?"

"우측입니다. 지금 분대원들이 쫓고 있는데, 삼거리와 사거리가 나와서 대기 중입니다"

"우선 삼거리를 지나서 사거리에서 대기하고 있으라고 해!"

"예!"

소대원이 소총을 바로 세워 경례를 붙인 뒤 우측 길로 달려갔다.

"우리는 이쪽으로 가봅시다."

안태섭이 좌측으로 걸음을 옮기면서 김호철에게 말했다. 안태섭 일행이 더 걸어가자 곧 사거리에 닿았다.

"이쪽은 기억이 납니다."

김호철이 말했다. 안태섭이 김호철을 바라봤다.

"좌측으로 꺾어서 가면 이 동굴의 주 입구가 나올 것입니다. 지난번 작전 때 기억을 되살려보면 맞을 것입니다."

"그러면 그쪽은 버리고 저 양쪽으로 들어가야겠군요. 선임하사는 우측으로 들어가세요. 나는 좌측으로 들어갈 테니까."

안태섭이 김호철의 답을 기다리지 않고 바로 좌측으로 들어갔다. 소대원 두 명이 안태섭을 따랐다. 김호철은 두 명을 데리고 우측으로 들어갔다.

덕수는 총을 쏜 뒤에 샘물로 가는 사거리로 달려갔다. 다시 주 입구 쪽으로 좌회전해서 달려가 사거리에 멈춰 서서 동태를 살폈다. 사거리에 있으면 어느 쪽에서 국방군이 몰려올지 미리 알 수 있을 터였다.

잠시 후, 군홧발소리가 들려왔다. 주 입구에서 동굴 안으로 들어오는 쪽이다. 덕수는 신속히 좌측 길로 길을 잡아 달려갔다. 달려가면 역시 사거리가 나왔다. 막 사거리쯤에 다다를 때였다. 덕수가 왔던 길 말고 사거리의 좌측에서 다시 발자국 소리가 들려왔다. 중대장이 쫓아오고 있다. 덕수가 잠시 멈췄다가 가면 사거리에서 중대장 일행과 만날 것이다. 또 이 자리에서 멈추면 뒤에서 추격하는 다른 국방군들에게 붙잡힐 것이다.

덕수는 힘껏 달렸다. 사거리를 직진해서 달려가면 중대장 일행이 사거리에 닿기 전에 덕수가 먼저 사거리를 지날 것이었다. 덕수가 사거리에 가까이 다가갈수록 군홧발소리가 더 가까이 들렸다. 덕수는 힘껏 달렸다. 달리다가 돌부리에 걸려 넘어진다 해도 어쩔 수 없다. 군홧발소리가 막 모퉁이를 돌쯤 덕수는 무사히 사거리를 통과해 직진했다. 단 1초만 늦었어도 달려오는 중대장 일행과 덕수는 반갑지 않은 회우를 했을지도 모른다. 이렇게 직진해서 가면 다시 사거리에 닿고 더 달려가면 주 입구로 나가는 길에 닿는다. 안심인 게, 이쪽 방향은 가족들이 숨어 있는 방향과는 정반대다. 마음이 놓였다.

사거리에서 안태섭과 김호철이 만났다. 김호철은 최초 총소리를 듣고 덕수를 쫓았던 소대원과 함께 하고 있었다.

"열두 시 방향은 그대로 놓아두고 아홉시 방향으로 가봅시다."

안태섭이 아홉 시 방향으로 방향을 잡았다. 열두 시 방향은 바로 다른 쪽 동굴 입구였고, 그 입구는 이미 다른 경계조 두 명이 지키고 있을 것이니까. 안태섭의 판단은 빨랐다. 그는 빨치산 잡는데 이골이 나 있는 전문가다.

덕수가 사거리에서 잠시 숨을 돌리고 있을 때, 세 시 방향에서 다시 군홧발소리가 들려왔다. 소규모가 아니라 적어도 열 명 정도는 되어 보이는 소리다. 덕수는 어느 곳으로 갈까 잠시 망설였다. 열 시 방향은 동굴 밖으로 나가는 입구였고, 일곱 시 방향도 동굴 주 입구로 나가는 길이다. 다섯 시 방향이 적당할 것 같다. 덕수는 다섯 시 방향으로 길을 잡고 다시 달렸다. 다섯 시 방향으로 가면 덕수 가족이 처음 자리를 잡았던 거처와 두 번째 거처 사이가 나온다. 중대장 일행과 덕수가 둥근 원을 그리면서 서로 쫓고 쫓기는 형국이다.

덕수가 다섯 시 방향으로 길을 잡아 가서 사거리에 닿았을 때였다. 열두 시 방향에서 손전등 불빛이 덕수에게 쏟아졌다. 덕수는 대번에 불빛 아래 노출되고 말았다. 열두 시 방향에서 사거리를 경계하는 병사가 있었던 모양이다.

"탕!"

경계병이 총을 발사했다. 총은 덕수를 겨냥한 것은 아닌 듯 동굴 안에서 굉음만 울렸다. 소대원들에게 알리는 총소리였다. 덕수는 재빨리 안쪽으로 방향을 잡아 달려갔다. 다시 삼거리가 나왔다. 삼거리에서 그대로 직진하면 주 입구에서 우측으로 첫 번째 동굴 입구가 나온다. 아까 덕수와 가족이 들어왔던 그 입구 말이다. 덕수는 일단 직진 길은 포기했다. 대신 가족들이 두 번째 거처로 잡았던 방향으로 달려갔다. 뒤에서 군홧발소리가 다급하게 들려왔고, 손전등 불빛이 호랑이의 아가리처럼 덕수 꽁무니를 따라붙었다. 달리다보니 아차, 했다. 이쪽 방향은 정순과 아이들이 머물고 있는 길이다. 이쪽 방향으로 계속 달려가면 가족들과 만나게 된다. 덕수는 달려가던 걸음을 얼른 멈췄다.

덕수는 뒤돌아서 동굴 옆으로 붙었다. 앞에서 군홧발소리와 함께 손전등 불빛이 어지럽게 흔들리며 달려왔다. 덕수는 불빛이 달려오는 방향으로 총을 겨냥했다. 방아쇠를 당겼다. 탕! 총성이 동굴 안을 울렸다. 달려오던 불빛이 멈칫했다. 불빛은 다시 점점 뒤로 물러났다. 덕수는 불빛이 물러난 자리로 천천히 다가갔다. 덕수와 가족이 두 번째로 머물렀던 삼거리가 나왔다. 덕수는 열한 시 방향으로 빠졌다. 가족이 머물고 있는 길에서 총을 쐈고 나와서 삼거리에서 다른 길로 빠졌으니 조금 안심이다. 일단 가족들이 있는 곳으로 가는 길은 피했으니까.

덕수는 고불고불한 길을 조심스럽게 걸어갔다. 아뿔싸. 저 앞에 손전등 불빛이 보인다. 어느새 이쪽 길을 국방군이 점령했단 말인가. 덕수가 이 길을 더 가면 사거리가 나오는데, 그 사거리는 주 입구에서 타원형으로 이어져서 이 길과 사거리에서 만나게 된다. 덕수를 한꺼번에 쫓았던 국방군이 이 타원형 길을 따라 안쪽으로 수색 범위를 넓혔다면 이 길로도 올 수 있다. 덕수는 멈칫했다. 잘못하면 양쪽에서 협공을 받을 처지다.

덕수는 왔던 길로 되돌아갔다. 삼거리까지 와서 다시 덕수 가족이 있는 방향의 길로 돌아갔다. 여기서 진을 치는 수밖에 없다. 아까 그 길에 있다가는 협공을 당할 위험이 컸다. 이제 국방군들이 총소리를 듣고 몰려올 텐데 어떻게 해야 하나.

안태섭과 김호철 일행도 총소리가 들렸던, 덕수 가족이 두 번째로 머물렀던 삼거리로 모여들었다.

얼마간의 거리를 두고 국방군과 덕수는 대치했다. 불빛이 덕수 있는 쪽으로 쏟아져 들어왔다. 덕수는 불빛이 닿지 않는 곳을 찾아 은폐했다.

'동호 아버지, 우리를 지켜줘요. 동호 동숙 동민이를 동호 아버지가 지켜줘요. 제발 우리 가족을 좀 지켜줘요. 저 어린 것들이 죽으면 안 되잖아요. 동호 아버지가 지켜줘요!'

덕수의 귀에 정순의 목소리가 들려왔다.

'그래, 당연하지. 내가 지켜줘야지. 내가 임자하고 아이들을 꼭 저 국방군한테서 지켜줄 거야.'

덕수는 정순에게 말했다. 덕수는 다짐한다. 이 자리에서 국방군이 더 이상 가족들에게 다가가지 못하도록 지켜줘야 한다고.

"중대장님, 내가 한번 설득해보겠습니다."

김호철이 안태섭에게 말했다.

"선임하사가요?"

안태섭은 미심쩍은 표정으로 김호철을 잠깐 쳐다보더니, 이내 고개를 끄덕였다. 안태섭에게 다른 꿍꿍이가 있는 것일까.

김호철이 조심스럽게 덕수가 있는 쪽으로 접근했다. 덕수는 마음에 큰 탈이 일어나 정신적인 병을 가진 자다. 정상이 아니다. 그런 덕수가 함부로 총을 쏠 수 있다. 김호철은 최대한 벽에 붙어 접근했다. 어느 정도 거리가 가까워지자, 김호철은 손전등을 껐다.

"덕수! 나야, 김호철!"

김호철은 동굴에 살고 있는 덕수에게 현실을 깨우쳐준 사람이다. 덕수는 김호철의 목소리를 들었지만, 무슨 말을 할 수 있겠는가. 김호철에게 할 말이 없다. 김호철에게 국방군을 데리고 물러가달라고 말하면 물러가겠는가. 김호철은 선임하사일 뿐이다. 그에겐 힘이 없다. 덕수가 대답이 없자, 김호철이 다시 말했다.

"덕수, 지금이라도 우리한테 와. 그러면 살 수 있는 길이 있네."

살 수 있는 길이 있다? 내가 살려고 이러고 있는 것인가? 아니다. 나는 아니다. 내 가족을 살리기 위해 이러고 있는 것이지, 나 혼자 살려고 이러고 있는 게 아니다. 선임하사가 나를 어떻게 살리겠다는 말인가. 무슨 힘으로?

덕수가 역시 대답이 없자, 김호철이 덕수 있는 쪽으로 좀 더 접근했다. 불빛은 없지만 발자국소리가 들렸다.

"오지 마시오! 오면 쏘겠소!"

덕수는 발자국 소리를 향해 외쳤다. 덕수 머릿속은 온전히 정순과 아이들 밖에 없다. 다른 무엇도 덕수의 머리로 들어설 여지가 없다. 덕수는 오직 가족을 위해서 이곳에 있는 것이고, 가족을 지키겠다는 생각 말고는 다른 것은 전혀 생각하지 않는다. 다른 걸 생각할 여유도 없다.

"나하고 이야기 좀 하세."

김호철은 포기하지 않고 다가왔다.

"자네가 원하는 게 무엇인가? 원하는 것을 말해보게?"

김호철은 끝까지 친구인 덕수를 위하려는 마음이다. 지난번 찾아와 주먹으로 한 대 얻어터지기까지 했지만, 덕수는 군인 신분을 떠나 김호철의 어릴 적 친구다. 덕수 또한 김호철의 그런 호의를 알고 있다.

"내가 원하는 것은 나와 내 가족이 아무 일 없이 그냥 이곳에서 사는 것뿐이오. 다른 것은 다 필요 없소. 간섭 없는 나와 내 가족의 생활이오."

김호철은 덕수의 요구에 뭐라 해야 할지 답을 찾지 못한다. 지난번 왔던 때처럼 같은 말을 되풀이할 수밖에 없다.

"자네가 무사히 군 생활하고 제대하면 그런 문제는 당연히 해결되는 것이네."

군 생활을 하다니. 덕수는 더 이상 군복을 입고 사람들을 총으로 쏘는 게 싫다. 더 이상 총으로 사람들을 죽이는 행위를 하고 싶지 않다.

이 동굴에서 가족과 아무 간섭 없이 아무 일 없이 살고 싶을 뿐이다. 지금 총을 들고 있는 것은 순전히 내 가족을 위해서 들고 있을 뿐이다. 가족을 위해 총을 들고 있을 뿐이다. 덕수는 가족 이외에 다른 생각은 하기 싫다.

"나는 가지 않겠소. 더 이상 군인으로 살고 싶지 않소. 돌아가시오. 제발 나를 이대로 놓아두고 그냥 돌아가시오."

덕수는 무쇠 같은 말을 어두운 동굴로 굴려 보냈다.

"정신을 좀 차리게. 현실을 보라고. 자네는 군인이야. 군인!"

"어서 돌아가란 말이오! 돌아가지 않으면 총을 쏘겠소!"

덕수는 완강히 말했다. 당장 총을 쏠 것처럼 노리쇠를 철커덕 후퇴 전진시켰다. 잠시 후 손전등이 켜지고 발자국 소리가 멀어지는 소리가 들렸다.

잠시 소강상태가 있었다. 다시 발자국 소리가 저편에서 들려왔다. 여러 명의 발자국 소리는 아니다. 한 사람의 발자국 소리다. 또 누군가 덕수에게 말을 걸기 위해 오는 것이리라. 누구일까. 덕수는 제발 저들이 덕수와 가족들을 이대로 놓아두고 떠났으면 싶다. 또 누가 와서 어떤 이야기를 하려는 것일까. 발자국 소리가 더 가까이 들렸다. 선임하사 김호철보다 더 덕수에게 접근하는 것이다. 손전등도 켜지 않았다. 덕수는 바짝 긴장했다.

"누구시오? 가까이 오면 쏘겠소!"

덕수는 가까이 다가오는 발자국을 향해 소리쳤다. 발자국은 잠시 머뭇거리더니 조용히 말했다.

"박덕수, 나야. 중대장이야."

중대장이 나에게 무슨 이야기를 하려는 것일까. 덕수는 잠시 중대장을 생각했다. 중대장은 몹시 잔인하고 인정머리 없는 자다. 탐욕스럽고, 승부욕이 강하고, 공명심이 높은 자다. 그런 자가 나에게 무슨 이야기를 하려고 왔을까. 평소 성격대로라면 중대장은 덕수에게 말보다도 먼저 총알을 퍼부었을 것이다. 그런데 왜 저렇게 혼자 다가와 말을 거는 것일까.

"박덕수, 나에게 이야기했던 것은 잊지 않았겠지?"

대체 중대장은 무슨 이야기를 하는 것인가. 나와 무슨 이야기를 했다고.

"너는 나에게 고향에 보내주면 금을 가져오겠다고 했어. 기억하겠지?"

덕수는 문득 새롭게 깨달은 것처럼 중대장에게 했던 말이 기억났다. 맞다. 나는 중대장에게 이곳에 보내주는 조건으로 금을 가져다주겠다고 했다. 물론 그건 거짓말이었다. 중대장에게 금을 갖다주다니. 어림 반 푼 어치도 없는 말이다.

"약속은 지켜야 하지 않겠나?"

덕수는 아무런 대답도 하지 않는다. 중대장에게 그런 말을 한 기억은 있지만, 그건 사악한 중대장에게 던져줄 썩은 고깃덩어리 같은 거짓말이었고, 그 썩은 고깃덩어리는 중대장 같은 사악한 자가 받을 벌

폐광

이라고 생각했다.

"지금 금은 갖고 있나?"

중대장은 금에 집착했다. 금을 갖고 있다 해도 덕수는 중대장에게 넘길 마음은 없다. 금은 덕수가 가족만큼 소중히 여기는 가치다. 금은 덕수의 삶을 유지하는 에너지다. 금은 덕수가 살아가는 힘을 지원하는, 즉 양식이나 옷이나 생필품을 조달하는데 사용되어야 한다. 그 이상의 가치는 없다. 금이 치부의 수단이나 다른 용도로 사용되는 것을 덕수는 용납하지 않는다. 금은 곧 덕수의 생명인 것이다.

"금이 있다고 해도 중대장님에게 넘길 수 없소."

덕수는 단호하게 말했다.

"그럼 약속이 다르지 않은가? 금을 나에게 가져오는 조건 때문에 박 상등병이 여기에 올 수 있었지 않은가?"

"내가 잠시 중대장님을 속이긴 했지만, 애초부터 금을 중대장님에게 갖다 줄 마음은 없었소."

"뭐라고?"

중대장 안태섭의 목청이 동굴 천장으로 튀어 올랐다. 일개 상등병이 중대장을 농락했다. 사기를 당했다. 자존심이 오뉴월 태양 아래에서 푹 썩은 고깃덩어리처럼 상했다. 안태섭은 화가 치밀어 올랐고 뜨거운 불길이 머리끝까지 치솟았다. 당장 소대원 전원을 동원해서 저 박덕수를 사살해버리고 싶은 열망이 간절해진다.

잠시 안태섭은 상한 마음을 다독였다. 지금 덕수가 금을 갖고 있는지 갖고 있지 않은지 그건 모른다. 갖고 있지 않다면 모르지만 만약 갖고 있다면, 여기서 박덕수를 죽여 버리면 금의 행방은 영원히 잠잘 수밖에 없다. 화가 치밀고 짜증이 나도 꾹 참고 잘 구슬려서 금의 행방을 알아내야 한다. 안태섭이 직접 이곳까지 온 것은 황금을 얻기 위함 아닌가. 소대장을 시켜 잡아오도록 하면 될 것을 중대장이 직접 발걸음을 한 것은 왜 이겠는가. 바로 황금 아니겠는가. 금을 캐는 광부 박덕수가 금을 갖고 있다는 것을 믿기 때문 아닌가. 가급적 화를 누르고 잘 설득해야 한다.

잠시 후 덕수가 꾸짖듯 중대장에게 조용히 말했다.

"금이란 꼭 필요한 곳에 쓰여야 하오. 중대장님 같이 부자가 되기 위해 금을 사용하는 게 아니란 말이오."

인내심을 갖고 눌러 놓았던 화가 다시 불쑥 치밀어 올랐다. 상등병 따위가 중대장에게 훈계를 하려들다니. 감히 누구에게 훈계인가. 덕수 저놈에게 안태섭은 자신의 시커먼 욕심 가득한 속을 보인 것 같아 자존심이 팍 상했다. 도저히 참을 수가 없다. 당장 입에서 욕지기가 튀어나오려 했다. 저런 개자식이 나를 감히 능멸하다니.

아니다. 조금만 더 참아야 한다. 황금을 얻으려 왔으면 조금 화가 나도 참아야 하지 않겠는가. 그래야 황금을 딸 수 있는 것 아니겠는가. 산전수전 다 겪은 나 안태섭 아니던가. 안태섭 머리에 손전등 같은 불빛이 반짝 켜졌다. 저 녀석을 유혹할 수 있는 좋은 먹잇감이 생각났다. 안태섭은 덕수에게 꿀 같은 먹잇감을 던졌다.

"이렇게 하는 게 어떤가? 박덕수 자네가 나한테 금을 넘겨주면 나는 자네를 자유롭게 풀어주겠네. 어떤가?"

뭐라고? 중대장이 지금 뭐라고 했는가. 가족과 덕수를 자유롭게 해줄 수 있단다. 덕수는 혹하지 않을 수 없다. 중대장이 약속한단다. 선임하사의 말은 못 믿지만 중대장 말은 믿을 수 있지 않은가. 중대장 정도면 덕수 하나쯤은 대충 정리할 수 있을 것이다. 전투가 벌어지는 어수선한 시국이다. 탈영했거나 행방불명되었다고 하면 그만인 것을. 덕수는 지남철에 끌리는 쇠 조각처럼 중대장의 말에 끌렸다. 정말 중대장의 말을 믿어도 될까? 탐욕에 가득 찬 저자의 말을? 덕수는 이미 안태섭의 유혹에 현혹되고 있었다. 전혀 경우의 수로 생각지 않았던 제안을 중대장이 하고 있지 않는가.

"정말입니까?"

덕수는 다시 확인했다.

"어때? 내가 제안하는 거래가 마음에 들지 않는 건가?"

이미 덕수는 중대장의 간사한 혀에 말려 들어갔다. 운을 하늘에 맡기기로 했다.

"좋습니다. 중대장님이 나와 우리 가족을 자유롭게 놓아준다면 중대장님께 약속했던 대로 금을 드리겠습니다."

"약속은 꼭 지키겠네."

중대장은 탐욕스런 미소를 지으며 덕수의 말을 기다렸다.

"일단 내가 지금 갖고 있는 금을 드리겠습니다. 가족들이 머물고 있는 곳에 가면 더 금을 가져올 수 있습니다. 금을 드릴 테니까, 나를 보내주시오."

"좋아."

덕수는 동굴 벽에 붙어 있다가 천천히 동굴 중앙으로 몸을 드러냈다. 중대장이 손전등을 켰다. 불빛이 환하게 덕수를 비췄다.

"금은 어디에 있는가?"

덕수가 품에서 헝겊을 꺼냈다. 며칠 전에 제련해서 장에 나가 생필품을 사려고 품에 넣어두었던 금이다. 헝겊을 펴 손전등 불빛에 노출시켰다. 불빛이 덕수 앞으로 더 가까이 다가왔다. 불빛 안으로 손이 쓱 들어오더니 덕수 손에 놓인 헝겊을 받아들어 확인했다.

"이게 분명 금이 맞는가?"

"이빨로 한번 깨물어보시지요?"

잠시 시간이 흘렀다.

"좋아, 가서 나머지 보관하고 있는 금을 가져오게. 그러면 내가 약속을 지키지."

중대장이 진짜 금이라는 걸 확인한 것인가. 손전등이 꺼졌다. 덕수는 몸을 돌렸다.

덕수는 신속히 가족들이 머물고 있는 곳으로 달려갔다. 덕수는 보관하고 있는 금을 중대장에게 가져다 줄 마음이 없다. 그자의 말을 믿다니. 그건 바보나 할 짓이다. 덕수는 바보가 아니다. 일 년 가까이 중대장과 함께 했다. 중대장이 어떤 사람이라는 걸 누구보다 잘 안다.

7

수많은 흰옷 입은 사람들에게 중대장은 밥 먹듯 거짓말을 했다. 문득 어떤 목소리가 기억났다.

'산 사람은 하늘이 돌봤다. 살려주겠다. 일어나라!'

덕수가 보도연맹원 학살 현장에서 어깨에 총을 맞고 쓰러졌을 때 들려왔던 목소리였다. 그 거짓말을 듣고 일어났던 흰옷 입은 사람들은 어떻게 되었던가. 다들 믿었던 대가를 치루지 않았던가. 모두 저세상으로 가지 않았던가. 덕수가 그동안 함께했던 중대장 안태섭 또한 거짓과 권모술수로 순진한 흰옷 입은 자들을 죽음의 낭떠러지에서 밀어버렸지 않은가. 그런 중대장이 덕수에게 거짓말을 하지 않는다? 지나가던 쥐가 웃을 일이다. 금을 가져다주면 덕수와 덕수의 가족을 그대로 살려주겠다는 말을 믿느니 차라리 호랑이의 아가리에 머리를 들이미는 것이 훨씬 안전하리라. 시간을 벌었으니 얼른 가족을 데리고 이 동굴을 빠져나가야 한다.

덕수가 도착했을 때 가족들은 세 번째 거처에서 숨죽인 듯 엎드려 있었다.

"어서 일어나서 나를 따라와!"

덕수는 정순과 아이들에게 조용하면서 다부지게 말했다. 정순과 아이들은 재빨리 몸을 수습하고 덕수를 따랐다. 덕수는 이 동굴의 반대편 주 입구인 청웅광산 입구로 빠져나갈 계획이다.

"문천영 일등병, 너는 얼른 밖으로 나가서 청웅광

산 입구 쪽 소대원에게 박덕수가 나가지 못하도록 단단히 지키고 있으라고 해!"

안태섭은 소대원들이 군집한 장소로 돌아와 전령 문천영에게 명령했다. 안태섭은 덕수가 자신을 속일 수도 있다고 판단했다. 그걸 대비하지 않으면 국방군 중대장이라 할 수 있겠는가. 전투 현장에서 닳고 닳은 안태섭이다. 전장에서 그런 속임수를 한두 번 겪어봤겠는가. 안태섭은 비열한 웃음을 입가에 물었다.

"어떻게 된 것입니까, 중대장님?"

김호철은 이 상황을 이해할 수 없다. 중대장이 박덕수를 만나긴 만난 것 같은데, 돌아와서 전령에게 하는 명령이 이해가 안 되었다.

"다 수가 있습니다. 선임하사는 내가 시키는 대로만 하세요."

김호철은 안태섭을 미심쩍은 눈으로 쳐다봤다. 대체 무슨 꿍꿍이 짓을 꾸미고 있는 것인가.

덕수는 곧 동굴의 주 입구인 백련광산 반대편 주 입구 청웅광산 입구에 다다랐다. 막 입구를 벗어나려는데 저 앞에 심상치 않은 기운이 느껴졌다.

"움직이지 마!"

덕수가 막 몸을 일으켜 동굴 입구를 살피려하자 숲속에서 국방군의 목소리가 들려왔다. 덕수는 움찔했다.

"중대장님에게 말 듣지 않았소. 우리를 나가게 해준다고 했소이다."

덕수는 은근슬쩍 중대장 핑계를 대면서 경계병을 속여 보려했다.

"무슨 말이야. 여기서 나갈 수 없어! 중대장님이 방금 지시한 사항이야."

중대장이 방금 지시했다고? 덕수가 중대장을 엿 먹이고 가족을 데리고 탈출할 거라는 걸 눈치 챘단 말인가. 한 발 늦은 것인가. 이런 낭패가…. 덕수는 포기할 수밖에 없다. 다시 가족들을 데리고 동굴 안으로 들어왔다. 이제 어떻게 할 것인가. 덕수는 막막했다.

"동호 아버지, 이제 우리 어떻게 해요?"

정순이 울상이 된 얼굴로 덕수를 바라봤다.

"걱정하지 마. 내가 지켜줄 테니까."

덕수는 정순과 아이들을 두 팔로 꼭 안았다.

얼마쯤 기다렸으나 덕수가 나타나지 않자 안태섭은 다시 열불이 나기 시작했다. 물론 박덕수가 자신을 속일 것이란 경우의 수도 미리 염두해 두었지만, 막상 속았다는 쪽으로 상황이 기울자 안태섭은 기분이 상했다. 안태섭은 씩씩거리며 왔다 갔다 했다. 김호철이 어떻게 된 것이냐고 물었지만 안태섭은 김호철을 쳐다보지도 않고 입술을 굳게 닫고 동굴 안을 서성거렸다. 인내심을 발휘하고 있는 것인가. 기다리는데 한계를 느낀 것인지 안태섭이 김호철과 소대원들을 돌아보며 말했다.

"잠시 내가 가서 박덕수를 만나볼 테니. 여기서 기다리도록. 만약 무슨 소리가 나면 즉각 오도록."

중대장은 총총히 걸음을 옮겨 동굴 안으로 더 들어갔다.

덕수와 가족들이 안절부절못하고 있는 사이 다시 입구 반대편에서 군홧발소리가 들렸다. 덕수는 총을 들고 발소리가 들리는 동굴 안쪽으로 들어갔다. 안쪽에서 손전등 불빛이 바쁘게 흔들리며 덕수가 있는 곳으로 왔다. 불빛이 덕수를 비췄다. 불빛을 피해 옆으로 비켜섰다. 덕수를 보자, 안태섭은 울화통이 폭발하고 말았다.

"너, 나한테 거짓말 했어!"

"탕!"

총소리가 들렸다. 덕수는 얼른 벽에 붙었다. 다시 총소리가 들렸다. 중대장이 인내심을 잃고 덕수에게 총을 쏜 것이다. 동굴 벽에 총알이 맞아 튀는 소리가 들렸다. 다시 콩 튀듯 총알이 옆으로 날아가는 소리가 들렸다.

덕수도 중대장을 향해 응사했다.

"윽!"

비명소리가 들렸다. 중대장이 총을 맞은 것인가. 쿵쿵쿵! 국방군들이 몰려오는지 발자국 소리가 요란하게 들리면서 손전등 불빛들도 같이 바쁘게 달려왔다.

"중대장님!"

김호철이 안태섭을 불렀다.

"괜찮소. 팔을 맞았소, 윽."

탕탕탕! 국방군들이 덕수를 향해 총을 쏘기 시작했다. 덕수는 몸을 완전히 벽에 밀착시키고 암벽을 엄폐물로 총알을 피했다. 국방군의 사격은 곧 멈췄다. 중대장을 부축해서 후퇴하는지 발자국 소리가 나면서 불빛이 멀어졌다.

"김 일등병, 가서 응급약품 상자를 가져와!"

김호철이 소대원 중 일등병에게 지시했고, 지시 받은 장병이 신속히 달려갔다. 안태섭의 팔에서 피가 흘러내렸다.

"중대장님, 후송을 가야 하는 것 아닙니까? 팔 상태가 안 좋아 보입니다."

김호철이 안태섭의 팔에 헝겊을 싸서 감으며 말했다.

"아니오. 일단 응급처치만 하고 저놈을 잡든지 사살하든지 해서 결판을 내고 가야겠소. 이대로 가버리면 박덕수 저놈을 영영 못 잡을 거요."

안태섭은 전장에서 잔뼈가 굵은 사람이다. 이 정도 상처로 물러날 사람이 아니다. 그나저나 박덕수의 거친 저항은 더 이상 김호철도 손을 쓸 수 없는 지경에 이르렀다. 중대장에게 총을 쐈고 중대장이 총을 맞았다. 박덕수는 넘지 말아야 할 선을 넘은 것이다. 두 손 들고 항복한다 해도 보장 받을 수 없는 행동을 했다. 저렇게 저항한다면 덕수를 기다리는 것은 죽음 밖에 없다. 김호철은 마음이 착잡했다.

"지난 번 썼던 작전을 이번에도 활용해야겠소."

안태섭이 통증 때문인지 인상을 찡그리며 말했다. 지난번에 썼던 작전이라니. 무슨 작전을 말하는 것인가. 김호철은 퍼뜩 무슨 작전을 말하는 것인지 감이 오지 않았다. 지금까지 중대가 펼쳤던 작전이 한 두 개인가.

"무슨 작전을…?"

"오소리 작전 말이오."

오소리 작전이라…. 김호철은 깜짝 놀랐다. 오소리 작전이라면 지난 3월에 이 동굴에서 빨치산과 부역자들을 잡기 위해 썼던 작전을 말한 것 아니겠는가. 사람을 상대로 하기에는 너무 잔인한 작전이었지만 효과 하나는 탁월했다. 김호철은 주저하지 않을 수 없다. 오소리 작전을 박덕수에게 쓰다니. 사람으로서 할 일이 아니었다. 박덕수는 김호철의 친구다. 아무리 군대이고 전쟁중이라지만 어떻게 친구에게 그런 잔인한 짓을…. 김호철은 착잡하기 그지없다.

그러나 박덕수는 중대장 안태섭에게 총을 쐈다. 아군에게 총질을 한 것도 모자라 상관인 중대장에게 총질을 하다니. 박덕수가 아무리 친구라 하지만 김호철도 안태섭의 명령을 막을 염치가 없다. 용서 받을 수 없는 적대행위이며, 반드시 응징받아 마땅한 죄다. 잔인한 방법을 쓰더라도. 김호철 얼굴에 짙은 먹구름이 드리워졌다.

"산 아래에 갈대하고 구절초가 많더군요. 그걸 활용해야겠어요."

"이 넓은 동굴에 다 연기를 피워 넣으려면 만만치 않을 텐데요."

지난봄에 경험했지만 삼 일 밤낮을 연기를 피워 넣고서야 작전을 끝낼 수 있을 정도로 이 동굴은 넓고 깊다. 안태섭이 너무 무모한 작전을 하려는 게 아닐까.

"현재 박덕수가 숨어 있는 위치를 우리가 알고 있지 않소. 박덕수가 있는 위치를 중심으로 그곳과 연결된 지점을 차단하고 그 안으로 연기를 피워 넣으려 하는 거요."

안태섭이 통증이 오는지 팔을 잡고 인상을 쓰면서 말했다. 그 정도 계산 없이 작전을 진행하겠느냐는 핀잔의 눈빛이 안태섭의 인상 쓰는 얼굴에 담겨 있다. 헝겊이 어느새 붉게 물들어 있다.

소대장과 소대원들이 달려왔다. 일등병 손에 구급약품 가방이 들려있다.

"중대장님, 괜찮으십니까?"

달려온 소대장이 중대장의 부상을 걱정했다. 소대장과 함께 달려온 소대원이 구급약품 가방을 열고 붕대를 꺼냈다. 소대원이 중대장의 팔 상처에 소독약을 흘려 소독한 뒤 붕대로 감고 있는 사이 중대장이 소대장에게 말했다.

"구운광산 입구 주변에 경계 서고 있는 소대원들하고 여기 병력 반절을 데리고 아래로 내려가서 갈대하고 구절초 좀 잘라가지고 와."

소대장이 무엇 때문에 그런 명령을 하달하는 것이냐는 표정으로 중대장을 쳐다봤다.

"이쪽하고 남산광산 입구에 연기를 피워 넣으려고 한다."

"예, 알겠습니다."

소대장이 중대장과 함께 있던 소대원의 반을 데리고 갔다. 중대장은 나머지 병력을 박덕수와 통하는 길목에 배치시켰다.

덕수는 두려움에 떠는 가족들을 품에 안은 채 막막한 시간을 보냈다. 동굴 앞길과 뒷길이 막혔으므로 나갈 수 있는 방법이 딱히 없다. 막고 있는 자가 길을 내주지 않은 이상 덕수가 가족들을 데리고 밖으로 나가는 것은 요원해 보였다.

얼마쯤 시간이 지났을까. 갑자기 동민이 기침을 했다. 동민이 왜 기침을 할까 하는데, 이어서 동숙도 콜록거렸다. 아이들이 왜 이러지 하는데, 동호마저도 콜록거렸다. 정순도 입을 막았다. 어느덧 덕수의 코에도 탁한 갈대 타는 냄새가 밀려들어왔다. 눈을 들어보니 어느새 주변이 뿌연 안개가 피어오른 것처럼 흐릿했다. 갈대와 구절초 타는 매캐한 연기가 덕수의 코에 또 얹혔다.

"연기가 들어와요. 국방군이 연기를 피워 넣는가 봐요. 콜록콜록."

정순이 입과 코를 손으로 막고 기침을 하면서 말했다.

아니, 이자들이…. 덕수 머릿속으로 불길한 기억이 비수처럼 파고들어와 꽂혔다. 더불어 지난 봄 이곳에서 펼쳤던 오소리 작전이 퍼뜩 떠올랐다. 중대장이 기어이 그때 그 작전처럼 연기를 피워 넣어 우리 모두를 질식시키려 하는 건가. 덕수는 머리가 하얘졌다. 어떻게 이런 잔인한 방법을 나에게 쓸 수 있단 말인가. 흉곽 안에서 중대장에 대한 적개심이 불길처럼 타올랐다. 이렇게 가만히 앉아 당하고만 있을 수는 없다. 우선 이 지점에서 밖으로 나갈 수 있는 통로란 통로는 전부 확인해봐야 한다.

덕수는 가족들을 남겨놓은 채 퇴로를 찾기 위해 뛰어다녔다. 구운

광산 입구로 나가는 통로는 이미 중대장의 국방군에 의해 전부 막혀 있다. 반대쪽인 남산광산 입구도 역시 국방군이 지키고 있는 걸 확인했다. 남산광산 입구에서 우측에 위치한 다른 입구도 역시 국방군이 막고 있다. 이번에는 좌측에 위치한 입구를 확인해봐야 하는 것인가. 그곳도 국방군이 막고 있는 것은 아닐까.

일단 가족들이 연기에서 조금이라도 벗어나려면 움직여야 한다. 연기가 안쪽에서만 흘러들어오는 게 아니라 남산광산 입구에서도 흘러들어오는 모양이다. 덕수는 다시 가족들에게 돌아와, 정순과 아이들을 데리고 남산광산 입구에서 좌측 첫 번째 입구로 이동했다. 숨이 넘어갈 듯 심하게 콜록거리며 덕수를 따라오는 가족들의 모습이 너무 처연했다. 아니나 다를까, 역시 그곳도 국방군이 지키고 있다.

이제 가족들은 오도 가도 못하는 신세가 되었다. 어느새 동굴 내부는 하얀 연기가 점령했다. 하얀 연기는 독 이빨을 드러내고 혀를 날름거리는 독사들이다. 독사들은 이리 구불 저리 구불 춤을 추면서 동굴 안 허공 모두를 혀를 날름거리며 점령해 나갔다. 가족들은 납작 엎드린 채 괴로운 표정으로 기침을 해댔다. 독사들이 가족들의 몸에 달라붙었다. 독사들은 가족들의 목을 물어뜯기 시작했다. 막내 동민이 가장 힘들어 했다. 얼굴이 벌게져서 가슴이 터질 듯 기침을 해댔다. 옷으로 입과 코를 막고 있지만 역부족이다.

"어디 다른 데로 갈 수 있는 곳이 없을까요?"

정순이 겨우 숨을 돌리며 덕수에게 물었다. 이 막다른 길에서 덕수가 무엇을 선택하겠는가. 그저 어떤 수를 쓰더라도 이 연기 가득한 동굴에서 탈출하는 수밖에. 무모하지만 이제 덕수가 생각하는 것을 실행에 옮길 수밖에 없다.

"일단 연기가 들어오지 않는 입구 쪽으로 가자고."

덕수는 동민을 안고 남산광산 우측 첫 번째 입구로 이동했다. 공기가 훨씬 맑았다. 연기에 시달린 아이들의 얼굴이 보기 안타까울 정도로 벌게져 있다.

"이제 어떻게 하지요?"

정순이 근심어린 표정으로 덕수를 쳐다봤다. 이제 결정해야 한다. 이렇게 당하고만 있을 수 없다. 무모하지만 마지막 카드를 사용할 때가 왔다. 탈출구를 뚫어야 한다. 가족을 데리고 이 동굴에서 벗어날수 있는 길을 다른 누군가 열어주지 않는다. 덕수 스스로 찾아야 한다. 덕수는 눈에 잔뜩 힘을 주고 뭔가 결심한 듯 입을 열었다.

"내가 나가서 길을 뚫어볼게."

덕수 목소리가 어느 때보다도 비장했다.

"길을 뚫다니요?"

정순이 절망적인 표정을 지었다.

"국방군이 입구에서 지키고 있다면서요. 어떻게 길을 뚫어요."

덕수는 무거운 표정을 지으며 입술을 꾹 다물었다.

"국방군과 싸우겠다는 말인가요?"

역시 덕수는 입술을 굳게 다문 채 눈에 힘을 주고 허공의 어느 지점

7

폐 광

을 지긋이 노려봤다. 덕수의 눈에서 불이 활활 타올랐다. 무엇이든 태워버릴 것처럼 불길은 강렬하고 뜨거웠다. 뭔가를 단단히 결심한 것인가.

"만약 동호 아버지가 잘못 되면 어떻게 해요. 저 국방군들은 숫자가 많고, 동호 아버지는 혼자인데……."

"어차피 나갈 길은 없어. 나가려면 무모하지만 시도해보는 수밖에……."

덕수가 차돌 같은 표정으로 말했다.

"아버지……."

동호가 곧 울 것 같은 표정으로 덕수를 바라봤다. 동숙 동민도 동호와 같은 표정이다. 동호가 입을 열었다.

"아버지, 차라리 잡히는 게 안 나아요? 잡히면 다 죽이나요?"

덕수도 왜 그런 생각을 하지 않았겠는가. 덕수는 잘 알고 있다. 가족의 운명을. 만약 여기서 항복하고 저들에게 잡히면, 덕수가 국방군으로서 늘 그래왔던 것처럼 전부 죽음의 강을 건너가야 한다는 것을. 국방군으로서 덕수도 부역자 가족을 그렇게 처리해왔지 않은가. 덕수는 이미 국방군에게 총을 쐈다. 국방군에게 적대행위를 했다. 인민군이나 빨치산이나 다름없이 말이다. 국방군이 인민군과 빨치산 가족을 발견하면 살려줬던가. 가족들은 보이는 족족 죽음의 강으로 던져졌다. 덕수의 가족 또한 마찬가지 아니겠는가. 국방군에게 항복하는 것은 곧 죽음이다.

"걱정하지 마. 아버지는 절대 안 죽을 거니까. 그리고 너희들도 절대 죽지 않아. 걱정하지 마. 이 아버지가 잘 해낼 테니까."

덕수는 가족을 안심시켰다. 정순과 아이들이 덕수의 말에 안심할까. 정순과 아이들의 눈에 그렁그렁 눈물이 차올랐다. 정순과 아이들은 두려움에 슬픔이 버무려진 눈으로 덕수를 쳐다봤다. 덕수는 머리를 흔들었다. 슬픈 눈으로 쳐다본다 해서 문제가 해결되는 것은 아니다. 이제 실행에 옮겨야 할 때다.

"아버지……."

"동호 아버지……."

정순과 아이들이 곧 쏟아질 것 같은 눈물을 꾹 참으며 덕수를 불렀다. 덕수는 양손을 벌려 정순과 아이들을 한꺼번에 품에 꼭 껴안았다. 얼마나 소중하고 소중한 내 가족, 내 식구들인가. 나와 피를 나눈 유일한 사람들. 내 핏줄. 내 가족. 이들과 보낸 며칠이 얼마나 소중하고 고마웠고 행복했던가. 덕수는 더 으스러지도록 정순과 아이들을 끌어안았다. 눈에서 눈물이 쏟아지려 했다. 덕수는 이를 악물고 쏟아지려는 눈물을 꾹 눌러 참았다. 약한 모습을 가족들에게 보이고 싶지 않다. 잠시 그렇게 가족을 끌어안은 채 덕수는 정지되어 있었다.

"자, 간다!"

덕수는 눈길을 거두고 몸을 일으켰다. 그리고 신속히 총을 들고 가족들의 시선을 외면한 채 동굴 입구로 뛰어갔다. 정순과 아이들의 시선이 등 뒤로 따갑게 달라붙었지만 덕수는 아랑곳 하지 않았다.

덕수는 탄알을 미리 장전한 탄창을 주머니 양쪽에 각각 두 개씩 집어넣었다. 이 정도 탄알이면 충분히 국방군을 제압할 수 있을 것 같다. 덕수가 탈출하기로 정한 출구를 지키는 국방군의 수는 많지 않을 것이다. 많아야 대여섯 명 아니겠는가. 덕수는 최선의 선택을 한 것이다. 신속히 국방군을 제거한다면 가족을 데리고 충분히 도주할 수 있을 것이다.

덕수는 출구 근처까지 다가가 고개를 조심스럽게 내밀고 밖의 동정을 살폈다. 맑은 가을 하늘과 낙엽이 다 떨어진 나무와 말라버린 잡풀들이 덕수 눈에 가득 들어왔다. 구절초와 갈대꽃은 여전히 하얀 자태를 뽐내고 있을까. 국방군들에 의해 구절초와 갈대 군락이 초토화되었다는 걸 덕수는 알 리 없다. 덕수는 조심스럽게 몸을 입구 쪽으로 더 내밀었다. 여전히 아무런 기척도 느껴지지 않고, 국방군도 보이지 않는다. 눈에 국방군이 보이지 않는다 해서 국방군이 동굴 밖에 없다고 단정할 수는 없다. 조심해야 한다.

덕수가 몸을 완전히 동굴 입구 밖으로 노출했을 때였다.

"꼼짝 마! 움직이면 쏜다!"

풀숲 속에서 국방군의 외침이 들려왔다. 덕수는 순간 동굴로 잽싸게 이동했다.

"탕! 탕! 피웅!"

총소리가 들리고 이내 탄알이 동굴 벽을 들이박고 튕겨져 나가는 소리가 들렸다. 덕수는 몸을 납작 엎드렸다. 덕수에게 총을 쏘는 국방

군이 몇 명이나 되는지 가늠할 필요가 있다. 총격전을 빨리 끝내야 한
다. 빠르면 빠를수록 좋다.

덕수는 바닥에 엎드려 낮은 포복으로 동굴 밖으로 조심스럽게 이
동했다. 앞에 은폐물이 있어 고개를 들지 않으면 국방군은 총을 쏘지
않을 것이다. 은폐물까지 이동한 덕수는 총을 전방을 향해 겨냥한 뒤
에 고개를 들었다.

"탕!"

총소리가 들렸다. 덕수는 잽싸게 몸을 일으키면서 총알이 날아온
방향으로 방아쇠를 당겼다.

덕수가 총을 쏘자 상대측에서도 더 사격을 가해왔다. 총알이 빗발
치기 시작했다. 덕수는 동굴 밖으로 나가면서 응사했다. 국방군들, 너
희들 비키지 않으면 내 총에 죽을 수 있어! 덕수는 연속으로 총을 쐈
다. 탄알이 떨어지면 얼른 탄창을 갈아 끼웠다.

"비켜! 비키지 않으면 이 총에 다 죽을 거야!"

덕수는 국방군에게 소리쳤다.

"항복하라! 너는 포위되었다. 항복하지 않으면 너는 죽는다!"

아래쪽 숲에서 누군가의 목소리가 들려왔다. 덕수는 그쪽을 향해
총을 겨누고 방아쇠를 당겼다. 다시 총알이 빗발쳤다. 덕수는 몸을 낮
추고 더 아래로 이동했다. 다른 쪽에 있던 국방군이 총격전이 벌어지
는 이쪽으로 이동해 오는 게 보였다. 덕수는 마음이 급했다. 상대할
적이 많으면 많을수록 불리하다.

7

덕수는 몸을 일으켰다.

"탕!"

누군가 덕수 가슴을 쇠방망이로 후려쳤는지 흉부에 둔탁하고 격한 통증이 느껴졌다. 덕수는 그대로 바닥에 고꾸라졌다. 덕수는 가슴을 손으로 감쌌다. 손가락 사이를 비집고 쿨렁쿨렁 흘러나온 피가 가슴과 배를 일시에 적셨다.

하늘을 쳐다보고 덕수는 바닥에 반듯하게 누웠다. 내가 총에 맞은 것인가. 덕수는 자문했다. 누구도 덕수에게 대답해주지 않는다. 이대로 죽는 것인가. 역시 아무도 대답해주지 않는다. 덕수는 스르르 눈을 감았다. 따스한 온기가 담긴 눈길이 느껴져 눈을 떴다. 가족들이다. 사랑하는 내 식구들이다. 덕수의 눈에 정순과 아이들의 얼굴이 한가득 들어왔다. 가족들은 표정 없는 얼굴로 덕수를 쳐다보다가 이내 얼굴에 가득 미소를 띤 채 다정한 눈길로 덕수를 바라봤다. 그들의 눈이 말했다. 이제 편안하게 쉬세요…. 덕수의 입에서 한 마디가 흘러나왔다.

"미안하다……."

"끝까지 버티더니 말로가 안 좋군. 사필귀정이야, 퉤!"

중대장 안태섭이 박덕수의 주검을 확인하면서 침을 뱉었다. 박덕수는 눈을 부릅뜨고 허공 어딘가를 응시하고 있었다. 박덕수가 바라보는 곳은 어디일까. 선임하사 김호철은 침울한 표정으로 박덕수의 주검을 응시했다.

"아직 동굴 포위를 풀지 않았지?"

안태섭이 옆에 서 있는 소대장에게 물었다. 소대장이 아직 풀지 않았다고 말했다.

"동굴 안을 뒤져봐, 박덕수가 가족이 있다고 했잖아, 그냥 두고 가면 섭섭하지."

"중대장님."

김호철이 안태섭을 불렀다. 안태섭이 왜 그러느냐는 표정으로 김호철을 쳐다봤다.

"가족들은……."

김호철이 부탁하는 눈으로 안태섭을 바라보기만 하고 말을 잇지 못했다. 안태섭은 김호철이 무슨 말을 하려는지 알고 있다는 듯 힐끗 쳐다보더니 눈을 돌리며 매정하게 말했다.

"안 됩니다!"

김호철이 사정하는 표정으로 안태섭을 보며 말했다.

"가족들은 아무런 죄가 없지 않습니까. 반역을 한 것도 아니고, 빨치산을 도운 것도 아니고요."

"박덕수는 인민군이었소. 그는 이미 처형당할 자였단 말이오. 당연히 그의 가족은 살아서는 안 될 자들이오. 게다가 박덕수는 오늘 우리 국군을 향해 총을 쐈소. 나에게도 총을 쐈단 말이오. 적대행위를 했다면 반역자요. 빨치산이나 다름없소. 빨치산의 가족은 당연히 살려두어서는 안 된단 말이오!"

지금까지 작전지역에서 빨치산에 부역했던 자나 그 가족을 살려둔 예는 없었다. 박덕수라고 예외는 아니다. 그는 빨치산은 아니지만 국방군에게 총을 쏘고, 심지어 중대장에게 중상을 입혔다. 적대행위를 했다. 박덕수도 원래는 인민군이었으므로 그의 가족은 인민군 가족이며 당연히 죽어야 한다. 그게 원칙이다. 원칙에 예외는 없다. 김호철은 침울한 표정으로 뒤로 물러섰다.

소대원들은 흩어져서 동굴 밖을 수색했고, 다시 덕수가 최후에 머물렀던 지점을 중심으로 동굴 안을 수색했다.

동굴 안 수색은 범위가 넓지 않았다. 지난봄처럼 광범위하게 할 필요가 없다. 덕수가 마지막으로 머물렀던 지점 근처에 덕수 가족이 숨어 있을 터였다. 소대원들은 각 입구로 통하는 길목과 주변을 샅샅이 뒤졌다.

김호철은 덕수가 머물렀던 지점에서 사람이 살았던 흔적을 발견했다. 몇 시간 전까지도 사용했던 흔적이었다. 밥을 해먹을 수 있는 돌화덕이 발견되었다. 동굴 밖 숲에서 보따리가 발견되었다. 보따리는 몇 시간 전에 급히 꾸려진 듯 보였다. 솥단지와 그릇, 숟가락과 젓가락, 옷가지가 몇 벌 들어 있었다. 그러나 사람의 흔적은 발견되지 않았다. 박덕수의 가족들은 발견되지 않았다.

덕수의 가족은 아내와 두 아들과 딸 하나가 있는 것으로 김호철은 알고 있다. 그들이 움직이면 분명 흔적이 있을 것이고, 살았다면 역시 조짐이 있어야 한다. 수색을 진행했지만 여전히 그 흔적과 조짐은 보이지도 나타나지도 않았다. 덕수가 머물렀던 장소로 추정되는 곳이 두 곳 더 있었다. 그곳도 샅샅이 뒤졌다. 역시 가족은 발견할 수 없었다.

덕수의 아내와 딸이 있었다면 치마나 저고리 같은 게 보이고, 어린 남자아이들이 있었다면 아이들이 입었던 옷이 발견되어야 한다. 그런 것은 찾을 수 없었다. 아니, 아예 여자가 입는 치마나 어린아이들이 입을 수 있는 바지나 윗도리가 없다. 덕수까지 포함해서 다섯 식구가 살았다면 밥그릇이나 젓가락이 최소 서너 개 이상은 필요할 텐데, 지금까지 발견된 부엌살림이라고는 동굴 밖 숲에서 발견된 보따리 안에 들어 있는 솥단지와 밥그릇 하나에 숟가락과 젓가락 하나가 전부였다. 대체 어떻게 된 것인가. 이미 가족들이 자신들의 살림살이를 들고 어딘가로 숨어버렸단 말인가.

김호철은 속으로 짐짓 다행이라 생각했다. 박덕수의 가족을 발견하지 못하였으니 말이다. 밖에서 발견한다면 모르지만 적어도 동굴 안에서 가족을 찾지 못했다. 어딘가에 잘 숨어 있을 수도 있다. 또 그렇게 숨어있기를 김호철은 내심 바랐다. 박덕수의 가족들은 어디로 간 것일까.

"소대원들을 독려해서 더 찾아봐! 분명 어딘가에 숨어 있을 거야!"

중대장 안태섭은 포기하지 않았다. 자신의 팔의 상처를 치료하는 것보다 덕수에게 당한 것에 대한 앙갚음이 더 중요하다고 판단하는 것인가. 독한 사람이다. 선임하사 김호철은 가족들이 이 동굴에서 바람처럼 떠나버렸으면 싶다. 덕수는 죽었지만, 그 가족들만이라도 건

강하게 살아서 덕수의 넋을 추슬러주어야 하지 않겠는가. 김호철은 그런 심정으로 소대원들과 동굴을 더 수색해 나갔다.

소대원들은 불평 섞인 표정으로 투덜거리며 동굴 안을 돌아다녔다. 덕수 가족이 머물렀던 부근보다 수색 범위를 더 확장해서 살폈다. 동굴 안을 샅샅이 뒤졌다.

동굴 밖에서도 역시 수색이 이뤄졌지만 소득은 없었다. 동굴 밖으로 통하는 입구는 이미 소대원들이 지키고 있었으므로 쉽사리 동굴 입구로 가족들이 빠져나가기 힘들었을 것이다. 대체 덕수의 가족들은 전부 어디로 사라진 것일까.

"다 수색해봤지만, 박덕수의 가족들은 발견되지 않았습니다."

소대장이 엉거주춤한 자세로 안태섭에게 보고했다. 안태섭이 조인트라도 깔까봐 똥마려운 강아지 자세를 풀지 않았다. 성과가 없으니 그럴 것이다.

"그런데……"

소대장이 강아지 폼으로 서서 주머니에서 뭔가 헝겊에 싼 것을 꺼내 안태섭에게 내밀었다. 안태섭은 무엇이냐고 묻지도 않고 소대장이 내민 것을 받아 헝겊을 풀었다. 금이다. 박덕수가 고생고생해서 캔 금일 것이다.

"이, 이건… 내가 보관하고 있다가 나중에 대대에 보고해서 국고에 넣도록 하겠어."

누가 소대장에게 받은 물건을 어떻게 할 거냐고 묻지도 않았는데,

안태섭은 혼잣말을 했다. 안태섭은 잽싸게 금을 다시 헝겊에 싸서 자신의 주머니에 넣었다. 소대장에게 금 넘겨받은 사실은 아예 없었던 일처럼 안태섭은 시치미를 뚝 뗐다. 그리고 잠시 뭔가를 생각하더니 고개를 들어 소대장을 쳐다보고 물었다.

"아…, 그리고 말이야, 혹시 박덕수 몸에서 뭐 더 나온 거 없었나?"

박덕수가 몸에 또 다른 금을 숨겨놓고 있을지 모르지 않는가. 안태섭이 기대에 찬 눈빛으로 소대장을 쳐다봤다. 소대장이 잠시 쭈뼛거리더니 주머니에서 뭔가를 다시 꺼내 안태섭에게 내밀었다.

"이게 대체 뭔지 모르겠는데…, 박덕수의 윗도리 안주머니에 있었습니다."

소대장이 안태섭에게 내민 것은 종이쪼가리들이다. 손으로 잘랐는지 거칠게 자른 네모 형태의 종이포대 조각이다. 안태섭은 똥 닦은 종이라도 되는 듯 인상을 구긴 채 그것들을 받아들었다. 혹시 금이나 더 나오지 않을까 기대했는데…. 걸레쪼가리 같은 종이를 바라보는 안태섭의 표정이 그야말로 똥 씹은 표정이다.

"이게… 뭐야?"

모여있던 장병들과 김호철이 안태섭이 펴든 종이쪼가리로 시선을 모았다.

"이거 뭘 그린 것 같은데……."

안태섭이 관심 없는 심드렁한 눈으로 종이쪼가리를 앞뒤로 살펴보며 말했다.

"호랑이나 뭐 짐승의 얼굴을 그린 것 같은데요."

김호철이 말했다.

"박덕수가 왜 이걸 가지고 있었을까요?"

안태섭이 김호철에게 종이쪼가리를 넘기면서 귀찮은 표정으로 물었다.

"짐승의 얼굴을 그린 것을 보니… 일종에 무슨 부적 같은 것 아니겠습니까?"

김호철이 안태섭에게 건네받은 종이쪼가리를 한 장씩 넘겨 살피며 말했다. 종이는 전부 석 장이다.

"부적요? 흥! 녀석도 사람들이 몽땅 죽은 동굴에 사는 게 무서웠던 모양이지요."

김호철은 뭐라 대꾸할 말이 없어 종이쪼가리들을 만지작거리기만 했다.

안태섭이 종이쪼가리에는 더 이상 관심 없다는 듯 표정을 얼른 바꿨다. 그나저나 가족들은 이미 포위망을 빠져나간 것일까.

"흠흠… 거, 참 이상하네…. 분명히 동굴 안을 다 뒤져봤나?"

안태섭이 쇠꼬챙이 눈을 하고 소대장에게 물었다.

"예, 다 수색해봤습니다."

소대장이 확신을 갖고 말했다.

"이거, 어떻게 된 거야? 대체."

"그런데 말입니다, 아무래도 이상합니다."

소대장이 석연치 않은 표정으로 고개를 갸우뚱했다. 안태섭이 언짢은 눈으로 소대장을 쳐다봤다. 뭐가 이상하냐는 투로.

"다 수색해봤지만, 여러 사람의 흔적을 발견할 수 없었습니다. 여자들이 사용할 물건도 아이들이 사용할 물건도 발견되지 않았습니다. 동굴 안과 밖에서 발견된 건, 한 사람이 사용할 수 있는 물건들이었습니다. 다섯 명이나 있었다면 분명 옷가지나 밥그릇 등이 여러 개가 있어야 하는데, 박덕수가 사용했던 거처로 추정되는 곳을 다 찾았지만, 발견된 것은 한 사람이 사용할 물건 밖에 없었습니다."

안태섭이 아픈 팔을 손으로 쓸어내며 이마에 깊은 주름을 만들었다. 뭔가 골똘히 생각하는 표정을 지었다. 그러다가 김호철을 의미심장한 눈으로 쳐다봤다.

"혹시……."

"……?"

김호철도 뭔가 느껴지는 것이 있는 것인가. 김호철이 안태섭을, 안태섭이 자신을 쳐다보는 눈과 같은 모양으로 쳐다봤다. 안태섭과 김호철의 눈길이 허공에서 같은 느낌으로 도킹했다.

"원래, 박덕수 가족이 이 동굴에 없었던 것 아닐까요?"

김호철은 안태섭과 같은 생각을 하고 있었다. 안태섭의 추리가 전혀 근거 없는 것은 아니다. 아무리 수색해도 나오는 게 없으니 당연한 것 아니겠는가. 정말 처음부터 박덕수 가족은 없었던 것인가. 가족들이 있었다면 어디로 사라졌을까.

"박덕수는 너무도 진지하게 가족에 대해 이야기를 했어요. 지난번에 내가 이 동굴에 왔을 때도 가족을 지켜야 하고, 가족과 함께 살기 위해서 부대복귀를 거부한다고 했어요. 박덕수는 절절하게 가족과 함께 있고 싶으니 방해하지 말라고 했단 말입니다."

김호철의 목소리가 자신도 모르게 화가 난 것처럼 높았다. 믿었던 누군가에게 배신당했다는 불쾌감 때문일까.

"그런데 왜, 없습니까? 이거, 이상하잖아요?"

"그러게 말입니다."

김호철은 이마에 내천 자를 그리고 허공 어딘가를 바라보며 고개를 갸우뚱했다.

가만히 듣고 있던 소대장이 불쑥 말을 꺼냈다.

"박덕수 가족들은 원래 이전에 여기 폐광에서 이미 죽은 거 아닙니까?"

"언제?"

"이전에 말입니다. 지난 봄, 오소리 작전 때 말입니다."

"못 찾으니까…, 소대장, 그렇게 말하는 거 아냐?"

안태섭이 세모눈을 뜨고 소대장을 째려봤다.

"아, 아닙니다. 그건 절대 아닙니다. 있는 대로 다 찾아봤지만 분명 없었습니다."

소대장이 당황한 표정으로 변명했다.

"그럼, 탈출을 했을까?"

"탈출은 쉽지 않을 것입니다. 어린아이들과 부녀자입니다. 그렇게 걸음이 빠를 리가 없어요."

김호철이 체념한 표정으로 말했다.

"소대장님 말이 맞을 수도 있습니다."

김호철이 더 말을 보태 소대장 손을 들어줬다.

"처음부터 가족들이 없었는데, 박덕수가 일부러 꾸며서 가족이 있는 것처럼 우리에게 행동했다?"

안태섭이 결론 짓듯 말을 하고는 소대장과 김호철을 번갈아 바라봤다.

"그럴지도 모릅니다."

"그럴지도 모른다?"

안태섭이 김호철을 쳐다봤다. 아마 안태섭은 김호철과 같은 추리를 하고 있을 것이다.

"수색했는데 아무것도 나오지 않았습니다. 가족들이 있었다면 박덕수의 행동으로 봐서 박덕수의 근처에 있는 게 분명합니다. 그런데 박덕수 근처를 다 뒤져봤지만 다른 사람의 흔적은 없었습니다. 또 흔적이 남아 있지만 여자의 옷이나 아이들 옷은 전혀 없었어요. 게다가 오랫동안 여기에 있었다면 가족들 식기가 있어야 하는데, 식기도 한 사람 것 밖에 없었다 이 말입니다. 박덕수의 가족들이 도망갔다면 왜 박덕수의 물건만 남겨두고 그들 것만 가져갔겠느냐 그 말입니다. 박덕수는 가족과 함께 있었다고 주장할지 모르지만, 지금까지 정황으로 봐서, 사실은 가족은 없었다는 것이지요. 박덕수가 꾸민 이야기라 그것입니다."

김호철은 배신당했다는 굴욕감은 어디로 날려버리고, 날카로운 면도날이 되어 지금까지 정황을 예리하게 해부해서 설명했다. 안태섭은 심각한 표정으로 김호철의 추리를 들었다. 소대장도 마찬가지 표정을 지었고, 주변에 있던 소대원들도 서로의 얼굴을 쳐다보며 김호철의 추리에 긍정하는 듯 고개를 끄덕였다. 귀신이 곡할 노릇이다.

"그렇다면 애초부터 가족이 없었는데, 박덕수 혼자 연극을 했다, 그건가요?"

"그럴 가능성이 큽니다."

"가족들은 훨씬 이전에 이미 죽었는데?"

안태섭은 질문자가 되고, 김호철은 답을 말해주는 답변자가 되어 있다.

"그렇습니다. 지금까지 우리가 박덕수에게 속은 것입니다."

"그렇다면 가족들은 언제 죽었을까요?"

"박덕수가 의용군으로 인민군을 따라가고 난 뒤 덕수가 살고 있는 마을이 우리 국군들에 의해 수복된 후에 죽었지 않았을까요. 박덕수는 마을에 인민군이 들어왔을 때, 의용군으로 따라갔다가 인민군이 되었습니다. 수복된 이후에 그의 가족들은 당연히 부역자 가족이었으므로 처형되었을 것입니다."

"산으로 들어갔을 수도 있지 않겠소?"

심각한 표정으로 듣고 있던 안태섭이 딴죽을 걸었다.

"그럴 수도 있겠지만, 그래도 아마 살아남지 못했을 것입니다."

안태섭은 고개를 끄덕였다. 산에 들어갔다 해도 살아남지 못했을 것이라는 김호철의 말이 십중팔구 맞다는 걸 인정하는 것이리라. 여러 번의 빨치산 소통 작전으로 회문산에 은거하던 빨치산 전북도당은 괴멸되고, 끈질긴 놈들만 겨우 목숨을 부지해 지리산으로 도망쳤다. 설령 이쪽 지역에서 기차전복을 기도하는 빨치산들이 있다 해도 그들은 정예요원들일 것이다. 박덕수의 가족은 부녀자와 어린아이들이다. 그들은 정예 빨치산들이 아니다. 회문산으로 들어갔다 해도 이미 죽었을 확률이 아주 높았다.

소대장이 말을 보탰다.

"아니면 지난봄에 오소리작전 때 이 동굴에서 이미 죽었거나요. 인민군이 떠난 뒤에 부역자로 몰리게 생겼으니까 미리 이 동굴에 들어와 살다가 지난 오소리 작전 때 죽었을 확률도 있다고 봐야 할 것입니다."

안태섭이 고개를 끄덕였다. 필경 이 동굴에는 원래부터 박덕수의 가족은 없었단 말인가.

"결국 박덕수 혼자 1인 5역의 연극을 했다, 그 말입니까?"

"박덕수, 그가 그렇게 주장을 했을 뿐, 실제로 우리는 가족을 못 봤으니까, 그런 연극을 박덕수가 했는지도 모르지요. 그나저나… 중대장님, 이제 철수하시지요. 중대장님 상처도 빨리 치료해야 하고 말입니다."

김호철이 안태섭과 소대장을 번갈아 쳐다보며 말했다. 소대장이 안태섭의 지시를 기다리지 않고 소대원들에게 철수 준비하라고 명령했다. 김호철은 그때까지 한손에 들고 있던 박덕수가 갖고 있었다는 짐승의 면상이 그려진 부적을 반듯하게 접어 자신의 군복 주머니에 넣었다.

　　"박덕수는 왜 가족이 없는데, 있는 것처럼 행동했을까요?"

　　안태섭이 김호철의 부축을 받으며 산 아래로 내려가며 물었다.

　　"가족에 대한 미안함 때문이겠지요. 자의는 아니었지만 가족을 내 박쳐두고 혼자 떠나서 가족들에게 너무 많은 아픔을 줬으니까요. 그 가족들에게 너무 미안해서 그렇게 했지 않았을까요? 자기 때문에 가족들이 죽었기 때문에 미안해서 말입니다."

　　"그 친구 정신적으로 문제가 있었다고 하지 않았소?"

　　"정신적으로 극복하기 힘들었을 수도 있었겠지요. 봄에 이곳에서 작전이 끝나고 나에게도 여러 번 박덕수가 찾아왔습니다. 아마 봄 작전 때 가족이 이곳 동굴에서 죽었다는 것을 덕수는 확신한 것 같습니다. 그 확신 때문에 이상 행동을 보였을 수도 있고요. 정신적으로 극복하기 힘들었을 것입니다. 그래서 이런 연극을 꾸몄을 수도 있고요."

　　"일종의 자아 만족을 위한 다중인격 놀이인가요?"

　　"…그럴 수도 있겠지요."

　　김호철이 침울한 표정으로 말했다. 김호철은 안태섭과, 박덕수를 냉정하게 분석하는 투로 이야기하고 있지만, 한편으로 박덕수에게 친구로서 또 한 인간으로서 깊은 연민이 느껴졌다. 박덕수 혼자 1인 5역의 연기를 한 게 맞다면, 정말 그가 혼자 가족과 함께 하고 있는 것처럼 가장한 것이 틀림없다면, 너무도 서글프고 애처로운 일이다. 박덕수, 그의 마음속에 얼마나 깊고 사무치게 가족에 대한 애틋함이 들어있었기에 그랬을까. 덕수 그가 한없이 가엾고 측은한 생각이 들어 김호철은 자신도 모르게 눈시울이 뜨거워졌다.

"선임하사는 박덕수하고 아주 잘 아는 친구 사이라고 했지요?"

"예, 어릴 적 친구였습니다. 박덕수는 고아나 다름없었어요. 덕수가 태어나서 아주 어렸을 때 덕수 아버지 어머니가 다 죽었으니까요. 저도 원래 고향이 여기라 덕수하고 같이 자랐습니다. 저하고 일 년쯤 야학을 같이 다녔어요."

"고아로 컸기 때문에 가족들을 소중하게 생각했을까요?"

"아마, 그럴지도 모르지요. 외롭게 컸기 때문에, 다른 사람들에 비해 가족의 소중함을 더 잘 느낄 수도 있었겠지요."

"박덕수가 원래 가족들에게 그렇게 잘 했을까요?"

"열한 살쯤 되었을 때 내가 고향에서 떠났으니까, 덕수가 결혼해서 가정생활이 어떠했는지는 잘 모릅니다."

안태섭은 고개를 끄덕였다.

"언젠가 제가 덕수를 읍내에 데리고 나가 막걸리를 한잔 같이 한 때가 있었습니다."

안태섭이 고개를 돌려 김호철을 봤다.

"그런데 박덕수가 울면서 그런 이야기를 하더군요. 그게 사실인지 어쩐지 모르겠지만 덕수가 하는 말이, 자기가 가족들에게 너무 심했다고 하는 것입니다. 내가 뭐가 심했냐고 너무 자책하지 말라고 달랬지요. 그런데 덕수가 이런 이야기를 하는 것입니다."

"뭐라고요?"

"사실은 자기가 가족들에게 너무 엄했다고 합니다. 아이들에게도 엄하게 키운다는 명목으로 자주 매를 댔답니다. 아내에게도 아주 무섭게 대했다고 하더군요. 조금만 아내가 마음에 안 들게 하면 무섭게 화를 내고요. 아주 호랑이 같은 남편이자 아버지였다고, 그런 말을 하는 걸 딱 한번 들었습니다."

"막걸리를 마시고 말입니까?"

"예."

"흐음. 박덕수는 알다가도 모를 사람이군요. 그의 가족도 말입니다."

"사실 덕수가 막걸리를 마시고 한 그 말도 믿을 수 있는지 잘 모르겠습니다. 덕수가 꾸며서 한 말 같기도 하고요."

"왜요?"

"모르지요. 아마 가족들에게 너무 깊이 박혀있는 정을 끊어버리기 위해 그런 거짓말을 할 수도 있고요."

그렇게 말한 뒤, 김호철의 눈길이 가을 저녁놀이 붉게 물들어 가는 석양으로 옮겨졌다. 그의 눈가가 저녁놀처럼 붉게 물들어가는 것을 김호철의 어깨에 기대어 걸어가는 안태섭은 눈치 채지 못했다.

　나의 살던 고향은 꽃 피는 산골

　복숭아꽃 살구꽃 아기 진달래

　울긋불긋 꽃 대궐 차린 동네

　그 속에서 놀던 때가 그립습니다

덕수는 동호 손을 잡고 동호는 동숙 손을 잡았다. 동숙은 동민의 손을 잡았다. 그리고 동민은 정순의 손을 잡았다. 덕수와 가족들은 둥글게 원을 그리며 돌았다. 합창하듯 가족들은 '고향이 봄'을 부른다. 그들은 노래 부르며 동굴 안으로 천천히 걸어 들어간다.

"이 동굴에 사는 게 어때?"

덕수가 아이들에게 환하게 웃으며 묻는다. 아이들이 합창하듯 일제히 말한다.

"정말, 정말 좋아요!"

"동호 엄마도 좋아?"

덕수가 정순을 바라보며 묻는다.

"그럼요. 이 세상에서 이곳 동굴이 정말 제일 좋아요. 아무도 상관하는 사람 없고, 우리에게 자유를 빼앗아가는 사람도 없어요. 우리는 이 동굴에서 마음껏 하고 싶은 것을 할 수 있어요. 그러니 얼마나 좋아요. 동호 아버지도 좋지요?"

"그럼 당연하지. 여기서 영원히 황금을 캐면서 살 거야. 자네는 어때?"

"좋아요."

정순이 환하게 웃는다. 덕수가 아이들에게도 묻는다.

"우리 이 동굴에서 영원히 살까?"

"예, 좋아요!"

정순과 아이들이 합창하듯 입을 모아 덕수에게 외친다. 덕수와 정순 그리고 아이들은 다시 고향의 봄을 합창하며 동굴 안으로 천천히 걸어 들어간다.

나의 살던 고향은 꽃 피는 산골

복숭아꽃 살구꽃 아기 진달래

동굴 밖에서는 하늘에서 내려온 선녀가 춤을 추는 것일까. 하얀 구절초 꽃과 갈대꽃들이 바람결에 몸을 맡기고 한들한들 춤을 춘다.

– 끝 –